Weil du mich atmen lässt

Maria Väth

Lektorat: Sandra Florean
Umschlaggestaltung: Kristina Licht
Titelabbildung: Shutterstock
Satz und Layout: Lina Jacobs:
ISBN: 978-3-9821804-9-6

„Als ich fünf war,
hat meine Mutter immer gesagt,
dass es das Wichtigste im Leben sei,
glücklich zu sein.
Als ich in die Schule kam,
baten sie mich aufzuschreiben,
was ich später einmal werden möchte.
Ich schrieb auf: „Glücklich“.
Sie sagten mir,
ich hätte die Frage nicht richtig verstanden.
Und ich antwortete ihnen,
sie hätten das Leben nicht richtig verstanden.“

John Lennon

Gewidmet meinem Mann
Für all die Momente, die ich nur mit dir erleben kann

Eins

Ich bin mir sicher, dass das ein Zeichen ist

Finn

Es gibt nicht viel, was meine Aufmerksamkeit dermaßen erregt, dass ich minutenlang nichts anderes mehr wahrnehmen kann. Aber sie tut es. Jeden Tag beobachte ich, wie sie mit hochgezogenen Schultern an der Bushaltestelle steht und versucht, unsichtbar zu sein. Manchmal lässt sie sich anrempeln und beiseiteschieben, als hätte sie nicht das Recht, mit allen anderen dort zu warten. Sie versinkt dann noch tiefer in ihren weiten Klamotten und versteckt die untere Hälfte ihres Gesichtes hinter einem grauen Schal. Einen Blick in ihre Augen erhasche ich nur selten, denn sie hält den Kopf fast ausschließlich gesenkt.

Ihr dunkles Haar wird neuerdings von einer schwarzen Wollmütze bedeckt, und ich muss zugeben, dass diese noch viel hässlicher ist als der gestrickte olivfarbene Mantel, der um ihre schmalen Schultern flattert. Es sieht beinahe so aus, als hätte sie beides aus dem Müll gefischt und dann auch noch vergessen zu waschen. An den Füßen trägt sie Schuhe, die ich sonst nur bei älteren Herrschaften wahrnehme, die darauf achten müssen, ihre aufgedunsenen Knöchel ordnungsgemäß zu stützen. Und auf ihrem Rücken befindet sich ein sperriger Reiserucksack, der farblich wunderbar zu ihrem Mantel passt. Womöglich hatte sie alles zusammen im Kartoffelsackgeschäft gefunden. Sie ist so verdammt unscheinbar, dass sie niemandem auffällt. Sie steht immer abseits der Menge, meistens seitlich im Schutz des Wartehäuschens oder zurückgedrängt an die dahinterliegende Hauswand. Und sie steigt zuletzt in den Bus, fast so, als zögere sie, ob sie wirklich mitfahren will.

Ich halte auch heute den Atem an, während der Bus, in dem ich sitze, an den Bordstein fährt und ich sie somit perfekt sehen kann. Ich habe es mir zur Aufgabe gemacht, den besten Fensterplatz dafür zu finden. Heute habe ich ihn und spüre, wie mein Magen vor Freude einen Salto schlägt. Ich starre sie offen an und studiere jede ihrer Bewegungen.

Ganz langsam rückt sie vor und achtet sehr darauf, anderen nicht zu nahe zu kommen. Insgeheim hoffe ich auf etwas, das sie dazu veranlasst, den Kopf zu heben. Einen kleinen Rempler vielleicht oder ein lauter Ruf von einem der Halbstarken, die sich drei Meter vor ihr um den Buseinstieg drängeln.

Aber heute passiert nichts, alles läuft routiniert und sie nähert sich langsam und bedächtig dem Bordstein. Ich erwische mich nicht zum ersten Mal dabei, dass ich mir vorstelle, wie sie wohl ohne diese schäbigen Klamotten aussieht. Sie ist schlank, fast kindlich zierlich, dennoch ist sie eindeutig eine Frau. Nur im Ansatz und mit mächtig viel Fantasie sehe ich die Erhebung ihrer Brust unter dem dicken Wollstoff. Mein Blick gleitet an ihr herab und ich hätte jede Wette darauf abgeschlossen, dass sie auch heute wieder eine schwarze Strumpfhose trägt. Nicht, dass man viel davon sehen würde, denn der grässliche olivfarbene Mantel reicht bis zu den Waden hinab. Zwischen ihren Gesundheitsschuhen und der Strumpfhose sieht man eine Wulst gestrickter Socken. Dunkelblau heute.

Mein Blick huscht wieder nach oben, denn ich will nicht verpassen, was dann geschieht. Ihren Kopf hält sie noch immer gesenkt, aber die Hand in ihrer linken Manteltasche beginnt sich unruhig zu bewegen. Ich halte erneut den Atem an und sehe schließlich, wie sie sie aus der Tasche zieht und den kleinen Fahrschein zwischen den Fingern dreht. Mehrere Male muss ich blinzeln, um meinen Blick zu schärfen, aber dann erkenne ich das kleine schwarze F auf ihrem Handrücken und atme erleichtert aus. Genau zwischen Daumen und Zeigefinger steht es geschrieben und ich bin mir sicher, dass das ein Zeichen ist.

Sie geht dichter an den Bus heran und ich habe jetzt Schwierigkeiten, sie weiterhin gut zu sehen. Nun ist es so weit. Ich drehe den Kopf etwas und beobachte, wie sie durch die Tür kommt. Sie hebt ihre Hand mit der Fahrkarte, aber nicht ihren Blick. Der Busfahrer sieht sie gar nicht an, sondern schließt bereits die Türen und setzt den Blinker. Ich verstehe es nicht. In einer Welt voller Wolle hätte man sie vielleicht übersehen können, aber in dieser ist sie doch überaus real. Und präsent. Zumindest in meinen Augen. Der Bus brettert los und sie kommt kurz aus dem Gleichgewicht. Normalerweise lässt sie sich gleich auf den ersten freien Sitz fallen, um dann in sich zusammenzusinken und bewegungslos den Rest der Fahrt zu durchleben, aber heute ist der Bus voller als sonst. Es gibt keinen freien Platz mehr zwischen der Vordertür und der Bank, auf der ich sitze. Mit wachsender Enttäuschung wird mir klar, dass sie heute an mir vorbeischweben wird, um sich einen Sitzplatz weiter hinten zu suchen. Ich beobachte, wie sie näherkommt, und entdecke einige Haarsträhnen, die unter ihrer schrecklichen Strickmütze hervorkommen und auf den grauen Schal fallen.

Sie achtet darauf, nirgends anfassen zu müssen, und gerät erneut aus dem Gleichgewicht, als der Bus um eine Kurve fährt. Für eine Millisekunde hebt sie den Kopf und ich kann ihre vollen Lippen sehen, bevor sie wieder hinter dem grauen Stoff verschwinden. Ihre Hände hat sie noch immer in den Manteltaschen, als sie schließlich an mir vorbeigeht und aus meinem Blickfeld verschwindet. Ich seufze leise, sehe wieder aus dem Fenster und lasse mich etwas tiefer in meinen Sitz sinken. Dann schließe ich die Augen und durchlebe alles nochmal.

Zehn Minuten später bin ich am Ziel, greife meinen Rucksack und quetsche mich an meinem Sitznachbarn vorbei auf den Gang. In ziemlich genau einer halben Minute würde der Bus zum Stehen kommen und mich zusammen mit einigen anderen Fahrgästen auf die Straße spucken. Die dreißig verbleibenden Sekunden will ich jedoch nutzen, um nochmal einen Blick auf sie zu erhaschen.

Ich werfe mir meinen Rucksack über die rechte Schulter, drücke den Knopf für den nächsten Halt und lasse meinen Blick durch das hintere Ende des Busses schweifen. Und dann trifft es mich. *Sie* trifft mich, denn sie sieht mich an. Zum ersten Mal überhaupt.

Ich kann es gar nicht glauben und lasse unnötige Zeit verstreichen, bevor ich reagiere. Ein Lächeln verirrt sich auf meine Lippen, aber sie sieht es nicht, denn sie hat ihren Kopf bereits wieder gesenkt. Verdammte Scheiße. Mit klopfendem Herzen betrachte ich sie eingehend. Sie sitzt leicht vorgebeugt und mit zusammengepressten Knien auf der Kante ihres Sitzes. Dadurch, dass ihr riesiger Rucksack noch immer auf ihren Rücken geschnallt ist, hat sie kaum Platz, die Busfahrt bequem zu genießen, aber das scheint sie nicht zu stören. Von ihrem Gesicht sehe ich nun lediglich den Nasenrücken und ärgere mich erneut, die Chance vertan zu haben. Sie hat mich angeschaut. Ich beobachte sie seit Wochen, vielleicht schon seit Monaten, und sie hat noch nie jemanden angeschaut.

Die Aufregung in meinem Inneren steigert sich noch, als die letzten Sekunden verstreichen, bevor der Bus zum Stehen kommt. *Sieh mich an*, bete ich im Stillen. *Sieh hoch.* Aber sie tut es nicht und so bin ich dazu verdammt, den Bus ohne weitere Aufregungen zu verlassen.

Als ich auf der Straße stehe, kann ich mir einen letzten Blick nicht verbieten und suche sie durch die dreckigen Fensterscheiben. Sie sitzt auf der falschen Seite, aber ich sehe sie trotzdem. Und sie schaut mich schon wieder an. Kurzentschlossen hebe ich die Hand zum Gruß, jedoch vergesse ich zu lächeln, wie mir später einfällt. Der Bus fährt los und alles, was bleibt, ist meine naive Wunschvorstellung, dass sie im Geiste zurückgegrüßt hat. Beschwingt gehe ich zur Arbeit und freue mich schon auf das nächste Mal. Sie ist mein Tageshighlight. Ich stehe morgens nur auf, um sie zu sehen.

Ich rolle mich von der Frau herunter, angle nach der Schachtel Kippen neben dem Bett und stecke mir schließlich eine an. Genüsslich ziehe ich den Rauch in meine Lungen und stoße ihn langsam wieder aus. Ich beobachte die kleinen Ringe, die zur Zimmerdecke aufsteigen, und kann nicht verhindern, dass meine Gedanken schon wieder abdriften. Wo ist sie nur?

„Kriege ich auch eine?"

„Hm?" Widerwillig drehe ich meinen Kopf und schaue die Frau an, die neben mir liegt und mich anlächelt. Sie hat blondes Haar, gerade weiße Zähne und hübsche Grübchen auf den Wangen. Ohne Frage ist ihre Attraktivität etwas, das jeden Mann gefangen nimmt. Zumindest für eine kleine Weile.

„Eine Zigarette. Kriege ich auch eine?"

„Sicher", brumme ich und werfe ihr die Schachtel zu. Wir paffen schweigend und ich kehre zurück zu meinen Gedanken.

Seit sechs Tagen bereits lässt sie sich nicht mehr blicken. Ich würde mir gern einreden, dass es dafür einen ganz unbedeutenden Grund gibt, aber ich weiß es besser. Ich beobachte sie schon lange genug, um zu wissen, dass ihre Theorie der Unsichtbarkeit einen fetten Riss bekommen hat. Sie hat mich angeschaut und gesehen, dass ich sie angeschaut habe. Damit war sie einen kleinen Moment real. Vielleicht versucht sie nun, diesen Fehler durch ihr Fernbleiben auszugleichen. Mein Gott, ich habe sogar die Hand gehoben und sie damit möglicherweise für immer in die Flucht geschlagen.

„Das war schön."

„Hm?" Ich drehe erneut den Kopf.

„Das eben. Das war wirklich schön."

Ich nicke und drücke die Kippe in dem Aschenbecher aus, der seit ihrem Wunsch nach einer Zigarette zwischen uns auf der Matratze steht.

„Du hast Talent", sagt sie.

„Zum Vögeln?"

Sie lacht. „Ja, das auch, aber ich meinte eigentlich deine Zeichnungen."

Ich zucke die Achseln und falle zurück auf mein Kissen.

„Im Ernst. Die sind richtig gut."

„Sie sind so gut wie von jedem anderen", erwidere ich und verschränke meine Arme hinter dem Kopf. Ich möchte nicht darüber reden, ich möchte überhaupt nicht reden, also schließe ich die Augen und hoffe, sie versteht den Wink. Tut sie nicht.

„Hast du mal versucht, sie bei einer Agentur unterzubringen? Ich denke, du könntest damit Erfolg haben."

Ich öffne ein Auge und sehe, wie sie sich in meiner Wohnung umschaut. Überall heften diverse Zeichnungen an den Wänden, sogar der Boden ist übersäht damit. Das nächste Mal, wenn ich eine Frau mit nach Hause nehme, muss ich dringend vorher aufräumen.

„Du hast keine Ahnung von diesen Dingen, habe ich recht?"

Sie sieht mich an und hebt die Schultern. „Ich wollte nur nett sein."

„Vielen Dank, das brauchst du nicht. Wir müssen nicht reden."

„Sondern?"

„Einfach hier liegen und genießen, was gerade ist."

„Oder war", kichert sie und schmiegt sich plötzlich an mich. „Das war nämlich wirklich schön eben." Ihre Hand streicht über meinen Bauch und ihr Mund legt kleine Küsse auf meine Brust.

Ich lasse es geschehen, denn mir fehlt der Elan, sie zu bitten, aufzuhören. Sie tut es schließlich ganz von allein, als sie merkt, dass keine Reaktion von meiner Seite zu erwarten ist.

„Du trägst noch immer das Kondom", stellt sie schließlich leise fest.

„Das ist gut", brumme ich. „Kondome schützen."

„Vor was?"

„Vor allem." Nur anscheinend nicht vor Frauen, die den Mund nicht halten können. Dabei will ich einfach nur in Ruhe nachdenken. Allein.

Ich spüre, wie sie mich betrachtet, und öffne die Augen. Sie lächelt.

„Können wir das wiederholen?“

„Den Sex oder das äußerst erquickende Gespräch danach?“, frage ich.

Sie lacht. „Ersteres.“

„Sicher.“

„Dann rufst du mich an?“

Ich versuche mich zu erinnern, ob sie mir ihre Nummer bereits gegeben hat, aber da es mir nicht einfallen will, rate ich einfach mal. „Wenn ich deine Nummer für die Nummer kriege.“

Sie lacht schon wieder und schreibt sie mir schließlich auf einen Zettel, der in ihrer Reichweite liegt. Danach zieht sie sich an. Ich beobachte sie einen Moment und frage mich, ob ich die in Wolle gepackte Frau aus dem Bus jemals wiedersehen werde.

„Ich gehe dann jetzt“, ertönt es und ich setze mich gütiger Weise in Bewegung, um sie vernünftig zu verabschieden. Ich schwinge die Beine aus dem Bett, ziehe das Kondom ab und begleite sie schließlich zur Tür.

„Ich freue mich schon auf das nächste Mal“, schnurrt sie und zieht mich an sich, um meinen Hintern berühren zu können. Ihre Hände halten mich dort kurz fest, während ich ihren Kuss weiter oben erwidere. „Wir sehen uns.“

„Sicher“, antworte ich lächelnd und schließe sachte die Tür hinter ihr, als sie die Stufen im Treppenhaus hinunterspringt. Ich bin froh, dass sie fort ist.

Während ich durch den Raum zu meinem Bett zurückkehre, spüre ich jedoch das vertraute Ziehen der Einsamkeit. Ich hasse es, allein zu sein. Vielleicht hätte ich mir etwas mehr Mühe geben sollen, dann wäre sie möglicherweise noch ein paar Minuten geblieben. Andererseits verspüre ich nicht die geringste Lust auf Unterhaltung. Schon lange nicht mehr. Wenn mein Körper und mein Geist im Einklang wären, dann hätte ich sie nicht mal in meine Wohnung gelassen. Höchstwahrscheinlich würde ich dann selbst niemals vor die Tür gehen.

Aufstöhnend plumpse ich auf das Bett zurück und lege einen Unterarm quer über meine Augen. Ich lausche der Stille und konzentriere mich mehrere Minuten auf das Ticken meiner Wanduhr. Die Sekunden verstreichen und ich zähle jede einzelne. Als ich bei Hundert angekommen bin, ist sie wieder da: die geheimnisumwobene Frau aus meinen Träumen. Oder aus dem Bus. Sie ist dieselbe, da mache ich mir nichts vor.

Wenn ich überlege, wer zuerst da war, dann weiß ich keine Antwort. Es reicht ein Blick auf sie, um mich heil durch den Tag zu bringen. Die zehn Minuten, die wir jeden Morgen im selben Bus sitzen, sind mein Anker, damit ich nicht abdrifte. Sie repräsentiert das Gegenteil von allem, was ich in dieser Welt verabscheue. Ich brauche sie. Und genau deshalb habe ich sie niemals angesprochen. Ich will meine Illusion nicht zerstören, denn zweifelsohne würde ich sie nach einem oberflächlichen Plausch mit anderen Augen betrachten. Und obwohl ich das alles weiß, habe ich aus unerfindlichen Gründen die Hand gehoben und alles verkompliziert. Vielleicht sogar zerstört. Das Ticken der Uhr verwandelt sich in ein nervtötendes Dröhnen, also blaffe ich sie an, endlich ruhig zu sein. Sie tut es nicht und schon bald beginne ich wieder zu zählen.

Es dauert eine weitere Woche, bis sie plötzlich wieder an der Bushaltestelle steht und wartet. Ein Freudenschauer geht durch meinen Körper und unwillkürlich richte ich mich in meinem Sitz weiter auf, um sie besser ansehen zu können. Ich habe heute keinen Fensterplatz und verfluche diese Tatsache aufs Äußerste. Mein Hals wird immer länger, je weiter sie sich dem Buseinstieg nähert. Und dann ist sie kurz weg, bis sie einsteigt, die Hand mit der Fahrkarte hebt und mit gesenktem Kopf auf den ersten freien Platz rutscht.

Mich überkommt ein Lächeln und ich stoße erleichtert die Luft aus, die ich, ohne es zu merken, angehalten habe. Ich sitze am Gang, genau vier Reihen hinter ihr, und habe einen fantastischen Blick auf ihren großen olivfarbenen Rucksack. Und auf ihr linkes Bein. Schwarze Strumpfhose, dunkelrote Strickstrümpfe und dunkelgraue Gesundheitsschuhe. Ich muss beinahe lachen, so froh bin ich, dass alles beim Alten ist. Meine Angst vor einem weiteren Tag ohne meinen Anker verflüchtigt sich augenblicklich. Die folgenden zehn Minuten sind so befreiend, dass ich vor Elan regelrecht aus dem Bus schwebe und zur Arbeit fliege.

Die nächsten Tage habe ich wieder einen Fensterplatz und beobachte sie genau. Ihre Bewegungen, ihr Auftreten, ihr Erscheinungsbild. Es gibt nichts an dieser Frau, das mich überraschen kann, denke ich, und werde im nächsten Moment vom Gegenteil überzeugt. Sie betritt den Bus und vergisst, ihre Fahrkarte zu zeigen. Es macht jedoch keinen Unterschied, da der Fahrer weder sie noch die ganze hässliche Wolle wahrnimmt, die sie umhüllt. Er schließt die Türen und brettert einfach los. Sie taumelt, macht einen Ausfallschritt und lässt die erste freie Sitzgelegenheit an sich vorbeiziehen. Äußerst verwundert sehe ich zu, wie auch die zweite passende Möglichkeit keine Beachtung von ihr bekommt, ganz so, als hätte sie plötzlich Ansprüche. Als wäre es wichtig, wo sie säße. Sie geht langsam weiter und hebt mit einem Mal den Kopf. Sie hebt den Kopf.

Mein Herz setzt aus und poltert in meinen Magen hinab. Unsere Blicke treffen sich, bleiben sekundenlang aneinander kleben und lassen meinen Körper zu dem einer Statue erstarren. Nicht ein Haar, das dem Sturm ihrer Augen weicht. Selbst als sie an mir vorbeigeht, bin ich unfähig, mich zu bewegen. Dann wird mir klar, was gerade passiert ist, und ich wirble herum, um ihr hinterherzuschauen. Sie zwängt sich auf einen freien Sitz einige Reihen hinter mir und klemmt die Hände zwischen ihre Knie. Ihr Gesicht sehe ich nicht, nur die schwarze Strickmütze, die die besten Zeiten schon hinter sich gelassen hat. Ich drehe mich wieder nach vorn und brauche mindestens zwei Minuten, um klarzukommen. Was sollte das denn?

Auch nach intensiven Überlegungen finde ich keine Antwort, aber als ich kurze Zeit später meinen Rucksack vom Sitz nehme und auf den Gang hinausfalle, frage ich mich, ob sie vielleicht mit dem Gedanken gespielt hat, sich neben mich zu setzen. Aber selbst, wenn es so gewesen ist und sie mich mit ihrem Blick dazu hätte auffordern wollen, meine Tasche von der Bank zu nehmen, hätte ich es niemals kapiert. Viel zu überraschend ist die Veränderung.

Während ich nun darauf warte, dass der Bus anhält, damit ich aussteigen kann, schaue ich sie an und studiere jeden verstrickten Faden auf ihrem Kopf. Und als ich auf der Straße stehe und noch einmal zurückblicke, sehe ich, wie sie die Hand hebt. Zum Gruß. So, wie ich es zweieinhalb Wochen zuvor getan habe. Perplex starre ich dem Bus hinterher, bis er drei Querstraßen weiter rechts abbiegt. Dann gehe ich zur Arbeit und fühle mich, als könnte ich die ganze Welt beherrschen.

Zwei

Wie Pluto von der Sonne

Paula

Ich weiß nicht, warum er mich dauernd anschaut, als wäre ich die Hauptattraktion im Zirkus. Wahrscheinlich bin ich das in seinen Augen sogar, denn ganz bestimmt passe ich nicht in sein Beuteschema. Ich passe in niemandes Beuteschema. Monatelang habe ich versucht, ihn zu ignorieren, aber in letzter Zeit gestaltet sich das äußerst schwierig. Und das nur, weil ich angefangen habe, über ihn nachzudenken.

Wer ist er? Und was zum Henker will er von mir? Seine Blicke durchbohren mich regelmäßig, doch es fühlt sich in keiner Weise vertraut an. Sie sind weder angewidert noch drücken sie in einer anderen Art Missfallen aus. Sie sind auch nicht mitleidig oder abschätzend. Vielleicht eher interessiert. Jedoch nicht auf die übliche Art, denn sexuelle Absichten schließe ich aus, ebenso das Erkennen eines Gleichgesinnten. Er ist ganz bestimmt nicht wie ich, niemals!

Er wirkt nach außen wie jemand, der keine Probleme hat. Der mit sich und der Welt im Reinen ist und genau weiß, wo er hingehört. Und er sieht gut aus. Er sieht sogar verdammt gut aus mit diesen dunklen Augen und den Bartstoppeln, die sein Gesicht noch kantiger wirken lassen. Noch männlicher. Er trägt jeden Tag eine dunkelbraune Cordjacke, die genau auf ihn zugeschnitten sein muss, so perfekt, wie sie passt und seinen Oberkörper zur Geltung bringt. Und an seinen Füßen thronen selbst im Schneematsch dieselben leichten Turnschuhe, während seine Hosen öfter mal wechseln. Jedoch sind es immer Sporthosen, ganz so, als würde er die Strecke von der Bushaltestelle bis zu seiner Arbeit joggend zurücklegen. Ich bemerke genau die bewundernden Blicke, die andere Leute ihm aufgrund seines attraktiven Äußeren täglich zuwerfen, und werde in meiner Meinung bestätigt: Er und ich spielen nicht in derselben Liga. Wahrscheinlich sind wir so weit voneinander entfernt wie Pluto von der Sonne.

Und doch schaut er mich an. Und ich schaue zurück. Erst nach wochenlangen intensiven Beobachtungen fällt mir eine Sache auf, die wir vielleicht gemeinsam haben. Eigentlich hätte ich es viel eher bemerken müssen, aber ihm offen ins Gesicht zu sehen, ist etwas, das ich lange Zeit vermieden habe. Er lächelt nicht. Nie. Und damit drückt er genau das aus, was ich beinahe rund um die Uhr in meinem Inneren fühle: Leere. Als mir diese Tatsache klar wird, fällt es mir fast leicht, diesen Mann anzusehen.

Wenn der Bus an den Bordstein fährt, suche ich neuerdings die dreckigen Seitenscheiben nach ihm ab, allerdings zeigen weder er noch ich mit irgendeiner Reaktion das gegenseitige Erkennen. Selbst, wenn ich den Bus betrete und einen Platz suche, ist es nur ein anonymer Blick, den wir austauschen.

Dann ändert sich auch das.

Erst ist es sehr subtil, aber als er irgendwann anfängt, ganz demonstrativ seinen Rucksack vom Sitz zu nehmen, ohne mich aus den Augen zu lassen, verstehe ich, was Tage zuvor schon in seiner Miene gestanden hat. Er will, dass ich mich zu ihm setze. Ich brauche fast eine ganze Woche, um endlich meinen Mut zusammenzunehmen. Am Tag X fühle ich mich krank und überlege, ob es wirklich ratsam ist, diesen Bus zu besteigen. Es gibt auch andere Möglichkeiten, um ans Ziel zu gelangen. Doch dann finde ich mich wartend in der Kälte wieder und muss mich fast übergeben vor lauter Aufregung, als der Bus in Sichtweite kommt.

Ich schaffe es nicht, ihn anzusehen, überhaupt jemanden anzusehen, also schiebe ich mich schließlich mit gesenktem Kopf den Gang entlang und fixiere unauffällig die infrage kommenden Sitzreihen. Als ich seinen

Rucksack sehe, rutscht mir das Herz vom Fleck. Ich beginne zu zittern, schreibe das der irrsinnigen Kälte draußen zu und weiß im nächsten Moment, dass das Quatsch ist. Unsicher bleibe ich kurz stehen, um auf den belegten Platz zu starren, dann schiebe ich mich schnell weiter, bevor er merkt, dass ich vorhatte, mich neben ihn zu setzen. Aus den Augenwinkeln sehe ich, wie er hastig seinen Rucksack vom Sitz reißt, aber es ist zu spät. Ich bin schon einen Schritt zu weit, um noch einmal umzukehren. Mein Puls rast und gleichzeitig komme ich mir so unendlich dämlich vor. Ich gehe ganz nach hinten durch und schaue ihn nicht ein einziges Mal an, aus Angst, seinem Blick zu begegnen.

Am nächsten Tag wähle ich einen anderen Weg, am Tag darauf finde ich mich jedoch wieder zur gewohnten Zeit an der Haltestelle ein. Ich sehe ihn hinter der Glasscheibe und bemerke ein leichtes Nicken seinerseits. Mein Herz bollert gefährlich und ich stolpere beim Einsteigen über die einzige Stufe, die es gibt. Mein Rucksack rutscht bei dem Versuch, mich auf den Beinen zu halten, nach vorn und säbelt mir fast den Kopf ab.

Der Busfahrer schimpft leise, aber ich tue so, als hätte ich nicht mitbekommen, dass ich gegen seine Armaturen gerammelt bin wie ein ungeschickter Ochse. Ich spüre die vertraute Hitze in meinem Schädel, der beinahe wegfliegt wie ein knallroter Ballon am Kindergeburtstag. Niemals werde ich mich heute neben ihn setzen, in tausend Jahren nicht. Aber dann steht sein Rucksack plötzlich im Gang und versperrt mir das weitere Durchkommen. Mich überkommt Panik, denn Variante eins lautet: umständlich darüber klettern und wahrscheinlich volle Kanne auf die Fresse knallen. Gegen Variante zwei: mutig nach seinem Rucksack greifen und ihn voller Selbstvertrauen aus dem Weg räumen.

Die Alternative zwingt mich zu weniger. Also parke ich rückwärts meinen großen Reiserucksack auf den Sitz und sinke mit dem Hintern auf die Kante. Mit geschlossenen Augen und angehaltenem Atem warte ich auf mein Schicksal.

Erst beim nächsten Stopp werde ich aus meinem Halb-Koma gerissen, weil das genervte Stöhnen eines Fahrgastes deutlich macht, dass der Rucksack meines Sitznachbarn noch immer im Weg steht. Ohne mich groß zu bewegen, lasse ich den Arm fallen und ziehe den Rucksack in den Raum zu meinen Füßen. Gesprochen wird kein Wort, aber nachdem mein Herzschlag mir nicht mehr betäubend laut in den Ohren hämmert, höre ich den Mann neben mir atmen. Offenbar ist mein Gehör das allerbeste, wenn ich das zwischen all dem Krach hier wahrnehmen kann. Ich wage einen winzigen Blick in seine Richtung und betrachte die linke Hand, die auf seinem Oberschenkel liegt. Er hat lange Finger mit gepflegten Nägeln und auf seinem Handrücken zeigen sich mehrere Adern, die deutlich durch die Haut scheinen. Mich überkommt die Frage, wie es sich wohl anfühlt, wenn ich ganz sachte über diese Erhebungen streichen würde, und niemand ist erstaunter über meine Gedankengänge als ich selbst.

Er sitzt völlig gelassen neben mir und ich weiß nicht, warum, aber diese Ruhe überträgt sich auf mich. Mir gefällt, dass er mich nicht anspricht, denn ehrlich gestanden hätte ich sowieso nicht gewusst, was ich antworten soll. Worüber redet man mit einem fremden Mann? Noch dazu mit einem, der so gar nichts mit mir gemein hat? Ich kann ja schlecht fragen: *Und, was hat dir die Freude am Leben genommen?* Das wäre nun echt blöd.

Höchstwahrscheinlich habe ich sein nicht vorhandenes Lächeln auch nur falsch interpretiert. Vielleicht lächelt er in Wahrheit richtig viel. Möglicherweise bin nur ich es, die ihn traurig wirken lässt. Eventuell hat er einfach Mitleid mit der armen Irren, die ich nun einmal bin.

Ich steigere mich so in diese Vorstellung, dass ich nach einigen Minuten am liebsten aufstehen und weglaufen möchte. Aber ich bleibe sitzen, denn die Blöße einer Flucht will ich mir erst recht nicht geben. Menschen lachen andere Menschen für viel weniger aus. Oder verachten sie. Ich bleibe stark und zähle stattdessen die Stopps bis zu seinem Endziel.

Drei. Zwei. Eins. Die nächste Haltestelle ist seine. Dort steigt er immer aus.

Unruhig beginnen meine Hände zu schwitzen, also schiebe ich mit einem Fuß seinen Rucksack auf den Gang hinaus und stehe ächzend auf. Das Gewicht auf meinem Rücken zieht mich beinahe zurück, aber ich greife schnell nach der Stange auf der anderen Seites des Ganges und mache ihm Platz. Er rutscht aus der Sitzbank, bückt sich nach seinem Rucksack und steht danach direkt vor mir. Ich schaffe es aus mehreren Gründen nicht, seinem Blick auszuweichen, also erwidere ich ihn. Er ist mir so nah wie nie zuvor. Mein Herz hat gar keine Zeit, sich zu überschlagen, denn es rennt, rennt, rennt. Es will weg und doch will es bleiben. Seine dunklen Augen sind so intensiv, dass ich das Gefühl habe, er schaue direkt in mich hinein. Und seine Lippen sind die schönsten, die ich je bei einem Mann gesehen habe, ich schwöre. O Gott, er ist so attraktiv! Viel zu attraktiv für so eine wie mich. Was will er nur von mir? Worum geht es ihm? Und warum riecht er so verdammt gut?

Dass der Bus zum Halten gekommen ist, merke ich erst, als er langsam einen Schritt rückwärts tritt. Er geht noch einen weiteren Schritt, dreht sich zur Tür und verschwindet. Ich sehe ihm nach und warte atemlos auf den Abschiedsgruß. Er kommt auch heute, nur in einer anderen Form. Er hebt nicht grüßend die Hand wie an jedem anderen Tag, sondern er lächelt.

Meine Weiterfahrt durchbricht den Bann, bevor ich es richtig fassen kann. Mein Mund ist ausgetrocknet, aber mein Körper so warm und entspannt, als habe er gerade ein heißes Schaumbad hinter sich. Ich fühle mich gut, also sinke ich wieder auf die Sitzbank, hinüber auf seine Seite, spüre die Wärme, die er darauf zurückgelassen hat, und schaue aus dem Fenster. In der Scheibe sehe ich mein Spiegelbild und erschrecke. Was zum Henker klebt da in meinem Gesicht? Ich befühle mit den Fingern vorsichtig meine Züge und schüttle verwundert den Kopf. Ist es möglich, dass eine simple Kleinigkeit wie ein Lächeln alles verändern kann?

Jeden Tag setze ich mich neben ihn, damit wir zehn Minuten schweigend Bus fahren können, bevor jeder wieder seiner Wege geht. Es sind die schönsten zehn Minuten des Tages. Manchmal sitzt er woanders, weil der Bus dann zu voll ist, um gemeinsam eine Zweierbank belegen zu können, aber er achtet darauf, dass ich stets in seiner Nähe Platz finde.

Als an einem Montag kein einziger Sitz mehr frei ist, steht er auf und stellt sich neben mich, nachdem ich unsicher an der hinteren Tür stehenbleibe. Gemeinsam spüren wir die nasskalte Luft, die bei jedem Stopp in unsere Gesichter peitscht, und die Menschen, sie sich murrend an uns vorbeidrängeln. Auf eine wirklich seltsame Art ist es sehr angenehm, die Außenseiterrolle nicht allein bestreiten zu müssen. Und weil ich noch immer sicher bin, dass er absolut nicht dazu gehört, weil er nicht im Ansatz den Eindruck vermittelt, er könnte ein Außenseiter sein, beginne ich mich irgendwann erneut zu fragen, was seine Beweggründe sind. Und wie sein Name ist. Ich beschließe, ihn danach zu fragen, aber bevor es soweit ist, stülpt sich mein Innerstes jedes Mal nach außen, denn ich will die wertvollen zehn Minuten nicht zerstören.

Und so kommt es, dass ich eines Tages vor lauter Aufregung, was meine Mission angeht, vergesse aufzustehen, um ihn an seiner Haltestelle aus der Sitzbank rutschen zu lassen. Erst als der Bus wieder fährt, wird mir klar, was ich getan habe. Oder eben nicht getan habe. Vorsichtig schiele ich zu ihm hinüber, aber er schaut starr aus dem Fenster und trommelt mit den Fingern auf seinem Bein herum, das er angewinkelt gegen den Vordersitz gestützt hat. Er hängt tief im Sitz und scheint mit seinen Gedanken weit weg, aber als er meinen Blick spürt, sieht er mich an.

Mein Herz pocht bis in meine Kehle hinein, als seine fantastischen

Augen mich auffordern zu sprechen. Ich schaue auf seinen Mund und spüre Hitze in meinen Kopf aufsteigen, während ich mir vorstelle, wie er damit den meinen küsst. Woher zum Teufel kommen nur solche Gedanken? Welchen Grund er auch immer haben mag, mich jeden Tag neben sich sitzen zu lassen, über diese Brücke will er garantiert nicht gehen. Das will niemand. Ich schaue schnell woanders hin, damit er nicht merkt, was mich beschäftigt, spüre jedoch, wie er mich auch noch Minuten später von der Seite ansieht.

Ich schwitze unter meinen dicken Sachen und überlege, am nächsten Stopp aus dem Bus zu springen, um mich abzukühlen. Meine Birne muss inzwischen hochrot sein, so sehr glühen meine Wangen. So unwohl habe ich mich in seiner Gegenwart länger nicht gefühlt und plötzlich finde ich sogar meine Sitzposition äußerst unbequem. Mein Gepäck zwickt, mein Rücken schmerzt und ich spüre, wie mein Hintern anfängt, von der Sitzkante zu rutschen. Gleich liege ich unten, denke ich panisch, und habe bereits das Bild vor Augen, wie ich mich aus der misslichen Lage zwischen den Sitzen zu befreien versuche. Ich höre schon amüsierte Lacher und fiese Kommentare, die mich bis in meine Träume begleiten werden. Ich schwitze so unendlich, dass mir der Schweiß an den Schläfen hinabläuft. Unkoordiniert reiße ich mir die Mütze vom Kopf und schleudere sie weg. Aber ich kann mich nicht darauf konzentrieren, wo sie gelandet ist, sondern zerre heftig atmend auch noch den Schal von meinem Hals.

„Ist alles in Ordnung?", fragt mich jemand.

Ich nicke nur und schließe die Augen. Ganz ruhig. Du musst dich beruhigen.

Schnell greife ich die Lehne des Sitzes vor mir, stütze mich ab und setze mich so weit auf die Kante, wie es geht, bevor ich wirklich abschmiere. Ich fixiere einen Punkt vor mir und weiß im nächsten Moment, wie unglaublich bescheuert ich bin und wie lächerlich ich mich aufführe. Da jedoch nichts weiter passiert, schaue ich vorsichtig zu meinem Sitznachbarn, um zu kontrollieren, ob er von all dem etwas mitbekommen hat.

Hat er. Er sieht mich an und reicht mir schließlich meine Mütze. Perplex starre ich diese an und dann wieder ihn. Hat er sie gefangen oder habe ich sie ihm tatsächlich direkt vor den Latz geballert? Ich nehme sie schnell entgegen und verstecke sie in meinem Schoß.

„Danke“, krächze ich und möchte am liebsten durch den Boden des Busses brechen und auf der Straße plattgefahren werden.

„Kein Problem.“

O Gott. O Hilfe! Seine Stimme ist tief, männlich, sexy und lässt mich noch ein bisschen weiter in mich selbst zusammensinken. Den Rest der Fahrt grüble ich vor mich hin und hoffe, dass er mich nicht bemerkt. Ich sehe nicht ein einziges Mal zu ihm hinüber und vermeide jede kleine Bewegung, weil ich Angst habe, mich erneut zu blamieren.

„Endstation.“ Dass der Busfahrer mit uns spricht, merke ich erst, als er vor uns steht. „Hey. Sind Sie schwerhörig? Ich sagte Endstation. Sie müssen hier raus, ich mache jetzt Feierabend.“

„Okay“, antwortet mein Sitznachbar und bewegt sich.

Ich schaue zu ihm hin und bemerke, wie er sich die Augen reibt. Hat er geschlafen? Ungläubig starre ich ihn an und höre das kratzende Geräusch seines Bartes, während er mit der Hand sein Gesicht weckt. Ich bekomme eine Gänsehaut. Und ein kleines Lächeln, nachdem er meinen Blick auffängt. Er hat tatsächlich geschlafen. Beinahe gleichzeitig setzen wir uns schließlich in Bewegung und stehen kurz darauf auf der Straße am anderen Ende der Stadt. Er zieht ein Telefon aus seiner Jackentasche und lacht leise, bevor er es wieder wegsteckt.

„Zwei Stunden“, murmelt er und dreht den Kopf, um sich zu orientieren.

„Mein Name ist Paula“, platzt es aus mir heraus. Im nächsten Moment möchte ich sterben.

Er schaut mich verwundert an und ist dabei so wahnsinnig attraktiv. Sein Haar ist verwuschelt und seine Augen vom Schlaf gerötet. Was habe ich mir nur gedacht, ihn anzusprechen? Er muss mich für komplett bescheuert halten.

„Freut mich. Ich bin Finn." Und dann streckt er mir seine Hand hin.

Bevor ich es mir anders überlegen kann, schiebe ich meine Hand in seine und fliege beinahe davon, als sich seine Lippen zu einem Lächeln verziehen. Seine Finger sind sanft und warm und ich spüre sie noch, nachdem das Händeschütteln schon längst geendet hat. Es kribbelt mächtig.

„Hast du Termine?", fragt er.

„Termine?"

„Na ja, Verpflichtungen? Musst du irgendwo hin?"

Ich schüttle den Kopf. „Nein."

„Dann warst du nicht gerade auf dem Weg zur Arbeit?"

„Hm?"

„Im Bus", erinnert er mich und nickt bedeutungsvoll zur Straße. „Hattest du etwa kein Ziel, als du eingestiegen bist?"

„Ähm, doch ja. Du auch?"

Seine Augenbrauen schieben sich zusammen und ich kann sehen, dass ihm klar wird, wie blöd ich bin. Mein Magen dreht sich auf links und hinterlässt ein eigenartiges Gefühl von Pein. Ich sollte wirklich nicht mit ihm sprechen, das bringt niemandem etwas. Dennoch versucht er es nochmal und redet weiter. „Ich war auf dem Weg zur Arbeit, aber inzwischen müssten sie wohl gemerkt haben, dass ich nicht da bin."

„Ja, ich auch", sage ich schneller, als gut ist.

Er lacht. „Du hast auch gemerkt, dass ich nicht da bin?"

„Ja." Und dann: „Nein."

Er mustert mich neugierig. „Dann wolltest du ebenfalls zur Arbeit?"

Kopfschütteln meinerseits.

„Nach Hause?"

„Nein."

Er seufzt leise und schiebt seine Hände in die Taschen seiner Cordjacke. „Trinkst du Kaffee?"

Perplex über den Themenwechsel blinzle ich ihn nur an, anstatt eine vernünftige Antwort zustande zu bringen. Als ich den Blick senke, gibt er auf, auf eine zu warten, und wendet sich um.

„Komm mit“, sagt er und setzt sich in Bewegung.

Mein Kopf fliegt nach oben. Er ist bereits einige Schritte entfernt, bis mir klar ist, dass ich eine Entscheidung treffen muss.

Drei

Sowas von normal

Finn

Sie schleicht einige Meter hinter mir, wie ein Dienstbote hinter seinem Herrn. Ich bleibe stehen, damit sie aufholen und wir zusammen weitergehen können, aber als sie bei mir ist, merke ich, wie unangenehm ihr das ist. Also gehe ich weiter und sie fällt wieder hinter mir zurück. Beim nächsten Café warte ich erneut.

„Hast du Hunger? Wollen wir frühstücken?“

Sie sieht mich gar nicht an, sondern schüttelt entschieden den Kopf. Ich rede mit einer Wollmütze, denke ich schmunzelnd, und starre das Ding an, bis mir schwindlig wird.

„Dann nur Kaffee.“ Ich öffne die Tür, trete ein und rechne eigentlich damit, dass sie mir nachkommt, aber als die Tür wieder zufällt, steht sie noch immer draußen. Ich gehe zurück. „Was willst du haben?“

„Nichts. Ich will nichts.“ Ihre Stimme ist leise, jedoch klar und deutlich.

Ich verschwinde wieder im Innern, gehe zur Theke und bestelle einen Kaffee zum Mitnehmen. Während ich warte, beobachte ich sie durch die Fensterscheibe. Sie hat die Arme fröstelnd vor der Brust verschränkt und steht aufgrund des Gewichtes auf ihrem Rücken leicht gekrümmt. Sie versucht, sich unsichtbar zu machen, schießt es mir durch den Kopf und mir wird mit einem Mal bewusst, warum das so ist. Mir ist schon öfter aufgefallen, wie schäbig ihre Klamotten wirklich sind, aber niemals zuvor kam mir der Gedanke, dass sie sich dafür schämen könnte. Warum trägt sie sie? Hat sie keine anderen? Ich bin bereits auf dem Weg zurück zur

Tür, als mir klar wird, dass sie vielleicht kein Geld für neue Anziehsachen hat. Und wenn sie kein Geld dafür hat, dann ist vielleicht auch das Kaufen eines Kaffeebechers außerhalb ihrer Möglichkeiten. Kurzentschlossen bestelle ich noch einen und trete zurück auf die Straße.

„Du kannst wählen“, sage ich und halte beide in die Höhe. „Milch und Zucker oder nur Milch. Ich mag beides.“

„Ich will nichts“, beharrt sie und schaut mich flüchtig an.

„Gut, dann halte sie wenigstens kurz. Ich muss mal schnell bei meiner Arbeit anrufen.“ Ich drücke ihr beide Kaffee in die Hand und angle mein Telefon hervor. Während ich das Gespräch führe, nehme ich ihr einen der Becher wieder ab und setze mich in Bewegung. Sie folgt langsam und ich lächle, als ich nach meinem Telefonat sehe, dass sie von ihrem nippt.

Wahnsinn, wie selbst so eine belanglose Kleinigkeit wie das Trinken eines mittelmäßig guten Kaffees meine Laune hebt. Nicht, dass sie vorher schlecht war, aber nun, da ich beschlossen habe, meinen Tag nicht in dem Hamsterrad zu verbringen, der meine Arbeit ist, fühle ich mich gut. Noch viel besser eigentlich, weil die Frau in Wolle jetzt einen Namen hat. An der nächsten großen Kreuzung warte ich wieder auf sie.

„Wohin?“

„Was?“ Ihre Augen sind groß und grün. Und sie schauen entsetzt, weil ich sie erneut etwas frage.

„Wo wohnst du?“

„Ist das wichtig?“

„Manchmal“, antworte ich und grinse. „In diesem Fall jedoch nicht wirklich. Ich wollte nur wissen, wo du jetzt hinwillst.“

„Ich weiß nicht“, antwortet sie schließlich und hebt die Schultern. „Und du?“

„Tja, ich denke, ich nehme den nächsten Bus nach Hause.“

Es dauert ewig, bis eine Antwort kommt, aber als die Worte aus ihrem Mund purzeln, sieht sie mir dabei tatsächlich ins Gesicht. „Und wo ist das?“

„Ist das wichtig?“

„Manchmal.“

Gott, ich mag diese Frau. Das Gespräch mit ihr ist so ganz anders, als ich es gewohnt bin. Irgendwie ungezwungen und frei. Die üblichen Parameter spielen gar keine Rolle, denn weder muss sie mich, noch muss ich sie auf irgendeine Art und Weise beeindrucken. Wir reden einfach, trinken Kaffee und ich habe keine Ahnung, wo das Ganze hinführen wird. Es gibt überhaupt keine Richtung. Das ist definitiv neu. Beschwingt gehe ich weiter und suche den richtigen Bus. Und als ich einsteige, da folgt sie mir und setzt sich neben mich.

„Was bedeutet das F auf deiner linken Hand?“, frage ich, weil das etwas ist, das mich schon lange beschäftigt. Vielleicht werde ich nach dem heutigen Tag nie wieder die Möglichkeit bekommen, das zu fragen.

Erschreckt reißt sie den Kopf hoch und sieht mich an. Sie hat schöne Gesichtszüge, aber ihre Haut sieht grau aus. Trocken. Vielleicht sogar verfroren. Und ihre Augen blicken traurig. Ich kann mir denken, dass sie um einiges jünger ist, als sie auf den ersten Blick wirkt. Ich schätze, sie ist in meinem Alter, vielleicht auch drei, vier Jahre jünger. Ihre verfilzten Haare machen es mir nicht leicht, das zu präzisieren, denn sie sieht aus wie eine Oma und gleichzeitig wie ein Teenager. Die Nacht durchmachen, um am Morgen Gesundheitsschuhe und einen Strickmantel tragen zu können. So eine ist sie. Und auch wieder nicht …

„Es ist eine Erinnerung“, antwortet sie schließlich leise auf meine Frage.

Ich nicke, denn so was habe ich mir schon gedacht. Tätowierungen haben immer eine Bedeutung und sei es nur, um andere Menschen auf etwas aufmerksam zu machen. Ohne Paula zu kennen, weiß ich, dass der Grund echt ist, warum sie sich hat Farbe unter die Haut stechen lassen. „An gute Zeiten?“

„Vielleicht.“ Sie klingt nicht sehr überzeugt.

„Also an schlechte“, seufze ich und lehne mich auf meinem Sitz zurück. Es sind immer die schlechten Zeiten, die uns prägen. „Steht es stellvertretend für einen Namen? Oder für ein Ereignis?“

„Für den Tod.“

Ich blinzle sie überrascht an, aber sie schaut weg und macht deutlich, dass sie nicht darüber sprechen möchte. Wir fahren die nächste Stunde schweigend, was auch etwas ist, das ich in dieser Form nicht kenne. Die Leute in meiner Nähe müssen sich ständig mitteilen, sich profilieren, sich wichtiger nehmen, als sie sind. Es ist schön, einen Moment lang nicht den Druck zu spüren, mich ebenfalls hervorheben zu müssen, und dennoch nicht allein zu sein.

„Hast du inzwischen ein Ziel?“, frage ich irgendwann, ohne die Augen zu öffnen. Ich weiß auch so, dass sie noch immer mit ihrem Gepäckstück auf dem Rücken neben mir kauert.

„Ich weiß nicht“, antwortet sie leise.

„Wann weißt du es?“

„Wenn ich angekommen bin.“

Überrascht von dieser Aussage öffne ich die Augen und betrachte sie von der Seite. Sie wirkt geradezu verloren im Gegensatz zu ihrem riesigen Rucksack. Und ihre Worte lassen darauf schließen, dass sie noch wesentlich mehr zu schleppen hat.

„Für heute hast du jedenfalls eins“, sage ich und beobachte, wie sie zusammenzuckt und dann die Hände miteinander verkrampft. „Wenn du willst“, schiebe ich hinterher, denn ich möchte nicht, dass sie sich in irgendeiner Art und Weise gezwungen fühlt zuzusagen.

Mein Angebot kam spontan. Was mich selbst jedoch am meisten überrascht, ist, dass ich es auch nach mehreren Augenblicken Nachdenken nicht zurücknehmen möchte. Sie dreht ihr Gesicht nicht zu mir, aber ich sehe ganz genau, wie sie zustimmend nickt.

Als ich die Tür aufschließe und mein bescheidenes Studio-Apartment betrete, bleibt sie zögernd auf der Schwelle stehen und starrt auf ihre Füße. Ich sage nichts, denn wenn es ihr lieber ist, wieder zu gehen, dann werde ich sie nicht aufhalten. Jedoch hoffe ich, dass sie es nicht tut.

Bevor sie sich entschieden hat, habe ich mir Jacke und Schuhe ausgezogen und meinen Rucksack in die nächste Ecke gefeuert. Ich bin gerade dabei, all meine Zeichnungen vom Boden aufzuraffen, als sie reinkommt und leise die Tür schließt. Lächelnd räume ich weiter auf und stopfe alle Comics in meinen Schrank. Schließlich habe ich mir bei meinem letzten Frauenbesuch vor einigen Wochen fest vorgenommen, jedes weitere Gespräch darüber zu umgehen. Als ich fertig bin, sehe ich Paula an und frage mich, ob das auch für sie gilt. Sie ist nicht eine von denen, denn ich habe nicht vor, mit ihr im Bett zu landen. Aber was dann? Warum ist sie hier?

Ihre Augen geben keinen Aufschluss über ihre Gedanken und ihre untere Gesichtshälfte versteckt sie noch immer hinter dem grauen Schal. Wir starren uns an, als hätten wir uns noch nie gesehen, und dabei ist es, als ständen wir direkt voreinander und hätten nicht mindestens drei Meter zwischen uns. Ich kann sie beinahe fühlen, so präsent ist sie. Ihr Blick verlässt kurz den meinen und huscht über meinen Körper. Ich bin es gewohnt, vom weiblichen Geschlecht genauestens unter die Lupe genommen zu werden, ich erlebe das jeden verdammten Tag auf der Arbeit. Aber ihre Blicke sind anders. Nicht abschätzend oder berechnend. Nicht gierig. Nur offen. Als sie mir wieder ins Gesicht sieht, fühle ich mich beinahe wohl, aber als ihre gewisperten angsterfüllten Worte an mein Ohr dringen, nicht mehr. „Was willst du von mir?"

„Was?"

Sie schlägt die Augen nieder und wendet sich zur Tür, um zu verschwinden. Ich brauche einen Moment, um zu verstehen, was vor sich geht.

„Nichts, in Ordnung? Ich will nichts", antworte ich schnell und hoffe, sie hört nicht den verzweifelten Unterton, den ich selbst in meiner Stimme wahrnehme. Ich will nicht, dass sie geht. Und schon gar nicht will ich, dass sie glaubt, ich hätte irgendwelche schrägen Absichten mit ihr.

Sie hat ihre Hand schon auf der Türklinke, als sie fragt: „Was soll ich hier?"

Ich sehe nur den sperrigen Reiserucksack von ihr, denn sie steht mit dem Gesicht zur Tür.

„Ich weiß nicht", sage ich schließlich wahrheitsgemäß. „Du bist doch mitgekommen. Und meinetwegen kannst du auch bleiben." Sie antwortet nicht darauf, also schlage ich vor: „Wir können frühstücken."

Ich setze mich in Bewegung und beginne, in der winzigen Küchenzeile Geschirr hin- und herzuräumen, während ich sie aus den Augenwinkeln beobachte. Sie hadert mit sich, überlegt. Ich reiße den Kühlschrank auf und stiere hinein.

„Na ja, ich hoffe, du magst Käse. Mehr habe ich nämlich nicht. Ich glaube, ich gehe mal schnell zum Kiosk an der Ecke. Bist du eher die Marmeladentrulla oder die Wurstmarie?"

„Was?" Sie sieht mich verständnislos an und ich grinse.

„Süß oder herzhaft? Ich tippe auf ersteres."

Sie zieht die Schultern hoch, als wolle sie sich vor meinen blöden Sprüchen schützen. „Käse ist okay."

„Käse ist okay", wiederhole ich leise und hole diesen dann aus dem Kühlschrank. „Dann gehe ich später einkaufen. Setz dich ruhig irgendwo hin, ich mache uns ein paar Käsesandwiches."

Natürlich setzt sie sich nicht, sondern bleibt unsicher stehen und sieht sich verhalten um. Viel ist nicht zu sehen, da es nur ein einziger

Raum ist, den ich bewohne. Recht groß zwar, ein wenig chaotisch vielleicht, aber dennoch gemütlich. Ich arbeite schweigend und gehe schließlich zu ihr, um ihr einen Teller zu reichen. Sie nimmt ihn und ich merke, wie ihre Hände dabei zittern. Warum? Ist ihr kalt? Oder hat sie Angst?

„Ich bin harmlos", sage ich leise und warte, bis sie mir ins Gesicht sieht. „Und im Prinzip weißt du das, sonst wärst du nämlich nicht hier."

Sie blinzelt hektisch, bevor sie wieder den Kopf senkt. Ich lasse sie in Ruhe, gehe zum Sofa und esse mein Sandwich. Sie braucht eine ganze Weile, bis sie von ihrem abbeißt, aber dann ist es schneller verschlungen, als ich geglaubt hätte. Ich tue so, als wäre ich wahnsinnig beschäftigt mit dem Lesen einer Comiczeitung, aber in Wahrheit beobachte ich sie. Langsam streift sie ihre Schuhe von den Füßen und tippelt hinüber zur Küchenzeile, um den leeren Teller zu spülen, zu trocknen und schließlich einfach stehenzulassen. Ich nehme an, dass sie sich nicht traut, meine Schränke zu öffnen. Sie bewegt sich wirklich sehr geschickt, obwohl ich das eine oder andere Mal denke, sie reißt mit ihrem Rucksack alles um. Anscheinend ist sie geübt. Nimmt sie das Ding auch mal irgendwann ab? Sie trägt bis auf ihre Schuhe noch dasselbe wie draußen. Dasselbe wie immer, erinnere ich mich und seufze. Sogar ihre hässliche Strickmütze thront noch auf ihrem Kopf, als sie langsam näherkommt und mir einige Münzen auf den Couchtisch legt. Ich sehe fragend auf.

„Für den Kaffee", erklärt sie heiser. „Und …" Sie verstummt und zieht den Schal von ihrem Mund. „… den Käse."

Was ist das nur mit dieser Frau? Mein Herz beginnt plötzlich zu galoppieren, als ich auf ihre Lippen sehe und mir vorstelle, wie sie sie zu einem Lächeln verzieht, das nur für meine Augen bestimmt ist. Sie blickt mich aufmerksam an und wartet auf eine Antwort, aber ich bin unfähig, ihr eine zu geben.

„Darf ich dein Badezimmer benutzen?", fragt sie leise, fast flüsternd, und knetet unruhig ihre Hände.

Ich nicke. „Aber ich glaube nicht, dass du da mit all dem Zeug reinpasst." Mein Finger beschreibt ihren Aufzug und sinkt dann zusammen mit meiner Hand wieder in meinen Schoß zurück. „Es ist wirklich winzig."

Sie entfernt sich langsam und beginnt, die Schnallen ihres Rucksacks zu lösen. Gebannt beobachte ich, wie sie diesen schließlich auf den Boden abstellt, gegen die Wand lehnt, und dann langsam ihren Mantel aufknöpft. Als sie ihn auszieht, kann ich nicht anders, als sie offen anzustarren. Sie hat plötzlich Beine bekommen. Sie stecken in der schwarzen Strumpfhose und enden bereits auf ihren Oberschenkeln, weil dort das nächste hässliche Strickelement losgeht, aber sie sind ganz eindeutig vorhanden. Sie verschwindet schnurstracks im Badezimmer und schließt leise die Tür hinter sich. Zurück bleibt nur der Typ auf dem Sofa mit den Münzen für den Kaffee. Kurzentschlossen greife ich danach, stehe auf und gehe zu ihrem Rucksack. Wenn Paula wirklich das ist, was ich annehme, dann braucht sie jeden Cent. Ich lasse die Münzen in eine Seitentasche hineinklimpern.

„Was machst du da?"

Ich sehe auf und mache mir bewusst, was für ein Bild ich gerade abgeben muss. Ich hocke vor ihrem persönlichen Eigentum und meine Hände fummeln an dem Reißverschluss. Schöne Scheiße.

„Was soll das?" Sie kommt näher, bleibt aber alarmiert stehen, als ich mich aufrichte.

Ohne Schuhe und Mantel wirkt sie wesentlich kleiner und zierlicher, aber sie hat eindeutig weibliche Formen. Auch wenn diese unter dem weiten rotschwarzen Strickpullover verborgen liegen. Mein Blick fällt auf ihren rechten Ärmel, der im Begriff ist, sich aufzuräufeln, weil ein großes Brandloch die Fäden daran hindert, länger zusammenzuhalten. Sie spürt genau, wohin ich sehe, und versucht, es mit der linken Hand zu überdecken. Ich sehe ihr F und starre mich fest. Der Tod, hat sie gesagt. Was bedeutet das? Dann hebe ich den Blick in ihre Augen.

„Was willst du von mir?", fragt sie flatternd und schlingt schützend die Arme um ihren Oberkörper. „Ich habe nichts."

„Ich will nichts", antworte ich sanft und fühle mich wie der letzte Arsch.

„Warum nicht?" Sie schaut direkt in meine Augen, noch immer die Mütze auf dem Kopf und den Schal um den Hals. „Jeder will irgendetwas."

„Ich nicht."

„Jeder", beharrt sie.

Gut möglich, dass sie recht hat. Ziemlich wahrscheinlich gibt es Augenblicke, in denen jeder von uns irgendetwas will. Diese Wünsche verlieren jedoch an Kraft, sobald man in der Monotonie des Lebens gefangen ist.

„Was willst du?", frage ich. Ihre Antwort interessiert mich mehr als jedes Wort, das irgendwer anders in den letzten vierundzwanzig Stunden an mich gerichtet hat. Wie kommt das? Sie senkt den Blick und schüttelt den Kopf.

„Sag es mir." Ich weiß nicht warum, aber ich habe das Bedürfnis, näher an sie heranzutreten. Also tue ich das. Sie weicht nicht zurück, hebt aber auch nicht den Blick. „Was willst du?"

„Normal sein." Ihre Stimme ist sehr leise, als sie antwortet, aber ich verstehe sie trotzdem.

Während ich noch versuche, diese Aussage auf die Kette zu kriegen, kommt sie ihrerseits ein winziges Stück dichter. Ich brauche nur die Hand ausstrecken, dann kann ich sie berühren, aber ich tue es nicht. „Was ist normal?", frage ich. „Für dich?"

Sie schüttelt wieder den Kopf, bevor sie ihn hebt und mich ansieht. „Und für dich?"

„Die Welt ist normal", beginne ich und atme tief. „Menschen, die ihr eigenes Wohl über das der anderen stellen, sind normal. Oberflächlichkeit, Egoismus und Perfektionismus sind normal. Nach Plan arbeiten und über die Verhältnisse leben, ist normal. Die Augen vor den wahren

Problemen verschließen, ist ebenfalls normal. Alles ist normal, sobald normale Menschen es tun oder solange sie es zumindest behaupten. Kriege, die im Namen von etwas geführt werden, das überhaupt nicht existiert, sind normaler als normal. Selbst die Normalität ist normal, wenn sie eben mal nicht normal ist.“

Ihre Augen weiten sich mit jedem weiteren Satz von mir.

„Wenn du mich fragst, dann ist normal etwas, das niemand anstreben sollte. Normal ist scheiße. Diese ganze oberflächliche, geldgeile, anonyme Welt ist es. Ich hasse alles, was nur annähernd als normal gilt, nur, dass du es weißt.“

Sie braucht einen Moment, um zu antworten. Unruhig scannt sie mein Gesicht und hält den Kopf länger erhoben als jemals zuvor. „Bist du normal?“, fragt sie.

„Ich bin sowas von normal, das kannst du dir gar nicht vorstellen. Sieh mich an.“ Ich breite demonstrativ die Arme aus und nicke bestätigend. „Ich entspreche einem normalen Mann zu hundert Prozent. Ich tue jeden Tag normale Dinge und verdiene damit normales Geld. Ich lebe in einer normalen Wohnung, in einer normalen Stadt und in einer Gesellschaft, die völlig normal ist. Ich habe normalen Umgang mit normalen Menschen, sehe recht normal aus und tue normale Dinge. Ist das normal? Ja, natürlich, denn normal sein, ist eben ganz normal.“

„Ich bin nicht sicher, ob du wirklich normal bist“, bemerkt sie schließlich und starrt einen Moment lang auf meine Brust. Dort drinnen bollert es aufgeregt. Sieht sie es?

„Warum? Weil ich weiß, was falsch läuft, und dennoch nichts daran ändere? Das ist normal, glaub mir. Das machen so ziemlich alle.“

„Ja“, sagt sie leise. „Da ist was dran.“ Und dann sieht sie mir in die Augen und ich habe das Gefühl, in den ihren zu versinken. „Vielleicht bin ich auch normal.“

„Das glaube ich keine Sekunde.“

„Und warum bin ich dann hier? In deinem normalen Leben?“

Ich gehe einen letzten Schritt dichter, möchte die Hand heben und ihr über die Haut streichen, möchte die Wärme spüren, die ihre roten Wangen abstrahlen, möchte sie vielleicht sogar küssen, aber ich sehe sie einfach nur weiter an, während die Worte leise über meine Lippen kommen. Und mit ihnen alles, was mich durchhalten lässt. „Ich habe die naive Vorstellung, dass jeder es verdient, für mindestens zehn Minuten täglich aus diesem normalen Wahnsinn auszubrechen."

„Und wie?", fragt sie flüsternd und ich spüre dabei ihren Atem in meinem Gesicht. Er duftet noch immer leicht nach dem Kaffee vom anderen Ende der Stadt. Und nach meinem Käsesandwich.

„Indem man das tut, was jeder Normalität widerspricht. Ungeschriebene Gesetze brechen und einen Moment lang die Ausnahme jeder Regel sein. Für die rebellische Winzigkeit im eigenen festgefahrenen Sein etwas machen, das man selbst am allerwenigsten erwartet."

Sekundenlang schauen wir uns lediglich an und lassen das Gesagte wirken. Der Druck, der sich mit jedem Herzschlag zwischen uns aufzubauen beginnt, entlädt sich schließlich, als sie sich auf ihre Zehenspitzen stellt und ihre schlanken Finger um meinen Hals legt. Sie zieht meinen Kopf zu sich heran und legt ihre Lippen auf meine. Ich reagiere sofort und schiebe meine Arme in ihren Rücken. Es ist ein harmloser Kuss, ein keuscher, denn weder sie noch ich vertiefen ihn. Vielmehr liegen unsere Lippen aufeinander, als könnten sie plötzlich nicht mehr allein sein. Ich ziehe sie sanft ein wenig dichter und spüre jeden einzelnen Punkt, an dem sich ihr Körper an den meinen drückt. Ihr Becken, ihr Bauch, ihre Brüste. Meine Hände halten sie, während ihre dasselbe mit mir machen.

Als sich unsere Lippen voneinander lösen, holen wir beide Atem, ohne uns wirklich zu entfernen. Ich bemerke ihren Blick und erwidere ihn, bevor ich auf ihren fantastischen Mund aufmerksam werde, der leicht geöffnet abgehackte Atemzüge ausstößt. Ohne zu zögern, verschließe ich ihn mit meinem und schiebe meine Zunge zwischen ihre vollen Lippen. Ihre kommt mir bereits entgegen und so küssen wir uns langsam, fast wie in Zeitlupe, während wir uns eigentlich kaum berühren. Mein Puls rast und irgendwo in meinem Bauch verbreitet sich ein irrsinnig warmes Gefühl. Als sich meine Hand unter ihren dicken Strickpullover schiebt und ihren nackten Rücken hinaufstreicht, entfernt sie sich ein winziges Stück von mir und sieht mich wieder an. In ihren Augen flackert irgendwas, das ich nicht deuten kann. Ist es Furcht? Unsicherheit? Ich ziehe meine Hand hervor und wickle ihr stattdessen den Schal vom Hals. Sie blinzelt, will was sagen, doch als ich meine Finger in ihre zerzausten, fast schon verfilzten Haare schiebe und ihr somit die Mütze vom Kopf schubse, schließt sie die Augen und lässt es geschehen. Ich küsse sie wieder, noch viel sanfter als zuvor, und habe das Gefühl zu platzen. Sie zittert in meinen Armen. Ich bin sicher, dass auch ich bebe, wie ich es noch nie zuvor getan habe. Dass sich unsere Lippen und Zungen kaum berühren und wir eigentlich nur den Atem des anderen in uns aufnehmen, heizt mich unglaublich auf. Es ist fast, als liebten wir einander ohne Körper. Als würde lediglich unser Geist spüren, was der andere braucht. Und wer weiß, vielleicht stimmt das sogar. Vielleicht sind wir uns ähnlicher, als auf den ersten Blick zu sehen ist. Ganz bestimmt sogar. Und dann auch wieder nicht.

Ihre Hände verlassen mich plötzlich, während ihre Augen noch immer geschlossen sind und ihre glänzenden Lippen auf meine warten. Ich verstehe, wo ihre Hände hinwollen, und helfe ihnen. Zusammen ziehen wir ihren Pullover über den Kopf, bevor ich sie wieder küsse. Und sie mich. Sie ist unglaublich. Ihr Körper schmiegt sich perfekt an meinen, und ihr Hintern in der Strumpfhose ist der Wahnsinn. Meine Hand liegt auf ihm, streichelt die Rundung und spürt, wie die Frau, dem er gehört, anfängt, sich aktiv zu bewegen. Sie presst sich an mich, sie reibt und dann bittet sie sogar, als ein kleiner Laut der Lust aus ihrem Mund direkt in meinen dringt.

Vier

Nur für ein paar rebellische Minuten

Paula

O mein Gott. Was macht er da? Und was tue ich?
Ich kann kaum mehr klar denken seit seiner Rede. Vielleicht ist es ein Trick, um Frauen in sein Bett zu locken, vielleicht seine Masche? Aber, Himmel, sie funktioniert. Er funktioniert. Wir zusammen.
Ich kann nicht fassen, wie unglaublich zärtlich er ist. Und wie schön. Als er mit nacktem Oberkörper vor mir steht, wird mir schwindlig. Ich traue mich beinahe nicht, ihn anzufassen, aus Angst, ihn zu beschmutzen, aber seine dunklen Augen überzeugen mich. Ich sehe, dass er sich danach sehnt, also berühre ich ihn. Und küsse ihn. Und spüre ihn.

Seine Hände kneten meinen Hintern und heben mich schließlich hoch. Ohne zu überlegen, schlinge ich die Beine um ihn. Erst als er mich zum Bett trägt, wird mir wieder bewusst, was ich hier eigentlich tue. Und mit wem. Wie ist das möglich? Ich kenne ihn überhaupt nicht. Nicht ein Stück. Und doch sitze ich seit Wochen jeden Tag neben ihm im Bus. Nun habe ich die Arme um seinen Nacken geschlungen, küsse ihn und werde von ihm getragen. Verrückt. Und total überwältigend. Und das nicht nur, weil er und ich überhaupt nicht hier sein sollten, sondern weil wir so verschieden sind. Aber er hat recht, wenn er sagt, dass jeder es verdient, auszubrechen. Und ich breche aus. Bei Gott, ich reiße mit dieser Aktion wahrhaftig alle Mauern nieder. Er wahrscheinlich auch.

Wir fallen auf das Bett und ich rolle mich auf ihn. Langsam küssend arbeite ich mich an seinen perfekten Muskeln und Sehnen hinab, bis ich an seinem Hosenbund angekommen bin. Durch seine Hose kann ich ganz genau erkennen, wie erregt er ist, aber meine Fantasie ist nichts gegen die Wirklichkeit, als ich sie ihm ausziehe. Verflucht. Meine Unsicherheit ist zurück und mit ihr die Frage, wie ich ihm jemals gerecht werden kann. Zögernd sehe ich in sein Gesicht, aber er lächelt nur, hakt ein Bein hinter mich und zieht mich auf sich. Ich lande auf seiner Brust, auf seinem Bauch, zwischen seinen Beinen. Er lächelt immer noch, bevor sich unsere Lippen wiederfinden. Ganz sachte beginnen wir zu schaukeln.

Als eine seiner Hände anfängt, meine Brustwarze zu liebkosen, sind meine Zweifel plötzlich wie weggeblasen. Ich seufze leise, wimmere vielleicht sogar, also dreht er mich auf den Rücken, lässt meinen Mund allein zurück und küsst stattdessen meine Brust. Ich lasse mich fallen, genieße die Reibung seiner Bartstoppeln an meiner Haut, spüre seine Lippen tanzen und seine Zunge kreisen. Sanft beginnt er zu saugen und ich biege mich ihm entgegen, presse meine Beine an seine Seiten. Er versteht den Wink, ändert leicht die Stellung und bewegt sich auf mir, als wären wir schon vereint. Ich kriege kaum Luft, weil sein harter Körper sich immer wieder an mich presst und offensichtlich vorhat, meinen Verstand zu rauben. Oder vielleicht ist es auch sein Mund, der unablässig meine Brust bearbeitet, der keinen klaren Gedanken in meinem Schädel mehr zulässt. Dieser wahnsinnig intensive Takt sendet quälende Stromstöße in meinen Unterleib, also ziehe ich Finn an seinem Kopf nach oben, damit er endlich zu mir kommen kann.

Seine Härte drängt gegen meine Mitte, aber sie kommt nicht weiter, denn ich habe ganz vergessen, dass ich noch meine Strumpfhose trage. Er lächelt, wohl über meinen Gesichtsausdruck, und reibt fester, bevor er sich dann etwas aufrichtet, um mir Strümpfe, Hose und Slip auszuziehen. Ich weiß nicht, woher er es geholt hat, aber plötzlich hält er ein Kondom in der Hand und rollt es sich mit einigen geübten Handgriffen über. Mir stockt der Atem, während ich ihn beobachte, denn er ist so absolut perfekt. So vollkommen. Sein Körper ist grandios, seine Bewegungen geschmeidig, seine Haut makellos. Und sein Blick ist dunkel. Geheimnisvoll.

Dann schwebt er wieder über mir, küsst mich zärtlich und dringt im nächsten Moment in mich. Leise keuche ich auf und halte mich an ihm fest. Er hält kurz inne, bevor er sich zurückzieht und erneut abtaucht. Verflucht, fühlt sich das klasse an! Ich kann mich nicht an das letzte Mal erinnern.

Wahrscheinlich liegt es daran, dass das letzte Mal, als ich so erregt war, schon Jahre her ist. Jahrzehnte, gefühlt. Ich spüre seine Härte sanft aus mir hinausgleiten und langsam wieder eindringen, spüre, wie ich mich für ihn weite und ihn umschließe. Mit Bedacht bewegt er sich und atmet schwer an meinem Ohr. Ich kralle mich an seine Schultern und steuere ihm entgegen, bei jedem Mal ein bisschen mehr. Unsere Bewegungen werden intensiver, tiefer, bevor sie schneller werden, und gipfeln schließlich in einem leisen grunzenden Laut aus seiner Kehle. Aber auch danach stoppen wir nicht, sondern schaukeln dahin wie ein Schiff im leichten Sommerwind. Ich fühle mich so unendlich frei und gelöst, selbst als er irgendwann den Kopf hebt, mir prüfend in die Augen sieht und langsam einige Haarsträhnen aus meinem Gesicht streicht. Er mustert mich aufmerksam. Seine Lippen sind nah, als die Worte meine Haut treffen.

„Ich habe es so satt“, flüstert er. „Bitte geh jetzt nicht. Nicht meinetwegen.“

Vorsichtig gleitet er aus mir heraus und richtet sich auf, bis er zwischen meinen Beinen kniet. Er entfernt das Kondom und schaut mich prüfend an, aber ich schaffe es nicht, seinen Blick länger zu erwidern und wende das Gesicht ab. Mir ist peinlich, so entblößt vor ihm zu liegen, obwohl es doch bis eben noch normal schien.

Normal. Ist das hier etwa normal für ihn? Ich stöhne leise und rapple mich auf. Mit gesenktem Kopf purzle ich aus dem Bett, suche meine Sachen zusammen und ziehe mich an. Ich will nur noch weg, so schnell wie möglich, aber irgendwas hält mich auf. Vielleicht seine Worte, die nun langsam in meinem Hirn zu wirken beginnen und meinen ersten Gedanken zu verscheuchen versuchen? Ich kann nicht greifen, was irgendwo herumschwirrt, bin viel zu sehr damit beschäftigt, vor Scham im Erdboden zu versinken. Meine Güte. Ich habe gerade alle Hüllen fallenlassen, und das vor einem Mann, der es erstens genau darauf abgesehen hat und zweitens überhaupt nicht aus meiner Welt ist. Was habe ich mir nur gedacht? Und was denkt er? Was bin ich für ihn? Ein Abenteuer fernab seiner Normalität? Wird er vor seinen Freunden damit angeben, dass er eine naive und verklemmte Irre von der Straße gevögelt hat? Heilige Scheiße. Was mache ich noch hier? Geh, schreit es in meinem Kopf, verschwinde!

Aber dann hält mich eine Bewegung in meinem Augenwinkel zurück, sofort zur Tür zu rennen. Ich schiele zum anderen Zimmerende herüber und sehe, dass er auf der Bettkante sitzt und irgendwas fummelt. Ich halte inne, ganz still, bewege mich nicht einen Millimeter. Es ist eine Schachtel Zigaretten. Ich erkenne es, als er sie seufzend auf den Nachttisch donnert und mich dann ansieht.

„Ich hatte nicht vor, mit dir zu schlafen, als ich dich hierhin einlud." Seine Stimme ist leise, jedoch eindringlich. Wie seine Augen. „Ich will nur, dass du das weißt, falls möglicherweise dieser Eindruck entstanden sein sollte."

Da ich nicht antworte, steht er auf und kommt auf mich zu. Ich kann ihn gar nicht richtig ansehen, fühle mich nackt, auch wenn er derjenige ohne Klamotten ist.

„Und was ich gesagt habe, war ernst gemeint. Jedes Wort", fügt er an und verschwindet daraufhin im Badezimmer.

Ich bleibe mit rasendem Puls zurück und höre meinen eigenen Atem rasseln. Meine Gedanken überschlagen sich und ich frage mich, was genau er damit meint. Mit allem. Spricht er auf seine Normalitätsrede an? Sie hat mich wirklich getroffen, denn niemals hätte ich diese Worte aus seinem Mund erwartet. Eine solche Sichtweise. Ich habe mich für einen kurzen Moment beinahe verstanden gefühlt und hatte den Eindruck, als stecke noch sehr viel mehr hinter seinen Worten. Ich wollte ausbrechen, so wie er es beschrieben hat, und all die schlechten Dinge für mindestens zehn Minuten vergessen. Ich wollte aufbegehren, mich widersetzen, weil ich das sonst niemals tue, und ich wollte jemand sein. Wollte jemand für ihn sein. Und ich wollte auch, dass er jemand für mich ist. Nur für ein paar rebellische Minuten lang. Also habe ich ihn geküsst.

In Wahrheit war es also meine Initiative gewesen, die uns so weit geführt hat. Mein Wunsch nach Normalität und sein Wunsch nach Abnormalität. Ich kann ihm jetzt unmöglich allein die Schuld in die Schuhe schieben.

Als er aus dem Bad kommt, möchte ich ihm das sagen, aber ich kriege kein verdammtes Wort über die Lippen. So wie immer. Während ich also unsicher noch immer am selben Fleck stehe, geht er in seine winzige Kochnische und räumt meinen Teller weg. Inzwischen hat er eine Hose an, eine graue Jogginghose diesmal, und ein einfaches schwarzes T-Shirt. Er sieht einfach zu gut aus, wie kann ich da nicht verlegen meine Füße anstarren? Wenn ich daran denke, wie nah er mir eben noch war, dass er sogar in mir war, beginnen meine Ohren zu glühen. Der Schweiß bricht mir aus und ich zerre unruhig an meinem kratzigen Pullover.

„Stehst du auf Nüsse?“, fragt er plötzlich und mein Kopf schleudert nach hinten, als hätte er mir gerade einen Kinnhaken verpasst.

„Was?“

„Magst du Nüsse?“ Er hält eine Tüte mit einem Nuss-Mix in die Höhe und ich nicke blöde. Es klimpert, als er sie in eine Schüssel kippt. Dann geht er zum Sofa, setzt sich, schaltet den Fernseher an und stellt die Schüssel neben sich. „Ich hoffe, du bist nicht wählerisch, was das

Programm angeht. Um diese Zeit läuft nur Mist, was auch der Grund ist, warum ich normalerweise arbeiten bin." Er verzieht einen Mundwinkel und schaltet durch die Programme.

„Fast nur Mist", sagt er schließlich und lehnt sich zufrieden gegen sie Sofalehne zurück, bevor er mich ansieht. „Könntest du noch eine Flasche Wasser von da drüben mitbringen? Die habe ich vergessen." Er nickt Richtung Küche und ich setze mich langsam in Bewegung, um seiner Bitte nachzukommen. Erst als ich bereits vor dem Sofa stehe, frage ich mich, warum ich das überhaupt mache. Wollte ich nicht gerade noch gehen? Es war doch nichts wichtiger.

Er nimmt mir die Flasche ab und klopft mit einer Hand neben sich, bevor er sich ganz auf das Fernsehprogramm konzentriert. Ich drehe den Kopf, um zu sehen, was ihn so fesselt, denn der Ton ist abgeschaltet. Es ist irgendein Zeichentrick. Mehrere Minuten starre ich auf den Bildschirm und folge dem lautlosen Geschehen. Die Kaugeräusche in meinem Ohr bringen mich schließlich dazu, in die Schüssel zu spähen. Seine Hand angelt schon wieder nach einer Nuss und er lächelt, als er die richtige in der Hand hält. Er sieht auf.

„Auf den Pistazien steht mein Name", erklärt er.

„Was?"

„Falls du eine finden solltest, ist es meine. Es sei denn, du bist schnell genug."

Verwirrt sehe ich ihn an, dann die Schüssel und danach wieder ihn, aber er schaut zum Fernseher, als wäre dieser der Nabel der Welt. Wie in Zeitlupe lasse ich mich schließlich neben ihn auf der Couch nieder. Es ist nur ein Zweisitzer und ich sinke gefühlt sofort einen halben Meter ein, aber seltsamerweise ist es mir trotzdem nicht unangenehm, so dicht neben ihm zu sitzen. Eigentlich ist es sogar vorteilhaft, denn so stehe ich nicht länger in seinem unmittelbaren Sichtfeld herum. Ich verfolge den Trickfilm und beobachte Finn aus den Augenwinkeln, aber es passiert nichts. Gar nichts. Er isst seine Nüsse und reagiert ab und an auf eine

Szene im Fernsehen, aber er beachtet mich nicht. Und tatsächlich beginne ich aufgrund dieser Tatsache irgendwann zu entspannen und merke, wie schwer meine Glieder werden. Ich bin so fertig, weil ich seit Tagen schon nicht gut schlafe und ständig auf den Beinen bin. Meine Muskeln schmerzen und schreien danach, einfach mal nichts zu tun.

Anders als sonst komme ich diesmal ihrem Wunsch nach und sitze auch zwei Stunden später noch auf dem Sofa, um mit einem fremden Mann gebannt das lautlose TV-Kinderprogramm zu schauen.

Fünf

Wenn du in Wahrheit einer von den Steinen bist

Finn

Ich habe es gründlich versaut. Ich habe mit ihr das getan, was ich mit jeder anderen Frau auch tue, obwohl sie ganz klar keine von denen ist. Weder sieht sie so aus, noch gibt sie sich so. Ihre Bewegungen sind bedacht, als sei sie ständig auf der Hut vor irgendwas. Als habe sie Angst, andere könnten sie tatsächlich bemerken und ansprechen. Bei den Frauen, denen ich sonst so begegne, ist eher das Gegenteil der Fall. Die wollen gesehen werden. Wenn doch mal eine wegsieht, sobald ich sie anschaue, dann ist das nur ein Spielchen, auf das ich anspringe. Angebot und Nachfrage, so einfach. Letztlich lande ich mit fast jeder von denen im Bett. Genauso wie mit Paula.

Scheiße. Sie hat durchschaut, was ich für einer bin, ich habe es in ihren Augen gesehen. Mit dieser Erkenntnis hätte sie sich wunderbar in die lange Liste einreihen können, wäre da nicht mein Wunsch gewesen, auszubrechen. Nun sitzt sie neben mir, weil sie aus irgendeinem verrückten selbstzerstörerischen Grund nicht gegangen ist, als sie es am meisten wollte, und ich fühle mich gut. Sogar noch sehr viel besser, als ich nach einigen Stunden entdecke, dass sie eingeschlafen ist. Stumm beobachte ich ihre geschlossenen Lider, ihre entspannten Lippen und ihren Brustkorb, der sich bei jedem tiefen Atemzug hebt und senkt. Sie ist dünn, fast schon mager, aber ihre Brüste sind trotzdem deutlich unter dem weiten Strickpulli zu erkennen. Ich betrachte ihre rissigen Hände, die schlanken Finger mit den schmutzigen Nägeln, und frage mich plötzlich, was ihre Geschichte ist. Seit Monaten schon sehe ich sie an und fahre mit ihr zusammen Bus, aber ich habe nicht einmal genauer darüber nachgedacht, warum sie anders ist als alle anderen. Bis jetzt reichte mir das Wissen, dass es sie gibt, die Ausnahme. Die, die alles andere in den Schatten stellt, ohne sich dessen bewusst zu sein. Ich himmelte sie an, ohne Worte, und war zufrieden. Aber jetzt, da sie neben mir schläft und damit gegen jede verdammte Regel in meinem Leben verstößt, will ich wissen, wer sie ist.

Ich traue mich nicht, mich zu bewegen, weil ich sie nicht aufwecken möchte. Irgendwann stehe ich dennoch langsam auf, da mein Magen laute Geräusche von sich gibt. Ich habe Hunger und kann nicht fassen, was ich sehe, als ich einen Blick auf die Uhr werfe. Es ist bereits Fünf. Es kommt selten vor, dass ich die Zeit vergesse, weil diese mich sonst normalerweise tagtäglich quält. Ich sehne mich nach der Dunkelheit draußen, um endlich nach Hause gehen zu dürfen, und verbringe oft die halbe Nacht mit Zeichnen, weil der nächste Tag so ein bisschen weniger real ist.

Ohne genauer darüber nachzudenken, gehe ich ins Bad, den einzigen anderen Raum in meiner Wohnung, und rufe von dort aus den Pizzaservice an. Als ich wieder herauskomme, schläft sie noch immer. Leise gehe ich an meinen Schrank, befördere einige Zettel zutage und beginne zu zeichnen. Erst das Klingeln des Pizzaboten reißt ein Loch in die Stille. Die Frau auf dem Sofa schreckt in die Höhe und sieht sich panisch um. Ich lächle sie an, gehe zur Tür und bezahle die Pizzen. Als ich zum Sofa komme, springt Paula auf und will an mir vorbei, weicht aber zurück, als sie mir zu nahekommt. Ich stelle die Pizzakartons auf dem niedrigen Couchtisch ab und schaue in ihr entgeistertes Gesicht.

„Ich hoffe, Schinken ist okay“, sage ich und gehe körperlich etwas auf Abstand. „Was möchtest du trinken?“

„Wie spät ist es?“

„Fast sechs. Du hast ein paar Stunden geschlafen.“

Sie schüttelt den Kopf, als wolle sie das verneinen, und setzt sich plötzlich in Bewegung. „Ich muss gehen.“

Mein Herz sackt schwer in meinen Bauch hinab. „Du *musst*?“, frage ich und betone dabei das letzte Wort besonders.

Sie hält inne und sieht mich an. „Was?“

„Du sagtest, du *musst* gehen.“

„Ähm, ja.“

„Wohin?“

„Spielt das eine Rolle?“

Ich grinse. „Wenn es dort, wo du hinmusst, keine Pizza zum Abendessen gibt, dann schon.“

Sie blinzelt mehrmals heftig, aber sie antwortet nicht, also zucke ich bemüht gleichgültig die Schultern und wende mich zum Kühlschrank. Herrgott, sie darf nicht gehen. Nicht jetzt. Ich bin noch nicht bereit, mich der Einsamkeit zu stellen. Die vergangenen Stunden waren zu schön. Ungezwungen. Und das, obwohl ich in Gesellschaft war. Irgendwie. Ihr Schlaf war für mich wie Luft holen nach einem langen Tag in verpesteter Atmosphäre. Einem Arbeitstag. Oder auch jedem anderen Tag in meinem Leben. Das kann jetzt nicht einfach vorbei sein.

„Also nochmal, was willst du trinken?“

Es dauert ein paar Sekunden, aber dann höre ich ihre leise Stimme in meinem Rücken. „Wasser, bitte.“

Dem Himmel sei Dank. Unwillkürlich atme ich auf und spüre, wie ein erleichtertes Lachen in meine Kehle aufsteigt. Ich kann es gerade noch zurückhalten, um mich nicht komplett zum Deppen zu machen.

„Das ist gut, denn ich sehe gerade, ich habe gar nichts anderes. Ich muss wirklich dringend einkaufen.“ Beschwingt wende ich mich um, kehre zu ihr an den Couchtisch zurück und lasse mich aufs Sofa plumpsen.

Wir essen schweigend, nicht einmal der Fernseher läuft, und es ist trotzdem nicht unangenehm. Mir zumindest nicht. Ich hänge meinen Gedanken nach und versuche zu verdrängen, wie wenig Zeit mir bleibt, bis meine Normalität wieder zuschlägt. Vielleicht sind es nur noch Minuten.

„Darf ich dich etwas fragen?“ Ihre Stimme lässt mich zusammenfahren, bevor ich sie ansehe und nicke. Reflexartig weicht Paula meinem Blick aus und schaut auf ihre Hände hinab, aber als sie die Frage schließlich stellt, sieht sie mich wieder an. „Was genau hast du satt?“

Ich erinnere mich, ihr am Vormittag diesen Satz um die Ohren geballert zu haben, und ziehe eine Grimasse, bevor ich von meinem letzten Stück Pizza abbeiße. Keine sehr leichte Frage angesichts der Situation und daher prädestiniert dafür, nach hinten verschoben zu werden. „Und du?“

Es dauert eine Ewigkeit, bis sie tatsächlich antwortet. Ich habe meine Pizza inzwischen vertilgt und lehne bequem im Sofa zurück, um zu verdauen.

„Niemand zu sein“, flüstert sie.

Ich lächle, während ich meine Zimmerdecke betrachte und über ihre Worte nachdenke. Niemand. Ich weiß genau, wovon sie spricht. „Ich zu sein“, sage ich schließlich und schließe die Augen. Es ist, als würde sie mir einen Spiegel vorhalten. Ich bin ein Niemand in meiner Welt. Und einer von vielen in der normalen. Ich weiß nicht, was schlimmer ist.

„Warum?“ Ihre Frage kommt zögernd.

„Weil es einfacher ist.“

„Einfacher, man selbst zu sein?“

„Nein“, antworte ich und sehe sie an. „Es ist einfacher, der zu sein, den die anderen in dir sehen.“

Sie nickt langsam, schaut weg und fummelt an ihrer Pizzaschachtel. „Warum?“

„Weil es Kraft kostet, seinen eigenen Vorstellungen gerecht zu werden.“

Sie nickt wieder und ihre Worte sind leise. „Aber es ist ebenfalls anstrengend, sich dauernd verstellen zu müssen.“

„Nicht, wenn man ich ist.“

Sie sieht auf, betrachtet mich nachdenklich und schürzt die Lippen. „Dann lebst du eine Lüge, weil es leichter ist, der Wahrheit keine Beachtung zu schenken?"

Ich lehne mich vor, stütze meine Arme auf den Knien ab und denke nach. Sie hat recht. Und dann auch wieder nicht. „Ist es eine Lüge, wenn man sich für den geebneten Weg entscheidet, anstatt für den steinigen?"

„Wenn du in Wahrheit einer von den Steinen bist, dann schon."

Sekundenlang starren wir uns an, dann pruste ich plötzlich los, während sie beschämt den Blick abwendet. Lange habe ich nicht mehr so gelacht und es fällt mir schwer, mich zu beruhigen. Gott, diese Frau ist der Knaller. Ich bin noch damit beschäftigt, den Zuckungen in meinem Körper Einhalt zu gebieten, als sie mit hochrotem Kopf aufsteht und eilig durch den Raum stolpert. Ich habe es versaut, schon wieder, ich erkenne es in dem Moment, als sie nach ihrem olivgrünen Mantel greift. Mein Lachen stirbt auf dem Weg zu ihr.

„Entschuldige. Das eben galt nicht dir, sondern mir selbst. Wenn es anfängt, ins Schwarze zu treffen, wird es amüsant."

„Warum?", fragt sie wieder, zum dritten Mal bereits. Ihre Stimme flattert und ich spüre die Vibrationen bis tief in mein Innerstes. Sie steht dicht vor mir, aber sie sieht mich nicht an.

Seufzend fahre ich mir mit beiden Händen durch die Haare, und überlege, wie ich es erklären kann, ohne sie zu verjagen. Und ohne ein anderer zu sein.

„Weil auch das einfacher ist", sage ich schließlich. „Es ist der gerade Weg. Auf den ersten Blick völlig frei von Steinen."

„Und auf den zweiten?"

„Ich vermeide es, hinzusehen, weil ich schon zu weit bin, um nochmal umzukehren."

„Ja", flüstert sie schließlich. „Ja. Das kenne ich." Es ist so leise, dass ich nicht sicher bin, ob ich es richtig verstanden habe. Hat sie überhaupt was gesagt oder ist es nur meiner Fantasie entsprungen?

Ich stiere sie an und dann hebt sie plötzlich den Kopf und sieht mir direkt in die Augen. Ich sehe Schmerz und Unsicherheit. Verletzlichkeit. Aber auch eine gewisse Stärke und Trotz. Mein Herz bollert heftig in meiner Brust, weil ihr Blick mehr sagt als ihr Mund bisher.

„Und willst du es ändern?“, frage ich.

„Was?“ Sie haucht es nur und ihr Atem trifft dabei mein Gesicht.

„Ein Niemand zu sein“, erinnere ich sie.

Sie schlägt die Augenlider nieder und nickt langsam.

„Und wie?“

„Ich weiß es nicht“, gibt sie zu und knetet ihre Hände.

Sie wirkt plötzlich verloren, hilflos irgendwie, und ich kann mich nur schwer davon abhalten, sie in den Arm zu nehmen. Es ist eigenartig, denn bei keiner anderen Frau habe ich dieses Bedürfnis. Ich will niemanden einfach ohne Eigennutz berühren und möglicherweise sogar beschützen. Wovor auch immer. Wahrscheinlich ist es ihre besondere Ausstrahlung und das Wissen, irgendwo tief vergraben etwas mit ihr gemeinsam zu haben, das mich so fühlen lässt. Was es auch ist, es bringt mich dazu, Worte zu sagen, die mir ernster gar nicht sein könnten. „Bleib heute Nacht hier.“

Erstaunt sieht sie auf. Ihre Pupillen schwingen unruhig hin und her und versuchen zu erkennen, wie ich das meinen könnte. Ein paar Herzschläge lang habe ich Angst, sie jagt mich zum Teufel, aber dann fragt sie leise: „Wozu?“

„Wonach immer uns der Sinn steht.“

„Und dann?“

„Fahren wir Bus. Ich steige an meiner gewohnten Haltestelle aus und gehe zur Arbeit.“

„Morgen läuft also alles wieder normal?“, fragt sie und legt den Kopf dabei etwas schief.

Ich nicke.

„Aber heute Nacht brauchst du einen Niemand?“

„Du bist kein Niemand.“

Das ist sie wirklich nicht. Sie ist die Frau in Wolle, mein Anker in der stürmischen See des Lebens, und ich bin nicht bereit, diesen so schnell wieder herzugeben. Was tagtäglich für zehn Minuten funktioniert, geht sicher auch eine ganze Nacht lang. Scheiß auf Regeln, die ich mir vor langer Zeit selbst gesetzt habe. Scheiß auf Konventionen und all den Dreck, der nur Fassade ist und nicht von Wert für die wirklich wichtigen Dinge. Scheiß auf die Normalität, das Dasein ohne Wahrheit, das Leben ohne Seele. Scheiß drauf. Ich beuge mich vor und lege meine Lippen auf ihre. Instinktiv rückt sie bei der Berührung von mir ab und starrt mich entsetzt an.

„Du fühlst dich real an", erkläre ich schließlich und trete ebenfalls zurück, um den Abstand zwischen uns noch zu vergrößern. Ich möchte auf keinen Fall, dass sie sich von mir bedrängt fühlt, nur weil ich dem Impuls, sie küssen zu wollen, nachgegeben habe. „Es gibt nicht viel, was echt ist, aber dich zähle ich definitiv dazu. Also ja auf deine Frage. Ich brauche ein wenig Wirklichkeit."

Sie presst ihre Lippen aufeinander, lässt ihre Hände in den Ärmeln des Strickpullovers verschwinden und zieht diesen dann schützend vor ihre Brust, indem sie die Arme fest um ihren Oberkörper schlingt. Als sie mir in die Augen blickt, stürzt mein Magen wie ein Klumpen Altmetall in meinen Bauch hinab. Sie sieht verstört aus. „Ich bin nicht sehr gut in sowas", flüstert sie.

„In was?"

„Erwartungen zu erfüllen."

Ihre Worte verhallen im Raum und ich halte ihren Blick länger als sonst gefangen, bevor sie das Gesicht abwendet. Tief atmend schließe ich einen Moment die Augen. „Ich schon."

Sechs

Gibt es ein Codewort?

Paula

Er sieht aus, als würde er für irgendwas Werbung machen. Vielleicht für sich selbst. Sein Oberkörper unter dem schwarzen T-Shirt spannt sich bei jedem Atemzug und obwohl der Stoff relativ locker sitzt, kann ich jeden Muskel darunter erkennen. Eventuell spielt mir meine Erinnerung an seinen fantastischen Körperbau auch nur einen Streich und in Wirklichkeit sieht er gar nicht so sexy aus, wie er da so steht, aber ich glaube nicht daran. Unwillkürlich rutscht mein Blick auf seine Jogginghose und ich erkenne die Ausbeulung in seinem Schritt. Er ist nicht erregt, es ist nur der natürliche Schwung seiner Männlichkeit, die sich da unter dem flexiblen Stoff abzeichnet, aber genau das bringt mich dazu, in Schweiß auszubrechen. O Gott. Weiß der Mann um seine Wirkung auf Frauen? Bestimmt. So selbstsicher wie er sich gibt, ist es klar wie Kloßbrühe.

Aber, Himmel, wie kommt es, dass alles, was er sagt, noch so viel anziehender wirkt als sein Äußeres? Wie kann es sein, dass seine Worte mich wärmen und aufwühlen zugleich? Nicht, dass wir sonderlich viel miteinander geredet hätten, aber ich habe das Gefühl, dass er genau versteht, was ich meine. Und dass er ähnlich denkt. Oder zumindest anders als alle anderen.

Ich schaue mir seine Hände an, die locker an seinen Seiten herabhängen, und versuche mich zu erinnern, wie es gewesen ist, als sie zärtlich über meine Haut gestrichen sind. Sofort spüre ich ein inneres Flattern und hole zitternd Luft, um mich abzukühlen. Als ich soweit bin und ihm wieder in die Augen schauen kann, merke ich, dass er mich ebenfalls neugierig mustert. Er lächelt leicht und ich muss mich anstrengen, um mir klarzuwerden, worüber wir gesprochen haben. Ach ja, genau. Er sagte, er wäre gut darin, Erwartungen zu erfüllen. Wie meint er das? Denkt er, ich habe Erwartungen an ihn? Oder spricht er von den Erwartungen anderer, denen er gerecht wird, weil es der einfache Weg ist? Hat er denn Erwartungen? Was genau gefällt ihm nicht an sich selbst, dass er behauptet, er habe es satt? Er macht nicht den Eindruck, als wüsste er nicht, wer er ist. Vielleicht geht es aber auch darum, wer oder was er nicht ist? Eventuell ist er gar nicht so gefestigt wie er wirkt. Möglicherweise ist auch er ständig auf der Suche nach irgendwas, damit es besser wird. Genauso wie ich.

Seine Augen verraten diesbezüglich nichts, denn sie schauen geradewegs in meine. Interessiert und aufgeschlossen. Ein kleiner wohliger Schauer durchläuft meinen Körper, weil das Gefühl, wirklich gesehen zu werden, ein so verdammt fremdes geworden ist. Er ist der einzige Mann, der mich in den vergangenen Monaten, vielleicht sogar Jahren, auf diese Weise angeschaut hat. Als würde ihn interessieren, was ich denke. Wer ich bin. Und als fände er gut, was er sieht und hört. Ich spüre meinen Puls durch meine Adern rasen, als würde irgendein Wettkampf anstehen, und merke, wie mich der Gedanke, die ganze Nacht mit ihm zu verbringen, aufheizt. Ich möchte nicht gehen, auch wenn ich einen anderen Eindruck vermittle, weil ich noch immer meinen Mantel in der Hand halte. Mein untypischer Wunsch zu bleiben beruht nicht auf der Tatsache, dass ich überhaupt nicht weiß, wohin ich soll, sondern es liegt an ihm. Einzig und allein an ihm.

„Kannst du nochmal machen, was du eben getan hast?“, frage ich leise und kann nicht fassen, wie frei von Furcht ich dabei bin. Wer ist denn diese Frau? Woher kommen nur diese Worte? Dieser Mut?
Seine Augen verdunkeln sich noch ein kleines bisschen, bevor er lang-

sam näherkommt. Das Herz schlägt mir bis zum Hals, und erst, als er dicht vor mir stehenbleibt, schaffe ich es, meine Aufregung herunter zu schlucken. Er beugt sich vor, legt seine Lippen auf meine, und bevor ich weiß, was ich tue, habe ich beide Hände an seine stoppeligen Wangen gehoben und halte sein Gesicht. Er küsst mich sanft, fast zaghaft, und das Kribbeln in meinem Bauch nimmt zu.

Es dauert einen Augenblick, einen kurzen Moment des Genießens, dann küsse ich zurück und erhöhe somit die Intensität. Seine Zunge berührt die meine, streichelt, liebkost, und lässt mich beinahe vom Boden abheben. Aber seine Hände halten mich unten, denn sie schieben sich in meinen Rücken und drücken mich an ihn. Seinen harten Körper zu spüren, vernebelt meine Sinne vollkommen, denn schon einige Herzschläge später schlinge ich meine Arme um seinen Hals, presse mich fest an ihn und bin die treibende Kraft in diesem Unterfangen. Unsere Küsse werden immer wilder, unser Atem abgehackter, unsere Körper fiebriger. Jesus! Ich will ihn. Jetzt. Und niemand ist erstaunter darüber als ich selbst. Aber er ist schließlich ein Traum und Träume soll man leben, nicht wahr?

Als wir auf das Bett zu taumeln, zieht er sich bereits das T-Shirt aus und unterbricht unseren Kuss dafür nur eine Sekunde lang. Ich verliere mich in seinen Händen, seinen Küssen, seinem Duft. Erst als ich auf die Matratze plumpse und er von meinen Lippen ablässt, um mich auszuziehen, habe ich die Zeit, kurz Luft zu holen. Seine Bewegungen sind fließend und sein Blick konzentriert, während er mir den Pullover über den Kopf streift und geschickt meinen BH öffnet. Bevor er meine Stumpfhose über meinen Hintern und meine Beine herabzieht, schaut er mir ins Gesicht, als wolle er sich vergewissern, ob ich einverstanden bin. O Mann, ich bin ja sowas von einverstanden!

Sobald ich nackt bin, wandern seine Hände über meinen Körper und sein Mund zurück auf meinen. Langsam legt er eine Hand in meinen Nacken und zieht mich mit sich in eine aufrechte Sitzposition. Er kniet vor mir, hält meinen Kopf, küsst mich, während ich vorsichtig mit den Fingern seinen Oberkörper befühle. Seine warme Haut, die straffen Muskeln und vor allem sein überaus männlicher Duft üben einen derartigen Reiz auf mich aus, dass meine Hände wie selbstverständlich forsch an seine Hose wandern. Durch den Stoff taste ich nach ihm und kann nicht verhindern, dass mir ein heiseres Stöhnen entweicht, als ich merke wie hart er ist.

Seine Finger sind in meinem Haar vergraben, während seine Zunge in meinen Mund stößt, die meine streichelt und sich dann wieder zurückzieht. Immer wieder. Es ist der Wahnsinn. Mein Verlangen wächst, darum schiebe ich auch irgendwann meine Finger in seine Hose und umfasse ihn. Er presst sich fester in meine Hand, schiebt sich leicht vor, dann zurück, und beendet bei der nächsten Bewegung unseren Kuss, um mir in die Augen zu sehen.

„Zieh sie aus“, raunt er und ich weiß genau, dass er von seiner Hose spricht. Sie stört ihn mindestens so sehr wie mich.

Also mache ich es. Und bin ihm dabei so nah, weil meine Lippen sachte seine Brust berühren, als ich die Hose über seinen Hintern nach unten schiebe. Ich verteile kleine Küsse auf seiner Haut und sinke danach auf meine Ellenbogen zurück. Er zaubert ein Kondom hervor, öffnet die Packung und streift es sich über, ohne einmal hinzuschauen. Unter langen Wimpern blicken seine Augen dunkel auf mich hinab, und als ich denke, er beugt sich über mich, um zu mir zu kommen, überrascht er mich, indem er meine Schenkel packt und dicht zu sich heranzieht. Durch den Ruck landet mein Kopf dumpf in den Kissen, aber er lächelt nur, hebt mich ein Stück an und dringt kraftvoll in mich ein. Ich schnappe nach Luft und schließe die Augen, damit ich mich ganz auf das Gefühl konzentrieren kann, das er mit seinen Bewegungen in mir weckt.

Aber irgendwie funktioniert es nicht und ich spüre, wie ich mich zunehmend verkrampfe, weil meine Gedanken abschweifen und die ganze Sache zu analysieren beginnen. Und weil ich ihn in dieser Position nicht berühren kann, er mich jedoch schon. Ich fühle mich ausgeliefert. Er hält inne, streicht mit einer Hand meinen Oberschenkel entlang und gleitet dann langsam aus mir heraus.

„Ist alles okay?“, fragt er leise.

Ich sehe ihn an und nicke. Er macht nicht den Eindruck, als glaube er mir, denn sein Blick ist fragend. Ich nicke nochmal.

„Sicher?“ Seine Stimme ist zweifelnd.

„Ja.“

„Willst du aufhören?“

Ich schüttle den Kopf und schließe die Augen. Nein, nicht aufhören.

„Okay“, flüstert er, beugt sich vor und küsst mich langsam.

Dann liege ich plötzlich auf ihm, weil er sich mit mir in seinen Armen blitzschnell umgedreht hat. Mit beiden Händen hält er mein Haar zurück, um mir ins Gesicht sehen zu können. „Besser?“

„Ja.“

Seine Lippen sind so unglaublich weich und gefühlvoll, dass ich bald vergesse, was eben war. Ich verliere mich erneut unter seinen streichelnden Händen und lasse mich von ihm führen. Als ich merke, wie er sich an meine Mitte drängt, bin ich diejenige, die mit einer einzigen Bewegung dafür sorgt, dass wir uns verbinden. Er lächelt, positioniert meine Schenkel neu und dringt ein wenig tiefer in mich hinein. Seine Hände wandern an meine Schultern und drücken meinen Oberkörper sanft, aber bestimmt in eine aufrechte Position. Im ersten Moment ist es mir unangenehm, so auf ihm zu sitzen und damit erneut seinen Blicken standhalten zu müssen, aber er konzentriert sich so sehr auf meine Brüste, die er streichelt und knetet, dass ich anfange, mich zu entspannen. Langsam bewege ich mich auf ihm und probiere aus, wie wir am besten passen. Ich lasse das Becken kreisen und finde mehr und mehr Gefallen an der starken Reibung. Fordernd erhöhe ich das Tempo, genieße das Gefühl, bestimmen zu können, und versuche, den bestmöglichen Winkel zu finden. Er ist so fantastisch hart, dass es mir irgendwann egal ist, wie ich aussehe oder was er über mich denkt. Ich will nur noch spüren, ihn spüren, und wie er mein Innerstes berührt, streichelt, reizt und befriedigt. Mit geschlossenen Augen und mit den Händen auf seine Brust gestützt, reite ich wild dahin und fühle mich so frei wie lange nicht mehr. Irgendwann höre ich ihn stöhnen und spüre seine Finger an meinen Schenkeln.

„Wenn du nicht langsamer machst, ist es gleich vorbei“, raunt er und drückt zur Bestätigung leicht die Finger in mein Fleisch.

„Okay.“ Aber ich denke gar nicht daran, die Geschwindigkeit zu drosseln, weil es gerade besser nicht sein könnte. Es fühlt sich so wunderbar an.

„Ich meine es ernst“, keucht er. „Kurze Pause.“

„Ja.“ Ich brauche den Reiz, will es genau so haben, darum mache ich weiter. Meiner Kehle entringt sich ein Fiepen, ein Wimmern, ein Seufzen. Ich umschließe ihn fester und erzittere bei jedem Stoß ein wenig heftiger.

„Oder …“ Er stöhnt leise und hält meine Schenkel fest umklammert. „Oder du auch?“

„Hm.“ Ich weiß gar nicht, was er meint. Hat er was gesagt?

„Dann … okay.“ Er lässt die Hände locker und streicht abwesend über meine Haut. „Wie du willst“, presst er hervor.

„Ja.“ Oh, ja. Ich mache weiter, spüre, genieße, lebe, aber als sein Atem aussetzt, werde ich abgelenkt. Meine Augenlider fliegen auf und gleich darauf begegne ich seinem durchdringenden Blick. Leise keuchend stößt er den angehaltenen Atem aus dem Mund und bäumt sich auf. Ich komme zum Stillstand und beobachte fasziniert, wie ein Beben ihn heftig schüttelt, danach zurück auf die Matratze drückt und ihn dann kraftlos liegend zurücklässt. Seine Augen schließen sich und als die Luft wieder in relativ gleichmäßigen Zügen seine Lungen durchströmt, landet eine Hand auf seiner Brust. Genau dort, wo schon meine liegt. Er drückt kurz meine Finger und ich spüre, wie seine Wärme auf mich überspringt. Dann öffnet er die Augen. Und grinst.

Mein Herz schlägt unwillkürlich einen Salto, aber ich weiß nicht genau warum, denn in diesem Moment überfluten mich so viele Gefühle und Gedanken, dass ich sie schlecht geordnet bekomme. Oder auch nur annähernd fassen kann. Ganz langsam steige ich von ihm herunter, sehe zu, wie er schließlich sorgsam das Kondom entfernt, einen Knoten macht und es dann achtlos über die Bettkante auf den Boden schubst. Danach schaut er mich wieder an und lächelt. Unsicher bleibe ich steif auf der Matratze sitzen und versuche, das Rasen meines Herzens zu unterbinden. Es hämmert wüst gegen meine Rippen und einen kurzen Moment denke ich, Finn könnte es sehen, denn sein Blick ruht auf meiner Brust.

„Herrje“, sagt er, hebt den Kopf ein Stück an, um mir ins Gesicht zu sehen, und lässt ihn danach wieder seufzend nach hinten in die Kissen fallen. „Herrje.“ Und dann liegt er einfach da, mit beiden Händen auf seinem nackten Oberkörper, und starrt an die Decke.

Mein Blick gleitet vorsichtig an ihm herab. An den gut definierten Muskeln, der leicht gebräunten Haut, bis zu dem wirklich atemberaubenden Penis. Selbst jetzt im Ruhezustand kann ich meinen Blick nicht von ihm lassen und werde garantiert rot bei dem Gedanken daran, wie sehr ich ihn eben genossen habe. Dann betrachte ich seine Beine. Sie sind ebenso gut trainiert wie seine Arme und sein Bauch. Seine Brust. Wieder einmal gewinne ich den Eindruck, dass dieser Mann in seinem Aussehen makellos ist. Perfekt. Tut er etwas für seine gute Form? Geht er wirklich morgens vor der Arbeit noch joggen? Und was arbeitet er eigentlich?

„Auch das war nicht geplant“, sagt er und reißt mich damit aus meinen Gedanken.

Ich sehe in sein Gesicht, aber er schaut noch immer an die Zimmerdecke.

„Aber, verflucht, was war das denn?“ Da ich nicht antworte, dreht er den Kopf ein wenig und lächelt mich an. „Du bist tatsächlich nicht gut darin, Erwartungen zu erfüllen.“

Ich weiß nicht, wie er das meint, darum bleibe ich stumm und laufe stattdessen feuerrot an. Ich kann spüren, wie mein Gesicht glüht. Plötzlich fühle ich mich zu nackt, zu angreifbar, darum rutsche ich vom Bett und suche meine Sachen zusammen. Er beobachtet mich dabei und stützt sich auf seinen Ellenbogen, um besser sehen zu können.

„Bleibst du?“, fragt er, als ich mit Anziehen fertig bin und unschlüssig meinen Rucksack anstarre.

Mein Herz springt in meine Kehle und versperrt dort den Worten den Weg, also schaue ich vorsichtig zu ihm hinüber. Seine Augen mustern mich dunkel und sein Lächeln ist verschwunden. Ich möchte wirklich gern bleiben und weiß selbst nicht genau, warum das so ist. Es widerspricht allem, was ich denke und was ich mache. Aber vielleicht stimmt es ja, was er sagt, und jeder hat das Recht, für einen Moment aus seinem eigenen Leben auszubrechen. Vielleicht auch eine ganze Nacht lang. Also nicke ich und er wirkt zufrieden, als er sich wieder auf die Matratze fallen lässt und seufzend sein Gesicht reibt.

„Okay“, raunt er. „Dann habe ich eine Frage.“

„Eine Frage?“

„Ja, eine persönliche.“

Ich ziehe eine Grimasse und er lächelt. „Du kannst mir auch eine stellen. Irgendwann zwischen jetzt und morgen früh, bevor wir meine Wohnung verlassen, dürfen wir uns gegenseitig eine Sache fragen und verpflichten uns, ehrlich darauf zu antworten. Selbst, wenn es unbequem sein sollte.“

„Ich weiß nicht“, antworte ich zögernd und schlinge mir die Arme um den Oberkörper.

„Nur eine einzige, Paula. Den Rest der Zeit können wir machen, was immer wir wollen.“

„Und was wäre das?“

„Keine Erwartungen, in Ordnung? Es steht uns frei. Wenn wir reden möchten, dann reden wir. Das Gleiche gilt fürs Schweigen. Und wenn wir einfach schlafen wollen, dann tun wir auch das. Es ist lediglich diese eine Frage, die wir dem anderen offen und ehrlich beantworten. Mehr nicht."

„Und wozu?"

„Für uns selbst."

„Das heißt, ich kann dich fragen, wie morgen das Wetter wird, damit ich weiß, was ich anziehen soll?"

Er lacht. „Wenn es das ist, was dich glücklich macht."

„Was heißt schon glücklich", murmle ich und gehe zum Sofa, um mich zu setzen.

„Keine Ahnung", antwortet er. „Aber wenn das deine Frage ist, werde ich mich bemühen, sie nach bestem Wissen und Gewissen zu beantworten."

„Ich kann also fragen, was immer ich will?"

„Das kannst du sowieso. Der Deal ist, dass ich offen und ehrlich antworten werde. Mindestens dieses eine Mal. Ohne Umschweife oder Ausflüchte. Umgekehrt ebenso."

Das lasse ich mir durch den Kopf gehen. Es klingt gut, was er sagt. „Okay. Und wie erkennen wir, ob das die eine Frage ist? Die wichtige? Gibt es ein Codewort?"

Er grinst und setzt sich schließlich auf. Seine Beine schwingt er über die Bettkante, bevor er nachdenklich seine Brust kratzt. „Hm, ein Codewort. Was hältst du von *Joker*?"

Ich nicke und er lächelt noch immer, als er aufsteht, seine Boxershorts vom Boden sammelt, sie anzieht und dann zu mir kommt. Er bleibt so dicht vor mir stehen, dass ich aufsehen muss, um seinen Augen begegnen zu können.

„Also, abgemacht. Wenn der Joker kommt, wird blankgezogen. Ohne Filter."

Ich blinzle auf seine Hand, die plötzlich zwischen uns schwebt, und schiebe zögernd die meine hinein. Mein Puls erhöht sich, als wir uns berühren, aber das ist nichts zu dem Purzelbaum, den mein Magen schlägt, als Finn mich unvermittelt auf die Beine zieht. Unsere Oberkörper prallen gegeneinander und die Luft wird aus meinen Lungen gepresst. Ich keuche leise auf.

„In der normalen Welt ist der Joker ein Bösewicht“, raunt er und hält weiterhin meine Hand. „Und weißt du auch warum?“

Ich kann nicht klar denken, wenn er mir so nah ist, daher brauche ich einen Moment, um zu antworten. „Weil die Wahrheit niemand wissen will“, hauche ich schließlich leise.

Seine Finger drücken meine, dann lässt er mich los. Auf seinen Lippen schwebt ein Lächeln und es ist so überwältigend, dass ich mich daran festhalte, um nicht zurück auf das Sofa zu plumpsen.

„Ich bereue es bereits“, sagt er leise.

Überrascht hebe ich den Blick in seine Augen. „Es war doch deine Idee.“

„Nein, das meine ich nicht.“ Seine Hände legen sich auf meine Hüften. „Ich bereue, nicht schon viel eher mit dir gesprochen zu haben.“ Ganz sachte küsst er meinen Mundwinkel und wandert mit den Lippen zu meinem Ohr. „Bist du wirklich? Und wenn ja, wer bist du?“

„Ich weiß nicht“, antworte ich heiser. Es ist die Wahrheit, denn ich habe vergessen, wie es ist, die zu sein, die ich bin. Wie es ist, normal zu sein.

Ich höre ihn leise atmen, spüre wohlige Wärme an meinem Hals, genau dort, wo auch einen winzigen Moment später seine Lippen auftreffen, und fühle mich plötzlich nicht mehr unzureichend. Es ist fast, als hole mir seine Aufmerksamkeit, seine Nähe und sein Zuspruch das zurück, was schon vor langer Zeit verloren gegangen ist. Erst, als er mich loslässt und einen Schritt zurücktritt, öffne ich die Augen und bin wieder im Hier und Jetzt. Finn sieht mich lange an, halbnackt und wunderschön, bevor sein Blick langsam an mir und meinen schäbigen Klamotten herunterwandert. Als er nach seinem Ganzkörperscann wieder in mein Gesicht schaut, nickt er.

„Was hältst du von einem Nachtisch?“

Verwirrt über den plötzlichen Themenwechsel, sage ich das erste, was mir in den Sinn kommt. „Hatten wir den nicht gerade?“

Sein Lachen schallt durch den ganzen Raum und beschert mir eine fette Gänsehaut sowie ein knallrotes Gesicht, weil mir bewusst wird, dass ich das tatsächlich gerade laut ausgesprochen habe. Solche Dinge kommen mir sonst eigentlich nie über die Lippen, schon gar nicht einem ausgesprochen attraktiven Fremden gegenüber. Allerdings sind wir bereits zweimal innerhalb kürzester Zeit miteinander im Bett gelandet, und das ist auch nichts, was ich sonst so tue. Vielleicht gehört dieser Kommentar einfach zu der Ausbruch-Paula, versuche ich mich zu beruhigen, als ich beobachte, wie sich Finn noch immer grinsend anzieht und zur Tür geht.

„Fühl dich ganz wie zu Hause, ich bin gleich wieder da“, sagt er, lächelt mich an und schließt die Tür hinter sich.

Vorsichtig atme ich die angehaltene Luft aus, lasse mich zurück aufs Sofa plumpsen und erwische meine Mundwinkel dabei, wie sie sich heben. O Mann. Nach einem Rundumblick durch seine Wohnung bleibt meine Aufmerksamkeit an der Tür zum Badezimmer kleben und ich stelle mir vor, wie schön es wäre, eine heiße Dusche zu nehmen. Draußen ist es bereits dunkel und garantiert so klirrend kalt, dass mich schon beim Gedanken daran ein unangenehmes Zittern überkommt. Ich schüttle mich und schaue prüfend zur Wohnungstür. Er hat gesagt, dass ich mich wie zu Hause fühlen soll, oder nicht? Nicht, dass *wie zu Hause fühlen* etwas Gutes für mich bedeuten würde, aber in diesem Fall war es sicher positiv gemeint.

Schnell stehe ich auf, eile zu meinem Reiserucksack hinüber und wühle ein paar Dinge hervor, die ich mit ins Bad nehme. Die Tür schließe ich ab, lehne mich kurz dagegen, ziehe tief die Luft in meine Lungen und lasse sie schließlich ganz langsam wieder entweichen. Dann sehe ich mein Spiegelbild. Oh, mein Gott, bin das wirklich ich? Was ist mit meinen Haaren passiert? Mit den Fingern versuche ich, die verfilzten Strähnen zu sortieren, gebe aber nach kurzer Zeit auf. Es ist zwecklos. Heiliger Kuhmist, ich bin ein Wrack.

Langsam ziehe ich mich aus und vermeide dabei jeden weiteren Blick in den Spiegel, bevor ich in die Duschkabine schlüpfe und das Wasser aufdrehe. Es ist sofort heiß und versetzt mich in eine Art Trancezustand. Verdammt, fühlt sich das gut an. Fast so gut wie Finn, schießt es mir durch den Kopf und ich merke selbst hier, allein im abgeschotteten Raum, wie mir schon wieder die Röte ins Gesicht steigt. Ich erinnere mich an seine Küsse, schließe die Augen und befühle mit den Fingern vorsichtig meine Lippen. Es ist fast, als spüre ich ihn noch immer. Die Gedanken an seine weiche Zunge und seinen harten Körper lösen ein eigenartiges Flattern in meinem Bauch und ein Ziehen in meinem Unterleib aus. Meine Haut beginnt vor Aufregung zu kribbeln.

Schluss jetzt damit, Herrgott! Ich öffne die Augen und schrubbe energisch jedes Fleckchen meines Körpers sauber, als wolle ich die letzten Tage einfach abwaschen. Vielleicht auch die letzten Wochen. Eventuell sogar noch viel mehr. Als ich mein Haar wasche, färbt sich das Wasser bräunlich.

Sieben

Ich wette, du behältst nicht mal sieben

Finn

Geräuschlos drücke ich die Tür ins Schloss. Es ist ruhig in der Wohnung, aber gleich mehrere Dinge verraten mir, dass sie noch da ist. Zum einen steht ihr riesiger Rucksack weiterhin an die Wand gelehnt auf dem Boden, jedoch geöffnet, wie ich sofort feststelle, und zum anderen ist die Badezimmertür abgeschlossen. Ich kann mich nicht erinnern, ob das jemals zuvor der Fall gewesen ist, seit ich hier wohne. Das kleine rote Rechteck unter der Klinke leuchtet mir so demonstrativ entgegen, dass es mir ein Lächeln ins Gesicht zaubert. Vielleicht ist es aber auch nur das Wissen, sie nicht verscheucht zu haben. Eigenartigerweise hatte ich Angst, den Rest der Nacht mit der Einsamkeit kämpfen zu müssen. Ich will meine Auszeit nicht aufgeben. Noch nicht.

Während ich meine Schuhe achtlos neben der Tür abstreife und liegenlasse, betrachte ich ihre genauer. Sie sind alt. Also nicht nur, dass sie normalerweise von alten Leuten getragen werden, sondern sie sind ausgetreten und seitlich an der Sohle eingerissen. Wahrscheinlich hat sie jeden Tag mit nassen Füßen zu kämpfen und trägt deshalb dicke Wollsocken. Ich gehe in die Knie, schiebe die Hand in einen Schuh und zerreibe stirnrunzelnd die Feuchtigkeit zwischen den Fingern. Ich wünschte wirklich, meine Ahnung diesbezüglich hätte sich als falsch herausgestellt. Langsam richte ich mich wieder auf, verstaue meine Einkäufe in der Küche und warte. Es dauert fast eine halbe Stunde, bis sie aus dem Badezimmer kommt. Inzwischen liege ich auf dem Sofa, paffe eine Zigarette und starre an die Decke. Aus den Augenwinkeln sehe ich, wie sie schnurstracks zu ihrem Rucksack eilt.

„Ich … ähm, ich habe geduscht. War das okay?“, fragt sie unsicher, nachdem sich keiner von uns mehr bewegt.

Ich drehe den Kopf und sehe sie an. Ihr Haar ist stumpf, jedoch etwas geordneter als zuvor, aber ihre Wangen sind noch immer gerötet. Äußerst steif steht sie neben ihrem Rucksack und versucht, meinem Blick standzuhalten. Sie ist nicht sehr erfolgreich. Ich möchte sie fragen, warum sie in nassen Schuhen herumläuft, warum sie jeden Tag die gleichen abgewetzten Sachen trägt und warum zum Teufel sie immer einen riesigen Rucksack mit sich herumschleppt, der den Eindruck vermittelt, als habe sie nichts anderes als das auf dieser gottverlassenen Erde, aber ich habe Schiss vor der Antwort. Außerdem habe ich dazu meine ganz eigene Theorie. Darum rauche ich auch. Ich rauche immer, wenn es Dinge gibt, die mir nicht behagen, ich jedoch nicht ändern kann. Oder will. Diese miese Angewohnheit hilft mir, zu ertragen, dass die Welt ungerecht und scheiße ist.

Sie sieht noch immer unsicher zu mir herüber, aber ich überspringe die Antwort auf ihre Frage und stelle selbst eine. „Spielst du?“

„Wie bitte?“

„Bist du eine Spielerin?“

Ihre Augen verengen sich zu Schlitzen, dann schüttelt sie langsam den Kopf.

„Wie schade“, erwidere ich und ziehe ein letztes Mal an meiner Kippe. „Du siehst aus wie eine.“

„Ähm.“ Sie räuspert sich. „Wie meinst du das?“

Ich richte mich auf, drücke die Kippe auf einem Teller aus und trage diesen dann zur Küchenzeile hinüber. Ich spüre, wie sie mich mit Blicken verfolgt und muss lächeln. Sie ist nicht die erste, die mich anstarrt, als wäre ich aus einer anderen Galaxie, aber sie ist die erste, die mich dabei nicht bereits in Gedanken entkleidet. Das fühlt sich gut an, überraschend anders. Ich entsorge meinen Glimmstängel und spüle den Teller, bevor ich mich zu ihr umdrehe.

„An welche Zahl denke ich gerade?"

„Was?"

„An welche Zahl?"

„Äh, ich weiß nicht, was …?"

„Antworte einfach und mach dir nicht so viele Gedanken. Ich habe eine Zahl im Kopf und wenn du sie errätst, hast du gewonnen. Ganz einfach. Also, welche Zahl?"

Sie blinzelt mehrmals, dann sagt sie leise: „Sieben."

„Kling, kling, herzlichen Glückwunsch!", rufe ich und bewege dabei meinen Arm, als würde ich an irgendeinem Seil ziehen, das Konfetti auf sie niederregnen lässt. „Sie haben den Jackpot geknackt, schöne Dame. Ich gratuliere aufs Herzlichste."

Sie schaut wie eine Katze, die misstrauisch ihr Opfer beäugt, aber dann plötzlich entspannt sie sich und ein Lächeln verirrt sich auf ihre Lippen. Ich kann nicht deuten, ob es die Freude über ihren Sieg ist, oder ob sie mich auslacht, weil ich mich wie ein Hofnarr vor der Queen verbeuge, aber es ist mir auch egal. Wichtig ist, dass sie überhaupt lächelt.

„Ich wusste es", sage ich grinsend und hole die Eispackung aus dem Gefrierfach. „Du bist eine Spielerin."

Langsam kommt sie näher und ich nehme einen ganz neuen Duft an ihr wahr. Honig vielleicht. Und Kokos. Das gefällt mir. Sie hält einen geeigneten Sicherheitsabstand, als ich Schüsseln und Besteck hervorkrame und dann alles zusammen durch den Raum zum Sofa hinübertrage.

Zeit für ein Spiel. Ich bin gespannt, wie weit ich gehen kann, zumal es Jahre her ist, dass ich überhaupt das Bedürfnis verspürt habe, mich mit jemandem auf dieser Ebene zu duellieren.

„Okay, pass auf", sage ich und plumpse in die Kissen. „An welche Sorte Eis denke ich?"

Sie schielt auf die Packung. „Schoko?"

„Ist das eine Frage?"

„Schoko", sagt sie bestimmt und ich tröte erneut los.

„Kling, kling! Wahnsinn. Einmal noch, in Ordnung?" Fragend schaue ich ihr in die Augen und sie nickt schließlich. Ich öffne die Eispackung und schaufle mit einem großen Löffel die Hälfte davon gleichmäßig verteilt in unsere Schalen. „Ja oder nein?"

„Zu was?"

„Ja oder nein?"

Sie mustert mich skeptisch, schaut auf das Eis und dann wieder zu mir. „Ja."

Grinsend schiebe ich ihr eine Schüssel vor die Nase. „Sehr gute Wahl."

Sie grinst ebenfalls, wenn auch nur kurz, angelt nach einem Löffel und lässt sich dann im Schneidersitz vor dem Tisch auf den Boden sinken, mir genau gegenüber. Prüfend beäugt sie das Eis und schaut mich danach erwartungsvoll an, als brauchte sie meine Erlaubnis, um es zu essen. Ich allerdings gebe ihr keine Antwort auf ihre stumme Frage, sondern stehe auf und hole aus dem Schrank eine kleine Holzkiste, die ich bei meiner Rückkehr zwischen unseren Schüsseln auf die Tischplatte stelle.

Gott, wie lange ist das her? Eine beinahe unbändige Vorfreude steigt in mir auf und lässt meine Fingerspitzen kribbeln. Erneut plumpse ich in die Kissen und schiebe mir einen großen Löffel Schokoladeneis in den Mund. „Ich wette, du behältst nicht mal sieben."

„Sieben was?", fragt sie verwirrt.

„Sieben Steine." Ich deute auf die Kiste, bevor ich noch einen Löffel Eis hinunterschlinge. Irgendwie muss ich die fiebrige Aufwallung in meinem Innern ja bekämpfen. „Du behältst nicht mal sieben in der Setzphase."

„Ähm." Ihre Augen werden zu schmalen Schlitzen, als sie zu begreifen versucht.

Geschäftig öffne ich den Deckel und hole das Spielbrett und die Steine hervor, bevor ich alles ordnungsgemäß sortiere. „Du bekommst die weißen, weil du noch rein und von meinem strategischen Denken unberührt bist. Ich räume dir somit eine reale Chance ein, aber um ehrlich zu sein, glaube ich nicht daran, dass du tatsächlich eine hast. Also spielt die Farbe eigentlich keine Rolle“, erkläre ich, zucke die Schultern und hebe schließlich den Blick.

„Du willst mit mir Mühle spielen?“, fragt sie ungläubig.

Ich schüttle den Kopf. „Nein, das war deine Entscheidung. Erinnerst du dich? Ja oder nein?“

„Dabei ging es um das Eis.“

„Ich spiele niemals um Eis, Paula.“

„Und worum dann?“

„Um einen weiteren Joker.“

Sie bewegt nur ganz leicht den Kopf, während ihre Augen unruhig über das Spielbrett huschen und danach bei mir hängenbleiben, um zu ergründen, was vor sich geht. Ich starre zurück, will eigentlich Gleichgültigkeit signalisieren, aber das läuft mächtig schief. In Wahrheit will ich spielen, ganz unbedingt, und als sie schließlich langsam nickt, stoße ich freudig den angehaltenen Atem aus. Yes!

Sie greift nach den Steinen, die ich ihr gegeben habe, und sagt: „Du fängst an.“

Zischend ziehe ich die Luft durch die Zähne. „Das war dein erster Fehler, nur, dass du es weißt.“

„Wir werden sehen“, murmelt sie und wartet, dass ich den ersten Stein setze.

Oh, yeah, willkommen im Reich der Mühlen, Baby!

Wenn Glück ein Aussehen hätte, wäre es viereckig mit einem Herz aus runden Steinen, ich bin sicher.

Acht

Mal was vollkommen Verrücktes

Paula

Er gewinnt seine Wette, denn nach der Setzphase habe ich nur noch fünf Steine übrig. Ich tue so, als fiele es mir gar nicht auf, und er ist so gütig, um es mir nicht lachend unter die Nase zu reiben. Nach jedem Zug von ihm nimmt er mir einen weiteren Stein und gewinnt im Handumdrehen das ganze Spiel. Nicht eine einzige Mühle habe ich bauen können. Blinzelnd versuche ich einzuordnen, was genau mein Fehler gewesen ist, aber ich komme nicht dahinter. Vielleicht war ich einfach nur unkonzentriert.

„Nochmal", sage ich und hole mir meine Steine zurück.

Er lächelt leicht. „Willst du dieses Mal beginnen?"

„Nein, schon gut. Fang an."

Und er fängt an. Dieses Mal bleibt mir ein Stein mehr und ich somit eine Runde länger im Spiel, aber dies als Sieg einzustufen, wäre nun wirklich vermessen.

„Nochmal."

Ich sehe, wie sein Mundwinkel zuckt, aber er sagt nichts, als er mir meine Steine über den Tisch schiebt. Er wartet, dass ich beginne, aber schon aus Prinzip weigere ich mich. Einen Moment lang passiert nichts, dann stellt er, ohne den Blick von mir abzuwenden, einen Stein auf das Brett. Er provoziert, schießt es mir durch den Kopf, weil er glaubt, mich selbst dann besiegen zu können, wenn er gar nicht hinsieht. Und tatsächlich schaut er auch bei den nächsten drei Zügen nicht auf das Spielbrett.

Sein intensiver Blick lastet schwer auf mir und ich spüre ganz genau, wie seine dunklen Augen mich zu durchbohren versuchen. Unbehaglich ändere ich meine Sitzposition und überlege meinen nächsten Zug. Er ist dabei, eine Mühle zu bauen, aber ich versaue es ihm gründlich, indem ich einen meiner Steine dazwischen setze.

„Wenn du nicht hinsiehst, entgeht dir mein Sieg“, sage ich leise.

Er reagiert nicht auf meine Worte, sondern schließt eine Mühle an anderer Stelle und entfernt meinen eben gesetzten Stein aus dem Spiel. Mist, verdammter. Wie ist das denn passiert? Auch diese Partie ist verloren, das wird mir spätestens klar, als ich zwei weitere Steine aufgeben muss.

„Nochmal.“

Er hebt die Augenbrauen und nickt. Als er mir die weißen Steine zugeschoben hat, lehnt er sich gemütlich auf dem Sofa zurück. Unsere Blicke treffen sich und haken sich ineinander. Mit einer leichten Handbewegung bedeutet er mir anzufangen.

„Du wirst wieder verlieren“, sagt er kurz darauf.

Erstaunt sehe ich auf, denn ich habe gerade erst meinen zweiten Stein auf das Brett gestellt. Sein Lächeln wirft mich beinahe um, denn es rast direkt in mich hinein und lässt meine Innereien kippen. Meine Haut kribbelt und ich schlucke kräftig den Kloß in meinem Hals herunter. Wenn er mich nur eine verdammte Mühle bauen lassen würde, dann könnte ich auch gewinnen, denke ich, sage es aber nicht laut. Ich verschränke die Arme auf der Tischplatte und starre auf das Spielfeld, als seine Vorsehung eintrifft.

„Nochmal?“, fragt er.

„Was ist mein Fehler?“

Er lächelt erneut und schüttelt den Kopf. „Soll ich dieses Mal beginnen?“

„Bitte.“

Wir spielen drei weitere Runden, aber das Ergebnis ist immer gleich.

„Ich weiß, wie du denkst“, sagt er schließlich und zeigt auf meine Spielsteine. „Es ist nicht sonderlich schwer zu erraten, was du vorhast.“

Ich schaue ihn fragend an.

„Du konzentrierst dich auf die falschen Dinge“, erklärt er. „Was du tust, das macht so ziemlich jeder, der dieses Spiel spielt. Du agierst normal, verstehst du?“

„Normal?“

„Ja. Ich weiß schon im Voraus, wo du deinen nächsten Stein platzieren wirst, weil du immer wieder versuchst, einem Muster zu folgen. Vergiss für einen Moment dein Ziel und mach mal was vollkommen Verrücktes.“

Meint er etwa, so verrückt, wie zu einem fremden Mann in die Wohnung zu gehen, mit ihm zu schlafen und danach ein Brettspiel zu spielen? Ich schnaube leise, bevor sein Lächeln erneut tief in mich eindringt.

„Du bist dran“, murre ich und warte, dass er mich wieder besiegt. Was er auch tut. Mindestens zehn weitere Mal. Ich glaube zu verstehen, wie seine Strategie ist, jedoch bin ich unfähig, diese zu durchbrechen. Nach jeder weiteren Niederlage werde ich verbissener. „Nochmal“, sage ich. „Nochmal.“

Aber irgendwann hört er einfach auf, seine schwarzen Mühlen zu bauen, und sieht mich nur noch an. Lange und äußerst durchdringend.

„Was ist?“, frage ich unsicher, denn seine dunklen Augen bescheren mir eine Gänsehaut.

„Wer ist es, der dir wehgetan hat?“

Seine Worte poltern ungebremst in mich hinein und veranstalten dort ein wahres Chaos. Ich schnappe nach Luft, habe aber das Gefühl, trotzdem nicht mehr genügend Sauerstoff zu bekommen. Kalter Schweiß kriecht meinen Rücken hinauf und nimmt meine gesamte Kopfhaut ein. Als ob es nicht genug wäre, dass mein Puls plötzlich rast, beginnen auch noch meine Hände unkontrolliert zu zittern. Tief einatmend verstecke ich diese unter dem Tisch, damit Finn sie nicht sehen kann, aber ich erkenne an seinem Blick, dass es ihm nicht entgangen ist.

Da ich nicht antworte, spricht er wieder. „Wen versuchst du zu besiegen?“

Mein Herz hämmert unkontrolliert in meiner Brust, aber ich zwinge mich zu gleichmäßigen Atemzügen, um mich zu beruhigen. Alles ist gut, sage ich mir. Alles gut. „Dich“, krächze ich schließlich und sehe ihn an.

„Nein.“ Er schüttelt den Kopf. „Ich bin nicht dein Gegner.“

„Ich glaube schon.“

„Wenn ich es wäre, dann wärst du nicht hier.“

Ich versuche, in seinen Augen zu lesen, wie er das gemeint haben könnte, aber ich gebe auf, weil ich nicht stark genug bin, um seinem Blick lange genug standzuhalten.

„Okay“, sage ich schließlich und räume das Spielfeld und die Steine in die kleine Holzkiste. „Ich gebe auf. Du hast gewonnen.“

Er antwortet nicht darauf, sondern beobachtet mich weiter. Selbst, als ich unsere Eisschüsseln in die kleine Küche bringe und abzuwaschen beginne, verfolgt mich sein Blick. Es dauert nicht lange, bis ich einknicke, denn ich fühle mich mehr als unbehaglich.

„Kannst du aufhören, mich so anzustarren?“, frage ich krächzend und verkrampfe meine nassen Finger in dem Spülbecken zur Faust. „Bitte?“

Aus den Augenwinkeln nehme ich wahr, wie er vom Sofa aufsteht und näherkommt. Es rauscht in meinen Ohren, aber seine Worte verstehe ich trotzdem, als er sich neben mich stellt. Ich spüre sogar die Vibrationen seiner Stimme, obwohl er mich gar nicht berührt.

„In Ordnung“, raunt er. „Joker.“

„Was?“

„Ich ziehe einen Joker. Ich habe zwei, schon vergessen?“

„Ähm.“

„Eine Frage“, erinnert er mich leise. „Und eine wahre Antwort.“

Ich werde beinahe blind, so stark blendet mich sein Lächeln, aber aus irgendeinem unerfindlichen Grund schaffe ich es nicht wegzusehen. Es ist umwerfend und ich starre auf seine Lippen, als wären sie das Licht der Welt. Als sic sich erneut bewegen, durchläuft ein leichtes Beben meinen Körper und holt mich wieder auf den Boden zurück. Ich senke beschämt den Blick und höre nun auch die Worte die er spricht.

„Was bedeutet das F auf deiner Hand?"

Einigermaßen geschockt versuche ich, seine Frage einzuordnen, und denke nicht im Traum daran, auch noch zu antworten, aber dann blinzle ich mehrmals heftig und tue es doch. Es ist keine bewusste Entscheidung, es entschlüpft einfach meinem Mund, als wäre es das normalste auf der Welt, einem wildfremden Mann etwas Persönliches von mir zu erzählen.

„Es ist ein Name", beginne ich zögernd.

„Du sagtest, es steht für den Tod."

„Ja." Ich räuspere mich.

„Dann ist jemand gestorben?"

Ich schließe die Augen und einen Moment lang ist es allein die Stille, die uns umgibt. Sie ist nicht unangenehm, nur fragend. Und Finns tiefe Stimme gleitet sanft auf ihr dahin, als wäre sie ein Schiff auf ruhiger See.

„Was ist passiert?", fragt er leise.

Es sind schließlich meine Worte, die das Schiff zum Schaukeln bringen. Oder vielleicht ist es auch nur meine Stimme, die plötzlich droht zu kentern. „Es gab mal ein Mädchen, das an das Gute im Leben glaubte, bis das Schlechte sie eines Besseren belehrte." Kurz hole ich Luft, dann spreche ich weiter, bevor mich der Mut dazu verlässt. „Dieses Mädchen hatte einen wunderbaren Vater. Er war der beste Mensch, den sie kannte, denn er war verständnisvoll, geduldig und voller Liebe für seine einzige Tochter. Es gab keinen Tag, an dem er nicht an sie geglaubt, sie nicht ihrer selbst bestärkt und ihr nicht versprochen hat, die Welt besser zu machen. Er wollte es nur für sie tun, weil sie es nämlich verdient hätte, hat er gesagt. Jeder Tag sollte in strahlenden Farben scheinen und würde trotzdem nicht das Licht widerspiegeln, das tief aus ihrem Inneren kam. Jeden Tag, an den sie sich erinnern konnte, war er für sie da und immer war es seine Stärke, von der sie zehrte, wenn das Leben sie packte und kräftig durchschüttelte. Sie hat ihm alles bedeutet und umgekehrt war es nicht anders. Die Verbindung der beiden zueinander war stark und von einzigartiger Intensität, denn sie waren nur zu zweit, viele Jahre schon. Das Mädchen hat ihren Vater vergöttert und auf seine Worte vertraut. Aber dann passierte etwas, womit keiner der beiden gerechnet hat. Er hatte einen Herzinfarkt und gleich darauf einen zweiten, und alles, was er seinem kleinen Mädchen über das Leben erzählt hat, fiel wie ein wackliges Kartenhaus in sich zusammen. Sie hielt seine Hand, als er seine letzten Atemzüge tätigte, und selbst da noch vergaß er nicht, ihr zu sagen, wie sehr er sie liebte. Es war das letzte Mal, dass sie diese Worte gehört hat, denn danach änderte sich alles.“

Ich verstumme und atme erneut tief durch, ehe ich die Kraft habe, den Kopf zu drehen und Finn anzusehen. Seine dunklen Augen blicken aufmerksam in meine, aber ich kann nicht einen einzigen Gedanken von ihm fassen. Weil ich jedoch Angst habe, dass es umgekehrt anders ist, wende ich den Blick wieder ab.

„Wie ging es mit dem Mädchen weiter?“, fragt er.

„Sie kam zu ihrer Mutter und lernte, was es heißt, erwachsen zu werden.“ Im Augenwinkel sehe ich, wie er nickt und seine Hände flach auf die Anrichte legt.

„Wie war der Name des Vaters?“

„Frank.“

„Und wie alt warst du, als er starb?“

Zu sagen, dass mich seine Frage überrascht, wäre gelogen. Finn ist nicht wie alle anderen, das ist mir schon beim ersten Blick klar gewesen. Jedoch ist es nicht sein Aussehen, wie ich anfangs angenommen habe, sondern das Außergewöhnliche an ihm steckt viel tiefer. Irgendwo unter der Oberfläche ist es vergraben und ich fühle mich plötzlich besonders, weil ich es bin, die seine Aufmerksamkeit für eine kleine Weile bekommt. Es erinnert mich daran, dass das kleine Mädchen von früher vielleicht doch nicht zusammen mit ihrem Vater gestorben ist.

„Ich war zwölf", sage ich wahrheitsgemäß und betrachte das F auf meinem Handrücken, bis es vor meinen Augen verschwimmt.

Nach unserem Gespräch am Spülbecken schweigen wir. Immer wieder werfe ich Finn verstohlene Blicke zu, um abschätzen zu können, was er denkt, aber er lässt mich diesbezüglich im Dunkeln. Fast könnte man meinen, er hätte mich vergessen, denn er bewegt sich geschmeidig durch seine Wohnung, gibt dabei nicht den kleinsten Laut von sich, und wirft mir nicht einen einzigen Blick zu.

Es ist eigenartig, plötzlich nicht beachtet zu werden, wo er mich doch noch während des Brettspiels keine Sekunde aus den Augen gelassen hat. Ich fühle mich wie ein Geist, unsichtbar und beobachtend, aber nach einer Weile beginne ich mich zu entspannen. Der Grund dafür ist einfach: Wäre Finn nicht so wahnsinnig präsent in seiner Ausstrahlung, würde ich nicht mal merken, dass er überhaupt da ist.

Sein Gang ist aufrecht und seine Haltung selbstbewusst, er weiß genau um seine Stellung, aber er wirkt so entspannt und im Reinen mit sich selbst, dass dieses Gefühl einfach auf mich überspringt. Während er also nach einigem Hin- und Herräumen wieder auf das Sofa sinkt und den Fernseher anstellt, betrachte ich seine Bücherregale und denke zum ersten Mal nicht, dass ich nicht hierhergehöre. Mein Verstand weiß natürlich, dass meine Anwesenheit in der Wohnung eines Fremden völlig verquer ist, aber mein Bauchgefühl lässt mich durchatmen. Also atme ich.

In Finns Regal stehen hauptsächlich Comics und zwar so viele verschiedene, dass ich bereits nach kurzer Zeit den Überblick verliere. Langsam lasse ich meine Finger über die Buchrücken und die Hefte gleiten und wünsche mir plötzlich, all diese Geschichten zu kennen. Vorsichtig ziehe ich ein zerschlissenes Heftchen hervor, blättere darin herum und beginne zu lesen, als Finn plötzlich neben mir steht und mich fast zu Tode erschreckt.

„Entschuldige“, murmle ich und mache das Heft schnell wieder zu, weil sein Blick genau das zu sagen scheint. *Mach es zu! Leg es weg! Was zum Henker fällt dir ein?* Mit hochrotem Kopf schiebe ich den Comic wieder zwischen die anderen und lasse ergeben die Hände sinken.

Er steht bewegungslos neben mir, sagt nichts, aber ich spüre seinen Blick ganz genau, denn mein Körper sinkt immer weiter in sich zusammen. Ich starre auf seine nackten Füße auf dem Holzfußboden und frage mich, wo das eben erst gewonnene Gefühl der Entspannung mit einem Mal hin ist. Unsicher trete ich einen Schritt zurück. Finn hebt die Arme und fummelt ein anderes Heft hervor.

„Ich sehe, dass du unschuldig bist“, sagt er. „Niemand mit Erfahrung würde diesen Schrott lesen. Hier, nimm das. Es wird garantiert deine Erwartungen erfüllen.“

Hektisch blinzle ich auf den Comic in seiner Hand, nehme ihn aber nicht. „Was ist falsch an dem anderen?“

„So ziemlich alles. Es ist das schlechteste, was jemals abgedruckt wurde. Absoluter Schwachsinn.“

„Warum? Ist es normal?“, frage ich leise.

Er legt den Kopf leicht schief, bevor er lacht. „Nimm dieses hier. Es wird dir gefallen.“

Ich greife danach, sehe es mir an und als ich wieder aufschaue, sitzt Finn erneut auf dem Sofa und verfolgt gespannt den lautlosen Zeichentrick auf dem Bildschirm. Die nächste halbe Stunde verbringe ich mit lesen, aber so ganz kann ich mich nicht darauf konzentrieren, weil ich mich frage, warum ich das andere Heft nicht ansehen soll, obwohl es doch ganz eindeutig zu seinen Favoriten gehört, so zerfleddert, wie es ist. Als ich fertig bin, lege ich den Comic beiseite und schaue mich erneut in seiner Wohnung um. Überall an den Wänden hängen Bilder von farbenfrohen Superhelden, aber auch einfachen Fantasiefiguren in schwarz-weiß. Ich weiß nicht warum, aber die Frage, ob er es war, der all dies gezeichnet hat, schießt mir erst jetzt in den Sinn. Ist es möglich, dass er so etwas wie ein Comiczeichner ist? Gibt es diesen Beruf überhaupt? Ich betrachte ihn, stelle mir vor, wie er konzentriert über einer Zeichentafel sitzt und Dinge skizziert, die in seinem Kopf schon längst eine Gestalt haben, und muss beinahe lächeln. Ja, jetzt, da ich darüber nachdenke, passt es wirklich zu ihm.

„Verdienst du damit dein Geld?"

„Hm?" Sein Kopf schwingt zu mir, aber nur widerwillig, denn seine Konzentration gilt dem Fernsehprogramm.

Ich deute auf die zahlreichen Zeichnungen an den Wänden. „Sind die alle von dir?"

Seine Augen verengen sich, dann zuckt er resigniert die Schultern und wendet sich wieder ab. Mein Blick fällt auf das Heft neben mir, dann auf die prall gefüllten Regale mit ähnlichen Exemplaren, danach auf den Bildschirm. Wenn er nicht selbst zeichnet, dann hat er in jedem Fall ein anderes Interesse an Comics, denn dass sie zu seinem Leben gehören, ist nicht zu übersehen. Vielleicht ist er ja Verleger? Oder Kritiker?

„Finn?" Ich warte, bis er mich wieder ansieht, bevor ich meine Frage wiederhole. „Womit verdienst du dein Geld?"

Er lächelt leicht, sieht wieder auf den Bildschirm und stellt nach einem Moment der Stille den Fernseher ab. Leise seufzend legt er den Kopf zurück auf die Sofalehne und schließt die Augen.

Seine Worte kommen klar und deutlich bei mir an, obwohl er leise spricht. „Ich bin der, den du dir nimmst, wenn du ihn brauchst, verstehst du? Wenn es dir schlecht geht, wenn du Ablenkung suchst oder wenn dir einfach danach ist. Und wenn du Geld hast, denn mich zu kriegen, ist nicht billig. Ich bin derjenige, der dich aufbaut, dein Selbstbewusstsein stärkt und mit dem arbeitet, was du bereit bist zu geben. Ich bin da, immer, und du kannst mich haben, jederzeit. Ich bin ein Körper und ein Gesicht. Ab und an bin ich auch ein Hirn, aber eher selten. Kurz gesagt bin ich ein Mann ohne Seele. Eine Hülle in der Abgeschiedenheit einer Hölle, die zu erschaffen ich mitgeholfen habe."

Verwirrt über diese Aussage starre ich ihn nur an, denn ich habe keine Ahnung, was ich darauf antworten soll. Mir schießen tausend Gedanken durch den Kopf, aber nicht einen bekomme ich zu fassen. Ich habe auch gar keine Zeit, denn plötzlich sieht er mich an und fügt hinzu: „Es gibt nichts, das ich nicht mache, solange es im Rahmen meiner Möglichkeiten liegt. Wer mich bucht, der bekommt mich auch zu hundert Prozent. Vielleicht mehr."

O Gott, wovon zum Teufel spricht er da? Meint er das ernst? Was meint er? „Ich habe auch einen Joker", krächze ich schließlich und knete nervös meine Hände. Ich will wissen, was seine Worte bedeuten.

Er nickt. „Ja, das hast du. Ziehst du ihn jetzt?"

„Was ist dein Beruf?"

Er lacht leise und schüttelt den Kopf. „Es war unnötig, den Joker jetzt zu nehmen, Paula, denn was ich gesagt habe, entspricht der Wahrheit. Gibt es eine offizielle Berufsbezeichnung für das, was ich tue? Ja, in der normalen Welt schon. Ich bin Personal Trainer."

„Personal Trainer?" Ich blinzle verwirrt. „Du meinst … ähm, wie in einem Fitnessstudio?"

„Wie in einem beschissenen Fitnessstudio", antwortet er und legt den Kopf zurück auf die Sofalehne, um an die Decke zu schauen, während er weiterspricht. „Zumindest ist dort mein Ausgangspunkt, denn meistens bin ich im Studio anzutreffen. Man kann mich aber auch im Netz finden und für Außentrainings buchen. Oder für Seminare, die ich hin und wieder gebe. Um ehrlich zu sein, ist Mundpropaganda noch immer am effektivsten. Und, ohne abgedroschen oder überheblich klingen zu wollen, ich bin der Beste. Es gibt niemanden sonst, bei dem all deine Wünsche in Erfüllung gehen."

„Was genau meinst du damit?"

„Was glaubst du wohl? Die meisten Frauen, die zu mir kommen, haben weder Gewichtsprobleme, noch wollen sie Muskeln aufbauen oder in Zukunft gesünder leben. Ihnen ist nur eines wichtig. Und ich bin da, um es ihnen zu geben."

„Was genau?"

„Selbstwertgefühl."

„Und wie?"

„Das kann man so pauschal nicht sagen. Der einen reicht meine Aufmerksamkeit, mein Lob und das Ziel, das sie durch mich erreicht, die andere hingegen braucht da etwas mehr."

„Du … ähm, schläfst also mit deinen Kundinnen?"

„Gelegentlich."

„Und wirst von ihnen dafür bezahlt?"

Er sieht mich durchdringend an. „Sagen wir mal so: Die meisten von den Frauen sind der Meinung, dass diese Leistung im Preis enthalten ist."

„Und du? Was meinst du?"

„Ich denke, bei dem, was es kostet, mich zu engagieren, ist die Aussage durchaus gerechtfertigt."

Meine Kehle ist staubtrocken und ich schlucke heftig, um wieder etwas Speichel in meinem Mund zu verteilen. „Wie viel?"

„Wie viel was?" Seine dunklen Augen sehen direkt in meine.

„Was muss man zahlen, um dich zu kriegen?"

Er lacht. „Ist das wichtig?"

„Wenn man dafür auch genauso gut ein Einfamilienhaus kaufen kann, dann schon."

„Kann man nicht, aber danke für die Blumen. Es ist egal, wie viel es wirklich ist. Du könntest es dir niemals leisten."

„Was soll das heißen?"

„Dass zu mir hauptsächlich Frauen kommen, die ihre Kohle im Schminktisch verstecken müssen, um der Reichensteuer zu entgehen. Keine von denen würde Gesundheitsschuhe tragen oder ihr verknotetes Haar unter einer hässlichen Strickmütze verstecken."

Aus irgendeinem Grund verletzt mich seine Aussage und zwar so sehr, dass mir Galle in die Speiseröhre steigt und meine Augen anfangen zu brennen. Nein, Paula, nicht heulen, jetzt bloß nicht heulen. Da ist es wieder, das Gefühl, minderwertig zu sein. Wie hatte ich nur vergessen können, wer ich bin? Ich brauche auf der Straße bloß in das Gesicht eines einzigen Menschen zu schauen, der mich bemerkt, dann weiß ich wieder, was ich wert bin. Nichts. Nicht mal einen feuchten Furz. Wie habe ich annehmen können, dass Finn anders über mich denkt? Wie blöd bin ich eigentlich?

Ganz langsam stehe ich vom Bett auf und schiebe das Comicheft zurück in das Regal, aber anstatt danach einfach den Rückzug anzutreten, wie es wahrscheinlich am besten wäre, bleibe ich mit dem Rücken zu Finn stehen und unterdrücke weiterhin meine Tränen. Er ist in den vergangenen Wochen der Einzige gewesen, der nicht abwertend in meine Richtung geblickt oder mir mit Worten zu verstehen gegeben hat, dass ich eine dreckige Asoziale bin. Und nun sagt er solche Sachen und ich erkenne genau, dass er wie alle anderen denkt. Er sieht mich an und weiß, wer ich bin. Und, verdammt nochmal, er hat recht. Ich bin genau das. Ich bin, was ich bin, und diese kleine Auszeit heute Nacht ändert rein gar nichts daran.

Dass Finn nicht mehr auf dem Sofa sitzt, merke ich erst, als er mich an der Schulter zu sich herumdreht. Mit dem Rücken stoße ich gegen das Regal und sein warmer Atem triff mich mitten im Gesicht.

„Hör zu", raunt er. „Ich bin genau das, was du jetzt in mir siehst. Ich verkaufe mich, jeden einzelnen gottverfluchten Tag. Das ist meine Realität und ich lebe sie. Nicht nur, weil ich es kann, sondern auch, weil ich es will. Aber erinnerst du dich noch, was ich über das Normalsein gesagt habe?“

Er hält inne und wartet auf eine Antwort. Ganz langsam nicke ich, versinke in den dunklen Augen und spüre plötzlich seine Hand in meinem Haar. Er kämmt mit den Fingern hindurch, hält es fest und kommt mit seinem Mund meinem gefährlich nah. Flüsternd fragt er: „Weißt du es noch?“

Ich nicke ein weiteres Mal, aber ich kann kaum denken, wenn er so dicht vor mir steht. „Du sagtest, du hasst alles, was auch nur annähernd als normal gilt“, hauche ich.

Er lächelt und senkt den Blick auf meinen Mund. „Als ich sagte, dass ich ein bisschen Wirklichkeit fernab der Normalität bräuchte, war das nicht gelogen.“

„Okay.“

„Du bist fernab, Paula, aber das meine ich keineswegs negativ. Ich hätte heute auch zur Arbeit gehen können, denn nicht an der richtigen Haltestelle auszusteigen, ist wahrhaft kein triftiger Grund, um den ganzen Tag wegzubleiben. Ich wäre einfach etwas später dort angekommen, kein Problem, diese Freiheit habe ich. Aber ich bin hier, mit dir, und mein Telefon liegt ausgeschaltet in irgendeiner Ecke, damit mich heute niemand mehr in den Strudel zurückreißt, der mein Leben ist. Also vergiss, was ich bin, was wir sind, und nutze die Auszeit auf deine Weise. Ich tue es auch und ich muss dir sagen, dass ich es genieße. Du siehst es vielleicht nicht, weil du mich nicht kennst, aber du kannst dir sicher sein, dass ich diesbezüglich die Wahrheit sage.“ Inzwischen sieht er mir schon wieder in die Augen, was mich ganz kirre macht, weil seine nämlich wunderschön sind. „Wenn du also irgendetwas tun willst, das unter normalen Umständen nicht geht, dann bin ich der Letzte, der dich davon abhält.“

Flatternd atme ich die Luft ein, die plötzlich zu brennen scheint, seit er wieder eine seiner Reden schwingt. Alles, was aus seinem Mund kommt, klingt absolut logisch in meinen Ohren. Ob es seine Normalitätsrede vom Vormittag ist, seine selbstkritische Sichtweise oder nun sein Angebot, so weit auszubrechen, wie ich es möchte, spielt keine Rolle. Ich spüre, wie sich tief in mir drin etwas zusammenzieht, und schiebe es auf die Aufregung, weil er leise fragt, ob es da etwas gibt. Ich schlucke schwer und nicke schließlich. Ja, es gibt da etwas.

„Kannst du mich zeichnen?"

Überrascht weiten sich seine Pupillen und ein kleines Lächeln umspielt seine Mundwinkel. Bevor er antwortet, rutscht sein Blick jedoch noch einmal auf meine Lippen. „Das habe ich bereits."

„Hm?"

„Vor Wochen schon."

„Ehrlich?" Mein Herz setzt aus. Einmal. Zweimal. Dann rast es los.

Finn löst sanft seine Hand aus meinem Haar und schiebt mir einige Strähnen hinters Ohr. „Ja."

Heftig, wie mein Puls hämmert und meine Haut glüht. Ich schwebe. Der Wunsch, mich von ihm zeichnen zu lassen, kam unerwartet, selbst für mich. Aber er hat so recht mit seiner Ausbruchtheorie. Ich kann mich unter normalen Umständen nicht mal selbst im Spiegel anschauen, also will ich wissen, was andere sehen. Was Finn sieht. Denn wenn die Bilder an den Wänden wirklich von ihm stammen, dann versteht er eine Menge davon. Jede einzelne Zeichnung lebt, man kann praktisch spüren, wie sich die Figuren bewegen und rahmenübergreifend miteinander agieren. Dass er mich bereits gezeichnet hat, bedeutet eine Menge. Was bedeutet es? Mit anhaltendem Atem beobachte ich, wie er eine Schranktür öffnet und zwischen Unmengen bekritzelter Blätter eines herauszieht. Und dann noch eins. Kritisch betrachtet er sie selbst, dann sieht er mich an. „Ich bin nicht sicher, ob sie wirklich dich zeigen, jetzt, wo ich mehr von dir gesehen habe."

„Darf ich?"

Er kommt näher und reicht mir die Zeichnungen.

Das erste ist eine einfache Skizze, hauptsächlich Umrisse und Linien, die ineinandergreifen. Ich sehe eine Person mit langem Mantel abseits des Geschehens stehen, das sich am Rand des Blattes abspielt. Ich nehme an, es ist die Haltestelle, an der ich immer einsteige, denn es ist ganz klar ein Bus zu erkennen.

Zweifelnd betrachte ich die Szene und überlege, ob wirklich ich es bin, die leicht gebeugt dort in der Ecke steht. Der riesige Rucksack auf dem Rücken der Person ist beinahe größer als sie selbst. Es entsteht der Eindruck, als breche sie jeden Moment unter der Last zusammen. Schnell blättere ich weiter zum nächsten Bild und halte geschockt die Luft an. Im Gegensatz zu den wirren Linien vom ersten sieht man hier ganz präzise Gesichtszüge, die eindeutig zu mir gehören. Es ist jedoch, als wäre ich plötzlich eine Comicfigur geworden, nicht, als würde ich in einen Spiegel schauen. Nur wirke ich nicht wie eine Superheldin, sondern eher wie der Underdog. Meinen Mund sieht man nicht, weil ein Schal diesen verdeckt. Einige lange Haarsträhnen hängen kraftlos herab, während eine übergroße Mütze um meinen Kopf liegt wie ein feuchtes Handtuch. Den Blick Richtung Boden gerichtet, stehe ich da, als würde es regnen. Die Schultern hoch- und den Kopf eingezogen. Mein Körper ist verhüllt von einem farblosen Sack und meine Füße stecken in übergroßen Schuhen. Ich schlucke kräftig, während mir bewusst wird, dass ich tatsächlich so auf die Außenwelt wirke. *Ich sehe aus wie eine Ente.*

Finn lacht los und schüttelt den Kopf, während ich vor Scham im Boden versinke, weil ich das eben laut gesagt habe. „Ich habe schon Enten gezeichnet, Paula, aber du bist keine davon."

Ich kann darauf nicht antworten, weil es mir so peinlich ist, wie ich aussehe. Wie kam ich nur auf die beschissene Idee, ein Bild von mir haben zu wollen? Es war doch klar, wie es endet. Die Wahrheit findet immer ihren Weg, mal hart, mal noch härter. Betreten gebe ich ihm die Zeichnungen zurück, setze mich auf das Bett und schließe die Augen. Wahrscheinlich werde ich das Bild von mir selbst nie wieder loswerden.

Ich bin eine geschlagene Frau, gebrochen, und nun habe ich den offiziellen Beweis. Wie ernüchternd. Als ich die Augen wieder öffne, sehe ich, wie Finn mich nachdenklich betrachtet. Ich versuche, ihn anzulächeln, schließlich hat er etwas in der Art verdient, nachdem er mich gemalt hat, obwohl ich doch nun offensichtlich keinen längeren Blick wert bin, aber es misslingt.

„Willst du wissen, warum ich dich gezeichnet habe?", fragt er.

Ich nicke, habe jedoch gleichzeitig Angst vor der Antwort.

„Wenn ich dich anschaue, dann sehe ich die Wirklichkeit in einer Welt voller Schein. Jeder von uns kämpft in Schlachten, die uns in die Knie zwingen, aber nicht alle haben die Kraft, um weiterzumachen. Die meisten wählen einen anderen Weg, einen einfacheren. Sie verbünden sich mit Gegnern, weil es ihrem Zweck dient, oder sie verkaufen sich selbst. Ich schließe mich da ganz klar mit ein. Aber du bist anders."

„Woher willst du das wissen? Du kennst mich gar nicht."

Finn lächelt, lässt sich auf den Boden sinken und legt die Zeichnungen beiseite. Seine Beine streckt er aus und seine Knöchel schlägt er übereinander, während er sich auf seinem rechten Unterarm abstützt. Als er bequem liegt, sieht er mich herausfordernd an. „Beweis mir das Gegenteil."

„Bitte?"

„Beweise mir, dass du bist wie alle anderen."

Mein Herz hämmert eine wilde Melodie, als mein Blick auf seine durchtrainierte Brust rutscht, die sich in dieser Position deutlich unter seinem Shirt abzeichnet. Den Bauch erkenne ich ebenfalls und erinnere mich an die harten Muskeln, die zu berühren mir beinahe den Verstand raubten. Ich beginne zu schwitzen und blinzle heftig, als ich wieder in sein Gesicht sehe, wo sein Lächeln mich schon begrüßt. Herrgott nochmal, ist so ein Aussehen eigentlich erlaubt? Diese Ausstrahlung ist der Wahnsinn. Und die Wirkung auf mich enorm.

„Und wie?", krächze ich mühsam und würge den Pelz in meinem Mund herunter.

„Erzähl mir von dem Mädchen, das ihren Vater verloren hat."

Ich schaue wieder auf seinen Oberkörper und dann an der Jogginghose hinunter zu seinen nackten Füßen. Selbst die sind schön. Die schönsten Männerfüße, die ich je gesehen habe. Ich schüttle den Gedanken ab und antworte schließlich auf seine Frage. „Dieses Mädchen lebt nicht mehr."

„Warum?"

„Weil sich alle Träume und Wünsche, die sie gehabt hat, mit dem letzten Herzschlag ihres Vaters in Luft auflösten. Die Zuversicht, die Hoffnung und die Liebe starben mit ihm."

Nach meinen Worten breitet sich eine Stille aus, die keiner von uns so recht füllen will, darum sehen wir uns bloß in die Augen. Nach einer Weile fällt mir auf, dass wir das noch immer tun, also räuspere ich mich und ändere meine Stellung auf dem Bett.

„Was hattest du für Träume?", fragt er schließlich.

„Wen interessieren die Hirngespinste einer Zwölfjährigen?" Ich winke ab und verschränke die Arme vor der Brust. „Das ist Ewigkeiten her."

„In der normalen Welt sind diese Dinge nicht länger wichtig, da hast du vielleicht recht. Aber wir befinden uns in einer Auszeit, und wenn das bedeutet, in die Vergangenheit zu reisen, dann gewinnen totgeglaubte Wünsche an Bedeutung."

„Was wünschst *du* dir?", frage ich leise.

Finn lächelt. „Das sage ich dir, wenn du mich überzeugt hast. Ich glaube nämlich keine Sekunde daran, dass du bist wie alle anderen."

Ich spüre genau, wie bei seinen Worten eine leichte Röte in meine Wangen steigt, und fixiere konzentriert den Fußboden. „Es gab eine Sache, die mich von anderen unterschied, aber ich habe nie etwas daraus gemacht. Wenn du also meinst, ich wäre anders, weil ich dumm bin, dann stimmt das wohl." Als ich aufsehe, lächle ich beinahe. „Ich konnte schwimmen, Finn, und zwar so gut, dass ich sämtliche Rekorde meiner Altersklasse brach. Es war egal, um was es ging, Rücken, Kraulen,

Schmetterling, was auch immer; ich besiegte jeden und ziemlich oft sogar mich selbst. Mein Vater sagte immer, dass ich besonders sei, weil ich mich nur im Wasser richtig wohlfühlte. Meermädchen hat er mich genannt oder Sperrfisch." Ich lache leise und schüttle den Kopf. „Wie auch immer, ich war ziemlich gut. Auch meine Trainer hielten große Stücke auf mich und sagten, dass ich es eines Tages mal weit bringen würde." Die kleine Pause, die ich mache, brauche ich, um einmal kräftig durchzuatmen. Mein nächster Satz kommt mir nur schwer über die Lippen. „Nach dem Tod meines Vaters bin ich nie wieder geschwommen. Nicht richtig."

„Warum nicht? Wolltest du nicht mehr?"

Unschlüssig, ob ich mit einer Erklärung fortfahren soll, kaue ich auf den Innenseiten meiner Wangen herum und wechsle noch einmal meine Sitzposition auf dem Bett, indem ich die Knie anziehe und mit den Armen meine Beine umschlinge. „Mein Vater und ich waren allein, schon immer. Es gab keine Frau für ihn, keine Mutter für mich und es gab auch keine Großeltern oder sonstige Verwandte, die mich nach seinem Tod hätten aufnehmen können. Da war nur eine fremde Frau, die mich irgendwann zur Welt gebracht hat, sich sonst aber null für mich interessierte. Das änderte sich auch nicht, als sie nach einigem Hin und Her das Sorgerecht bekam. Ich war gezwungen umzuziehen und wechselte demzufolge nicht nur die Stadt, sondern auch die Schule, die Freunde und die Hobbies. Wenn man dreihundert Kilometer Abstand hat von dem, was man kennt und liebt, ist es leicht, seinen Rhythmus zu ändern."

„Also waren es die Umstände, die dich vom Schwimmen abhielten?"

„Im Großen und Ganzen war ich es selbst, denn ich sah nicht mehr viel Sinn darin, den Traum weiterzuführen, wenn einer der Träumer fehlte. Die Frau, bei der ich nun wohnte, wollte sowieso kein Geld für die Mitgliedschaft in einem Schwimmverein investieren, weil man es doch auch für so viel bessere Dinge ausgeben kann. Meine Leidenschaft schlief also ein und als ich sie später wieder aufleben lassen wollte, war ich nicht mehr in Form. Ein Jahr Pause ließ mich extremst hinterherhinken und ich bekam dafür nicht nur Ärger zu Hause, sondern auch den Spott der anderen Schwimmer. Es dauerte nicht lange, bis ich endgültig begrub, was zusammen mit meinem Vater gestorben war."

Finn mustert mich nachdenklich und trommelt dabei leicht mit den Fingern auf den Boden. „Wie war sie so? Deine Mutter?"

„Das Gegenteil von allem, was ich bis dahin gekannt habe. Während mein Vater liebevoll gewesen war, verständnisvoll und geduldig, war sie kalt und unberechenbar. Wenn ich einen Mathetest verbockte oder vergessen hatte einzukaufen, konnte sie mir das Gefühl geben, das niedrigste Wesen auf der ganzen Welt zu sein. Ließ ich sie in Ruhe, war alles in Ordnung. Ihr Freund war noch einen Zacken schärfer, denn er liebte es, herumzubrüllen und Sachen durch die Gegend zu schmeißen, dafür musste man ihm noch nicht mal im Weg stehen. Ich passte mich an und lernte, still für mich zu bleiben und zu gehorchen, wenn mir etwas befohlen wurde. Irgendwann begann ich sogar, darüber hinwegzusehen, dass die beiden sich regelmäßig verprügelten und danach Orgien feierten, als gäbe es kein Morgen. Für sie war ich niemals sichtbar, nicht wichtig. Ich war gut genug, wenn es um Hausarbeit ging, jedoch nicht, wenn es hieß, Urlaub zu machen und wegzufahren. Ich war zu teuer, zu störend, zu viel Mensch, wenn du so willst. Solange ich mich also nicht auf irgendeine in ihren Augen negative Weise bemerkbar machte, war alles gut."

Leise schnaubend kneift er die Augen zusammen und fragt: „Was passierte, als du rebelliert hast?"

„Habe ich das? Ich weiß nicht." Ich zucke die Schultern, lege meinen Kopf auf meine Knie und schließe die Augen. Ich denke an damals und mein Herz wird plötzlich so schwer, als hätte es jemand mit Stahl ausgegossen.

„Was war deine Rebellion?", fragt er erneut und seine Stimme schwingt dabei so sanft zu mir herüber, als wolle sie mich streicheln.

Vielleicht tut sie das auch, denn anders kann ich mir nicht erklären, dass ich tatsächlich ausspreche, was so gut wie niemand weiß.

„Mit vierzehn verlor ich meine Unschuld an einen Jungen, den ich nicht mal leiden konnte, und das nur, weil sie mir verboten hatten, mit irgendwem intim zu sein. Ich bekam meine erste richtige Tracht Prügel, wochenlangen Hausarrest und außerdem noch ein Kind, bevor ich fünfzehn wurde."

Neun

Da ist sie, die beschissene Realität

Finn

Mein Arm gibt beinahe unter mir nach, als ihre Aussage mich trifft wie ein Wurfgeschoss sein Ziel. Bevor ich nach hinten kippen kann, setze ich mich auf und reibe mir ungläubig das Gesicht. Dann starre ich sie an, aber sie sieht es nicht, weil ihr Kopf noch immer auf ihren aufgestellten Knien liegt. Ihre Augen hat sie fest zugekniffen und als ich genauer hinsehe, bemerke ich die Tränen, die sich zwischen ihren Wimpern in die Freiheit quetschen. Heilige Scheiße! Sie hat ein Kind bekommen? So früh? Wo ist es jetzt? Zu Hause? Hat sie überhaupt ein Zuhause?

Seit sie hier ist, bin ich mir sicher, dass sie allein mit dem lebt, was in ihren Rucksack passt, aber ihr Geständnis wirft diese Theorie gehörig über den Haufen. Wer ein Kind hat, hat auch ein Dach über dem Kopf, verdammt, wir leben schließlich in einem Sozialstaat. Wo kämen wir hin, wenn es nicht so wäre? Die Fragen türmen sich in meinem Kopf, doch je mehr Sekunden verstreichen, in denen ich auf ihre schmerzerfüllte Miene starre, umso sicherer werde ich mir, dass ich keine davon stellen werde. Nicht jetzt. Ich beuge mich zum Nachttisch, öffne die Schublade und angle nach meinen Zigaretten. Nachdem ich endlich eine aus der Schachtel geschüttelt habe, bemerke ich ihren vorsichtigen Blick in meine Richtung.

„Ich habe keinen Alkohol im Haus, aber ich brauche einen Drink“, erkläre ich und beuge den Kopf der Flamme aus dem Feuerzeug in meiner Hand entgegen. Tief ziehe ich die Luft in meine Lungen, halte den Atem an und lasse den Rauch danach ganz langsam wieder entweichen. Sie beobachtet mich dabei, also biete ich ihr auch eine an, jedoch lehnt sie mit einem zaghaften Kopfschütteln ab. Ihre Augen sind leicht gerötet, Tränen sehe ich allerdings keine mehr. Ich ziehe noch zwei weitere Mal, bevor ich spreche. „Okay, also der Reihe nach. Wer genau verprügelte dich? Deine Mutter? Oder ihr Macker?“

„Sie erwischten uns im Bett, denn schließlich hatte ich es darauf angelegt und den Jungen mit nach Hause genommen. Er hieß Daniel. Meine Mutter gab mir eine Ohrfeige und ihr Freund Harald erledigte den Rest, bevor sie mich tagelang wegsperrten, damit ich darüber nachdenken konnte, was ich falsch gemacht hatte. Ich trotzte ihrer Strafe, schlug irgendwann das Türschloss kaputt und floh. Aber ich blieb nicht lange weg, denn als ich bemerkte, dass ich schwanger war, war umzukehren das Einzige, das mir einfiel. Es machte Sinn, denn ein anderes Zuhause hatte ich nicht.“

„Wie haben sie reagiert, als sie von der Schwangerschaft erfuhren?“

„Sie lachten. Später verstand ich auch warum, aber an diesem Tag war ich erleichtert. Ich hatte die naive Vorstellung, dass sie sich über das Baby freuten.“

„Aber das taten sie nicht.“ Ich stelle es sachlich fest, denn es als Frage zu formulieren ist unnötig. Ich weiß die Antwort. Aufgeregt ziehe ich an meiner Kippe, blase den Rauch Richtung Zimmerdecke und schaue sie dann wieder an. Ihre Augen folgen aufmerksam meinen Bewegungen.

„Ich wuchs bei meinem Vater auf, weil meine Mutter niemals Kinder haben wollte. Sie wurde damals ungewollt schwanger, genauso wie ich, aber sie ließ das Kind nicht wegmachen. Und das verlangte sie auch nicht von mir.“

„Dann hatte sie tatsächlich ein wenig Anstand? Ein winzig bisschen Herz in ihrer kalten Seele?“, frage ich leise schnaubend und glaube selbst nicht richtig daran.

Paula lacht freudlos auf, schüttelt den Kopf und presst die Lippen so fest aufeinander, dass sie weiß werden. Einen Moment lang glaube ich, dass sie nahtlos weitererzählen wird, aber dann beben plötzlich ihre Schultern und gleich darauf ihr ganzer Körper. Ein schiefes Schluchzen aus ihrer Kehle drückt mein Herz wie Pudding zusammen, aber es ist nichts im Vergleich dazu, als sie plötzlich anfängt zu weinen. Die Gänsehaut jagt in einem irrsinnigen Tempo über meinen Körper und lässt ein ganz unangenehmes Kribbeln zurück. Schnell schlägt sie die Hände vor ihr Gesicht, wendet sich ab und steht schließlich auf, um an mir vorbei zu hasten.

„Entschuldige", murmelt sie. „Entschuldige."

Irritiert sehe ich ihr nach, bin jedoch unfähig, mich vom Boden wegzubewegen. Sie flüchtet Richtung Badezimmer, aber anders als von mir angenommen, betritt sie es nicht, sondern bleibt vor der Tür stehen. Ich sehe nur ihre wild zerzausten Haare, die schmalen Schultern unter dem hässlichen Strickpullover und darunter den unteren Teil ihrer Beine, die von der schwarzen Strumpfhose verhüllt werden und in dicken Wollsocken enden. Sie wirkt verloren, nahezu winzig klein in dem großen Raum, und ich habe plötzlich das Bedürfnis, sie in den Arm zu nehmen. Nicht zum ersten Mal.

Ich weiß nicht, ob es ihre traurige Geschichte ist, die mich so fühlen lässt, oder die Tatsache, dass ich es bin, dem sie diese erzählt, jedenfalls wird der Drang, sie zu berühren, immer größer und sorgt schließlich dafür, dass ich mich vom Boden schäle. Ich drücke meine Zigarette aus, ohne Paula am anderen Ende des Zimmers aus den Augen zu lassen, und gehe danach langsam auf sie zu. Sie bemerkt es, strafft die Schultern, hebt den Kopf und dreht sich schließlich zu mir um. Ihre Augen stehen unter Wasser, jedoch hat sie sich gefasst und wischt mit ihren überlangen Strickärmeln die Feuchtigkeit aus ihrem Gesicht.

„Es tut mir leid, ich wollte dir nichts vorheulen. Es ist nur … na ja, es ist schwierig. Vielleicht können wir einfach das Thema wechseln?" Es klingt wie eine Frage, aber ich beantworte sie nicht.

Entgegen meines Wunsches bleibe ich etwas entfernt stehen, denn ich möchte nicht, dass sie das Gefühl hat, ich würde sie körperlich bedrängen. Das mache ich wahrscheinlich schon mit meinen Worten. „Warum haben sie gelacht?“

Sie tut, als hätte sie mich nicht verstanden, aber der Sturm in ihren Augen zeugt vom Gegenteil. Ich wiederhole meine Frage.

„Wenn sie sich nicht über das Kind freuten, warum haben sie dann gelacht?“

„Sie sahen es als *die* Chance, ihr Leben zu verbessern.“ Ihre Stimme klingt fester als eben noch, vielleicht sogar abgeklärt.

„Inwiefern?“

„Nun ja, mein Vater hat meiner Mutter damals eine Menge Geld gezahlt, verstehst du?“

„Um dich zu bekommen?“

Sie nickt.

„Sie wollte dich also gar nicht haben und bekam dafür auch noch Kohle?“

„Sie wollte mich wegmachen lassen, aber mein Vater war dagegen. Ich nehme an, dass sie ihn erpresst hat, aber genau weiß ich es nicht. Ich erfuhr davon erst, als meine Mutter anfing, aus meiner Situation Profit zu schlagen.“

„Halt“, sage ich und trete einen Schritt auf sie zu. „Wie meinst du das? Wollte sie Geld von dem Vater deines Kindes?“

„Ein Mädchen“, erklärt sie leise. „Ich bekam ein Mädchen.“

Ich gehe noch einen Schritt dichter. „Haben sie deine Tochter in irgendeiner Weise als Druckmittel benutzt?“

Ihr Blick rutscht auf meine Brust, wahrscheinlich, weil sie mir bei ihren nächsten Worten nicht ins Gesicht sehen kann. „Ich hatte keine Ahnung, was vor sich ging, als Daniel und seine Eltern eines Tages vor unserer Tür standen. Zuerst dachte ich, dass sie sich nach meinem und

dem Befinden des Babys erkundigen wollten, weil ich erst einen Tag zuvor aus dem Krankenhaus entlassen worden war, aber das stellte sich als großer Irrtum heraus. Meine Mutter schickte mich in die Küche, um Kaffee zu holen, und als ich wiederkam, war unser Besuch verschwunden. Und meine Tochter ebenfalls."
Sie hielt inne und ich die Luft an. Was zum Teufel erzählt sie mir da? Mein Puls kreischt laut in meinen Ohren, sodass ich Probleme habe, ihre nächsten Worte zu verstehen.

„Harald übernahm das Reden und riss mit ein paar Sätzen meine ganze Welt entzwei. Es ist besser so, hat er gesagt, die einzig richtige Lösung. Ich war fünfzehn Jahre alt und solle froh sein, dass mein Problem uns nun nicht länger im Weg steht." Ihre Tränen laufen hemmungslos, also lege ich meine Hände an ihre Wangen, um die Feuchtigkeit vorsichtig mit meinen Daumen beiseite zu wischen, immer wieder. „Ich flippte aus, aber es war egal, was ich tat oder sagte, sie ignorierten mich und sperrten mich weg. Später erfuhr ich, dass alles rechtsgültig war. Daniels Eltern hatten das Sorgerecht, solange er selbst noch minderjährig war. Ich hatte nie etwas unterschrieben, habe niemals zugestimmt, aber das Gesetz ist stärker als sie Argumente einer hysterischen Fünfzehnjährigen. Ich konnte nichts tun, gar nichts, und ich weiß auch nicht, wieviel Geld Daniels Familie meiner Mutter und ihrem Freund unter der Hand gezahlt hat, damit sie meine Tochter bekommen, aber es muss viel gewesen sein. Zumindest reichte es, dass die beiden sich später absetzen konnten, während ich von dem dreckigen Geld keinen einzigen Cent sah." Sie schluchzt. „Ich hätte es auch nicht angefasst, niemals. Alles, was ich wollte, war mein Baby. Aber … aber …"

„Was?", frage ich atemlos.

„Ich bekam sie nicht. Sie wuchs ohne mich auf. Ohne ihre Mama."

Ich schlucke und halte ihren Kopf noch immer fest, um mich um ihre Tränen zu kümmern. Und, um ihr Halt zu geben. „Hast du nie versucht, sie zurückzubekommen? Später, als du volljährig warst?"

„Doch, natürlich. Mehr als einmal. Immer wieder. Aber sieh mich an, Finn. Sieh mich an.“ Ihre Stimme bricht und damit auch der letzte Damm, der sie aufrecht hält. Mein Herz sinkt in meinen Bauch hinab, kommt mit einem hohlen Plumps dort an und bricht entzwei. Da ist sie, die beschissene Realität.

„Das tue ich“, flüstere ich, ziehe sie an meine Brust und schlinge meine Arme fest um sie. Ich halte sie. Und sie weint. Sie weint, als hätte sie es jahrelang nicht getan.

Ich lege meinen Block zur Seite und sehe Paula an. Seit fünf Stunden liegt sie in meinem Bett, schläft und erweckt den Eindruck, als wäre Frieden ein Wort, das sie kennen würde. Dabei weiß ich es besser.

Schon vor Monaten, nach meinem allerersten Blick auf sie, war mir klar, dass es nicht so sein kann. Wenn man in einer Welt voller Schein unsichtbar ist, fällt mir das auf. Ich sehe nur selten Menschen wie sie, was vielleicht daran liegt, dass ich oft genug selbst nicht so genau hinschaue, aber bei ihr war es anders. *Sie* ist anders. Ich gebe zu, dass ihr olivgrüner Kartoffelsack meine Aufmerksamkeit erregte und mich ihr tätowiertes F zwischen Daumen und Zeigefinger bei der Stange hielt, weil ich mir jeden Tag aufs Neue ausmalte, was es wohl zu bedeuten hat. Der Grund, warum sie zu meinem Tageshighlight mutierte, war allerdings ihre Art, sich zu geben. Sich zu bewegen, gleichzeitig jedoch auf der Stelle zu stehen. Jeden Tag kämpfend zu bestreiten und dabei nicht einmal den Blick zu heben. Zu existieren, aber eben nicht zu sein. Sie erinnerte mich an mich selbst und ich bewunderte sie dafür, dass sie im Gegensatz zu mir die Stärke hatte, genau das zu zeigen und mit jeder einzelnen Geste auszudrücken.

Als ich sie jetzt betrachte, sehe ich etwas anderes. Nicht nur, weil ich nun mehr von ihr erkennen kann als ein paar unruhige Augen in einem Berg hässlicher Wolle, auch nicht, weil ihre Vergangenheit an meinem Innersten zerrt und den Wunsch in mir weckt, ihre Mutter und deren Freund zu finden und beiden mitten ins Gesicht zu schlagen, sondern weil sie ganz offensichtlich eine Frau ist, die nicht unterzukriegen ist. Ich habe Männer gesehen, die für viel weniger in die Knie gegangen sind. Keiner von denen schlägt sich jeden Tag durch die Scheiße und springt am Tag darauf nochmal hinein. Ich erkenne in ihr nicht länger Eigenschaften von mir selbst, sondern ich weiß jetzt, dass sie viel stärker ist, als ich es jemals gewesen bin und je sein werde.

Als sie die Augen aufschlägt und im Halbdunkel mit dem Blick den Raum abtastet, bis er auf mir liegenbleibt, spüre ich, wie ein leichtes Kribbeln meinen Körper erfasst und meinen Magen anhebt. Ihre Haare zeichnen sich dunkel gegen die helle Bettwäsche ab und ihre schlanken Finger liegen bewegungslos auf dem Kissen. Sie sieht aus wie ein Engel. Ihr Blick rutscht auf meinen Zeichenblock auf dem Boden neben mir und ich frage mich, ob ihr bewusst ist, dass ich die letzten Stunden damit verbracht habe, auf Papier zu bringen, was doch niemals eingefangen werden kann.

„Wie spät ist es?“, fragt sie flüsternd und schaut mir wieder in die Augen.

„Ist das wichtig?“

Sie blinzelt. „Wenn es bedeutet, die Auszeit bald an den Nagel zu hängen, dann nicht.“

Ich lächle, weil sie genau so argumentiert, wie ich es heute einige Male getan habe. Anscheinend ist es ansteckend, unverbindlich zu denken. Ich schließe die Augen und lehne den Kopf an die Wand hinter mir.

„Willst du dort auf dem Boden schlafen?“ Ihre Stimme schwingt leise zu mir herüber.

Ich schüttle den Kopf.

„Dann soll *ich* auf dem Boden schlafen?“

„Möchtest du das denn?“

Sie seufzt leise. „Vielleicht lässt sich das vermeiden.“

Ich lächle und wir verfallen in Schweigen. Ich habe tatsächlich keine Ahnung, wie spät es ist, aber mein Bedürfnis, es zu erfahren, hält sich in Grenzen. Es ist, wie sie gesagt hat, und ich möchte nicht die Stunden oder gar die Minuten zählen, bis mein Wecker klingelt und mich daran erinnert, hinausgehen zu müssen.

„Finn?“

Ich liebe es, wie sie meinen Namen ausspricht, ganz ehrlich. Oder vielleicht liebe ich auch nur, dass sie es auf eine Weise tut, die anders ist, als ich es gewohnt bin. Ich höre keine Forderungen dahinter oder gar eine Selbstverständlichkeit.

„Was wünschst du dir?“

Ich öffne die Augen und sehe sie an, denn diese Frage überrascht mich. „Generell oder jetzt, in diesem Moment?“

„Ähm … jetzt“, flüstert sie und schaut erwartungsvoll zu mir herüber.

Mein Magen hebt sich erneut an und bringt mich dazu, langsam aufzustehen und auf das Bett zuzugehen. Ich bewege mich lautlos, fast schwebend, es ist beinahe, als würde mein Gegenpol mich plötzlich magnetisch zu sich ziehen. Den ganzen Weg bis zum Bett lässt mein Blick sie nicht los und mit jedem meiner Schritte richtet sie sich ein Stück weiter auf. Als ich stehenbleibe, sitzt sie mit verschränkten Armen in der Bettmitte, ganz so, als würde sie plötzlich frieren. Irgendwo in der Nähe meines Herzens spüre ich einen kleinen Stich, ganz fein nur, aber er ist da. Hat sie Angst?

„Ich möchte dich halten“, erkläre ich. Das möchte ich wirklich. Unbedingt. Der Drang, ihre Wärme zu spüren und ihr auch ein wenig von meiner abzugeben, war noch nie so stark wie jetzt.

Ihre Pupillen weiten sich überrascht, bevor sie wegschaut. „Okay.“

„Okay?“ Als sie mich aufgrund meiner Nachfrage wieder ansieht, spreche ich weiter. „Du musst mich nicht besiegen, Paula. Du brauchst nicht mal kämpfen.“

Sie blinzelt irritiert, aber erst als ich demonstrativ die Arme vor der Brust verschränke, versteht sie, dass sie dasitzt, als müsse sie sich vor mir verteidigen. Sofort lässt sie locker und zieht entschuldigend einen Mundwinkel in die Höhe. Wäre es nicht so schief, würde ich es als ein Lächeln einstufen.

„Und was möchtest du?“, frage ich nach einem Moment der Stille. Aber sie antwortet nicht mit Worten, sondern rutscht auf dem Bett ein Stück weiter, um mir Platz zu machen. Als sie zaghaft die Decke zurückschlägt und mich prüfend unter ihren langen Wimpern hinweg anschaut, jagt mein Puls bereits in ungeahnter Geschwindigkeit durch meine Adern.

Die Matratze gibt unter meinem Gewicht nach und Paula kommt mir mit dem Oberkörper entgegen. Langsam schiebe ich meine Hand in ihr Haar und lehne meine Wange an ihre. Ihr Duft erinnert mich daran, dass sie noch vor ein paar Stunden zitternd in meinem Armen geweint hat, und das schmerzende Gefühl dieser Erinnerung bringt mich dazu, die Augen zu schließen. Nun ist es lediglich ihr schneller Atem an meinem Ohr, den ich wahrnehme, und die Wärme, die sie ausstrahlt.

„Ich halte dich“, raune ich gegen ihre Haut und spüre ihr Nicken bis tief in meinen Bauch hinein. Ich bewege den Kopf, suche mit dem Mund den ihren und beginne zu entspannen, nachdem ich ihn gefunden habe. Unser Kuss ist schüchtern, abtastend, und ihre Lippen so weich wie keine zweiten. Mein Herz schlägt einen Salto, als sie ihre Hände in meinen Nacken legt und mich zu sich zieht. Nur vorsichtig vertiefe ich die Intensität und berühre mit der Zunge die ihre. Als unser Atem zu einem wird, gibt sie einen kleinen kehligen Laut von sich, der mich sofort bereit macht für alles Kommende.

„Finn“, haucht sie und krallt sich an meine Schultern. „Ich möchte …“

„Ja?“

„Dich anfassen.“

„Ich will auch, dass du mich anfasst“, gebe ich zurück und küsse sie erneut, während meine Hände unter ihr Shirt wandern und ihre weiche Haut berühren.

Sie erschauert leicht und hilft mir schließlich, das Kleidungsstück zu entfernen. Danach ist meins dran und einen Augenblick später betrachtet sie ehrfürchtig meinen nackten Oberkörper. Mir entschlüpft ein Lächeln, weil ihre Miene Überraschung ausdrückt, Erstaunen, aber auch Verlangen. Nur ungern lasse ich mich auf meinen Körper reduzieren, oder stelle ihn absichtlich zur Schau, aber in diesem Moment bin ich stolz auf ihre Bewunderung.

Ihre Finger berühren sachte meine Haut, tasten sich vor und wandern im quälend langsamen Tempo hinunter zum Bund meiner Hose. Ich spüre sie dabei kaum, aber ich fühle die Welle der Erregung, die durch meinen Körper peitscht. Während sie mich so intensiv betrachtet, dass ich genau merke, wo ihr Blick mich trifft, ist ihr Mund leicht geöffnet und weckt in mir den Wunsch, ihre Lippen ein weiteres Mal zu schmecken. Ich beuge den Kopf, hauche einen leichten Kuss darauf, danach noch einen, und ehe ich länger darüber nachdenken kann, tanzen unsere Zungen miteinander, als hätten sie nie etwas anderes getan.

Nur schwer kann ich mich von ihren Lippen losreißen, aber ich will auch wissen, wie sich der Rest ihres Körpers anfühlt. Wie er schmeckt. Ob sich irgendwas verändert hat. Ich lege eine Spur von Küssen ihren Hals hinab, über ihr Schlüsselbein und dann tiefer zum Ansatz ihrer Brüste. Es ist fantastisch, sie allein mit dem Mund zu berühren, während ihre Hände durch mein Haar wuseln und langsam anfangen, meinen Kopf zu lenken. Ganz eindeutig will sie nicht, dass ich aufhöre, sondern schiebt mich tiefer hinunter. Ich liebkose ihre rechte Brust, schließe meine Lippen um die Spitze und beginne sanft zu saugen. Sie hält voller Spannung die Luft an und stößt ihren Atem schließlich flatternd wieder aus, begleitet von einem leisen Seufzer. O Mann, ich will mehr davon. Viel mehr.

Also widme ich mich nach einem Augenblick der anderen Brust, bis mir auch das nicht mehr reicht. In mir wächst der Wunsch, ihr dieses Mal genau das zu geben, was sie braucht, damit sie nur für einen winzigen Moment der realen Welt entfliehen und loslassen kann. Normalerweise nehmen sich die Frauen, mit denen ich schlafe, was sie wollen, ohne dass ich mir darum Gedanken machen muss, aber Paula ist in dieser Beziehung eher zurückhaltend. Ich bin mir ziemlich sicher, dass sie bei den ersten beiden Malen keinen Orgasmus hatte, auch wenn sie zügellos auf mir dahingaloppiert war.

„Schließ die Augen“, raune ich gegen ihre Lippen, bevor sie zurück in die Kissen fällt. Ich will sie genau dort haben. Meine Hände und meine Zunge sind praktisch überall und ich weiß nicht, ob es schöner ist, sie zu schmecken oder sie anzufassen. Ihre Haut ist weich und spannt sich straff über ihren schlanken Körper, während meine Hand groß, dunkel und beinahe fehlplatziert auf ihm wirkt. Es macht den Eindruck, als könnte dieser zierliche Frauenkörper zerbrechen, sobald ich etwas fester zupacken würde. Langsam lasse ich meine Finger unter den Bund ihrer Strumpfhose gleiten und sofort hebt sich ihre Hüfte ein Stück, damit ich sie zusammen mit dem Slip über ihre Beine nach unten streifen kann. Als ich mich küssend an ihren Schenkeln hinaufarbeite, beginnt sie unruhig auf dem Laken hin und her zu rutschen und meinem Mund auszuweichen. Je höher ich komme, desto eindeutiger wird es.

„Ganz ruhig“, sage ich, stemme mich auf den Armen nach oben und sehe in ihr Gesicht. Ihre Pupillen sind tellergroß und ihre Miene angespannt. „Alles in Ordnung?“

„Ja, es ist nur …“

„Hast du Angst?“

„Nein.“ Sie schüttelt energisch den Kopf, aber weicht meinem Blick aus.

Als ich noch höher rücke und ganz über ihr schwebe, spüre ich ihre Hände an meinen Seiten. Vorsichtig streichen sie hinab und betasten durch die Hose hindurch meinen Hintern. Ihre Augen schließen sich, ganz so, als wäre es ihr unangenehm, im Licht zu agieren. Oder als wäre es nicht wahr, solange sie nichts sehen kann. Als würde sie sich sonst nicht trauen, eine Hand nach vorn zu schicken, um forschend meinen Schwanz zu befühlen. Was sie aber eindeutig gerade tut. Ich muss unwillkürlich lächeln und drücke mich fester gegen ihre Handfläche.

„O Gott“, haucht sie. „Du bist …“ Sie spricht nicht weiter, sondern beißt sich stattdessen auf die Unterlippe.

„Was?“, frage ich, vergrabe mein Gesicht in ihrem wirren Haar und küsse die Stelle unter ihrem Ohr. Sie erschauert leicht. „Sag es.“

„Hart. Du bist so hart.“

Ich lache leise und nicke schließlich. „Und das gefällt dir?“ Ich frage es nur flüsternd gegen ihre Haut, aber sie versteht es.

„Sehr.“

„Was gefällt dir noch?“

„Wenn du mich küsst.“

Ich hebe also den Kopf und lächle. Ihre Lippen öffnen sich sofort, um meine zu empfangen, da ich dem jedoch nicht nachkomme, schlägt sie verwirrt die Augen auf. Ich bewege die Hüfte, drücke mich erneut in ihre Hand und wünschte, meine Hose würde nicht den Weg versperren. Ihre Finger legen sich fester um meinen Schwanz. Wir sehen uns in die Augen, während sie mich streichelt, immer mutiger, immer forscher, aber als sie mit der anderen Hand beginnt, ungeduldig meine Hose über meinen Hintern schieben zu wollen, ziehe ich mich zurück. Ihre Finger greifen ins Leere, dann streichen sie zurück über meine Seiten und schließlich halten sie meine Schultern, während ich tiefer rutsche, um ihren Körper zu untersuchen. Ihre Brustwarzen sind groß und rund und ich vergesse beinahe die Zeit, als ich ihnen die Behandlung zukommen lasse, die ich für angemessen erachte. Paula stöhnt leise, bewegt sich unter mir und wuselt sachte in meinen Haaren. Irgendwann gehe ich weiter auf Tauchstation, schiebe meine Hand zwischen ihre Knie und öffne geschickt ihre Schenkel.

„Was machst du?", fragt sie zitternd, als mein Mund bereits die empfindliche Haut unter ihrem Nabel erreicht hat. „Finn?" Sie klingt fast panisch, in jedem Fall jedoch höchst angespannt.

„Ich küsse dich, Paula." Mit meinem Körper suche ich Platz zwischen ihren aufgestellten Beinen, öffne sie noch weiter mit den Händen und kreise dann langsam mit der Zunge um den empfindlichsten Punkt ihrer Mitte. „Ich küsse dich."

„Aber …"

„Ich küsse dich." Und das tue ich wirklich.

Erst ganz vorsichtig und bemüht, ihr Zeit und Raum zu lassen, aber als sie sich entspannt und ich sie mit den Händen meinem Mund weiter entgegenbringe, erhöhe ich die Intensität Stück für Stück. Sie schmeckt fantastisch und ich verliere mich in der Aufgabe, ihr kleine Juchzer des Glücks zu entlocken. Bald fällt mir die Veränderung ihrer Atemzüge auf und dann merke ich auch, wie ihr Körper wieder an Spannung zunimmt. Sie ist am Rand, ganz nah, aber sie lässt nicht los. Noch nicht. Mit der Zunge erhöhe ich den Druck noch einmal, sauge sie ein und bekomme plötzlich keine Luft mehr, weil sie ihre Schenkel an meine Ohren legt, meinen Kopf gefangen hält und diesen zusätzlich mit den Händen fest an sich herandrückt. Ihr Becken hebt sich leicht an, während ich die rhythmischen Kontraktionen ihres Orgasmus an meinem Kinn spüren kann. Es pulsiert bis tief in meinen Bauch hinein. Wow!

Dann lässt sie die Beine locker und wir holen beide Luft, als wäre es unser erster Atemzug nach einer Ewigkeit unter Wasser. Mein Herz pumpt wild und meine Sinne spielen verrückt. Wahnsinn! So etwas ist mir noch nie passiert. Wie geht das? Ich höre ein Rauschen und sehe verschwommen, aber all das ist egal, solange ich noch immer die Vibrationen spüre. Ihre Vibrationen. Und erst als sie mit leisen Schallwellen verfliegen, bin ich zurück im Hier und Jetzt. Ein Blick in Paulas Gesicht verrät mir, dass sie mit diesem Höhenflug auch nicht gerechnet hat. Ergeben falle ich neben sie, drehe mich auf den Rücken und schließe die Augen. Mit der Hand wische ich die untere Hälfte meines Gesichtes trocken und bewege prüfend meinen Kiefer hin und her. Der beste Krampf aller Zeiten.

„Dein Bart", flüstert sie nach einigen Minuten des Schweigens. „So kratzig." Sie seufzt leise. „Und deine Zunge so weich."

Ich drehe den Kopf, schaue sie an und als sie es merkt, macht sie es mir nach, bis wir uns in die Augen sehen. „Dabei war es doch meine Härte, die du fühlen wolltest", kommentiere ich lächelnd.

Ihr Blick rutscht an meinem Körper nach unten. „Vielleicht will ich das ja noch immer."

„Vielleicht?"

„Wenn du auch willst?"

Prüfend schiebe ich eine Hand in meine Hose und beobachte, wie sie mit angehaltenem Atem verfolgt, was ich mache. „Sieht so aus, als wäre eine Antwort auf diese Frage unnötig", stelle ich fest und ziehe meine Finger zurück.

Sie allerdings betrachtet weiter gebannt meinen Schritt, schluckt und befeuchtet ihre Lippen, bevor sie plötzlich den Kopf hochreißt und mit glühenden Wangen irgendwo anders hinschaut, als wäre es ihr peinlich, beim Starren erwischt worden zu sein. Mein Gott, sie ist so süß. Ich drehe mich auf die Seite, schiebe meine Hand an ihre Wange und sorge dafür, dass sie mir in die Augen sieht.

„Die Antwort ist ja," raune ich und lege meine Lippen auf ihre.

Und dann versinken wir in einen Kuss voller heißer Versprechen, während sich unsere Körper aneinanderpressen und anfangen, Knoten zu bilden. Ihr Bein liegt um meine Hüfte und ihr Fuß trommelt unstet auf meinen Hintern, aber ich lasse mich nicht aus dem Takt bringen und reibe meinen Unterleib rhythmisch an ihrem Schenkel. Mit der rechten Hand knete ich erst ihren runden Po, wage mich dann noch weiter vor und vernehme ein Stöhnen, das direkt in meinen Mund dringt, während ich die richtige Stelle massiere. Langsam lasse ich zwei Finger in sie hineingleiten und merke, wie sie versucht, diese festzuhalten, als ich sie wieder zurückziehe. Sie wimmert leise.

„Willst du mehr?“, frage ich, ohne unsere Lippen wirklich voneinander zu trennen.

Sie nickt und macht sich daran, meine Hose auszuziehen, wofür wir den Kuss dann doch kurz unterbrechen und uns entknoten müssen. Ihre Hand ist so herrlich warm, als sie langsam auf Entdeckungstour geht und sich schließlich mit sanftem Druck um mich legt, dass ein zufriedenes Stöhnen meine Kehle entlangvibriert. Unsere Münder finden wieder zueinander.

„Bitte“, fleht Paula bei der nächsten kleinen Unterbrechung und drückt bedeutungsvoll meinen Schwanz. „Jetzt.“

Ich lasse von ihr ab, wühle ein Kondom aus dem Nachtschrank und ziehe es mir über. Sobald ich fertig bin, schiebt Paula ungeduldig meine Hände beiseite, setzt sich auf mich und führt mich langsam ein. Oje. O Mann. Dort ist es warm, verflucht heiß, und einen Moment lang genieße ich lediglich das Fieber um mich herum. Ihr geht es wohl genauso, denn sie hat die Augen geschlossen und bewegt sich nicht mehr.

„Wie fühlt sich das an?“, frage ich leise, schiebe meine Hände ihre Oberschenkel hinauf, ziehe sie ein winzig Bisschen dichter und schiebe somit auch mich ein kleines Stück tiefer in sie hinein. Ihre Augen fliegen auf.

„Fantastisch“, flüstert sie.

Lächelnd schiebe ich ihren Oberkörper noch weiter zurück, so weit, dass sie sich auf meinen Oberschenkeln abstützen muss, um nicht umzukippen, und lasse meine Hände über ihre Brüste und ihren Bauch zurück zu ihren Beinen wandern. Als ich sie wieder fest im Griff habe, schiebe ich mein Becken vor und hebe sie damit ein kleines Stück an.

„Oh“, macht sie und krallt ihre Finger in meine Beine.

Ich wiederhole das und beobachte erfreut, wie sehr ihr das gefällt. Nach einem halben Duzend Stöße etwa beginnt sie, aktiv zu steuern, und wir verfallen in einen langsamen und gleichmäßigen Rhythmus.

„Finn“, haucht sie und sieht mich an, aber ich lächle bloß und nicke. Sie kommt gleich, ich weiß es, denn dieser Winkel ist ziemlich intensiv. Ich treffe genau den richtigen Punkt, da bedarf es noch nicht mal Geschwindigkeit. Drei Sekunden später ist es so weit und sie erzittert auf mir, als versuche ein Sturm, sie zu entwurzeln. Sie bäumt sich auf, kreist die Hüfte, um noch länger etwas davon zu haben, um den letzten Rest auch noch zu bekommen, und sackt schließlich völlig außer Atem auf mir zusammen.

„Ich nehme es zurück“, wispert sie schließlich dicht an meinem Ohr. „Dieses Gefühl ist das erste seiner Art.“

Ihr Orgasmus und ihre Worte verursachen einigen Aufruhr in meinem Inneren. Ich weiß nicht genau, was sie meint, und so richtig habe ich weder Zeit noch Lust, um genauer darüber nachzudenken, denn der Drang, meinem eigenen Druck Erleichterung zu verschaffen, ist beinahe unerträglich. Ich halte sie, während ich uns herum rolle und schließlich auf ihr liege. Ihre Augen blicken aufmerksam in meine, als ich mich neu positioniere, mich zurückziehe und erneut in sie eintauche. Sie lächelt leicht, berührt mich, indem sie ihre Hände langsam über meinen Oberkörper gleiten lässt, und zieht ihre Knie ein Stück weiter an. Ich beuge mich herab, küsse sie, schmecke sie, und erhöhe das Tempo. Das Gefühl zu fliegen ist ein Scheißdreck dagegen. Niemand kann in dieser Enge so hoch fliegen. Ich dringe in sie ein, immer wieder, immer
schneller, und obwohl sie sehr feucht ist, spüre ich jede weitere Bewegung intensiver als ihre Vorgängerin. Die Reibung ist perfekt, weil wir es sind, genau in diesem Moment. Und als es gar nicht besser werden kann,

da schlingt sie ihre Beine um mich und hält mich, als ich falle. Heilige Scheiße. Oh, Himmel nochmal! Ich keuche an ihrem Hals und presse mich fest an sie heran. Tief in sie hinein. So weit es geht und mit aller Kraft, die mir jetzt noch bleibt. Das ist nicht viel, ich sehe es ein, lasse locker und fliege nun doch.

Als ich lande und merke, dass ich ganz bin, suche ich ihren Blick und frage stumm nach ihrem Befinden. Sie lächelt und streicht mir das nasse Haar aus der Stirn, während mein Herzschlag versucht, meinen Atem zu beruhigen. Oder umgekehrt. Und dann plötzlich, wie aus dem Nichts, taucht eine Frage in meinem Bewusstsein auf, die schon früher am Abend mein Hirn durchstreifte.

„Wie heißt sie?", frage ich flüsternd. „Deine Tochter."

Paula versteift sich unter mir und blinzelt einige Mal heftig, bevor sie leicht den Kopf schüttelt und die Augen schließt. Ich küsse sie sachte und nicke, als sie mich schließlich wieder ansieht.

„Du hast keinen Joker mehr", erinnert sie mich heiser.

„Ich weiß." Ich nehme ihre Hand, die eben noch konzentriert mein Haar sortiert hat, verschränke ihre Finger mit meinen und drücke sie in das Kissen neben ihrem Kopf. Das Gleiche mache ich mit der anderen, bevor ich ihr einen leichten Kuss auf die Lippen lege. Ihre Beine umschlingen weiterhin meinen Körper und halten mich in ihrer feuchten Wärme gefangen, als wollen sie mich nie mehr gehen lassen. Ist mir nur recht, denn ich will gar nicht weg.

„Wie ist ihr Name?", frage ich wieder, leise, bittend.

Und dieses Mal antwortet sie. „Franziska. Fanny."

Ein F, denke ich erleichtert. Ich wusste es. Behutsam streiche ich mit dem Daumen über den dunklen Buchstaben in ihrer Haut, hebe unsere sich ineinander klammernden Hände an und küsse sachte die Stelle, auf der er geschrieben steht. Ihr Körper erzittert unter mir und sie schnappt überrascht nach Luft.

„Du hattest Unrecht, Paula", sage ich und sehe ihr in die aufgewühlten Augen. „Das F steht nicht für den Tod."

Ihre Pupillen schwingen hin und her, aber sie erwidert nichts, sie atmet jetzt nicht mal mehr.

„Es bedeutet Leben", erkläre ich leise und hauche ihr dabei jedes einzelne Wort auf die Lippen, als würde ich sie damit aus der Finsternis ins Licht zurückholen wollen. Wahrscheinlich versuche ich jedoch nur selbst, einen Weg dort heraus zu finden.

Zehn
Nur eine Hülle

Paula

Nur ganz am Rand bekomme ich mit, dass irgendetwas versucht, mich aus dem Schlaf zu reißen, aber ich bin zu erschöpft, um tatsächlich darauf zu reagieren. Es ist nur ein leises Bimmeln, ein Fiepen, und kurz frage ich mich, woher es kommt und warum es gerade mich ärgert. Bevor ich der Sache jedoch wahrhaftig auf den Grund gehen kann, ist es plötzlich weg. Dankbar entspannt sich mein Körper, während mein Geist beginnt zu analysieren.

Bewegungslos liege ich auf einer sauberen Matratze, habe eine wärmende Decke über den Schultern und atme frische Luft. Ein kleiner Ton Glückseligkeit entringt sich meinem Brustkorb und macht ihn um Tonnen leichter. Ich spüre sie sofort, die Sicherheit, und zwar, ohne die Augen zu öffnen oder ein Wort sagen zu müssen. Sonst ist sie nämlich nie da oder geht so schnell vorbei, dass ich sie nicht greifen kann. Aber nun halte ich sie fest und kuschle mich in ihre schützende Wärme.

„Bleib ruhig noch liegen", flüstert plötzlich jemand dicht an meinem Ohr. „Ich gehe erstmal duschen, bevor ich uns Frühstück mache."

Meine Augen fliegen auf und das Bett gerät in leichte Schwingungen. Wo bin ich? Geht mein Traum weiter? Ich blinzle in das plötzliche Licht und entdecke etwas, das meinen Puls zum Rasen bringt. Es war gar kein Traum. Finn rutscht zur Bettkante, stellt die Beine auf den Boden und steht auf. Er ist nackt. Und so vollkommen perfekt. Mein Herz schlägt einen Salto, weil es für mich aussieht, als könnte er die Welt von Monsterwaffen befreien, die ekligen Glibber auf mich werfen, oder als wäre er in der Lage, mit nur einem einzigen Fingerschnipsen die Zeit zurückzudrehen, damit alles besser werden kann. Dabei geht er lediglich zum Schrank und holt sich eine saubere Unterhose.

Ich seufze und beobachte weiter, wie er gähnt, sich abwesend die Brust kratzt und schließlich im Badezimmer verschwindet. Als er außer Sicht ist, lache ich leise. Mein Gott, geht es mir tatsächlich gerade gut? Fühlt sich so normal sein an? Machen andere Menschen das dauernd? Glücklich sein? Nur einen kleinen Augenblick lang?

Ich schüttle den Kopf und drehe mich auf den Rücken. Nach einem Tag und einer Nacht in Finns Nähe bin ich mir sicher, dass die Worte *gewöhnlich* und *normal* nicht mit ihm in einem Satz genannt werden dürfen. Aber Finn gehört ganz eindeutig in diesen Satz. In meinen Ausbruchsatz.

O ja. Ich schließe die Augen und schrecke erst hoch, als mich etwas an der Schulter berührt. Keuchend fahre ich in die Senkrechte und spüre, wie mein Herz rast.

„Ich schwöre, ich war es nicht, der dich geweckt hat", sagt Finn und grinst mich an. Die Hände verteidigend erhoben nickt er Richtung Küche. „Kaffee ist fertig." Sein Haar ist noch feucht und seine Augen blitzen schelmisch.

Mein Blick bleibt an seinen Lippen hängen und sofort spüre ich, wie mein Innerstes zu hüpfen beginnt. Schon werde ich bei dem Gedanken daran, was er letzte Nacht mit genau diesen Lippen getan hat, knallrot, aber Finn scheint es nicht zu bemerken, denn er wendet sich um, geht ein paar Schritte und holt zwei Tassen aus dem Schrank. Mein Blick gleitet an ihm herab und ich schlucke schwer. Er trägt nur eine Hose, keine Socken und auch kein Shirt. Mein Gott, diese Schultern! Geschmeidig bewegt er sich durch die kleine Küche und sucht nach irgendwelchen Dingen in den Schränken, während mir seine Muskeln an Brust, Bauch und Rücken zuwinken. Guten Morgen, sagen sie und machen mich wacher, als jeder Wecker es könnte. Mein Mund ist wie ausgedörrt, darum kann ich auch nicht antworten, aber im Stillen grüße ich zurück und erinnere mich nur zu genau daran, wie sie sich noch vor ein paar Stunden unter meinen Händen angefühlt haben. So glatt und stark und vollkommen. Dann schaue ich auf die Jogginghose, die tief auf Finns Hüften hängt, und weiß genau, wie sich angefühlt hat, was sich darunter befindet. Das war einmalig. Noch niemals zuvor habe ich solch eine Wonne verspürt wie in dem Augenblick, als ich weit zurückgelehnt auf ihm saß und langsam mein Becken kreisen ließ. Das war wahnsinnig intensiv, pur und unverfälscht. Es war unglaublich.

„Was willst du essen?"

Ich erschrecke furchtbar, weil seine Worte meine Erinnerung rabiat unterbrechen. „Ähm, was?", frage ich verwirrt, blinzle heftig und versuche, die Bilder zusammenzufügen, die sich tatsächlich gerade vor meinen Augen abspielen.

Finn steht noch immer am Küchenschrank, sieht mich jetzt jedoch an und zieht die Augenbrauen fragend in die Höhe. Heiß spüre ich meine Wangen glühen, meinen Puls rasen und meine Haut schwitzen. Ich bedecke fast panisch meine Brüste mit den Händen, als könnte ich so verbergen, was eben passiert ist. Ganz sicher steht irgendwo auf meinem Oberkörper geschrieben, dass ich ihn gerade sabbernd angeschmachtet habe, als wäre er ein Rockstar und ich das kleine Schulmädchen, das sein Poster über dem Bett Tag für Tag anbetet. Herrgott, wie peinlich. Ich schließe gequält die Augen.

„Nur eine Hülle", kommentiert er und bringt mich so dazu, diese wieder zu öffnen.

„Wie bitte?" Meine Stimme zittert ein wenig, mein Körper hingegen etwas mehr.

„Ich kenne diesen Blick, Paula", erklärt er und wuselt weiter mit dem Geschirr herum. „Aber es ist nur eine Hülle. Lass dich nicht täuschen. Bei Tageslicht betrachtet ist die Nacht ziemlich hässlich."

Ich halte inne. Wovon zum Teufel redet er? Meint er das allgemein oder speziell unsere Nacht? Oder spricht er von sich selbst? Verständnislos starre ich ihn an, aber er zuckt nur die Schultern und beendet so das Thema, welches noch nicht mal richtig begonnen hat.

„Was möchtest du nun essen? Ich zähl mal auf, was ich hier habe, in Ordnung? Pass auf und sag Stopp, wenn dich was anspricht. Also, es gibt Käse", beginnt er und scannt das Innere seines Kühlschrankes mit Blicken ab. „Und außerdem habe ich Käse im Angebot. Richtig guten. Den käsigen. Und den, der so käsig aussieht. Und ganz zufällig habe ich auch noch Käse da." Er grinst frech in meine Richtung.

Ich blinzle und dann, ich kann gar nicht anders, pruste ich los wie das kleine Schulmädchen von eben. Richtig herzhaft. Vielleicht kichere ich sogar, gut möglich. Dabei vergesse ich obendrein, meine Brüste weiter zu bedecken. Ich merke es erst, als mein Anfall verebbt und ein wohliger Schauer meinen Körper erfasst, weil Finns Blick an meinem Oberkörper klebt. Mein Herz stolpert, fliegt hin und kann nicht mehr aufstehen.

„Stopp", hauche ich atemlos und Finn schaut auf.

„Stopp", sagt auch er, sieht mir direkt in die Augen und lässt die Kühlschranktür zufallen. „Mach das noch mal."

„Was?"

Er zeigt mir übertrieben grinsend sein weißes Gebiss. Und dann zucken seine Schultern, sein Bauch spannt sich an und er gibt die eigenartigsten Geräusche von sich, die ich je von einem Mann gehört habe. Es sieht nicht nur komisch aus, es klingt auch noch schrecklich, richtig grausam, und in dem Moment, als mir bewusst wird, dass es sich genauso anhört, wie das, was ich eben von mir gegeben habe, bedecke ich peinlich berührt mein Gesicht mit den Händen. Ich möchte im Erdboden versinken, jetzt sofort.

„O nein", wimmere ich. „Du lügst."

Finn lacht schallend auf und beschert mir damit eine weitere Gänsehaut. „Der Joker lügt niemals", sagt er schließlich. „Er blendet und er spielt. Und ganz sicher ist er auf eine perfide Weise ernsthaft krank, aber er ist unbesiegbar. Die Wahrheit kann nämlich niemand bezwingen.“

Ich schaue vorsichtig durch meine Finger und sehe, wie er lächelnd Kaffee in zwei Tassen gießt. Dann kommt er zum Bett und reicht mir eine davon. Langsam lasse ich die Arme sinken und unsere Finger berühren sich kurz, als ich ihm das Getränk abnehme. Unsicher schaue ich zu ihm auf, während die Berührung durch meinen Körper peitscht wie ein Stromschlag.

Er lächelt noch immer, sieht mir direkt in die Augen und sagt: „Du bist anders als die da draußen, Paula. Anders als die Normalität. Wenn du versuchst mitzulaufen, wirst du verlieren.“

Verwirrt, weil er schon wieder so abrupt das Thema wechselt, verschütte ich fast meinen Kaffee. Er lächelt nur über meine Ungeschicktheit und beugt sich kurzentschlossen herab, um mir einen Kuss auf die Lippen zu hauchen.

„Ich danke dir für die Auszeit gestern, aber mein Telefon zeigt einunddreißig verpasste Anrufe, achtzehn SMS und eine Uhrzeit, die mich zwingt, zu reagieren. In zwanzig Minuten geht’s los, wenn du vorher noch duschen oder essen willst, solltest du dich beeilen.“ Er richtet sich auf und schaut mich an, aber sein Blick ist dieses Mal verändert. „Ich warte nicht. Auf niemanden.“

Wir sitzen im Bus und schweigen. Es sind noch etwa zehn Minuten, bevor sich unsere Wege wieder trennen, und ich bin nicht sicher, ob ich bereit dafür bin. Es gibt Dinge, die dagegensprechen.

Zum einen möchte ich noch sehr viel mehr von dem Mann neben mir erfahren, auch wenn ich weiß, dass das unmöglich ist, schließlich hat sich nicht geändert, dass wir auf zwei verschiedenen Weltmeeren segeln.

Und zum anderen will ich nicht wieder allein sein. Es war schön, die Gesellschaft eines anderen Menschen zu genießen, der dabei nicht nur auf seinen eigenen Vorteil aus ist, mich missbilligend zurechtzuweisen versucht oder mir zu verstehen gibt, dass ich nicht mal ein simples Gespräch wert bin. Einen Augenblick lang konnte ich frei durchatmen, ohne Angst haben zu müssen, jemandem den Sauerstoff wegzunehmen.

Aber je näher wir nun der Haltestelle kommen, an der Finn immer aussteigt, desto enger wird es in meiner Brust. Aus den Augenwinkeln werfe ich ihm einen vorsichtigen Blick zu, aber er starrt nur durch das Fenster auf die Straße, als wäre er mit seinen Gedanken bereits ganz woanders. Als hätte er schon vergessen, was in den letzten vierundzwanzig Stunden geschehen ist. Und als wüsste er nicht mal mehr, dass ich hier neben ihm sitze.

Mir kommen seine Worte in den Sinn, die er vor dem Frühstück geäußert hat, und ich frage mich, was wohl dahintersteckt. *Ich warte nicht.* Dachte er, ich würde annehmen, allein in seiner Wohnung zurückbleiben zu dürfen und unsere Auszeit fortzusetzen, einfach, weil es so schön war? Ich bin nicht so naiv zu glauben, dass ich nun einen Platz in seinem Leben habe, nur weil er mir etwas Aufmerksamkeit geschenkt hat. Ich weiß genau, wie so etwas läuft, wie das Leben tickt. Es ist selten auf meiner Seite.

Davon abgesehen, kenne ich Finn noch immer nicht. Die paar Happen, die er mir hingeworfen hat, verblassen bereits in meiner Erinnerung, weil sie, bei Tageslicht betrachtet, unbrauchbar sind. Ich seufze leise, rutsche unruhig auf der Kante meines Sitzes umher und verstecke die untere Hälfte meines Gesichtes hinter dem grauen Schal. Die Augen geschlossen haltend, spüre ich die heiße stickige Atemluft und wie das äußerst raue Material an meiner Haut sowie an meinen Nerven reibt. Sofort beginnt eine vertraute Panik, von mir Besitz zu ergreifen.

„Wo fährst du jetzt hin?“

Die Frage reißt mich aus meinem aufkommenden Schwindel, wendet das Blatt und lässt mich leicht zusammenzucken. Irritiert drehe ich den Kopf in Finns Richtung. Er lächelt nicht, tatsächlich presst er die Lippen aufeinander, als hätte er irgendwo Schmerzen, aber seine Augen fragen noch einmal, was sein Mund eben schon erledigt hat. *Wo fährst du jetzt hin?* Ich würge den Pelz in meinem Mund herunter. *Zu deiner Haltestelle,* wäre wohl die passende Antwort. *Und danach in die Hölle.*

„Ist das wichtig?" Meine Stimme ist genauso kratzig wie mein Schal.

Er hebt leicht die linke Schulter und schaut wieder aus dem Fenster. Im Profil ist er mindestens genauso attraktiv, wenn nicht noch ein winzig bisschen geheimnisvoller. Ich betrachte ihn einen Moment, nehme jede Kleinigkeit in mir auf, jedes Haar, jede Bartstoppel, jede kleine Pore in seiner Haut, und wünschte, ich hätte den Mut, ihn zu fragen, was er denkt. Jetzt, in diesem Augenblick. Über die Welt da draußen, die an uns vorbeizieht und die er so konzentriert betrachtet, über die stickige Luft und den hohen Geräuschpegel hier im Bus und über die Geschehnisse der letzten Nacht. Wie ist sein Plan? Will er mich wiedersehen? Wollte er darum wissen, wo ich jetzt hinwill? Oder ist es ihm eigentlich egal, weil seine Gedanken nun lediglich um den kommenden Tag kreisen? Wer hat ihn einunddreißig Mal angerufen? Arbeitet er wirklich in einem Fitnessstudio? Personal Trainer mit dem kleinen gewissen Extra? Obwohl, überlege ich und lächle bei der Erinnerung, sein Können in diese Extra-Richtung ist alles andere als klein.

„Du hast recht", meint er schließlich leise und bewegt sich dabei kein Stück. Er starrt weiter aus dem Fenster. „Da die Auszeit nun vorbei ist, gibt es nichts mehr zu sagen."

Ich blinzle überrascht. „Glaubst du wirklich?"

„Nein."

Es bleibt kurz still zwischen uns, dann frage ich vorsichtig: „Was denkst du gerade?"

Sein Mundwinkel hebt sich und die Finger seiner rechten Hand trommeln rhythmisch auf seinem Oberschenkel. „Ich wäre am liebsten im Bett geblieben“, sagt er.

„Dann … nun ja.“ Unruhig rutsche ich auf dem Sitz herum und knete meine feuchten Hände. Du schaffst das, sage ich mir und atme tief, während das Herz in meiner Brust Achten läuft. „Vielleicht … also, ist es möglich, dass wir das mit der Auszeit … ähm …“ Ich verstumme unsicher, spüre wie sich mein Puls beinahe überschlägt, merke den Schweiß zwischen Rucksack und Haut meinen Rücken hinablaufen und mache mir vor Aufregung fast in die Hosen. Beinahe zitternd rutscht das letzte Wort der Frage über meine Lippen und poltert in die Leere zwischen uns. „… wiederholen?“ Ich räuspere mich. „Können wir das wiederholen? An einem anderen Tag?“

Er wendet den Blick von der Straße und sieht mir direkt in die Augen. Seine sind so dunkel wie der geheimnisvolle Nachthimmel und so tief wie die aufgewühlte See im Sturm. Hoffnung keimt in mir auf, ein bisschen Zuversicht und Stolz, weil ich den Mut aufgebracht habe, ihn das zu fragen. Dann schüttelt er leicht den Kopf und meine Tapferkeit stürzt sich in irgendeinen Gully hinab, mein Puls ebenfalls, nicht jedoch mein Wunsch, auf der Stelle tot umzufallen. Der verstärkt sich und verdrängt das letzte bisschen Selbstvertrauen in mir. Ich sacke zusammen und Finn registriert es, natürlich. Selbst ich merke es, denn mein Rucksack presst sich mit einem Mal schmerzhaft in meinen Rücken. Umständlich versuche ich ihn zurechtzurücken und stoße dabei wüst gegen Finns Arm.

„Entschuldige.“

„Ist schon gut, ich muss sowieso aussteigen“, sagt er und deutet mit dem Kopf in Fahrtrichtung. Richtig. Seine Haltestelle.

Ich rutsche aus der Sitzbank, trete einen Schritt zurück, um ihm Platz zu machen, und versuche gleichzeitig, den anderen Fahrgästen nicht im Weg zu sein. Es ist nicht so leicht, allen gerecht zu werden, und erst Finns Hand, die sich warm um meine schließt, lässt mich zur Ruhe kommen und den Blick wieder in sein Gesicht heben.

„Es geht nicht", erklärt er leise und drückt meine Finger.

Meine Knie sind Wackelpudding und mein Hirn Matsch, jedoch schaffe ich es, erwachsen zu sein und verständnisvoll zu nicken. Ja, klar geht es nicht, dass wir wiederholen, was wir getan haben, ist doch vollkommen logisch. Warum nochmal? Sein intensiver Blick dringt in jede Zelle meines Körpers, lässt ihn erstarren und gleichzeitig erweichen. Er sorgt dafür, dass ich lediglich dumm dastehe, als seine nachfolgenden Worte verzögert bei mir ankommen.

„Ich bin verheiratet", gesteht er leise, drückt noch einmal meine Hand und wendet sich dann um, um den Bus zu verlassen.

Betäubt schaue ich ihm hinterher, warte vielleicht sogar auf die Auflösung seines Witzes, aber es kommt nichts. Nicht mal ein Abschiedsgruß. Finn schaut nicht zurück und der Bus fährt schließlich wieder an. Erst als mich die nächste Kurve auf den Sitz presst und mein Sichtfeld zu verschwimmen beginnt, wird mir klar, was er da gerade gesagt hat. Und dass es ernst gemeint war. Geschlagen sinke ich zusammen, schließe die Augen und begrüße den Schmerz und die Enttäuschung in meinem Innern. *Da seid ihr ja wieder.*

Die nächsten Tage gehe ich ihm aus dem Weg, was im Klartext heißt, dass ich einen anderen Bus nehme. Nach seinem Geständnis will ich ihn hassen, weil er ein Arschloch ist, wie alle Arschlöcher in dieser Arschlochwelt, aber es fällt mir verdammt schwer. Zuerst klappt es und ich betitle ihn in meinem Kopf als den Betrüger, der er nun mal ist. Er hat nicht mich betrogen, nein, aber seine Frau. Und das sogar öfter, wenn es wirklich stimmt, dass er mit den Frauen ins Bett geht, denen er eigentlich was von gesunder Ernährung und körperlicher Fitness erzählen sollte.

Warum tut er das? Führen er und seine Gattin eine offene Partnerschaft, in der jeder rumvögeln darf, wie er will? Oder bescheißt er sie von vorn bis hinten?

Hat er darum eine Wohnung, in der eindeutig niemand sonst lebt, schon gar nicht ein weibliches Wesen mit einem Ring am Finger? Ist das sein Schlupfloch? Sein Ausbruch, wenn er keine Lust auf Ehe hat? Ich will verabscheuen, was er tut, will ihn steinigen für diese Blendung, will nicht mal mehr an ihn denken. Aber was ich will, ist seit meinem zwölften Lebensjahr ohne Bedeutung, also denke ich an ihn. In jeder freien Minute.

Schon zwei Stunden nach unserer Verabschiedung ändern sich meine Gedankenwege rapide, weil eine Entdeckung alles umreißt, was sich seitdem an negativer Kritik in meinem Kopf aufgestapelt hat. Keine Ahnung, warum es mir nicht früher aufgefallen ist, aber ein Blick auf die dreckigen Pfützen auf dem Gehsteig lässt mich plötzlich innehalten und auf meine Schuhe herunterstarren. Warum habe ich keine nassen Füße? Ich habe immer nasse Füße bei so einem Mistwetter. Im nächsten Hauseingang hocke ich mich nieder und untersuche die Sache eingehend. Meine Schuhe sind dicht, kein Riss mehr und auch keine Sohlenabtrennung, wo sich die Feuchtigkeit stets ohne Anstrengung ins Innere quetschen konnte. Alles ist geklebt worden, einfach so. Als wäre es die normalste Sache der Welt und nicht mal eine Erwähnung wert.

Leise stöhne ich auf, schließe die Augen und denke an den Morgen zurück. Meine Schuhe hatten genau dort gestanden, wo ich sie abgestellt habe, aber sie waren vom Vortag nicht mehr feucht gewesen, wie sonst immer. Ich war viel zu sehr auf den Mann neben mir konzentriert gewesen, als dass mir das in dem Moment aufgefallen wäre, aber nun möchte ich am liebsten weinen. O Gott. Wie kann sich ein hundsgemeines Arschloch in nur einer einzigen Sekunde in einen wunderschönen Prinzen verwandeln?

Nur mühsam unterdrücke ich die starken Gefühle, die diese simple

Geste in mir auslösen. Nicht heulen, Paula, reiß dich zusammen. Und denk nach! Wann ist ihm aufgefallen, dass meine Schuhe kaputt sind? Was denkt er darüber? Über mich und dass ich mit ihnen durch den Tag stiefle, anstatt mir neue zu besorgen? Warum hat er beschlossen, sie still und heimlich zu trocknen und dann auch noch zu leimen? Es kann ihm doch scheißegal sein, ob es nasse Füße sind, die meinen Alltag bestreiten, oder ob sie wie jetzt noch immer wohlig warm sind, obwohl ich schon zwei Stunden durch die Gegend laufe. Ihm war doch von Anfang an klar, dass unsere Auszeit einmalig bleiben würde, schließlich ist er verheiratet und hat außereheliche Pflichten, die es zu erfüllen gilt. Mal ganz davon abgesehen, dass wir noch immer auf verschiedenen Planeten leben. Dennoch hat er es getan.

Warum?

Stundenlang grüble ich darüber nach, was sein Vorteil in dieser Sache ist, aber irgendwann komme ich zu dem Schluss, dass es keinen für ihn gibt. Das macht es noch unglaublicher und auch zu einem gewissen Grad besonders, denn seit sehr vielen Jahren ist es das erste Mal, dass jemand etwas nur für mich getan hat. Ohne Eigennutz und erst recht, ohne eine Gegenleistung zu erwarten. Diese Sache ändert also nicht nur meinen Blick auf die Arschlochwelt, sondern auch ganz besonders meine Haltung Finn gegenüber. Vielleicht ist alles ganz anders, als es sich darstellt. Vielleicht ist er gar nicht so übel, vielleicht nicht mal verheiratet.

In Punkt eins bin ich mir schnell mit meinem gesunden Menschenverstand einig. Nein, er ist nicht übel. Wäre er das, hätte ich niemals mit ihm geschlafen, beziehungsweise wäre ich niemals vierundzwanzig Stunden lang in seiner Nähe geblieben. Punkt zwei ist schwieriger, denn ich habe keinen Grund, an seiner Ehrlichkeit zu zweifeln. Wenn er sagt, dass er verheiratet ist, dann ist er auch verheiratet. Soweit ich das beurteilen kann, kommen seine Aussagen stets direkt aus dem Herzen, was eben auch verantwortlich dafür ist, dass ich
mich zu ihm hingezogen fühlte. Er hasst sie, diese Scheinwelt, und hat

einen ganzen Tag lang gewartet, um sie mir im Bus um die Ohren zu knallen, während seine warme Hand die meine hielt. Ich weiß nicht, ob ich ihn dafür verabscheuen oder ihm danken soll. Ich werde keines von beiden tun, denn ich habe nicht vor, ihn wiederzusehen.

Zwei Tage später ändert sich auch das, als ich meinen Rucksack nach einem Paket Taschentücher durchwühle und auf ein zusammengefaltetes Blatt Papier stoße, das da eigentlich nicht hingehört. Mit wild klopfendem Herzen falte ich es vorsichtig auseinander. Mir bleibt nicht nur die Luft weg, als ich erkenne, dass Finn es war, der mir eine Zeichnung untergejubelt hat, sondern auch meine Hände beginnen zu zittern, als klar wird, dass ich es bin, die dort abgebildet ist. Es ist keine von den Skizzen, die er mir gezeigt hat, sondern eine ganz neue Zeichnung, die mein Herz zum Stolpern bringt. Ich bin wieder eine Comicfigur, in dem gleichen Outfit wie zuvor, aber dieses Mal befinde ich mich nicht unscheinbar und bemitleidenswert irgendwo am Rand, sondern aufrecht stehend in einer Menge von Menschen, die alle gleich aussehen. Frauen, schlank und mit puppenartigen Gesichtern, und Männer mit riesigen Muskeln und einem Bündel voller Geldscheine in jeder Hand. Die Personen sind nur leicht mit Bleistift gezeichnet, ganz so, als wären sie für den Betrachter des Bildes uninteressant. Was jedoch auffällt und aus dem Bild heraussticht, ist die Figur in der Mitte, deren Linien dick und dunkel sind. Der Rucksack zieht diese Person nicht herunter wie beim letzten Mal, sondern scheint sie stärker zu machen. Als könnte sie noch drei weitere davon schleppen und würde noch immer nicht unter dem Gewicht zusammenbrechen.

Ich weiß nicht, woran es liegt, dass die Frau in den übergroßen Schuhen und dem unförmigen Sack, der um ihren Körper gehüllt ist, plötzlich stark und unbesiegbar wirkt, aber es beschert mir eine wahnsinnig intensive Gänsehaut. Vielleicht ist es der Blick, der offen für die unmittelbare Umgebung ist und es möglicherweise sogar schafft, über den Rand hinauszuschauen, eventuell ist es auch der Mund, der dieses Mal ein Lächeln andeutet, anstatt sich hinter einem Schal zu verstecken, höchstwahrscheinlich jedoch ist es die Hand, die auf der Brust liegt, genau auf dem Herzen, und auf der ein kleines F geschrieben steht, was diesen Eindruck vermittelt.

Das bin ich, zweifelsohne, jedoch völlig verändert. Zumindest irgendwie anders. Die ewige Schwarzmalerin in mir fragt sich sofort, wie Finn es wagen kann, solche Lügen zu verbreiten, schließlich bin ich weder stark noch unbesiegbar, aber die andere, die eigentliche Paula, die, die einen ganzen Tag an der Seite des Zeichners verbracht hat, die weint. Und zwar vor Glück und vor Dankbarkeit. Schon im nächsten Moment will ich aufspringen und ihm sagen, wie viel mir bedeutet, was er zu Papier gebracht hat. Was nur er sieht, jedoch niemand anderer, obwohl ich mir so oft wünsche, jemand würde auch mal Dinge hinterfragen, anstatt sie nur niederzutrampeln und darauf zu spucken. Aber ich bleibe sitzen und schließe stattdessen die Augen. Ich denke, er weiß es. Wer Gedanken und Gefühle mit ein paar Strichen ausdrücken und Emotionen derart transportieren kann, der hat sicher auch Ahnung von den Auswirkungen solcher Zeichnungen auf den Betrachter.

Der Wunsch, Finn wiederzusehen, wird immer stärker, nicht nur, weil er meine Schuhe geleimt und mich gezeichnet hat, sondern weil ich wissen möchte, was wahr ist und was nicht. Vielleicht mache ich mir selbst etwas vor und sehe Gespenster, gut möglich.

Als ich eines Morgens in den Bus steige und ihn ein paar Reihen weiter hinten sitzen sehe, macht mein Magen einen Überschlag und verknotet sich dermaßen, dass ich Angst habe, mich zu übergeben. Zumindest habe ich nun schon mal die Antwort auf die Frage, wie ich wohl auf seinen Anblick reagiere. Ohne mich zuvor entschieden zu haben, wende ich schnell den Blick ab und lasse mich auf den ersten freien Sitz fallen. Ich schwitze unter meiner Strickmütze, aber ich beiße die Zähne aufeinander und stehe es durch. Die ganze Fahrt über stelle ich mir vor, wie er zu mir kommt und mich anspricht, wie er mich fragt, ob ich das Bild gefunden habe, wie er lächelt, wie er vielleicht sogar wieder mit seiner warmen Hand meine Finger drückt, aber nichts von alldem geschieht.

An seiner Haltestelle springt mir beinahe das Herz aus der Brust. Ich schaffe es nicht, mich umzudrehen, sehe nicht, wie er aussteigt, und traue mich auch nicht nachzusehen, als der Bus schon wieder fährt. Nicht mal, als ich selbst an der richtigen Haltestelle auf die Straße stolpere, werfe ich einen Blick nach hinten. Ich fühle mich beschissen, weil ich nichts getan habe, und ich fühle mich beschissen, weil ich etwas getan habe, was jedoch erneut all dem widersprochen hat, was ich mir vorgenommen habe. Mit gesenktem Kopf schreite ich meinem Tag entgegen und belüge mich selbst, indem ich mir vornehme: Morgen werde ich mutiger sein, ganz sicher.

Elf

Wie Schokoladeneis und Blauschimmelkäse

Finn

Sie beachtet mich nicht. Erst ist sie nicht da und, als sie es ist, bin ich Luft für sie, als würden wir uns überhaupt nicht kennen. Sie legt ein Verhalten an den Tag wie von vor dem Moment, als sich unsere Blicke das erste Mal begegnet sind, und in keiner ihrer Gesten sehe ich auch nur die kleinste Gefühlsregung. Verdammt. Sie ist wirklich gut darin, Menschen aus ihrer Welt auszuschließen, wahrscheinlich übt sie das schon ihr ganzes Leben lang. Ich durchschaue sie, denn sie ist keinesfalls so kalt wie sie tut. Sie schützt sich nur. Und in diesem Fall schützt sie sich vor mir, dem verheirateten Mistkerl ohne Anstand im Leib.

Mit ihrer Ignoranz zerquetscht sie das Herz in meiner Brust zu Brei, aber was habe ich auch erwartet? Ich fühle mich mies, jeden Tag ein bisschen mehr. Und obwohl ich hoffe, dass es mit der Zeit leichter wird, weil es auf irgendeine beschissene Weise immer leichter wird, wenn man nur lange genug wartet, ist dieses Gefühl jeden Morgen aufs Neue bereit, mir den Tag zu erschweren, ganz so, als würde es mich daran erinnern wollen, einen Fehler begangen zu haben.

Verheiratet. Ja, verflucht, das bin ich. Es hat schon Ewigkeiten keine Bedeutung mehr für mich. Nur ein lästiges Stück Papier, das ich vor langer Zeit unterschrieben und kurz darauf zerknüllt und weggeworfen habe. Nun ist es lediglich ein belangloses Wort und eine andere Steuerklasse, mehr nicht. Es hat keinen emotionalen Wert - nicht für mich und auch nicht für Pat, meine Frau. Ich bin verheiratet, ja und? Es stört mich nicht und es dient mir nicht. Alles ein riesengroßer Haufen Scheiße. Normalität eben.

Es ist jedoch ein großer Unterschied, ob ich in meiner Welt verheiratet bin oder in Paulas. Das ist mir an dem Morgen klargeworden, als sie in meinem Bett saß und unbekümmert lachte. Sie ist viel zu gut für mich und viel zu unschuldig, um sie gedankenlos in meine Realität zu ziehen.

Solange die Auszeit galt, konnte ich diese Tatsache beiseiteschieben, aber als sie im Bus nach mehr fragte, blieb mir keine Wahl. Ich wusste, dass ich sie nur mit der Wahrheit von mir und all dem Kram in meinem Leben fernhalten kann.

Aber sie fehlt mir, mein Anker fehlt mir. Die wunderbaren zehn Minuten tagtäglich an ihrer Seite sind nun nur noch ein großes schwarzes Etwas, das sich unaufhaltsam durch meinen Körper frisst und mich dann unvollkommen auf die Straße spuckt, wenn der Bus an den Bordstein fährt. Und nicht nur das: Selbst danach hat es kein Ende, denn diese Leere begleitet mich durch den restlichen Tag. Durch jeden verdammten restlichen Scheißtag. Es war richtig, die Verbindung so abrupt zu kappen, die einzige Möglichkeit, die wahrhaftige Alternative, jedoch rechnete ich nicht damit, anschließend orientierungslos umherzutreiben. Umgeben von Dingen, die ich nicht ertragen kann, und diesem miesen Engegefühl in meiner Brust, das einfach nicht nachlassen will. Das macht mich fertig.

Es vergehen drei Wochen, in denen ich mich damit abzufinden versuche, nie wieder ein Wort mit ihr zu wechseln. Sie nur anzusehen, könnte weiterhin der Strohhalm sein, der mich vor dem Ertrinken rettet, hätte ich ihn nicht mit vierundzwanzig Stunden Auszeit kaputtgemacht. Ich schaffe nicht einmal mehr zu schauen, welche Farbe ihre Stricksocken haben, weil meine Gedanken dann sofort weiterwandern. Sie finden kein Stopp, hören einfach nicht auf, und machen alles nur noch schlimmer. Ich will nicht wissen, wie es ihr geht, will nicht darüber nachdenken, was sie macht, und will mich nicht fragen, was unter anderen Umständen hätte sein können. Es muss doch möglich sein, normal weiterzumachen. *Normal. Pft!*

An einem Tag, an dem ich überhaupt nicht damit rechne, steigt Paula gleich als zweite in den Bus, blickt mir in die Augen und kommt geradewegs auf mich zu. Aufregung ergreift von mir Besitz und lässt das Blut in meinen Adern schneller fließen. Ich spüre mein Herz pumpen, als sie neben meiner Sitzbank stehenbleibt.

„Du hast keinen Ring“, sagt sie und ihre Stimme ist viel fester, als ich sie in Erinnerung habe.

„Nein.“

„Und du lebst allein in der Wohnung“, fügt sie an. „Ohne deine Frau.“

Darauf antworte ich nicht, sondern starre nur zu ihr hoch, weil ihre Direktheit mich wahrlich überrollt. Von anderen bin ich es durchaus gewohnt, so zur Rede gestellt zu werden, nicht jedoch von ihr, der Frau in einem Berg aus Wolle, die mich in den vergangenen Wochen nicht ein einziges Mal angesehen hat.

„Jeden Morgen nimmst du diesen Bus, weil es genau der ist, der am dichtesten an der Wohnung liegt, die du ganz offensichtlich nicht mit jemandem teilst“, erklärt sie weiter und lässt sich auch von den anderen Fahrgästen nicht stören, die sich grummelnd an ihr vorbeiquetschen, weil sie mit ihrem riesigen Rucksack den Weg versperrt. „Wenn ihr also nicht gleich nebenan ein Einfamilienhaus besitzt, von dem du auch diesen Bus hier zur Arbeit nehmen kannst, dann schließe ich daraus, dass du jede Nacht in besagter Wohnung schläfst.“

„Möchtest du dich setzen?“

Sie reagiert gar nicht auf meine Frage und auch nicht auf die Tatsache, dass ich bereits meinen Rucksack vom Sitz nehme, um ihr Platz zu machen. Sie spricht einfach weiter. „Es kann durchaus sein, dass ihr eine offene Beziehung führt, was natürlich erklären würde, warum du andere Frauen in dein Bett lässt, aber irgendwie glaube ich nicht recht daran. Frag mich nicht, warum, aber es passt halt nicht in mein Bild von dir." Sie macht eine Pause, weil sich ein anderer Fahrgast rabiat an ihr vorbeidrängelt, sie dadurch das Gleichgewicht verliert und mit dem Kopf hörbar gegen die Haltestange knallt. Autsch. Wir ziehen beide gleichzeitig Luft zwischen den Zähnen ein.

„Unmöglich", schimpft der Mann und schüttelt missbilligend den Kopf. „Hier einfach den Weg zu versperren! Haben Sie keinen Anstand?"

Paula läuft rot an, blickt getroffen zu Boden und berührt mit der Hand vorsichtig die angeschlagene Stelle an ihrem Kopf. Aber sie antwortet dem Mann nicht, sondern sinkt aufgrund seiner verbalen Attacke ein wenig in sich zusammen.

„Wahrscheinlich hat sie einfach allen Anstand Ihnen überlassen", mische ich mich ein.

„Werden Sie ja nicht frech", blubbert er mich voll. „Mit Ihnen rede ich gar nicht."

„Gehen Sie einfach weiter", erwidere ich gelassen und richte meine Aufmerksamkeit wieder auf Paula. Sie starrt noch immer mit hochrotem Kopf nach unten und sieht nun beinahe so aus, als wolle sie vor lauter Scham im Boden versinken.

„Das ist ja nicht zu fassen, wie ignorant manche Leute sind", tottert der Mann weiter, aber ich würdige ihn keines Blickes mehr, sondern ziehe Paula an ihrem Kartoffelsack auf den Sitz neben mir. Viel Platz ist nicht, weil ihr Rucksack das meiste davon einnimmt.

„Alles klar?", frage ich. „Ist der Kopf noch ganz?"

Sie schaut mich an und nickt betreten, mein Lächeln erwidert sie nicht. Es ist schön, sie aus der Nähe zu betrachten, denn so habe ich die Chance, das Feuer zu sehen, welches ab und an in ihren Augen aufleuchtet. Jetzt leider nicht, aber ich weiß, dass es da ist, und das reicht mir fürs erste.

Ich möchte plötzlich untersuchen, wie sehr sie sich wirklich wehgetan hat, will tröstend über die vor Kälte rissige Haut streichen, möchte ihre verfilzten Haare sortieren und die ganze kratzige Wolle verbrennen. Aber ich mache nichts dergleichen, denn ich habe kein Recht dazu. Nicht nach dem, was geschehen ist. Und außerdem weiß ich nicht, wie ich fortsetzen soll, sie jeden Tag aufs Neue vergessen zu wollen, wenn ich meinem Herzen erlaube, sich von ihr berühren zu lassen. Das geht doch nicht. *Also hör auf damit, Herz, hör auf!*

„Ist sie tot?"

Ich blinzle verwirrt. „Was? Wer?"

„Deine Frau. Ist sie gestorben?"

Was zum Teufel? Ich starre sie an und finde nur schwer meine Stimme wieder. „Wie kommst du darauf?"

Sie senkt den Blick und fummelt an ihrem olivgrünen Mantel herum. „Es würde passen", gesteht sie leise. „Zu deinen Worten. Und zu deinem Verhalten." Sie räuspert sich.

Macht sie sich tiefergehende Gedanken um mich? Ja, natürlich macht sie das. Nach unserer Auszeit habe ich sie eiskalt abserviert, da ist doch klar, dass sie einen plausiblen Grund für meine Handlungen sucht.

„Denkst du, ich schlafe mit anderen Frauen, um meine Einsamkeit zu ertragen, lasse mich jedoch auf nichts Festes ein, weil keine von denen an meine tote Frau heranreicht? Weil ich sie noch immer liebe und der Wahrheit nicht ins Gesicht sehen kann?"

„Ich, na ja …"

Ich schnaube amüsiert und schüttle den Kopf. „Diese Theorie hat so viele Fehler, ich weiß gar nicht, wo ich anfangen soll."

Paula hebt den Kopf. „Dann ist sie nicht tot?"

„Nein, ganz und gar nicht. Sie erfreut sich bester Gesundheit und ist wahrscheinlich die glücklichste und hübscheste Frau aller Zeiten."

„Oh." Ihre Pupillen sind riesengroß, als sie mich, überrascht von dieser Aussage, anstarrt. Sogar ihre Lippen haben sich geöffnet.

„Die Wahrheit ist, dass ich mit einer Frau verheiratet bin und trotzdem mit anderen ins Bett gehe." Das ist der Punkt - ohne die Details. So sieht es aus. Und ich bin sicher, dass genau das es ist, was Paula ganz forttreiben wird. Darum habe ich es auch gesagt. Sie muss wieder gehen. Oder nicht?

Warum ist der heutige Tag bereits jetzt besser als alle anderen davor? Warum so leicht? So frei? So voller Sauerstoff für meine verrunzelten und leidgeplagten Lungen?

Paula schluckt und blickt verständnislos, bevor sie leicht den Kopf schüttelt. „Weiß deine Frau von …?"

„Von dir?", frage ich und bemerke, dass sie wieder rot anläuft wie eine reife Tomate. Ich mag es, wenn sie ungewollt zeigt, wie unwohl sie sich gerade in ihrer Haut fühlt, obwohl doch ich hier der Arsch bin. Ich muss es sein, wenn mir ihre Unsicherheit Freude bereitet.

„Weiß sie von den anderen? In deinem Job?"

„Oh ja, das tut sie. Und es wurmt sie fürchterlich. Am liebsten würde sie mir dafür den Schwanz abschneiden. Aber soll ich ehrlich sein? Es ist mir egal, wie sie darüber denkt."

„Wie kann dir das egal sein?", fragt sie entrüstet. „Ihr seid verheiratet."

„Und wenn schon", erwidere ich und reibe mit den Händen über mein Gesicht, bevor ich ihr in die Augen sehe und weiterspreche. „Es ist mir egal, weil sie mir egal ist, verstehst du?"

„Nein."

Unwillkürlich muss ich lächeln. „Ich auch nicht", gebe ich zu. „Aber ich bin, wie ich bin, und lebe mein Leben. Im Übrigen lebt sie auch ihres, denn ein Kind von Traurigkeit war sie noch nie."

„Dann seid ihr also getrennt?", fragt sie vorsichtig.

Ich zucke lediglich mit den Schultern. Wie soll ich erklären, wie es wirklich ist? Wir haben vielleicht noch fünf Minuten, das ist nicht mal genug Zeit, es annähernd in Worte zu fassen. Außerdem ändert es nichts an der Tatsache, egal, was ich jetzt sage. Paula ist weiterhin die Frau, die nicht in meine Realität passt.

„Lebt ihr in Scheidung?“, fragt sie noch einmal und ich kann den kleinen mit Hoffnung getränkten Ton in ihrer Stimme durchaus heraushören.

Ich muss sie enttäuschen. „Nein, das kann ich nicht gerade behaupten. Irgendwann mal habe ich es versucht, später dann sie, aber es fehlte immer das Einverständnis des anderen. Wir sind verheiratet, nach wie vor.“

„Wie lange schon?“

„Seit Jahren. Keine Ahnung, ich zähle nicht mehr mit.“

„Liebst du sie?“

Ich schnaube leise, denn jetzt geht es unter die Gürtellinie. Liebe … „Für diese Antwort braucht es einen Joker.“

„Habt ihr Kinder?“

„Für diese ebenfalls.“ Gott, was bin ich für ein Arschloch, sie so am ausgestreckten Arm verhungern zu lassen. Aber was soll ich machen? Gibt es irgendetwas, das es uns beiden leichter machen könnte?

Sie mustert mich nachdenklich und presst die Lippen aufeinander. Ihre Augen schwingen unruhig hin und her und ein paar Mal ist mir, als wolle sie etwas sagen. Aber sie bleibt stumm und wendet schließlich den Kopf ab. Ich atme tief. Mir will partout nicht einfallen, was ich jetzt noch sagen kann. Definitiv ist es besser zu schweigen, bevor mir etwas herausrutscht, das meine und auch ihre Welt noch mehr auf den Kopf stellt. Meine Haltestelle kommt in Sichtweite und Paula steht auf, um mich vorbeizulassen.

„Gehört deine Frau zu den Dingen, von denen du letztens eine Auszeit brauchtest?“, fragt sie, als ich ihr im Gang gegenüberstehe.

Mein Herzschlag bebt spürbar durch meinen Körper. „Du meinst, ob sie zu meinem Leben gehört?“

Sie nickt zögernd.

„Definitiv", antworte ich. „Sie gehört dazu." Ich kämpfe zwei, drei Sekunden mit mir, will es mir verkneifen, den Worten verbieten herauszukommen, jedoch rutschen sie leise über meine Lippen, weil die Wahrheit nun mal immer ihren Weg findet: „Aber ich will sie nicht. Genauso wenig wie ich die anderen will."

Am nächsten Tag sieht sie mich zumindest an, auch wenn sie an meiner Bank vorbeigeht und sich weiter hinten einen Stehplatz sucht. Warum?, schreit es ihn mir? Warum habe ich nicht die Kraft, es zu ertragen? Ich brauche eine Minute, in der ich mit mir selbst ringe, dann stehe ich auf, schlängle mich durch den fahrenden Bus und stelle mich neben sie. Ihre Augen blicken erstaunt in meine, aber ihr Mund bleibt hinter dem Schal verborgen. Ich muss einfach wissen, wie es ihr geht. Seit gestern kann ich an nichts anderes mehr denken. Sie beherrscht meinen Kopf wie ein gefräßiger Parasit und ich kann rein gar nichts dagegen tun. Nicht mal eine vernünftige Zeichnung aufs Papier bringen. Es ist zum Verrücktwerden.

„Wo willst du hin?", frage ich und beuge mich etwas zu ihr, damit sie mich verstehen kann. Unsere Hände halten sich an derselben Stange fest und sind nur etwa fünf Zentimeter voneinander entfernt.

„Diese Antwort benötigt einen Joker", erwidert sie und sieht ebenfalls kurz auf unsere Hände, als wolle sie kontrollieren, wie nah sie sich wirklich sind.

Ich lache auf und schüttle den Kopf. „Okay, verstanden, Punkt für dich. Aber wohin fährst du jetzt?"

„Zu der Haltestelle, an der ich aussteigen werde", sagt sie und ich bin wirklich mehr als überrascht über diese trotzige Antwort.

Ich ahnte, dass eine Wildkatze in ihr steckt. Und ganz eindeutig habe ich nach dem letzten Gespräch ihre Krallen verdient, darum lasse ich es ihr auch durchgehen.

„Ist dort dein Zuhause? Oder deine Arbeit?“

„Weder noch.“

„Dann dein Freund?“

„Was soll das, Finn?“, fragt sie und zieht ihren Schal ein Stück nach unten, damit ihre Frage ungefiltert bei mir ankommt. Und ihr Atem ebenso, der warm ist und nach Schokolade riecht. Ich starre auf ihre Lippen und würde nur zu gern mit dem Daumen untersuchen, ob sie sich genauso spröde anfühlen, wie sie aussehen. Leise seufzend schaue ich auf in ihre Augen und kapituliere.

„In Ordnung, tut mir leid. Ich wollte mich nur mit dir unterhalten.“

„Warum?“

„Keine Ahnung. Weil ich nach unserem gestrigen Gespräch irgendwie das Gefühl habe, als hätte ich das Falsche gesagt.“

Sie verengt die Augen. „War es die Wahrheit?“

„Ja.“

„Dann hast du nichts Falsches gesagt.“

Ich atme tief. „Und doch möchte ich es irgendwie anders formulieren.“

„Wozu?“

Ich zucke mit den Schultern. Wie soll ich ihr erklären, dass mir wichtig ist, was sie über mich denkt? Wie soll ich mir das selbst erklären? Ich habe keine Ahnung, wo das herkommt, dennoch ist dieser Wunsch plötzlich so klar wie guter Wodka. Vielleicht genauso stark. Ich beuge mich noch ein Stück weiter zu ihr.

„Ich liebe weder meine Frau noch bedeutet mir unsere Ehe etwas. Vielleicht hat es das mal, aber das ist lange her. Inzwischen bin ich ein anderer und keinesfalls stolz auf die Dinge, die ich tue. Aber so ist es nun mal, ich habe es mir so ausgesucht und ich lebe danach. Es ist nur, nun ja, du sollst nicht denken, dass mir diese kaltherzige Arschloch Nummer Spaß macht. An dem Morgen nach unserer Auszeit wollte ich lediglich, dass du die Wahrheit kennst, bevor du dir irgendwelche falschen Vorstellungen machst."

Sie atmet flach, ich kann es spüren, denn unsere Gesichter sind so nah, dass mich jeder von ihren Atemzügen streift. „Du brauchst dich nicht zu rechtfertigen", krächzt sie leise und räuspert sich danach.

„Das weiß ich. Und ich habe auch nicht vor, mich für irgendetwas, das ich getan habe, zu entschuldigen. Schon gar nicht für meine Ehe. Sie ist vielleicht bis zu einem gewissen Grad dafür verantwortlich, dass ich Auszeiten brauche, hat jedoch nichts mit dem zu tun, was ich dann in diesen mache."

„Okay." Es ist nur ein Hauchen, das da aus ihrem Mund kommt, und ich kann es besser spüren als hören, was mir eine kleine Gänsehaut beschert. Warum hat sie diese Wirkung auf mich? Warum fühle ich mich nach dieser Offenbarung noch dämlicher? Sie muss mich für einen kompletten Idioten halten.

„Okay", sage auch ich, beende die Angelegenheit damit und bringe wieder etwas Abstand zwischen uns.

Der Bus hält und einen kleinen Augenblick sind wir abgelenkt von dem Ein- und Aussteigen der Leute um uns herum. Als sich die Türen wieder geschlossen haben, der Bus losbrettert und somit der Geräuschpegel hier drin wieder ansteigt, begegnen sich unsere Blicke erneut. Ich bringe nicht mal ein Lächeln zustande, weil ihre Augen so intensiv in meine schauen. Noch vor wenigen Minuten habe ich mir einen solchen Blick von ihr gewünscht und nun bringt sie damit plötzlich mein Herz aus dem Rhythmus. Irgendwas stimmt hier nicht. Das läuft nicht nach Plan. Was war überhaupt der Plan? Mich ihr erklären zu wollen, macht alles nur noch komplizierter. So werde ich es nie schaffen, sie aus meinem Kopf zu streichen.

„Danke", sagt sie und durchbricht meine Gedanken. „Für das Bild."

„Das Bild?"

„Die Zeichnung in meinem Rucksack.“

„Ach so“, antworte ich und winke ab. „Nicht der Rede wert.“

„Doch, ich denke schon“, beharrt sie, lächelt aber nicht.

„Hat sie dir gefallen?“

Ich kann sehen, dass sie kurz überlegt, wie sie es am besten ausdrückt, ohne zu viel preiszugeben. „Sie ist anders als die anderen.“

„Ja“, bestätige ich lächelnd. „Du bist ja auch irgendwie anders als die anderen.“

Wieder läuft sie puterrot an, weicht schnell meinem Blick aus und schaut auf den Boden. Ich habe sie in Verlegenheit gebracht, schon wieder, aber es gefällt mir, wie schüchtern sie auf Komplimente reagiert und dass sie zum Teil überhaupt nicht weiß, wie sie damit umgehen soll. Die Frauen, mit denen ich sonst zu tun habe, lechzen regelrecht danach, vielleicht erwarten sie es sogar von mir, und das macht letztlich den Unterschied. Ich kann dumpf etwas hinplappern, das geglaubt wird, oder ich kann etwas sehr ernst meinen, das mir dann nicht geglaubt wird. So funktioniert diese Welt.

„Und danke für das Kleben meiner Schuhe.“ Ich verstehe sie kaum, so leise spricht sie. Außerdem sieht sie mich noch immer nicht an. „Ich wollte sie selbst reparieren. Oder mir neue kaufen. Sie waren nämlich einen Tag vorher kaputtgegangen, aber nun sind sie wie neu und außerdem sehr bequem … Es sind meine Lieblingsschuhe und ich gebe sie ungern auf, nur falls du dich fragst, warum ich sie noch immer trage.“

Das warme Gefühl in meinen Bauch breitet sich aus und strömt in jedes Nervenende meines Körpers. „Du brauchst dich auch nicht zu rechtfertigen, weißt du?“

„Nein, nein. Ich wollte …“ Sie lässt die Stange los, um sich die Strickmütze zurechtzurücken, dann sieht sie langsam auf. Ihre Gesichtsfarbe befindet sich weiterhin zwischen rot und röter. „Ich halte dich nicht für ein kaltherziges Arschloch. Das wollte ich eigentlich sagen.“

Mir entschlüpft ein Lächeln. „Das freut mich, auch wenn ich nicht weiß, wie recht du wirklich mit dieser Einschätzung hast. Du weißt nicht, wie ich normalerweise bin. Scheiße, wie ich das Wort hasse. Normal." Ich reibe mir geräuschvoll den Bart. „Verheiratet sein und fremd zu vögeln … Ist das normal? Was denkst du?"

„Ich bin nicht sicher, ob man das so pauschal beantworten kann", meint sie zögernd. „Es kommt doch auch immer auf die Umstände an."

„Welche Umstände denn? Das sind zwei Fakten, die sich entweder miteinander kombinieren lassen oder auch nicht. Wie Schokoladeneis und Blauschimmelkäse. Ja oder nein, ganz einfach."

Sie zieht eine Grimasse. „Ist die Ehe für dich das Eis oder der Käse?"

„Ganz eindeutig der Schimmel. Aber darauf kommt es nicht an, verstehst du? In der Welt da draußen sollte es einige Regeln geben, aber das tut es nicht. Nicht in diesen Dingen. Wenn du sagst, dass es auf die Umstände ankommt, bist du normaler, als du denkst."

„Nicht alle Menschen sind gleich", erklärt sie und sieht mir dabei direkt in die Augen. „Und auch bei den Werten gibt es Unterschiede. Was für den einen normal ist, ist für den anderen undenkbar. Selbst eine Ehe interpretiert jeder auf seine Weise."

„Ja, aber warum ist das so? Heißt es nicht: Bis dass der Tod euch scheidet? Gibt man nicht ein Versprechen ab, schwört man keinen Eid? Also ich habe es getan und scheiße darauf. Findest du das etwa in Ordnung? Denkt jeder so? Für wen gelten diese Worte? Ist es nicht so was wie ein ungeschriebenes Gesetz, dem Partner immer treu zu sein?"

„Wenn es so ist, warum brichst du es dann?"

„Weil ich es kann. Weil jeder es kann. Und das ist genau der Punkt. Es gibt keine Regeln und es ist scheißegal, ob Blauschimmelkäse zu Schokoladeneis passt. Es wird immer Menschen geben, die sich für Sauerkraut entscheiden."

Sie prustet los und schlägt sich dabei beinahe den Kopf an der Haltestange an. Mein Puls jagt wie wild durch meine Adern, als sie mich schließlich mit rosigen Wangen angrinst. *Verdammt*, schießt es mir durch den Kopf, *sie ist hübsch*. Nicht auf die übliche Weise, nicht auf die traditionelle und auch nicht auf die moderne, sie ist einfach schön. Ihre Augen sagen so viel mehr als tausend Worte. Sie sprechen mit mir, von Anfang an schon, und ich mache nichts lieber, als ihnen zuzuhören.

„Du musst hier raus", sagt nun ihr Mund und mein Blick wandert genau dorthin. Auf ihre vollen Lippen. „Deine Eiskugeln warten."

„Wohl eher die pappigen Waffeln", raune ich, schaue auf und merke, wie der Bus an den Bordstein fährt. Endstation. Genug der Mini-Auszeit. Ich atme tief, während Paula mich mit einem leichten Lächeln bedenkt.

„Verrätst du mir, wo du jeden Tag hinfährst?", frage ich und hoffe, dass sie mir dieses Mal antworten wird.

Sie zögert einen Augenblick, bevor sie ihre Hand hebt, bis sie auf Blickhöhe zwischen uns schwebt. Ich nicke wissend, denn irgendwie habe ich genau diese Antwort erwartet.

„Verflucht guter Grund, um jeden Morgen aufzustehen", sage ich und berühre mit dem Finger sanft das dunkle F in ihrer Haut. „Der beste."

Ich spüre ihren Blick auch noch, als ich schon ausgestiegen bin und auf dem Gehsteig stehe, darum drehe ich mich nochmal um, hebe die Hand und wünsche ihr stumm einen schönen Tag.

Ich werde ihn haben. Jetzt ganz bestimmt.

Zwölf
Das ist ein Raumschiff

Paula

Himmel, ich weiß nicht, was das ist mit ihm. Warum ist er so? So harschig und gleichzeitig so umwerfend? In ihm steckt Wut und ebenso viel Resignation. Er sieht Dinge, die falsch laufen, aber er ändert sie nicht. Er steht hinter seinen Taten, entschuldigt sich nicht dafür, aber er ist auch keineswegs stolz darauf. Was ist das für eine seltsame Art, durchs Leben zu gehen? Die Fragen türmen sich immer höher in meinem Kopf, also beschließe ich zwei Tage später, der Sache auf den Grund zu gehen. Ich fahre nicht wie gewohnt mit dem Bus, sondern warte dort, wo er jeden Morgen aussteigt, und folge ihm.

Sein Weg führt uns durch eine bessere Wohngegend und mehrere Male habe ich Angst, dass er mich entdecken könnte, aber er schaut sich nicht um, kein einziges Mal. Zielgerichtet bewegt er sich durch die Straßen und verfällt dabei nicht, wie von mir erwartet, in ein leichtes Joggen. Wie jeden Tag trägt er Sportkleidung und einen Rucksack, an kalten Tagen wie heute auch eine Mütze. Ich bin schon völlig außer Atem, als er plötzlich stehenbleibt, in seiner Jackentasche wühlt und danach die Tür aufschließt, über der ein nicht zu übersehender Schriftzug prangt. Ich bin erstaunt und erleichtert zugleich, dass er mich in dieser Sache nicht angelogen hat, denn, wie es aussieht, arbeitet er tatsächlich in einem Fitnessstudio.

Etwas versteckt bleibe ich stehen und warte, dass etwas passiert, aber nachdem Finn im Inneren des Gebäudes verschwunden ist, bleibt es lange Zeit ruhig. Die Straße scheint zum Leben zu erwachen, denn die Fußgänger werden immer zahlreicher und auch der Geräuschpegel des

Straßenverkehres steigt an. Etwa zwanzig Minuten hüpfe ich in der Kälte von einem auf das andere Bein und puste warme Atemluft in meine steifgefrorenen Hände, bis ein weiterer Mann das Studio betritt. Durch zwei große Schaufenster kann ich erkennen, wie das plötzlich eingeschaltete Licht einige Sportgeräte beleuchtet, und bin überrascht von der Größe des Studios. Es scheint das gesamte Erdgeschoss des Gebäudes zu umfassen. Der mir unbekannte Mann zieht sich die Jacke aus, werkelt hinter einem Tresen herum, blättert in einigen Papieren und begrüßt dann Finn, der aus irgendeinem Hinterraum gekommen sein muss. Sie unterhalten sich miteinander, dann betritt eine Frau den Laden, kurz danach eine zweite. Auch sie scheinen dort zu arbeiten, denn mir fällt auf, dass alle das gleiche Shirt tragen. Außerdem sind das keine gewöhnlichen Frauen mit der einen oder anderen Problemzone. Selbst auf die Entfernung sehe ich, wie trainiert sie sind. Perfekte Proportionen plus jede Menge Muskeln.

Ich beschließe, meinem eigenen Rhythmus nachzugehen und Finn nicht weiter hinterher zu spionieren, aber schon am nächsten Tag zieht es mich wieder dorthin, denn meine Fragen sind noch immer nicht beantwortet. Es ist bereits Nachmittag und das Studio voller Leute, aber Finn entdecke ich durch die großen Fenster nicht. Arbeitet er heute nicht? Nach einer Stunde ereignislosen Wartens fasse ich irgendwoher Mut, überquere die Straße und betrete das Studio. Wärme und Musik schlagen mir gleichzeitig entgegen und lassen meinen Atem stocken. O mein Gott. Aus der Nähe betrachtet sind die Einrichtung und das Flair, das hier vermittelt wird, noch beeindruckender als von außen. Sofort fühle ich mich fehl am Platz und möchte nur noch weg. Das hier ist nicht meine Welt, ganz und gar nicht. Gut, dass die Tür hinter mir noch nicht geschlossen ist. Schnell drehe ich mich um, aber meine Flucht wird gestoppt, weil zwei überaus blondierte und überaus aufgemotzte Frauen meinen Weg versperren. Ihre Gesichter sind so sehr mit Makeup zugekleistert, dass ich mich frage, wie sie wohl darunter aussehen.

„Entschuldigung?", sagt die eine, formuliert es als eine Frage, erwartet jedoch keine Antwort, denn ihr Blick gleitet missbilligend an mir herunter. Es scheint, als schüttle sie ein Ekelschauer.

„Die Kleiderspende ist zwei Straßen weiter", ertönt es hinter mir und beide Frauen kichern.

Ich verstehe gar nicht, was vor sich geht, aber als ich mich umdrehe, sehe ich einen muskelbepackten Mann, der mir den Weg nach draußen weist, bevor er für die Blondinen ein breites Lächeln aufsetzt. Es ist derselbe Typ, den ich gestern schon gesehen habe.

„Ladys", tönt er. „Hot and sexy, so wie immer." Und dann pfeift er anerkennend, während sich die Frauen sichtlich in seinem Kompliment suhlen. Mit gebührendem Abstand schlüpfen sie schließlich an mir vorbei und beginnen zu gackern, eine aufgeregter als die andere. Ich stehe nur dumm daneben und schnalle nicht mal, dass der Muskelmann mit mir spricht. „Sie haben sich in der Tür geirrt."

„Ähm, was?"

„Hier ist nur Mitgliedern der Zutritt gestattet."

Ich kenne diesen abwertenden Ton zur Genüge und weiß nun auch, dass ich gemeint bin, auch wenn mich der Mann nicht ansieht, ganz so, als würde er sonst Augenkrebs bekommen. Ich antworte nicht darauf, denn ich fühle mich noch viel zu überfahren von den ganzen Eindrücken. Hier drin ist alles blitzblank, kein einziges Staubkorn auf den glänzenden Oberflächen, und jedes Ding hat seinen Platz. Als wäre alles von einem Profi eingerichtet worden, direkt aus dem Versandhauskatalog, einschließlich der Menschen. Sie sind so perfekt in ihrem Styling, in ihren Bewegungen, in ihrem Auftreten, dass mir wieder bewusst wird, wie unbedeutend ich bin. Wie klanglos. Finn hat recht. Ich bin wirklich anders.

„Hallo? Sind Sie behindert? Oder einfach nur dumm?"

„Bitte?"

„Ich sagte, Sie sollen gehen. Dieser Sportklub ist nur für Mitglieder."

Nun schaut er mich an und ich kann sehen, wie zuwider ich ihm bin. Dieser Mann würde mich nicht mal mit der Kneifzange anfassen, aus Angst, mein schlechter Klamottengeschmack könnte sonst auf ihn überspringen.

„Vielleicht bin ich ja ein Mitglied“, höre ich mich sagen und fange die entsetzten Blicke der beiden Frauen auf, die nach dieser Aussage unwillkürlich noch einen weiteren Schritt von mir zurücktreten. Sie haben wohl ebenfalls Schiss, sich mit Bodenständigkeit anzustecken.

„Ganz bestimmt nicht“, schnaubt der Mann. „Wir sind kein Obdachlosenheim.“

Das trifft mich, obwohl ich solche Situationen oft genug erlebt habe. Dieses Mal jedoch gebe ich nicht klein bei und verkrieche mich reuevoll, sondern behaupte stattdessen: „Ich habe einen Termin.“

Der Mann lacht gekünstelt, sieht die beiden Frauen an und macht eine Geste, als habe ich nicht mehr alle Tassen im Schrank. Sie kichern, bevor mich alle wieder anblicken. Mein Kopf zerspringt beinahe und ich möchte mich in Luft auflösen, jetzt sofort, aber ich zwinge mich zur Ruhe.

„Ach genau, Sie haben sich auf die Stelle der Reinigungskraft beworben, nicht wahr?“ Er scheint beinahe erleichtert, dass ihm das so schnell eingefallen ist. „Der Posten ist jedoch schon besetzt. Wir nehmen nur Frauen mit Niveau.“

„Ich …“ Und das ist dann doch der Zeitpunkt, an dem ich mich geschlagen gebe. Was soll ich darauf antworten? Ich bin nicht gemacht für so was. Mein Puls rauscht mir dermaßen laut in den Ohren, dass ich kein einziges Wort mehr verstehe, geschweige denn aus meinem Mund bekomme. Meine Kehle ist staubtrocken und die Tränen sind auf dem sicheren Weg in meine brennenden Augen. Ich spüre ein Zittern in meinen Knien und hoffe bei Gott, jetzt nicht vor diesem aufgeblasenen Möchtegern und den zwei unechten Püppis zusammenzubrechen. Bloß nicht. Bitte nicht.

„Anscheinend versteht sie dich nicht, Antonio", piepst die Blonde mit den langen Fingernägeln und lacht. „Vielleicht reicht ihr IQ nicht."

„Wie es aussieht, hat sie gar keinen", sagt die mit den aufgepumpten Titten. „Schau dir diese Lumpen an. Selbst die Obdachlosen von heute haben mehr Stil als sie."

„Hör auf, Bella. Die heult doch gleich."

Wie auf Kommando rollt mir die erste Träne aus den Augen, gefolgt von einer weiteren. Die Frauen lachen abfällig, Antonio ebenfalls.

„Nun hast du ihre Gefühle verletzt, du solltest dich schämen."

„Hier muss sich nur eine schämen", lautet die Antwort. „Wahrhaft widerlich, diese dreckigen Bettler. Dass die sich überhaupt her traut."

„Antonio, Schätzchen, seit wann duldet ihr hier asoziales Gesindel? Wenn das zur Gewohnheit wird, dann muss ich zur Konkurrenz gehen, das ist dir doch klar?"

„Keine Sorge, so etwas kommt nicht wieder vor." Und an mich gewandt: „Mach, dass du wegkommst, sonst rufe ich die Polizei."

Wie im Rausch nehme ich die Worte wahr, merke, wie sie an mir nagen, wie sie mich kleiner machen, wie sie mich ein weiteres Stück zerstören und etwas von mir selbst nehmen. Dumpf wende ich mich um und sehe, dass plötzlich zwei weitere Personen meinen Weg versperren. Betäubt versuche ich zu begreifen, warum mir nun auch noch bei meiner Flucht Steine in den Weg gelegt werden, dann begegne ich Finns Blick. Wo um alles in der Welt kommt der plötzlich her? Ich schaue auf seine hübsche Begleiterin mit den strahlend blauen Augen und den himbeerroten Lippen und möchte nur noch sterben. Mit gesenktem Blick sacke ich noch ein kleines Stück weiter Richtung Erdboden und spüre heiße Tränen fließen.

„Huch", macht die Frau und springt beinahe panisch beiseite, damit auch sie mir nicht zu nahekommt. „Was ist denn hier los?"

Ich sehe meine Chance gekommen, möchte nur noch verschwinden und zwar durch das Loch, das gerade entstanden ist, aber eine Hand drückt sich sanft gegen meinen Bauch und verhindert mein Fortkommen. Ich weiß, dass es Finns Hand ist, nicht nur, weil ich weiß, wie seine Finger aussehen, sondern weil er als einziger dicht genug neben mir steht, um mich zu berühren. Die Frage, ob sich wie bei den anderen auch in seinem Blick der Ekel widerspiegelt, lässt mich schließlich aufschauen. Sein Gesichtsausdruck ist jedoch nur fragend. Ich kriege kein Wort über die Lippen, wahrscheinlich, weil es mir unendlich peinlich ist, dass er mich hier sieht, bei seiner Arbeit, heulend und ohne das kleinste bisschen Wertgefühl. Seine Hand liegt noch immer an dem olivfarbenen Stoff meines Mantels, aber sie übt keinen Druck mehr aus. Ich könnte jetzt durchaus verschwinden, endlich fliehen aus meiner persönlichen Hölle, aber es ist, als habe mich die Kraft verlassen. Ich kann mich nicht rühren, keinen Schritt mehr.

„Sorry, Mann, wir hatten hier einen kleinen Zwischenfall, aber es ist alles geklärt“, höre ich Antonio sagen.

„Oh, hallöchen, Finn“, zwitschert eine von den Blondinen. „Lange nicht gesehen.“

„Hallo“, grüßt nun auch die andere und ihre Stimme ist zuckersüß. „Ich habe gehofft, dich heute zu treffen. Wir müssen meinen Trainingsplan ein bisschen frisieren.“ Sie seufzt theatralisch. „Das Pilates ist so anstrengend. Ich habe Schmerzen an Stellen, die ich noch nicht mal kannte.“

„So soll es sein, Süße“, antwortet Finn lächelnd und es ist, als haben alle Anwesenden plötzlich vergessen, dass ich zwischen ihnen stehe. „Wir müssen deinen Beckenboden und deinen Bauch stärken. Wenn du wirklich mit mir arbeiten willst, wirst du jeden einzelnen Muskel in deinem Körper kennenlernen müssen.“

„Uh“, macht sie. „Jeden einzelnen?“

„Und noch mehr“, erwidert er und ich ahne, ohne hinschauen zu müssen, dass er ihr zuzwinkert. „Das wird hart, aber es zahlt sich aus. Das tut es immer.“

„Daran habe ich keinen Zweifel", gurrt sie.

Nun trete ich doch einen Schritt vor, damit ich endlich hier rauskomme, aber Finns Griff wird wieder stärker und schiebt mich zurück.

„Therese, du warst klasse heute", sagt er. „Das Außentraining verleiht deinem Teint das gewisse Extra. Lass dir von Antonio einen Termin für die Massage geben, sie wird wahre Wunder bewirken, ich verspreche es. Und morgen setzen wir dort an, wo wir heute aufgehört haben, in Ordnung? Ich denke, da ist noch Luft nach oben."

„Sehr gerne doch."

Er lächelt, ich spüre es genau. Sogar seine Hand lächelt, die sich dicht an meinen Bauch drückt.

„Und was ist mit unserem Treffen?", fragt Bella, oder wie immer sie auch heißen mag. „Wann wiederholen wir das? Ich warte noch immer auf deinen Anruf."

„Der kommt", antwortet er. „Und bis es so weit ist, wird Susi dir zeigen, wie du deinen hübschen Po formen kannst. Du bist gesegnet mit diesem Hintern, setz ihn auch ein, Süße."

Ich höre keine Antwort, aber ich kann mir denken, wie sie glücklich über seine Worte mit den falschen Wimpern klimpert. Meine Tränen sind fort, stattdessen möchte ich nur noch kotzen.

„Sag meine restlichen Termine für heute ab, okay? Ich mache Feierabend", verkündet Finn und löst damit etwas Trubel unter den Anwesenden aus.

„Was? Das kannst du nicht tun", erwidert Antonio. „Die Frau des Ministers kommt um vier, hast du das vergessen? Sie kommt nur auf Empfehlung."

„Übernimm du sie."

„Aber ich habe schon einen anderen Termin."

„Schick Susi ins Rennen. Sie ist so weit."

„Sie hat ausschließlich nach dir verlangt, Mann. Ich kann ihr doch jetzt keine Frau vorsetzen."

„Ich rufe sie an und kläre das“, sagt Finn. „Und ihr Mädels macht euch einen schönen Nachmittag, klar? Tut nichts, was ich nicht auch tun würde.“

„Hihi.“ Allgemeines Tussigelächter.

„Ist das dein Ernst?“, fragt Antonio mit gesenkter Stimme und tritt einen Schritt näher. Seine Worte vibrieren richtig, ich kann sie spüren. „Du verschwindest einfach? Jetzt?“

„Ja, jetzt. Und noch was.“ Finn lehnt sich ein Stück vor und senkt ebenfalls die Stimme. „Das nächste Mal, wenn eine Frau in deiner Nähe weint, wird meine Faust in deinem Gesicht landen, ist das klar?“ Und dann wieder für alle Anwesenden hörbar: „Wir sehen uns morgen.“

Als ich den Blick hebe, erkenne ich, wie perplex Antonio Finn nach dieser Ansage anstarrt. Er scheint es gar nicht einordnen zu können, wahrscheinlich haben die beiden noch nie so miteinander gesprochen. Im nächsten Moment legt Finn seine Hand in meinen Rücken und schiebt mich sachte zur Tür hinaus. Ich lasse mich führen, denn ich will nichts lieber, als der Situation zu entfliehen. Es war eine ganz beschissene Idee, in das Fitnessstudio zu gehen, und mir will beim besten Willen nicht mehr einfallen, warum ich das überhaupt getan habe. Draußen auf der Straße lässt Finn mich los, räuspert sich leise und versenkt seine Hände in den Jackentaschen. „Alles in Ordnung?“

Ich weiß nichts zu sagen, absolut gar nichts, darum gehe ich nur schweigend neben ihm her. Was war das gerade? Hat er mich vor seinem Kollegen verteidigt und ist dann vor den Augen dieser Hühner mit mir losgezogen? Wirklich?

„Du musst mich nicht beschützen“, murmle ich schließlich in meinen Schal und hoffe, dass er mich versteht.

Er tut es, denn er sieht mich an und lacht. „Das habe ich auch nicht“, antwortet er. „Obwohl der Drang da war, als ich reingekommen bin. Was irgendwie schräg ist, weil mir die Kontrolle sonst nie entgleitet.“

Überrascht sehe ich auf. „Das nennst du Entgleiten der Kontrolle?“

Er zuckt mit den Schultern und grinst. „Wie nennst du es denn?“

„Keine Ahnung. Vielleicht idiotisch, weil du einfach deinen Job riskierst.“

„Ach, Scheiß auf den Job“, erwidert er und bleibt stehen. „Ich brauche eine Auszeit. Bist du dabei?“

Während er telefoniert, beobachte ich ihn. Langsam zieht er mit einem Fuß kleine Kreise in den Schneematsch, und wirkt, als hätte er die Welt um sich herum vergessen. Ich sehe nur einen winzigen Teil seines Gesichtes, weil er etwas abgewandt zu mir steht, aber an seiner Körperhaltung erkenne ich, dass dieses Gespräch wichtig ist. Zumindest wichtiger als das vorhergehende. Seit zehn Minuten hängt er ununterbrochen am Telefon, während ich warte und noch immer die Nachwirkungen seiner Frage in mir spüre. Bist du dabei? Eine weitere Auszeit? Ich habe nur ein Nicken zustande gebracht und selbst jetzt bin ich noch nicht zu viel mehr fähig. Ich bin aufgeregt, weil die Vorstellung, Zeit mit ihm zu verbringen, mein blödes naives Mädchenherz höherschlagen lässt. Andererseits bin ich auf der Hut, denn gut kann das hier in keinem Fall enden. Oder doch? Was heißt schon gut? Das gleiche wie normal wahrscheinlich. Alles eine Frage der Definition.

Ich seufze in dem Moment auf, als Finn sich umdreht und mich ansieht. Seine Hand hält noch immer das Telefon am Ohr, aber sein Lächeln wirft mich selbst auf die Entfernung um. Ist es für mich? Oder für seinen Gesprächspartner? Das Herz bollert merklich gegen meine Rippen, noch mehr, als er nach ein paar letzten Worten das Telefon herunternimmt, kurz darauf herumtippt und es dann in seine Jackentasche schiebt, während er auf mich zukommt.

„Okay", sagt er. „Alles geklärt. Ich habe heute keinerlei Verpflichtungen mehr. Wie steht's mit dir?"

Betont gleichgültig zucke ich mit den Schultern. „Ich wollte eigentlich noch meinen Hintern formen und meinen Beckenboden stärken, aber mir fehlt das passende Outfit." O Gott, wo kommt das her? Habe ich das gerade laut gesagt?

Finn grinst. „Das können wir von der Liste streichen, denn, soweit ich mich erinnern kann, ist dein Hintern Weltklasse."

Verlegen schlage ich die Augen nieder. Warum gebe ich ihm auch eine solche Vorlage? *Also echt, Paula, wie dumm bist du eigentlich?* Die Nähe dieses Mannes bekommt mir nicht, ganz eindeutig. Und doch möchte ich nur zu gern glauben, dass alles stimmt, was er sagt.

„Ich habe eine bessere Idee", meint er schließlich. „Das wird dir gefallen. Komm mit, dafür müssen wir ein Stück mit der Bahn fahren."

Den ganzen Weg aus der Stadt hinaus reden wir nicht ein einziges Wort miteinander. Ich fühle mich an unsere ersten gemeinsamen Busfahrten erinnert, als ich weder wusste, wie er heißt, noch warum er mich jeden Tag neben sich sitzen lässt. Nur dieses Mal fühlt es sich so viel besser an, weil sich meine Unsicherheit und mein Misstrauen ebenfalls eine Auszeit genommen haben. Fast fühle ich mich wohl, möglicherweise sogar sicher. Wie an dem Morgen, als ich in Finns Bett aufgewacht bin und für einen Moment glaubte, glücklich zu sein. Vielleicht war ich es wirklich.

„Was ist das?", frage ich und starre auf den See vor uns, nachdem die Bahn uns auf die die Straße gesetzt und wir einen kleinen Fußmarsch hinter uns gebracht haben. Ich kenne die Gegend nicht und kann mir nicht vorstellen, was wir hier draußen wollen könnten.

„Das ist ein Raumschiff", antwortet er. „Dahinten sind die Triebwerke und dort die Station, von der du dich in fremde Welten beamen lassen kannst." Er zeigt auf den Sprungturm am Ende des Stegs rechts von uns.

Ich schüttle den Kopf. „Sehr lustig."

„Eigentlich nicht, denn wenn du genau darüber nachdenkst, stimmt, was ich sage.“

„Okay, ich formuliere die Frage um: Was wollen wir hier?“

„Eisbaden belebt Körper und Geist“, erklärt er und zieht den Reißverschluss seiner Cordjacke nach unten. Ungläubig beobachte ich, wie er sie auszieht und an den Ast des Baumes neben uns hängt. „Im Sommer komme ich nie her, ist mir viel zu überfüllt, aber im Winter hat man seine Ruhe. Da sind es höchstens ein paar Anwohner, die hier mit ihren Hunden spazieren gehen.“

„Du willst baden?“, frage ich und zittere bereits vor Kälte, weil ich nur daran denke.

„Nein, ich will schwimmen.“

„Aber …“ Mein Einwand erstickt, weil ich zu gefangen bin von dem Anblick, der sich mir gerade bietet.

Finn zieht ebenfalls Pullover und T-Shirt aus und verstaut alles sorgfältig in den Untiefen seiner Jackenarme.

„Aber es ist viel zu kalt“, bringe ich schließlich lahm hervor.

Er lächelt nur, streift seine Schuhe ab und entledigt sich seiner Hose. Meine Güte, was für ein Körper! Ich habe ganz vergessen, wie perfekt er ist. Im Fitnessstudio bin ich auf eine Menge Muskeln gestoßen und das allein nur bei dem Kerl hinter dem Tresen, aber nichts ist mit dem hier vergleichbar. Erst jetzt fällt mir auf, wie unterschiedlich Männer in dieser Beziehung sein können. Während Antonios Muskeln gar nicht in sein Shirt passen, sind die von Finn eher wohlgeformt. Sie sind da, ganz klar, aber sie drängen sich nicht auf. Sie sind nicht der Hauptteil von ihm, nicht das, was ihn ausmacht. Aber zu übersehen sind sie auch nicht, denke ich, und versuche, meinen Drüsen wieder etwas Speichel zu entlocken. Inzwischen steht er nur noch in Boxershorts vor mir.

„Siehst du die kleine Insel da drüben?“, fragt er und reißt mich aus meinen Gedanken. Ich nicke eifrig, um zu verbergen, dass ich ihn wieder mal angestarrt habe. „Es sind etwa zweihundert Meter bis dahin. Im

Sommer ist diese Insel beliebt, denn dort gibt es einen genialen Sandstrand, einen viel schöneren als den hier. Außerdem eignet sich der Abstand perfekt für Wettkämpfe." Ich nicke erneut, dann sehe ich ihn wieder an. Er grinst. „Ich dachte mir, dass es doch spannend wäre herauszufinden, ob ich in der Lage bin, eine ehemalige Schwimmweltmeisterin zu besiegen."

„Was?"

„Zieh dich aus, Paula, sonst bin ich steifgefroren, bevor es überhaupt losgeht."

„Ich?"

„Wer sonst?"

„Ich bin keine ehemalige Schwimmweltmeisterin." Als ob das der Punkt wäre.

„Aber du warst gut. Bist du es immer noch?"

„Nein."

„Dann ist es ja ein Leichtes für mich", verkündet er und streift seine Boxershorts nach unten, um sie dann ebenfalls in seiner Jacke zu verstauen.

Mit offenstehendem Mund sehe ich zu, wie er auf das Ufer zugeht. Ich komme nicht umhin, dabei seinen Hintern zu bewundern, obwohl viel wichtigere Fragen in meinem Kopf umherkreisen. Kann ich das schaffen? Ja, verdammt, es sind nur zweihundert Meter. Und kann ich ihn auch besiegen? Es ist lange her, dass ich mit einem Wettkampfgedanken ins Wasser gegangen bin. Viel zu lange.

Ehe ich eine bewusste Entscheidung treffe, habe ich bereits meine Mütze vom Kopf gerissen und knöpfe meinen Mantel auf. Scheiß doch drauf. Wenn Finn seiner Arbeit den Stinkefinger zeigen kann, dann kann ich ja wohl auch das hier. Plötzlich überaus aufgedreht, ziehe ich meine Klamotten aus und werde nur kurz dabei unterbrochen, als ich ein Platschen und gleich darauf Finns Gestöhne höre.

„Scheiße", keucht er. „Falls ich jemals vorgehabt habe, noch ein Kind zu zeugen, hat sich das hiermit gerade erledigt. Meine Eier sitzen irgendwo in meinem Bauch und haben eine Heidenangst vor dem, was passieren könnte, wenn sie jetzt herauskommen."

Ich lache, steige umständlich aus meiner Strumpfhose und meinem Slip und verschränke fröstelnd die Arme vor der nackten Brust, während ich ebenfalls zum Ufer laufe.

„Mach's kurz und schmerzlos", rät er und sieht zu mir hin. „Obwohl beide Begriffe in dieser Situation an Bedeutung verlieren. Also mach's einfach."

Gesagt, getan. Ich tauche in das eiskalte Wasser und habe in meinem ganzen Leben noch nie solche Schmerzen erlebt. Ich bekomme kaum Luft, alles drückt mich nieder, alles tut weh. Hilflos schlage ich um mich. Verfluchte Scheiße.

„Atme, Paula." Finn ist plötzlich ganz nah, streicht mit einer Hand meine Wange entlang und sucht meinen Blick. „Der Schock ist gleich vorbei."

Ich nicke gequält. „Was … was ist der Einsatz?", frage ich bibbernd. „Für diesen Wettkampf?"

Er lächelt. „Ein Joker?"

Ich schüttle den Kopf. „Nein, mehr. Ich will mehr. Ich gewinne schließlich."

Lachend nickt er, streicht ein weiteres Mal meine Wange entlang und sagt. „Okay, einen Gefallen. Der Sieger darf vom Verlierer etwas einfordern. Egal was."

„Auch außerhalb der Auszeit?"

„Natürlich. Jederzeit."

„Abgemacht. Und nun …" Ich deute mit dem Kopf zur Insel rüber. „Los."

Und dann schwimmen wir. *Ich* schwimme. Anfangs ist es nur ein koordinationsloses Paddeln und der verzweifelte Versuch, nicht unterzugehen, aber schon bald habe ich die eisige Kälte vergessen und ziehe kraftvoll durch das Wasser. Es ist, als schwimme ich zurück in die Vergangenheit, sage Hallo zu meinem Vater, zu meiner Leidenschaft und zu der Karriere, die mir verwehrt blieb. Und schwimme dann weiter, um die Zukunft zu begrüßen, um mein kleines Mädchen in den Armen zu halten und um meinen Traum zu leben, von dem ich in der Gegenwart noch weit entfernt bin. Aber in diesem Augenblick, als das kalte Nass an meinem Körper vorbeizieht und mir nicht das Geringste anzuhaben scheint, weiß ich, dass ich auf dem richtigen Weg bin. Ich kann es schaffen. Alles. Als ich Boden unter meinen Füßen spüre, sehe ich das erste Mal zurück und erkenne, dass ich gewonnen habe. Finn braucht zwei Sekunden, bis er bei mir angekommen ist.

„Revanche", fordert er und zeigt zurück in die Richtung, aus der wir gekommen sind.

Ich nicke, schwimme los und lasse ihn erneut hinter mir. Auf der Hälfte der Strecke etwa überholt er mich. Mein Atem rasselt inzwischen gefährlich und ich kann mich kaum noch konzentrieren. Die Bilder vor meinen Augen verschwimmen. Mit einem Mal tauche ich unter, ganz plötzlich und ohne Vorankündigung. Das Wasser schlägt über meinem Kopf zusammen, drückt mich nieder, zieht mich tiefer, verschlingt mich. Ich weiß, dass ich in Bewegung bleiben muss, aber irgendetwas hindert mich daran. Irgendwas sagt plötzlich, dass ich es doch nicht schaffen kann. Nichts von alldem, was ich mir vorgenommen habe.

Mein Schädel dröhnt und meine Lungen bersten, also atme ich ein. Wasser. Und auch ein bisschen Luft. Ich huste und greife nach dem Leben, nach dem kleinen bisschen Hoffnung. So darf es nicht enden, nicht so. Dann bekomme ich etwas zu fassen, oder vielleicht bekommt auch dieses Etwas mich zu fassen, denn das nächste, was ich sehe, ist der graue Himmel über mir. Rasselnd versuche ich, Sauerstoff in meine Lungen zu pumpen, aber die Schmerzen vernebeln mein Gehirn. Ist es gar nicht der Himmel? Ist es das eisige Seewasser? Werde ich sterben?

Ich spüre einen fürchterlichen Druck in meinem Brustkorb, etwas, das sich hart an mich presst. Vielleicht das Gewicht vom Tod. Ich taste danach und bin erstaunt, dass es ein Arm ist. Natürlich. Das ist Finns Arm. Wessen sonst? Niemand anderes würde mich aus diesen Fluten retten. Ist er mein Held? Ist er der, nach dem ich gesucht habe? Mein Ausweg aus dem Irrgarten meines Lebens? Ich würde es so gern glauben, aber mit jeder weiteren Schwimmbewegung, mit der er uns beide dem Ufer näherbringt, sehe ich es klarer. Genau. Nur eine Auszeit. Und nun ist es an uns beiden, diese richtig zu nutzen.

„Ist alles in Ordnung?“, fragt er besorgt und hält meinen Kopf fest in seinen Händen. „Hast du viel Wasser geschluckt?“

Ich sehe in seine dunklen Augen und spüre gleichzeitig Boden unter meinen Füßen. Was ist seine Geschichte, frage ich mich plötzlich. Warum ist er hier?

„Paula? Geht's dir gut?“

„Warum *noch eins*?“, frage ich heiser und erinnere mich an seine Worte, kurz nachdem er in das eiskalte Wasser getaucht ist.

„Was?“

„Du sagtest, *noch ein* Kind.“

Er blinzelt hektisch und antwortet nicht, aber er hat genau verstanden, wovon ich spreche. Seine Augen bohren sich in meine, dann schüttelt er leicht den Kopf und zieht mich weiter ans Ufer. Bibbernd laufen wir auf den Baum zu und versuchen mit steifen Fingern unsere nassen Körper in die dort wartenden Klamotten zu zwängen. Finn ist schneller als ich und hilft mir bei den letzten Sachen. Während ich mit flattrigen Händen meine feuchten Haare unter meiner Mütze feststecke, schließt er die Knöpfe an meinem Mantel.

„Ich dachte, du säufst ab“, flüstert er und sieht mir in die Augen.

„Ich auch.“

„Gut, dass es nicht so war.“

„Ja.“

„Jetzt haben wir wohl beide gewonnen.“

Ich nicke und spüre seinen Daumen an meinen Lippen. Sein Blick ist gesenkt, während er sanft darüberstreicht. „Sie sind ganz blau."

Der wohlige Schauer, der durch sein Flüstern ausgelöst durch meinen Körper peitscht, vertreibt für einen Moment das irrsinnige Kältegefühl. Mein Zittern wird stärker, aber ich habe keine Angst, den Halt zu verlieren, solange Finn mich festhält. Er zieht mich an meinem Mantel ein kleines Stückchen dichter, sodass ich seinen Atem in meinem Gesicht spüren kann. Dann streicht er mit seinen Lippen sanft über meine. War das ein Kuss? Es ging viel zu schnell, um das wirklich richtig einordnen zu können, aber nach dem Klopfen meines Herzens zu urteilen, war es definitiv ein Kuss. Ich habe Probleme, zu denken, denn alles, was ich will, ist, ihn zu spüren. Noch einmal. Oder schon wieder. Wie von selbst krallen sich meine Hände in seiner Jacke fest, als wollen sie sie nie mehr loslassen. Als gehöre sie jetzt zu uns, oder als gehöre der Mann in ihr zu mir. Nur für einen kleinen Augenblick.

„Lass uns gehen", raunt er und ist dabei so wunderbar nah.

„Wohin?"

„In meine Wohnung."

Da fällt mir wieder ein, dass Finn keineswegs zu mir gehört, nicht mal für diesen Augenblick. „Du bist verheiratet", sage ich leise.

Falls er meines Themawechsels wegen überrascht ist, lässt er es sich jedenfalls nicht anmerken. Er nickt lediglich bestätigend. „Ja."

„Ich schlafe nicht mit verheirateten Männern."

„Okay", erwidert er und lächelt. „Ich auch nicht."

„Finn", hauche ich. „Ich werde nicht mit dir schlafen."

Er zieht mich noch näher und legt seine nächsten Worte direkt auf meine Lippen. Dieses Mal ist es definitiv ein Kuss, der tausend Krabbeltiere in meinem Herzen freilässt.

„Ich möchte, dass du mit zu mir nach Hause kommst", erklärt er leise. „Aber nicht, um dich in mein Bett zu zerren, sondern weil deine Zähne lauter klappern als die abgefrorenen Zehen in meinen Schuhen."

Er lächelt, während sein Daumen erneut sanft über meine Lippen streicht, vielleicht, um zu sehen, ob sich nach unserem Kuss etwas geändert hat. „Außerdem ist dir doch klar, dass meine Auszeit nur mit dir richtig Sinn macht, oder?“

Benommen starre ich ihn an, geblendet von seinem Lächeln und berauscht von seinen Worten. Und erst, als ich die kleinen gefrorenen Wassertropfen in seinen Bartstoppeln bemerke, spüre ich wieder, wie verflucht kalt es tatsächlich ist. Und wie sehr wir beide zittern.

„Kann dein Raumschiff fliegen?“, frage ich bebend. „Ich bin nicht sicher, ob ich noch laufen kann.“

„Du kannst“, antwortet er. „Komm.“

Er nimmt meine Hand, zieht mich hinter sich her und verfällt in einen leichten Trab. Ich kann mich kaum bewegen, stolpere ihm nach, aber er treibt mich immer weiter. Nach einer Weile spüre ich weder die Schmerzen in meinen Füßen, noch die in meiner pfeifenden Lunge, ich laufe einfach, laufe und laufe, immer weiter, und halte dabei seine Hand, so fest es geht.

Keuchend stehe ich hinter Finn und versuche, nicht umzufallen, während er die Tür zu seiner Wohnung aufschließt. Er scheint nach unserem hastigen Rückweg nicht sonderlich außer Atem zu sein, was mich gleichermaßen beeindruckt und auch ablenkt, denn bei dem ersten Schritt in seine Wohnung stolpere ich über die Schwelle. Zum Glück kann ich mich selbst noch abfangen, bevor ich seinen Wohnungsboden küsse.

„Immer langsam“, kommentiert er grinsend. „Ich sagte doch schon, dass du zuerst unter die Dusche darfst.“

O Gott, ich fühle mich wie die tollpatschigste Kuh auf der ganzen

Welt. Zu meiner Verteidigung jedoch muss ich anführen, dass ich meine Glieder nicht mehr spüren kann. Selbst die Bewegung konnte die eisige Kälte in meinem Körper nicht vertreiben. Es ist, als wären alle meine Gelenke eingefroren, so steif bewege ich mich vorwärts.

„Tee oder Kaffee?“

„Ähm …“ Ich schaue hilflos auf meine Finger hinunter, die unkoordiniert an meinen Mantelknöpfen herumhantieren.

„Am besten, ich mache beides“, sagt Finn und verschwindet Richtung Küchenzeile.

Als ich mich endlich einiger Sachen entledigt habe, gehe ich ihm nach. „Hast du vielleicht ein Handtuch, das ich mir leihen könnte?“, frage ich und merke, wie meine Zähne dabei aufeinanderschlagen. Ich kann es sogar hören.

„Sicher.“ Sofort geht er los und wühlt in seinem Schrank. Als er es mir reicht, sind auch ein paar Klamotten von ihm dabei. Irritiert schaue ich ihn an.

„Ich dachte, du willst nach der Dusche vielleicht nicht unbedingt wieder in die feuchten Sachen steigen“, erklärt er und lässt mich mit dem Wäscheberg allein.

Zögernd gehe ich ins Bad, schließe mich ein und schmeiße alles in eine Ecke auf den Boden. Nachdem ich mich auch von dem letzten bisschen klammen Stoff befreit habe, steige ich endlich unter die Dusche und drehe am Wasserhahn. Sogar in meinen Ohren ist mein Aufschrei viel zu laut. O Mann. O Gott. Nur langsam regle ich die Temperatur hoch und beginne zu entspannen. Und zu denken.

Es war eine kackblöde Idee, im Winter schwimmen zu gehen. Total leichtsinnig. Ich hätte ertrinken können, oder, oh, nein, vielleicht habe ich mir jetzt eine Lungenentzündung eingefangen? Bitte nicht. Ich darf nicht krank werden. Wo soll ich dann hin? Wie soll ich das durchstehen?

Es dauert ewig, bis meine Ängste und meine Gänsehaut verschwinden und ich bereit bin, das Wasser abzustellen. Pitschnass greife ich nach dem Handtuch, vergrabe mein Gesicht darin und atme den Duft von Frischgewaschenem, bevor ich den Stoff über meinen Körper wandern lasse. Als ich beginne, meine Haare trocken zu rubbeln, fällt mein Blick auf Finns Anziehsachen: eine Jogginghose, ein Pullover und ein Paar Socken. Vorsichtig hebe ich alles auf, schlüpfe hinein und stöhne leise auf. Verdammt, das hier fühlt sich gut an. Viel zu gut. Einen Augenblick genieße ich einfach nur dieses Gefühl von Geborgenheit, das ich schon lange nicht mehr erlebt habe. Wahnsinn eigentlich, dass ich mich überhaupt daran erinnere, aber vielleicht ist das intensive Schwimmerlebnis dafür verantwortlich, dass ich in diesem Moment an meine Kindheit denken muss. Ich lächle bei dem Gedanken an die Unbeschwertheit, den Frohsinn, und ziehe Finns Pullover noch enger um meinen Oberkörper, um dieses Gefühl so lange wie möglich bei mir zu behalten.

Dreizehn
Manche Träume haben nun mal ein Ablaufdatum

Finn

Als ich schließlich aus dem Bad komme, sitzt Paula in einer Ecke des Sofas und trinkt ihren Tee. Unsere Blicke begegnen sich und ich kann nicht genau deuten, was es ist, das meinen Bauch plötzlich zum Flattern bringt. Es ist ungewohnt, jemanden in meinen Klamotten zu sehen. Vor Ewigkeiten funktionierte meine Ehe vielleicht so, aber, davon abgesehen, bleiben die Frauen in meinem Leben nie lange genug, um sich an meinem Schrank zu bedienen. Die meisten schaffen es nicht einmal bis in meine Wohnung. Aber das allein ist nicht der Grund für das Bollern irgendwo in meiner Magengegend. Ich denke, es ist vielmehr die Selbstverständlichkeit, mit der Paula dort sitzt und mich anschaut. Als würde sie das jeden Tag machen. Auf mich warten. Mit einem schüchternen Lächeln auf den Lippen, rosigen Wangen und wirrem, feuchtem Haar. Dieses unerwartete Gefühl der Zugehörigkeit schleudert mich einige Jahre in der Zeit zurück. Es ist lange her, dass ich so etwas empfunden habe.

„Ich habe Pat geheiratet, als wir gerade zwanzig waren“, eröffne ich das Gespräch und lasse mich neben sie plumpsen. Wenn allein Paulas Anblick diese längst vergessenen Gefühle in mir wecken kann, ist es vielleicht an der Zeit, mehr zu erzählen. „Sie war die einzige für mich, verstehst du? Ich hatte vor ihr keine andere, ganz einfach, weil ich nie eine andere wollte. Wir kennen uns schon aus Kindertagen und es stand außer Frage, dass wir irgendwann heiraten würden. Wir gehörten einfach zusammen, jeder wusste das, und wir ganz besonders. Ich machte ihr einen Antrag, als sie achtzehn wurde, aber sie wollte erst die Schule beenden, also warteten wir. Ich hatte kein Problem damit, denn ein Trauschein ist nur ein Zettel, auf dem das steht, was ich sowieso längst wusste. Sie und ich zusammen, für immer."

„Was ist passiert?"

Die Frage kommt leise auf mich zugeschwebt, fast so, als wolle die Frau, die sie gestellt hat, mich nicht in meinen Gedanken unterbrechen, jedoch unbedingt wissen, wie es weitergeht. Ich sehe sie an. „Kennst du das? Alles läuft geradezu perfekt und es gibt eigentlich nichts, was das noch toppen könnte?"

Sie zieht eine Grimasse. „Eigentlich nicht, nein."

Lächelnd lege ich den Kopf an die Lehne und schaue an die Zimmerdecke. „Nun, es war so. Alles war perfekt. Pat und ich heirateten, ich begann mein Studium und sie bekam bei ihrem Traumjob einen Fuß in die Tür und verdiente gutes Geld."

„Und dann? Was lief falsch?", fragt sie ungeduldig, als ich nicht weitererzähle.

Jedoch brauche ich einen Augenblick, um meine Gedanken zu ordnen und den kleinen Kloß in meiner Kehle herunterzuwürgen. Die Erinnerung tut längst nicht mehr weh und vielleicht ist es sogar auf eine seltsame Weise befreiend, Vergangenes laut auszusprechen, aber das heißt nicht, dass es mir leichtfällt. Wahrscheinlich geht es nur, weil die Auszeit einen schützenden Rahmen darum legt. Und weil es Paula ist, der ich das erzähle. Keiner anderen gegenüber wären mir Worte wie diese über die Lippen gekommen. Aber Paula hat sich auch mir geöffnet, warum also nicht umgekehrt? Was habe ich zu verlieren?

„Nichts", sage ich schließlich. „Im Gegenteil. Unser Glück erlebte einen weiteren Aufschwung." Ich drehe das Gesicht zu ihr, weil ich sehen will, wie sie reagiert. „Pat wurde schwanger."

„Oh", sagt sie überrascht. Und dann lächelt sie mich an und knüllt damit unbewusst mein Herz zusammen wie ein altes Blatt Papier. „Ihr habt ein Baby bekommen?"

„Nein“, sage ich und schüttle den Kopf. „Haben wir nicht.“

Ich sehe, wie sich ihre Pupillen weiten, bevor sie leidgeplagt ihre Augen schließt. „Hat sie das Kind verloren?“

Ich atme tief, denn ich weiß nicht, wieviel von der Wahrheit ich wirklich preisgeben will. Die quälenden Einzelheiten zum Tod meines Kindes überspringe ich vorerst lieber. Das ist etwas, was mich durchaus erdrückt, auch nach all den Jahren noch. Meine Ehe hingegen – drauf geschissen.

„Weißt du, nach jedem Hoch kommt ein Tief, das man durchqueren muss, um weiterzumachen. Es war das erste Mal, dass Pat und ich das nicht zusammen taten. Während sie nur ihre Karriere gesehen hat, schmiss ich alles hin, was mir bis dahin etwas bedeutet hat, einschließlich meines Studiums. Es dauerte über ein Jahr, bis ich Pat wieder anschauen konnte, ohne den Verstand zu verlieren.“

„Es tut mir leid.“

„Das muss es nicht. Es ist lange her.“

„Wie seid ihr mit dem Verlust umgegangen? Und mit eurer Beziehung? Habt ihr geredet?“

„Wenn Brüllen, Schuldzuweisungen und tränenreiches Betteln als Reden zählt, dann ja. Zumindest anfangs. Irgendwann wurde Ignorieren und gegenseitiges Akzeptieren jedoch viel einfacher. Unsere Ehe hielt nicht mal ein Jahr, wenn du so willst, auch wenn auf dem Papier was anderes steht.“

„Dann habt ihr es nicht mehr miteinander versucht?“

„Nein, nie mehr.“

„Warum nicht? Es hört sich so an, als wärt ihr vorher ein gutes Team gewesen. Als hättet ihr euch geliebt.“

Schnaubend schüttle ich den Kopf. „Diese ganze Geschichte damals hat eine so tiefe Kluft zwischen uns gerissen, die niemand mehr überspringen will. Ich am allerwenigsten.“

„Willst du nicht, oder kannst du es nicht?“

Seufzend reibe ich mir das Gesicht, bevor ich Paula wieder ansehe. „Ich will es nicht. Definitiv nicht."

Ich habe Pat geliebt, aber der Schmerz, der danach kam, war tausendmal heftiger. Ich könnte ihn nie vergessen, ich will es gar nicht. Er gehört zu mir wie mein ungeborenes Kind.

„Dann ist deine Frau Geschichte? Hast du mit ihr abgeschlossen?"

„Mehr, als du dir vorstellen kannst." Ich meine das vollkommen ernst und halte ihren Blick so lange, bis die Information wirklich bei ihr angekommen ist. Sie wirkt erleichtert, nickt, lächelt sogar ein wenig, und mein Herz schlägt unwillkürlich einen Salto. Keine Ahnung, warum eigentlich, denn war nicht der Plan, Paula außen vor zu lassen? Was genau tut sie dann da in meinem Inneren? Und warum ist es mir so wichtig, dass sie mich versteht? War ich es nicht, der meine Ehe nach unserer letzten Auszeit in den Raum gestellt hat? Nur um sie in dieser irgendwie wieder beiseitezuschaffen? Ändert es denn irgendetwas an den Umständen da draußen?

Paula räuspert sich. „Warum lässt du dich nicht scheiden und ziehst damit einen endgültigen Schlussstrich?"

Tief atmend lasse ich den Kopf zurück an die Lehne sinken. „Reine Bequemlichkeit, schätze ich. In dem Jahr nach unserer Trennung wollte ich die Scheidung auf Biegen und Brechen. Nichts war mir wichtiger. Aber Pat hat nie zugestimmt und wollte sogar einen Neuanfang. Ich sträubte mich dagegen und sie fand sich schließlich damit ab und suchte sich einen anderen Kerl. Ein paar Jahre später wollte sie die Scheidung, aber aus irgendeinem perfiden Grund verweigerte ich meine Unterschrift. Es dümpelte also weiter vor sich hin. Das tut es noch immer."

„Aber ihr habt Kontakt, oder?"

„Ab und an."

„Habt ihr Sex?", fragt sie und hält den Atem an.

„Ich habe sie seit zehn Jahren nicht angerührt."

Paula beugt sich vor und stellt ihre Tasse auf den Tisch. Misstrauisch schaut sie mich an. „Warum erzählst du mir das? Hoffst du, mich mit dieser Geschichte doch noch ins Bett zu kriegen?"

„Definitiv", antworte ich grinsend. „Hat es geklappt? Willst du mir jetzt die Klamotten vom Leib reißen?"

Sie läuft rot an und schüttelt den Kopf, bevor sie sich wieder zurücklehnt und mit den Fingern auf ihren Lippen trommelt. „Wie kann etwas, das perfekt ist, durch eine einzige Sache so kaputtgehen?"

„Kann es nicht", antworte ich. „Weil es eben nicht perfekt ist."

Nichts und niemand ist das. Mit den Augen meines jüngeren Ichs betrachtet, war die Beziehung zu Pat alles, was ich mir immer gewünscht habe. Jetzt sehe ich das anders. Ich sehe es klarer, und, ja, vielleicht auch etwas verbittert, weil ich mit einunddreißig allein in einer Einraumwohnung lebe und einen Job habe, der ohne regelmäßige Auszeiten für mich nicht zu ertragen ist. Es war wahrlich nicht alles gut, was Pat und ich hatten, aber diese Dinge sieht man erst mit ein bisschen Abstand. Und mit Lebenserfahrung.

„Unsere Beziehung musste in die Brüche gehen, es war quasi vorprogrammiert. Seit mir das klargeworden ist, lebt es sich wesentlich leichter. Die Schuldfrage ist endlich geklärt, denn es gibt keine richtige Antwort darauf. Gab es nie."

Einige Zeit bleibt es still zwischen uns, aber das ist vollkommen in Ordnung. Es tut gut, über das zu reden, was ich sonst immer verschweige, auch wenn Paula längst nicht die ganze Wahrheit kennt. Obwohl ich einige wichtige Details weggelassen habe, weiß sie bereits mehr als andere, mit denen ich so etwas wie Gespräche geführt habe – was ohnehin nicht viele waren.

„Warum hast du dein Studium geschmissen?", fragt sie, schlingt die Arme um ihre angezogenen Knie und blickt mich aus ihren hellen Augen an.

„Weil ich aus meinem eigenen Leben rauswollte. Alles, was ich bis dahin getan hatte, fühlte sich falsch an, ebenso die Menschen. Also jagte ich die zum Teufel, die mir nahe waren, verschwand und baute mir eine andere Zukunft."

„Eine bessere?"

„Ich bin nicht sicher", gebe ich schließlich zu und stehe vom Sofa auf, um durch den Raum zu laufen. „Im Grunde ist das, was ich tue, meine Vorstellung von Richtig. Nur hat sich vieles über die Jahre verändert. Manchmal habe ich das Gefühl, in der Zeit stehengeblieben zu sein, immer auf der Stelle zu laufen, ganz egal, was ich tue, aber dann gibt es auch wieder Momente, in denen ich denke, nur den falschen Abzweig genommen zu haben und mit einigen wenigen Änderungen auf den ursprünglichen Weg zurückzufinden. Nichts von dem kann ich umsetzen, weil ich es ganz einfach nicht will. Was wirft das für ein Licht auf mich, wenn ich nicht hinter meinen eigenen Entscheidungen stehe? Kein helles, ich weiß."

„Was war denn dein ursprünglicher Plan?", fragt sie und sieht vorsichtig zu mir herüber.

Ich ziehe die Augenbrauen in die Höhe. „Beruflich oder privat?"

„Hängt nicht beides irgendwie zusammen?"

„Nein, ganz und gar nicht. Mit zwanzig wollte ich liebender und treusorgender Familienvater sein, mit zweiundzwanzig dann alle Frauen dieser Welt vögeln. Das kann man beides nicht unbedingt als Berufsziel angeben oder?"

„Hm, nun ja …" Sie hebt die Schultern und lacht. „Wie man's nimmt."

Ich grinse, schüttle den Kopf und gehe dann zu meinem Bücherregal, um ein ganz bestimmtes Comicheft hervorzuziehen. Paula beobachtet, wie ich damit zum Sofa zurückkehre und sieht mich verwundert an, als ich es ihr reiche. Langsam stellt sie die Füße zurück auf den Boden, nimmt mir den gedruckten Comic aus der Hand und legt ihn vorsichtig auf ihren Knien ab.

Mit leicht schiefgelegtem Kopf fragt sie: „Was ist das?"

„Ein Raumschiff", antworte ich. „Es bringt dich in meine Vergangenheit." Ich habe keine Ahnung, warum ich ihr das zeige, warum ich ihr *mich* zeige, aber als sie ehrfürchtig die Seiten durchblättert und alles ganz konzentriert in sich aufnimmt, ohne ein einziges Wort zu sagen, weiß ich, dass die Entscheidung richtig ist. Sie wird es verstehen. Sie versteht es jetzt schon besser, als ich es jemals erwartet habe. Als sie nach etwa fünfzehn Minuten am Ende des Heftes angekommen ist, stehen Tränen in ihren Augen, die ich nicht deuten kann.

„Das ist von dir", sagt sie und streicht sanft über den zerschlissenen Einband. Es ist keine Frage, darum antworte ich auch nicht.

„Ich erkenne die Linien, die Formen", spricht sie weiter. „Du hast eine besondere Art, Bewegungen festzuhalten und Emotionen einzufangen. Ich weiß nicht, ob dir das schon mal jemand gesagt hat, aber wenn ich auf deine Zeichnungen sehe, dann spüre ich genau, was du sagen willst. Die Figuren sprechen zu mir, sie leben, und das nicht nur in meiner Fantasie, sondern hier, auf dem Papier. Als würden sie jeden Moment rausspringen und Wirklichkeit werden. Als könnte ich ihnen die Hand reichen und sie umarmen. Oder als würden ihre Kraft und ihr Mut auf mich überspringen." Sie hebt den Kopf und sieht mich an. „Das hier ist unglaublich intensiv, Finn. Es ist einmalig."

„Das haben damals einige gesagt."

„Weil es stimmt. Deine Geschichten brauchen keine Worte, die erklären, was passiert. Man sieht es. Und man spürt es. Mit jedem weiteren Bild wird man tiefer in das Geschehen hineingezogen, bis man selbst ein kleiner Teil davon ist."

Ich lächle. Nichts weiter. Ich lächle nur, weil es das einzige ist, was gerade Sinn ergibt.

„Gibt es noch mehr?", fragt sie. „Hast du noch mehr veröffentlicht?"

Ich nicke und hole auch die anderen zwei Hefte aus dem Regal. Sie liest sie ebenso gründlich und blättert die Seiten nur langsam um, fast so, als hätte sie Angst, sonst etwas kaputtzumachen. Oder etwas zu verpassen. Ich mache inzwischen eine Kleinigkeit zu essen, schaue aber immer wieder zu ihr hin, um zu sehen, was sie tut. Als sie lacht, weiß ich ganz genau, an welcher Stelle sie angekommen ist, und als sie die Luft anhält, ebenfalls. Ich fühle mich so leicht wie schon lange nicht mehr, weil jemand das würdigt, was mir einmal sehr viel bedeutet hat.

„Du bist unglaublich talentiert“, meint sie schließlich und lächelt. „Vielleicht möchte ich dir jetzt doch die Klamotten vom Leib reißen.“

Mein Lachen schallt durch die gesamte Wohnung und befreit mich von dem letzten Bisschen Furcht, sie könnte mich für meine Comics verurteilen. Oder in irgendeine bescheuerte Schublade stecken, so wie es schon einige andere vor ihr getan haben. In meiner normalen Welt ist Comics zeichnen nur etwas für pummlige Nerds mit fettigen Haaren und Brille. Ein Personal Trainer hat doch bitteschön mehr Stil.

„Tut mir leid, ich schlafe nicht mit Groupies“, erwidere ich grinsend und bekomme ihre Zunge zu sehen, die sie mir frech entgegenstreckt.

Nachdem wieder etwas Ruhe eingekehrt ist, fragt sie: „Es gibt nur drei Hefte?“

„Ja. Danach habe ich alles hingeschmissen und das Studium gewechselt. Schön blöd, was?“

Sie schüttelt langsam den Kopf. „Findest du denn selbst, dass es blöd war? Hast du es bereut?“

„Ich habe oft darüber nachgedacht, was gewesen wäre, wenn mein Stolz mir nicht die Tour vermasselt hätte, aber ich bin letztlich zu dem Schluss gekommen, dass dieser Schlussstrich genau das war, was ich damals brauchte. Also nein, ich bereue es nicht, aber an manchen Tagen weiß ich, dass das Zeichnen mich glücklicher gemacht hätte, als das, was ich stattdessen tue.“

„Und wenn du es einfach wieder machst? Neben deinem Job?“

Ich schüttle den Kopf. Das, was sie da in der Hand hält, macht man nicht nebenbei. Ich schaue auf die zahlreichen Bilder an den Wänden meiner Wohnung, denn die funktionieren so. Die kann man nebenher zeichnen. Zum Beispiel nachts, wenn sich der Schlaf nicht einstellen will, weil der vorhergehende Tag äußerst beschissen lief. Morgens, wenn die Sonne aufgeht und man noch voller Hoffnung und Tatendrang ist. Oder tagsüber, wenn man sich zwischen tausend Terminen zehn Minuten in irgendeine Ecke verkriecht, um seinem ständig lächelnden Gesicht eine Pause einzuräumen. Wenn ich jedoch eine Geschichte kreiere, einen Comic, der aus mehr besteht als vier oder fünf Bildern, ist das wahnsinnig zeitintensiv. Und vor allem brauche ich dafür einen freien Kopf. Früher war das kein Problem, da war ich jung und unbeschwert, aber jetzt gibt es zu viel andere Dinge, die meine Aufmerksamkeit fordern. Und meine Konzentration. Ich bin wirklich nicht sicher, ob ich noch immer etwas Ähnliches wie in diesen drei Heften zustande bringen würde.

Ich sehe sie wieder an. „Wie gesagt, ich habe mich vor zehn Jahren dagegen entschieden und kein Interesse, es wieder aufleben zu lassen."

„Auch nicht, wenn es dein Traum ist?"

„Weißt du, warum Träume unbedeutend sind? Weil ihnen die Realität fehlt. Du müsstest doch wissen, wovon ich rede. Dein Traum, als Schwimmerin groß rauszukommen, ist geplatzt, als die Wirklichkeit zuschlug. Jetzt könntest du ihn wiederaufleben lassen, aber geht das? Ist es nicht so, dass dieser Zug schon vor Jahren abgefahren ist? Wie alt bist du? Fünfundzwanzig? Achtundzwanzig? Du wirst niemals das erreichen, wo andere schon vor dir waren, aber der Grund ist nicht, dass du es nicht kannst, sondern dass du, realistisch betrachtet, in dem Geschäft eine alte und ungelenke Oma bist. Sicher kannst du noch schwimmen und ganz sicher kannst du dabei auch noch wahnsinnig Spaß haben und glücklich sein, aber du kannst damit eben nicht dein Leben finanzieren. In der normalen Welt sind Träume nun mal bedeutungslos."

Sie schüttelt vehement den Kopf, bevor sie aufsteht und zu mir in die Küche kommt. „Vielleicht hast du recht und manche Träume haben tatsächlich ein Ablaufdatum, aber ganz bestimmt sind sie nicht bedeutungslos. Keiner von ihnen."

„Ach nein? Was bedeuten sie denn?", frage ich herausfordernd und verschränke abwartend die Arme vor der Brust. Paula stellt sich neben mich.

„Sie sind ein Teil von dir selbst. Wer keine Träume hat, der hat auch keine Ziele im Leben. Und ohne Ziel laufen wir alle nur kreuz und quer durch die Straßen und wissen nicht, was wir tun. Nichts in dieser Welt würde funktionieren, wenn jedem egal wäre, wo es hingeht."

„Wer sagt denn, dass es funktioniert?"

Sie straft mich für diese Frage mit einem bösen Blick. „Nehmen wir dich als Beispiel. Du sagtest vorhin selbst, dass du es im Grunde für richtig hältst, was du tust. Was im Klartext heißt, dass du bestimmte Vorstellungen vom Leben hast. Du hattest ursprünglich ein Ziel und hast es vielleicht sogar schon erreicht. Du sagst schließlich, du seist der Beste in deinem Job."

Ich lache auf. „Das habe ich gesagt?"

Sie sieht mich an und nickt. „Ich denke, es stimmt. Und es ist nicht verwunderlich, dass viele bereit sind, einen hohen Preis für dich zu zahlen."

„Ach ja?", frage ich überrascht. „Warum?"

„Du kannst Frauen das Gefühl geben, etwas Besonderes zu sein. Solange sie in deinem Fokus stehen, sind sie schön und schlau und einzigartig. Niemand, den ich kenne, ist so gut darin, seinen Charme einzusetzen und seine Vorzüge perfekt auszuspielen. Jede Frau sehnt sich nach einer Alleinstellung in den Augen eines attraktiven Mannes, und wenn das nur mit viel Geld zu bekommen ist, dann gibt es sicherlich genug, die dafür bezahlen. Ich behaupte jetzt einfach mal, dass du auch in Sachen Fitness, Ernährung und Gesundheit eine Menge zu bieten hast und das macht es zu einer perfekten Mischung für deinen Beruf."

Ich bin etwas überfahren von ihrer Aufzählung, aber im Grunde erzählt sie mir da nichts Neues. „Ich bin eben gut darin, Erwartungen zu erfüllen", kommentiere ich lapidar.

„Ja, aber was passiert danach? Du hast dein Ziel erreicht, was kommt jetzt? Ich bin sicher, dass du auf irgendetwas hinarbeitest, weil jeder das tut. Und darum sind Träume auch keinesfalls bedeutungslos. Sie stecken in uns und sie formen unser Handeln. Sie formen *uns*."

Lächelnd lasse ich die Arme sinken und widme mich wieder der Essenszubereitung. Diese Frau steckt voller Überraschungen. Wo ist ihre Unsicherheit hin, ihre zurückhaltende Art? Stattdessen ballert sie mir hier Dinge an den Kopf, die mich vielleicht bestärkt oder beleidigt hätten, wenn ich mir ihrer nicht ebenso bewusst gewesen wäre. Mir gefällt, wie gut sie argumentiert und wie wenig Angst sie hat, sich mir dabei in den Weg zu stellen. Prüfend werfe ich einen Blick zur Uhr und erkenne, dass es bis zum Ende unserer Auszeit noch mehr als zwölf Stunden sind. Vorausgesetzt, sie hat den gleichen Plan.

„Bleibst du über Nacht?", frage ich also direkt und rühre in meinem Topf herum.

„Ähm, ich weiß nicht."

Aus den Augenwinkeln kann ich sehen, wie sie unruhig ihre Hände knetet, und muss lächeln. Sie ist zurück, diese Unsicherheit, die sie oft umgibt. So schnell, so einfach, nur eine einzige Frage war notwendig.

„Keine Verpflichtungen, nicht mal einen Joker", erkläre ich und suche ihren Blick, damit sie sehen kann, wie ernst es mir ist. „Und wenn du willst, schlafe ich auf dem Sofa."

„Das musst du nicht."

„Ein Wort genügt."

„Danke", erwidert sie fast flüsternd. „Ich würde gerne bleiben."

Irgendwo in mir löst sich etwas, das mich mit einem Mal noch sehr viel leichter atmen lässt.

Nach dem Essen sitzen wir auf dem Sofa und sehen fern. Ich habe zehn Minuten nur durch die Programme geschaltet, bevor wir an diesem Film hängengeblieben sind, der von Minute zu Minute lächerlicher wird. Irgendwann reicht es mir und ich beuge mich nach vorn zu der Fernbedienung, um noch einmal die Optionen zu checken.

„Nein, nicht.“ Paulas Hand schießt vor und hält mich zurück. „Lass das an.“

„Du willst diesen Schund sehen?“

„Ja, bitte“, sagt sie und sieht kurz zu mir herüber. „Ich weiß nicht, wann ich das letzte Mal einen Film angeschaut habe.“

„Das ist kein Film, das ist Blödsinn.“

„Trotzdem. Es ist Jahre her.“ Sie räuspert sich. „Und ich möchte gerne wissen, wie es weitergeht.“

Verblüfft sehe ich sie an. „Es ist Jahre her, dass du einen Film gesehen hast?“

Sie nickt nur abwesend, denn ihre Konzentration liegt auf dem Fernseher.

„Ernsthaft jetzt?“

„Hm?“ Nur widerwillig wendet sie den Blick vom Bildschirm.

„Es ist Jahre her, dass du einen Film gesehen hast?“

„Ja“, bestätigt sie, nickt und schaut wieder weg.

Ich kann es nicht fassen und falle prompt mit dem Rücken zurück an die Sofalehne, als hätte mich jemand gestoßen. Jahre? Wie kommt das? Wer oder was hat sie daran gehindert? Allein mit meinen Fragen, weil ich sie nicht stören will, betrachte ich die Frau, die mit jeder Stunde, die vergeht, spannender wird. Sie hockt im Schneidersitz neben mir, hat die Hände in den viel zu weiten Pullover zurückgezogen und im Schoß versteckt, die Schultern gerade und das Kinn leicht angehoben. Ihr Mund steht ein winziges Bisschen offen und ihr Haar ist wie immer ziemlich wirr. Kurz frage ich mich, warum sie keine andere Frisur hat, vielleicht irgendwas, das sie besser im Zaum halten kann als diese Mähne, aber dann fällt mir wieder ein, dass sie ganz anders ist als die anderen Frauen, die ich so kenne. Ihr ist egal, ob ihr Haar irgendwelchen Ansprüchen gerecht wird oder ob ihr Styling zum Outfit passt, es spielt absolut keine Rolle. Das zumindest ist mein Eindruck. Und das gefällt mir.

Wir schauen den Film tatsächlich bis zum Ende an, was sie glücklicher zu machen scheint als der kleine Schwimmausflug am Nachmittag, den sie zwar anfangs losgelöst von der Welt genoss, zum Ende hin jedoch mit der kalten Realität bezahlte. Nun schaltet sie den Fernseher aus, grinst mich an und hat sogar gerötete Wangen.

„Ich wusste, dass er zu ihr zurückkehrt. Niemals kann die Karriere wichtiger sein als wahre Liebe", schwärmt sie und streicht sich ihr wirres Haar aus dem Gesicht.

Ich habe sofort einen ganzen Sack voll Argumente, um das zu widerlegen, frage aber stattdessen: „Und was bitte qualifiziert dich dazu, eine solche Aussage zu tätigen?"

Sie sieht mich verwirrt an, überlegt und verschränkt schließlich die Arme vor der Brust. „Gesunder Menschenverstand."

Ich schnaube amüsiert. „Und wie steht es da mit deinen Erfahrungen? Die sind nämlich um einiges bedeutender als das theoretische Fachwissen eines kleinen Mädchens."

„Bezeichnest du mich gerade als kleines Mädchen?" Ihr Gesichtsausdruck ist entrüstet.

„Wenn du so einen Mist von dir gibst, kann ich dich leider nicht ernst nehmen, tut mir leid. Nur unerfahrene Träumer glauben diesen Scheiß."

„Welchen Scheiß?"

„Den Wahre-Liebe-Quatsch."

„Hm, warst du es nicht, der mir vorhin noch von der einzigen Frau in seinem Leben erzählt hat? Die, die alles andere in den Schatten gestellt hat und die du unbedingt heiraten wolltest? Und es auch getan hast?"

„Sag ich doch. Unerfahrene Träumer. Ich war auch so einer, aber aus dem Alter bin ich raus."

Sie schüttelt den Kopf, wendet den Blick ab und lässt ihn durch meine Wohnung wandern. Ich sehe genau, wie sie alle meine Zeichnungen ins Auge fasst, wie sie mein Bücherregal mustert und schließlich mein ungemachtes Bett, auf dem vereinzelte Kleidungsstücke liegen, die ich nach dem Waschen noch nicht geschafft habe, in den Schrank zu räumen.

„Nimm es mir nicht übel, aber es sieht nicht so aus, als würde hier ein knallharter Geschäftsmann ohne Gefühle im Leib leben."

„Das habe ich auch mit keiner Silbe behauptet."

„Okay", sagt sie und sieht mich wieder an. „Hilf mir auf die Sprünge. Was genau wolltest du mit deinem Angriff eben ausdrücken?"

„Habe ich dich angegriffen?"

„Du sagtest, dass du mich für ein unerfahrenes kleines Mädchen hältst."

„Wenn du sagst, dass wahre Liebe über allem steht, dann bist du eine Träumerin, die die Welt nicht kennt."

„O Mann", erwidert sie leise und schüttelt mitleidig den Kopf, bevor sie vollends verstummt und sich an irgendeinem Bild festguckt.

„Was *o Mann*?", frage ich. „Sag, was du denkst."

Wieder schüttelt sie den Kopf, atmet tief und sieht mich dann an. „War es deine Frau oder hat dir eine andere das Herz gebrochen?"

Ich blinzle überrascht, dann lache ich auf. „So muss es sein, nicht wahr? Ein Mann muss tief verletzt worden sein, dann wird auch akzeptiert, dass er rumhurt und sich wie der letzte Arsch benimmt."

„Wenn du dich selbst damit meinst, dann muss ich dir leider widersprechen. Ich halte dich weder für einen Arsch, noch benimmst du dich wie einer. Zumindest nicht in meiner Gegenwart. Ich stelle lediglich eine Frage. Du sagst, du warst ein Träumer, also muss etwas passiert sein, das dir den Glauben an die Liebe genommen hat."

Seufzend lehne ich mich zurück und schließe die Augen. Mein Leben ist passiert, so einfach. Nach dem, was ich ihr vorhin erzählt habe, kann ich nun wirklich nicht abstreiten, wie sehr auch ich an *Wir-beide-bis-in-alle-Ewigkeit* geglaubt habe. Inzwischen ist dieses Liebesgedöhns jedoch so weit weg, wie es nur sein kann.

„Tagtäglich erlebe ich, dass andere Dinge wichtiger sind und wie unbedeutend ein Eheversprechen doch ist", sage ich schließlich und drehe das Gesicht zu ihr. „Wusstest du, dass fast alle Frauen, mit denen ich trainiere, verheiratet sind? Sie haben einen reichen Mann - einen Banker, einen Geschäftshai, einen Anzugträger -, der ihnen jeden Wunsch von den Lippen abliest, damit sie schön ruhig und brav sind. Diskret soll es sein und den Schein sollen sie wahren. Ich werfe es keiner der Frauen vor, dass sie ausbrechen wollen. Weil ich sie verstehen kann. Niemand möchte bei seinem Lebenspartner erst an dritter oder vierter Stelle stehen. Aber so ist nun mal die Realität. Ich habe mich damit schon vor Jahren arrangiert."

Sie spitzt die Lippen und mustert mich eingehend. „Hast du dich nie mehr verliebt seit damals?"

„O doch", sage ich und halte ihren Blick gefangen.

Ihre Augen leuchten mir grün entgegen und ihre Wagen sind noch immer von einem zarten Rot bedeckt. Eine tolle Kombination, denke ich und merke gleichzeitig, wie irgendetwas meinen Magen ein Stück anhebt. Verdammt, sie ist wirklich hübsch und das ganz ohne Schein.

„Und wie ist es ausgegangen?", fragt sie leise.

„Es endet niemals gut, wenn man sich in jemanden verliebt, der verheiratet ist."

„Nein", antwortet sie nachdenklich. „Wohl nicht."

Ich habe diesen Fehler genau einmal gemacht. Damals war ich noch der Meinung, die ganze Welt verändern zu können, vielleicht sogar zu erobern. Mir war überhaupt nicht bewusst, dass es eine ganz andere Welt war als die, die in meiner Vorstellung existierte. In meiner grenzenlosen Naivität flog ich also ordentlich auf die Fresse, verlor meinen damaligen Job, die Frau sowieso, da ich sie genaugenommen nie gehabt habe, und nahm endlich die rosarote Brille ab. Die Augen öffnen und das Herz verschließen – das funktioniert seit Jahren.

„Und wie endete es bei dir?", frage ich nach einem Moment der Stille. „Da du ja nun offensichtlich an die ganz große Liebe glaubst, wüsste ich gern, wer oder was dafür verantwortlich ist."

Sie windet sich etwas und zögert die Antwort hinaus, aber als sie schließlich spricht, ist ihre Stimme fest und klar. „Du hast recht, Finn. Ich bin ein kleines unerfahrenes Mädchen mit dem großen Traum der immerwährenden Liebe. Ich glaube daran, dass zwei Menschen füreinander bestimmt sein und ihr ganzes Leben glücklich miteinander verbringen können. Solche Dinge wie Vertrauen, Treue und gegenseitiges Verständnis sind in meinem Kopf fest in diesem Szenario verankert, da braucht es kein Eheversprechen oder eine Unterschrift. Man liebt den anderen um seinetwillen und nicht, weil Geld eine Rolle spielt. Oder Ansehen. Oder was weiß ich. In meiner Vorstellung gibt es dieses *Perfekt*, von dem du sagst, dass niemand es hat. Man kann bis an sein Lebensende mit nur einem einzigen Menschen an seiner Seite glücklich sein, vorausgesetzt, es ist der richtige."

„Und kannst du deine Theorie mit Fakten belegen?"

„Kein Stück", erwidert sie und grinst mich an. „Bisher war jede Beziehung, die ich erlebt und auch gesehen habe, kaputt. Angefangen bei meinen Eltern, die mit Geld regelten, wer das ungewollte Kind bekommt, über die Unfähigkeit meines Vaters, sich auf etwas Neues einzulassen, die überaus schreckliche Verbindung meiner Mutter zu ihrem Freund Harald, bis hin zu meinen eigenen kläglichen Versuchen, in der Welt der Liebe einen Platz zu ergattern. Obwohl …" Sie strahlt mich an. „Mir fällt da gerade ein gutes Beispiel ein. Als ich neunzehn war, gab es da jemanden, mit dem ich öfters ausging, wenn man das so nennen kann. Er war ein ziemlicher Freak und hatte die Angewohnheit, sich ständig unterm Arm zu kratzen, aber er war sehr lieb und zur Abwechslung mal nicht daran interessiert, mich ins Bett zu bekommen. Ich liebte es, bei ihm zu Hause zu sein, weil seine Eltern wahrhaft perfekt waren. Wie sie miteinander umgingen, wie sie redeten, wie nett und freundlich sie mich jedes Mal empfingen und wie ehrlich sie an meinem Leben interessiert waren. Sie halfen mir sogar eine Zeit lang, das Sorgerecht für meine Tochter zu bekommen, aber irgendwann schlief meine platonische Beziehung zu ihrem Sohn ein und somit auch der Kontakt zu ihnen. Aber wenn du mich jetzt nach Fakten fragst, dann sage ich dir, diese beiden Menschen waren es: perfekt füreinander und perfekt miteinander. Ich wette, sie sind noch immer glücklich verheiratet."

„Und was ist mit dir?"

Ihre fröhliche Miene bekommt einen Riss. „Ich denke, ich war noch nie verliebt."

Das überrascht mich wirklich. Irgendwie schafft sie genau das immer wieder, nicht zu fassen. Ich ändere meine Stellung auf dem Sofa, drehe mich zu ihr, stütze den Arm auf die Lehne und betrachte sie fragend. Aber sie lächelt nur leicht und schlägt dann die Augen nieder auf ihre Finger, die an dem Saum von meinem Pullover fummeln, der ihr viel zu groß um die schmalen Schultern flattert.

„Das ist ja noch viel schlimmer mit dir, als ich dachte", werfe ich schließlich in die Stille und versuche das eigenartige Gefühl in meiner Brust zu ignorieren.

„Warum?" Sie hebt den Kopf.

„Du setzt dich hier für etwas ein, das für dich vollkommen unsichtbar ist, ist dir das klar? Du steigst in den Ring und kämpfst für etwas um einen Sieg, was in Wahrheit für dich bedeutungslos ist. Weil du es nicht kennst. Weil du gar nicht weißt, was für Ansichten dahinterstehen oder wie es sich anfühlt. Du stehst also auf der Seite von etwas Fremden. Hältst du das für klug?"

„Es ist besser, als auf der Seite von etwas zu stehen, das man scheiße findet. Ich kenne den Gegner und das ist alles, was zählt", erwidert sie selbstbewusst. „Ich muss nicht wissen, wie es sich anfühlt, verliebt zu sein, um dafür mit allem zu kämpfen, was ich habe. Ich weiß, dass es richtig ist, weil die Alternative nämlich diese beschissene Welt nicht besser machen kann."

Ihre inbrünstige Ansage kostet ihr ordentlich Sauerstoff, denn ihr schneller Atem und die hektischen Bewegungen ihres Brustkorbes sprechen da eine ganz eigene Sprache. Offensichtlich befindet sie sich bereits in einem Kampf, jetzt fehlt nur noch das passende Schlachtfeld. Ich stehe auf und hole es, während ihre Blicke mir aufmerksam folgen. Als ich zum Sofa zurückkehre, steht sie auf, umrundet den niedrigen Tisch und lässt sich mir gegenüber auf den Boden sinken. *Also los*, scheint ihr Blick zu sagen, *packen wir es an.* Grinsend, weil sie nichts anderes hätte tun können, was mich in diesem Moment glücklicher gemacht hätte, schiebe ich ihr die weißen Steine zu.

„Dieses Mal wirst du dir wünschen, mich nicht herausgefordert zu haben. Du wirst verlieren, Mister Ich-scheiße-auf-die-Liebe."

Lachend rutsche ich vom Sofa ebenfalls auf den Boden. „In Ordnung, Mäuschen Alles-ist-so-schön-rosarot. Du fängst an."

Vierzehn
Es wird schlimmer werden

Paula

Ich kann nicht glauben, wie gut es hier riecht. Ich erkenne den Duft wieder, die sauberen Kissen, die Gemütlichkeit, und ich fühle mich, als soll es genau so sein. Als wären diese Dinge normal. Wärme, Geborgenheit, Sicherheit. Mit geschlossenen Augen atme ich so viel davon in meine Lungen wie es nur geht. Ich bin nicht sicher, wann und ob ich überhaupt jemals wieder in den Genuss komme, hier zu sein, darum mache ich mir bewusst, wie schön es ist. Der ganze Abend ist es, Finns Bett ist es, Finn ist es.

„Boah, am besten, ich schlafe doch auf der Couch“, sagt er. „Du hast ja Eisfüße.“

„Tu dir keinen Zwang an.“

„Das könnte dir so passen“, raunt er, rückt ein bisschen näher und verknotet seine Füße mit meinen. Sofort schießt Hitze durch meinen Körper, aber ich bleibe ganz still liegen, um nicht zu zeigen, dass seine simple Geste mein Herz zum Fliegen bringt. Es ist besser, wenn er nichts von diesen Gefühlen weiß, er würde sie nur falsch einordnen. Ich weiß ja selbst noch nicht, wohin sie gehören. Oder woher sie kommen. Mit geschlossenen Augen liege ich da, lausche seinen Atemzügen und spüre, wie seine Wärme auf mich und meine Füße überspringt.

„Du hast eine Mühle gebaut“, flüstert er, als wäre es ein Geheimnis, von dem niemand etwas erfahren darf.

Ich muss lächeln. „Und du hast wirklich nichts damit zu tun?“, frage ich leise zurück. „Hast mir nicht mit Absicht einen kleinen Erfolg gegönnt, um mich bei der Stange zu halten?“

„Ich schwöre.“

„Ich habe trotzdem jedes Spiel verloren.“

„Wer weiß, beim nächsten Mal baust du vielleicht schon eine zweite und nimmst mich damit in die Mangel.“

Beim nächsten Mal? Mein Puls erhöht sich merklich. Wie zum Teufel meint er das? Will er mich wiedersehen, die Auszeit wiederholen? Vorsichtig öffne ich erst ein Auge, dann das andere und begegne seinem unglaublichen Lächeln im Halbdunkel. Herr im Himmel, was macht er mit mir? Ich schlucke meinen Magen an seinen Platz zurück, befehle meinem Blut, langsamer zu fließen, und balle die Hände unter der Decke zu Fäusten, damit sie nicht zittern. Dann blinzle ich, schärfe den Blick, und alles wird noch viel schlimmer. Wie kann es sein, dass zwei Augen und ein Mund in dem Gesicht eines Mannes dieses Chaos in meinem Körper veranstalten? Wie geht das?

„Kann ich dich was fragen?“ Seine Stimme ist noch immer leise, jedoch nicht mehr flüsternd, sondern dunkel und äußerst sexy, wie ich finde. „Ich meine, ohne, dass du mich aus meinem eigenen Bett schmeißt?“

Alarmiert hebe ich den Kopf ein Stück vom Kissen, nicke dann aber zustimmend. Sein Mundwinkel verzieht sich, doch die Frage lässt auf sich warten.

„Was willst du wissen?“, hake ich vorsichtig nach und ziehe die Decke in leiser Vorahnung bis unter mein Kinn.

„Hast du einen Job?“

„Nein.“

„Eine Wohnung?“

Nur widerwillig antworte ich darauf, indem ich langsam den Kopf schüttle. *Nein.* Er scheint nicht im Mindesten überrascht von meinen

Antworten. „Und hast du Angst?“, fragt er weiter und hält meinen Blick so fest wie meine Hand am Nachmittag.

„Ein bisschen.“

„Jetzt, in diesem Moment?“

„Nein.“

Sein Fuß streicht sachte ein Stück meine Wade hinauf, sodass eine Gänsehaut über meinen Körper peitscht. „Das ist gut“, raunt er und lächelt.

Ich frage mich, ob er die ganze Zeit wusste, dass ich obdachlos bin, und warum er mich trotzdem nicht verurteilt. Jeder, den ich bisher in meinem Leben kennengelernt habe, hätte dies getan. *Warum suchst du dir keine Arbeit? Warum machst du nichts aus dir? Wieso pennst du lieber auf der Straße, anstatt ein geregeltes Leben zu führen?* Hätte ich Antworten gehabt, die ihrem Anspruch genügen würden, hätte ich sicherlich was gesagt. Finn hingegen scheint die Tatsachen einfach so hinzunehmen, ohne mir einreden zu wollen, dass ich etwas falsch mache. Keine Tipps, kein Mitleid, keine Verurteilung. Nur ein Lächeln und das Streichen seines Fußes an meinem Bein. Ich weiß nicht, was das bedeuten soll.

„Warum sagst du es nicht?“, frage ich nach einer Weile in die Stille hinein.

„Was sagen?“

„Was du denkst. Deine Meinung.“

„Entschuldige“, sagt er. „Hatten wir ein Thema?“

Ich blinzle ungläubig. „Wohl nicht.“

Er schaut mich an, rückt noch ein Stück näher und legt seine warme Hand an meine Wange. „Ich verrate dir ein Geheimnis, in Ordnung? Als sich mein Leben damals auf links krempelte, lebte ich monatelang von dem, was ich mir jeden Tag zusammenschnorrte. Ich schlief unter freiem Himmel, verbrachte viele Wochen mit einer Menge undurchsichtiger Typen, lernte, mich auf das Wesentliche zu beschränken und selbst das zurückzustecken, wenn es nötig war. Bis dahin war mir immer alles in den Schoß gefallen, denn ich komme aus einer Familie, in der man auf den anderen Acht gibt. In diesen Monaten jedoch wurde mir klar, dass nicht alle auf der Welt dieses Glück haben, und dass es Menschen gibt, die für sehr viel weniger jeden Tag aufs Neue aufstehen und kämpfen. Ich verurteile niemanden dafür, dass er auf der Straße lebt, denn ich habe genug gesehen und gehört, um zu wissen, dass es für solch eine Entscheidung immer einen Grund gibt."

Perplex starre ich ihn an, merke, wie seine warme Hand von meinem Gesicht verschwindet, und will sofort zurück, was ich gespürt habe, als seine leisen Worte meine Haut trafen. War es Verständnis? Und ist es noch immer da? „Finn?"

„Ja?"

„Danke, dass ich hier schlafen darf."

„Nicht doch."

„Und für die Zahnbürste."

Er lacht leise. „Wo ist denn dein Rucksack?"

„Im Schließfach am Bahnhof. Ich brauchte mal eine Pause vom Tragen. Und außerdem hätte der im Fitnessstudio nur furchtbar gestört."

„Was wolltest du eigentlich dort?", fragt er und schaltet im nächsten Moment die Nachttischlampe aus. Plötzlich ist es stockduster.

Vielleicht kommen mir darum die nächsten Worte so leicht über die Lippen. „Ich wollte mir meine Fragen beantworten. Über dich."

„Und hat es geklappt?", fragt er beinahe desinteressiert und rutscht auf seiner Seite des Bettes umher, bis er eine bequeme Schlafposition gefunden hat.

„Ja", antworte ich, seufze leise und drehe mich dann um, mit dem Rücken zu ihm. „Ich denke schon." Durchaus entspannt kuschle ich mich in das weiche Kissen und schließe die Augen.

„Gut", sagt er, bewegt sich erneut, rückt näher und schiebt seinen Arm über meine Hüfte. „Dann kannst du ja jetzt meine beantworten."

Sanft zieht er mich mit dem Rücken an seine Brust und bettet seinen Kopf so dicht an meinen, dass ich seinen Atem sowohl hören als auch spüren kann. Mich durchläuft ein wohliger Schauer und noch einer, als er flüsternd bittet: „Erzähl mir mehr von dir, Paula. Wer bist du?“

Ich weiß nicht, ob er ahnt, dass ich, bei Licht betrachtet, vielleicht nichts gesagt hätte, und er darum auf den passenden Zeitpunkt gewartet hat, denn nun, in völliger Finsternis und fest in seinen Armen, ohne ihn dabei anblicken zu müssen, fällt es mir fast leicht, die Wahrheit auszusprechen.

„Ich habe Angst vor der Zukunft, Finn“, flüstere ich und schließe die Augen. „Ich bin siebenundzwanzig, habe keinen Job, kein Zuhause und zurzeit keine annehmbare Alternative. Aber das war nicht immer so.“

Er zieht mich noch dichter, scheint mir damit sagen zu wollen, dass es okay ist, dass ich okay bin, darum spreche ich nach einem Augenblick der Stille weiter.

„Du erinnerst dich, dass meine Mutter und ihr Freund mein Baby weggegeben haben? Sie bekamen eine Menge Geld dafür und machten sich damit vom Acker. Eines Morgens wachte ich auf und sie waren einfach nicht mehr da. Kein Zettel, keine Erklärung, nicht mal ein bisschen Geld, damit ich mir etwas zu essen kaufen konnte. Zuerst war ich mehr als glücklich, dass ich sie los war. Seit Fanny nicht mehr da war, lag ich ihnen tagtäglich in den Ohren, mir mein Kind zurückzuholen. Ich rief sogar einmal die Polizei, aber die beiden waren gut darin, sich herauszureden und es so hinzustellen, als wäre ich paranoid. Als hätte ich Drogen genommen und würde mir nur einbilden, dass mir mein Kind aus den Händen gerissen wurde. Tatsächlich war der darauffolgende Drogentest positiv, ich kann es mir bis heute nicht erklären.“ Ich schüttle den Kopf und schiebe somit den Gedanken beiseite. „Jedenfalls schlug meine anfängliche Erleichterung über ihr Verschwinden bald in Panik um, als mir klar wurde, dass sie niemals wiederkehren würden. Ich war fünfzehn und fortan auf mich allein gestellt. Die Wohnung war Eigentum des Freundes meiner Mutter, daher brauchte ich mir keine Sorgen um die Miete machen, sondern nur die laufenden Kosten zahlen. Ich verkaufte also alles, was möglich war; Möbel, Elektrogeräte, Bücher, Geschirr, einfach alles. Ich behielt nur das Nötigste und kam mehr oder weniger gut über die Runden. Ich erzählte niemandem, dass ich allein war, lud keine Freunde nach Hause ein und fälschte die Unterschrift meiner Mutter, wenn es notwendig war. Vormittags ging ich also zur Schule, nachmittags trieb ich irgendwie Geld auf und nebenbei versuchte ich, Daniel und seine Familie ausfindig zu machen. Im letzten Punkt war ich leider nicht sehr erfolgreich. Irgendwann machte ich meinen Abschluss, begann eine schulische Ausbildung zur Erzieherin und machte einige Praktika in verschiedenen Kindertagesstätten. Mit achtzehn fand ich heraus, wo meine Tochter lebte, fuhr dorthin und sprach mit Daniel und seinen Eltern, aber sie waren nicht sehr kooperativ. Ich hätte es mir denken können, denn mit dem Geld hatten sie sich freigekauft und sahen meine Tochter als ihr Eigentum. Ich bekam sie zwei-, dreimal zu sehen und weinte nächtelang, weil ich sie nicht mit nach Hause nehmen durfte. Irgendwann schaltete ich das Amt ein und es wurde offiziell bestätigt, dass ich ihre Mutter bin und Daniel ihr Vater. Das Sorgerecht bekam ich deshalb trotzdem nicht, denn ich steckte mitten in der Ausbildung und hatte keinerlei familiären Rückhalt, während Daniels Familie Geld hatte, um einen guten Anwalt zu bezahlen. Als ich meine Ausbildung beendet hatte, suchte ich mir einen Job ganz bei ihnen in der Nähe, denn als Fannys Mutter hatte ich das Recht, sie zu sehen, wann immer es mit dem Vater abgesprochen war. Daniel und ich arrangierten uns irgendwie, auch wenn unser Umgang mehr als kalt war."

„Und dann?", fragt Finn flüsternd, weil ich nicht weitererzähle. „Wie ging es weiter?"

„Der Freund meiner Mutter kam zurück."

„Allein?"

Ich nicke. „Ja. Sie hatte ihn zwei Jahre zuvor in die Wüste geschickt und um das ganze Geld erleichtert. Harald leckte seine Wunden, verfiel dem Alkohol und in irgendeinem klaren Moment muss ihm dann wohl eingefallen sein, dass es mich ja auch noch gibt."

„Was wollte er?", fragt er leise und sein Daumen streicht dabei langsam über meinen Arm.

„Geld. Rache. Befriedigung."

Finns Daumen stoppt. „Was meinst du damit?"

„Genau das. Er war der Meinung, mich für die Taten meiner Mutter bestrafen zu müssen." Ich atme flatternd, bevor ich weitererzähle. „Eines Tages stand er einfach vor der Tür, drückte sie mir aus den Händen und keilte mich ein. Er wolle Geld, sagte er, und zwar jeden einzelnen Cent, den meine Mutter ihm geklaut hat. Ich gab ihm alles, was ich bis dahin zusammengespart hatte, weil ich wahnsinnigen Schiss vor ihm hatte. Ich weiß noch genau, wie er und meine Mutter früher aufeinander losgegangen sind und wie er auch mich das ein oder andere Mal verprügelt hat, ich wollte das nicht nochmal erleben, verstehst du? Er bekam alles, auch die anderen Male, als er einfach unangekündigt vor der Tür stand. Irgendwann konnte ich das nicht mehr, schließlich hatte auch ich monatliche Kosten, die gedeckt werden mussten. Außerdem war meine Angst riesengroß, nachdem er mich einmal zu Tode erschreckte, als er in meiner verschlossenen Wohnung auf mich wartete. Ich hatte Albträume wegen ihm und dieses Mal wirkliche Paranoia, denn ich sah ihn überall. An jeder Straßenecke, in der Bahn, auf der Arbeit. Außerdem hatte ich Panik, dass er erkennen könnte, dass Fanny in der Nähe lebte. Ich trennte mich also schweren Herzens von meiner Tochter, suchte mir einen neuen Job und flüchtete in eine andere Stadt."

„Aber auch dort hat er dich gefunden, habe ich recht?"

„Hast du. Er meinte, ich könne ihm nicht entkommen, egal, wo ich hingehe, und dass ich ihm etwas schuldig sei. Er tauchte irgendwann täglich bei meiner Arbeit in der Kindertagesstätte auf, drohte meinen Kollegen und erschreckte die Kinder. Ich schaltete die Polizei ein, aber das machte ihn noch sehr viel wütender. Er lauerte mir eines Abends auf, schlug auf mich ein und ließ mich einfach in irgendeiner dunklen Gasse liegen. Ich wachte im Krankenhaus auf und verlor kurz darauf meinen Job. Ich konnte die Kündigung durchaus nachvollziehen, denn mit mir waren sie auch diesen stinkenden Spanner endlich los."

„Verfluchtes Arschloch", kommentiert Finn grimmig und ich merke, wie angespannt er plötzlich hinter mir liegt.

„Ja. Da ich nun weder einen Job noch eine Wohnung hatte, in die ich ohne weiteres zurückkehren konnte, verschwand ich erneut und lebte auf der Straße, bis ich Thomas kennenlernte. Er war Witwer, hatte zwei Kinder und arbeitete als Lehrer. Er fuhr mich mit seinem Auto an, nicht stark, aber doch so viel, dass er mich aus schlechtem Gewissen mit nach Hause nahm. Ich schlief einige Nächte bei ihm, kümmerte mich um seine Kinder und schmiss den Haushalt. Da das so wunderbar funktionierte mit uns vieren, blieb ich schließlich länger."

„Hatten du und der Lehrer eine Beziehung?"

„Ich weiß nicht, ob man das so nennen kann. Ich war ihm dankbar, dass ich ein Dach über dem Kopf hatte, und er war mir dankbar, dass ich seine Kinder hütete und für ihn kochte. Zudem waren wir beide einsam, jeder auf seine Weise. Selbst der Sex war irgendwie einsam. Aus Gewohnheit blieben wir zusammen, zwei Jahre lang, aber irgendwann beendete ich die ganze Sache und kehrte zu meiner eigenen Tochter zurück. Ich hatte Sehnsucht, verstehst du? Und ich wollte nicht länger auf Fanny verzichten."

„Verständlich."

„Es lief auch wirklich gut, zwei weitere Jahre lang, aber dann tauchte Harald plötzlich wieder auf. Ich saß gerade mit Fanny in einem Café, als ich ihn auf der anderen Straßenseite stehen sah. Ich weiß nicht, ob er in den letzten Jahren nach mir gesucht hat, oder ob es ein Zufall war, jedenfalls erkannte ich sofort in seinem Blick, dass er nicht lockerlassen würde. Und dass es vielleicht sogar noch viel schlimmer werden würde als alle anderen Male davor. Natürlich bekam er heraus, mit wem ich im Café gewesen war, reimte sich eins und eins zusammen und erpresste mich mit der Sicherheit meiner Tochter. Wieder schaltete ich die Polizei ein und wieder hatte es keine großen Konsequenzen. Er störte sich nicht daran, denn er war nur wütend. So wütend, dass er anfing, mich körperlich zu bedrängen. Also nicht nur mit Schlägen, wie er es sonst tat. Sein Druck auf mich war unerträglich und seine Drohungen beängstigend."

Ich mache eine kurze Pause und höre Finn schwer hinter mir atmen. Sein Brustkorb hebt und senkt sich deutlich an meinem Rücken. Ich bin fast sicher, dass unser Puls in dem Moment den gleichen Rhythmus hat. Es beruhigt mich ungemein.

„Er sagte, wenn ich zahlen würde, ließe er Fanny in Ruhe", füge ich schließlich leise hinzu.

„Und hast du?", fragt er.

„Jeden Cent, den ich besaß."

„Scheiße." Finns Schnauben an meinem Ohr verursacht mir eine Gänsehaut, aber sein Arm hält mich noch immer, wenn auch nicht mehr so fest wie noch vor ein paar Minuten. „Hat er sich an die Absprache gehalten und sie in Ruhe gelassen?"

„Ja. Bis heute."

„Und dich? Was ist mit dir?"

„Ich habe keinen Job mehr und schon vor vielen Monaten meine Wohnung aufgegeben. Ich will das nicht mehr, verstehst du? Ich will nicht mehr angreifbar sein. Solange ich nichts habe, wird er auch nichts bekommen."

„Du wirst immer angreifbar sein, wenn du dich nicht dagegen wehrst. Schon allein deine Tochter macht dich verwundbar. Und er weiß es, Paula. Wenn das Geld zuneige geht, das du ihm gegeben hast, wird er wiederkommen und noch mehr haben wollen. Was denkst du, wird passieren, wenn du ihm dieses Mal keins geben kannst?“

„Genau davor habe ich ja Angst“, gestehe ich.

„Es wird schlimmer werden“, sagt er und spricht somit meine schlimmsten Befürchtungen aus.

Verzweifelt versuche ich meinen Herzschlag unter Kontrolle zu bekommen. „Glaubst du, das weiß ich nicht? Jeden Tag schaue ich hinter mich und erwarte, ihn zu sehen. Jeden Tag fahre ich zu meiner Tochter, achte darauf, dass sie unbeschadet in die Schule geht und dass sie danach auch wieder heil zu Hause ankommt. Jeden beschissenen Tag lang überlege ich, was ich tun kann, um diesem Albtraum endlich ein Ende zu setzen. Aber es ist nicht so einfach.“

„Und wenn du nochmal zur Polizei gehst?“

„Da war ich doch schon. Da war ich so oft, verstehst du? Es läuft ein Verfahren gegen ihn und er darf sich mir nicht nähern, aber meinst du, das stört ihn? Wenn er an mich herankommen will, dann schafft er das auch. Aber wenn ich keine festen Rituale habe, keinen Job und keinen Rückzugsort, dann ist es aufwendiger für ihn. Vielleicht zu aufwendig.“

„Du hast feste Rituale. Du fährst jeden Morgen mit dem gleichen Bus, um deine Tochter sicher zur Schule zu begleiten.“

„Ja, aber das ist doch nicht dasselbe. Das kannst du nicht vergleichen. Früher hat er mir alles genommen, was ich hatte, meine gesamte Existenz. Ausgenommen mein Leben natürlich. Aber alles andere schon. Nun kann er das nicht mehr, selbst, wenn er mich finden sollte.“

„Und das weiß er?“, fragt er, rückt etwas von mir ab und dreht mich zu sich herum. Es ist zu dunkel, um ihn richtig sehen zu können, aber ich spüre deutlich seinen Blick auf mir. „Weiß er, dass du kein Geld hast und auf der Straße lebst? Oder glaubt er dann vielleicht, du willst ihn nur verarschen? Was wird er tun, wenn du ihm nichts geben kannst? Fährt er nach Hause zurück und sagt sich: Okay, dann eben nicht. Vielleicht ja in zwei Jahren wieder?“

„Finn …“

„Nein, du hast das nicht zu Ende gedacht, Paula. Es wird nie aufhören, verstehst du? Wenn du ihm nichts anbieten kannst, dann wird er sich etwas anderes nehmen. Vielleicht bleibt es nicht bei einer Tracht Prügel. Vielleicht wird ihm der Zorn so das Hirn vernebeln, dass er dir Schlimmeres antut. Noch viel schrecklichere Dinge als in der Vergangenheit. Oder er schnappt sich deine Tochter. Die bekommt von ihrem Vater bestimmt ordentlich Taschengeld. Ist es das, was du willst?"

„Nein", krächze ich und beginne zu weinen. „Nein, natürlich will ich das nicht. Nein."

Er lässt mich los, dreht sich um und schaltet das Licht an, während ich meine Tränen wegwische. Ich spüre seine Hand an meiner Schulter, seine Wärme, aber ich reagiere nicht darauf, sondern bleibe genauso liegen, wie er mich zurückgelassen hat.

„Es tut mir leid", sagt er schließlich. „Ich habe kein Recht, mich einzumischen."

„Nein. Das hast du nicht."

„Aber wie soll es weitergehen? Willst du ewig darauf warten, dass etwas passiert? Weiter hoffen, dass er dich nicht findet? Du verpasst dein Leben, das ist dir doch klar, oder? Er bestimmt darüber und du gewährst ihm diese Freiheit. Das muss aufhören."

„Ich weiß", antworte ich schniefend und schaue ihm nun doch ins Gesicht.

Er liegt auf seinem Ellenbogen gestützt neben mir, die Haare wirr, der Blick aufgewühlt, und schaut fragend auf mich herunter.

„Ich weiß", wiederhole ich und wische mit dem Handrücken erneut meine Tränen beiseite. „Aber Harald ist unberechenbar. Egal, für was ich mich entscheide, es ist in jedem Fall gefährlich."

Er ist sichtlich überrascht. „Hast du einen Plan?"

Ich nicke, trockne ein letztes Mal meine Tränen und ziehe danach die Luft zwischen uns tief in meine Lungen, um Kraft zu schöpfen für meine nächsten Worte. „Ich werde ihm zuvorkommen", erkläre ich bestimmt und schaue direkt in Finns dunkle Augen. „Aber dafür brauche ich deine Hilfe.“

Fünfzehn
Okay, das reicht. Das ist die Antwort

Finn

Zu sagen, dass ich überrascht bin, wäre wahrlich untertrieben. Völlig überrumpelt, weiß ich im ersten Moment nichts zu sagen und sehe sie nur verständnislos an.

„Ich möchte ihn mit seinen eigenen Waffen schlagen, damit er kapiert, dass es bei mir nichts mehr zu holen gibt", erklärt sie. „Er soll mich und meine Tochter in Ruhe lassen, für den Rest unseres Lebens."

„Ja, das verstehe ich, aber wie stellst du dir das vor? Soll ich einen Baseballschläger nehmen und ihn verprügeln? Oder was?"

„Ja", sagt sie. Und dann: „Nein. Ich weiß auch nicht." Sie richtet sich in eine Sitzposition auf, reibt sich das Gesicht und sieht dann auf mich herunter. „Würdest du das tun?"

„Auf keinen Fall!"

„Oder ihm irgendwie anders Druck machen? Ihm drohen?"

Nun richte ich mich ebenfalls auf. „Hör zu, Paula. Dieser ganze Mist geht mich nichts an, in Ordnung? Ich habe damit nichts zu tun und absolut keine Lust, mich mit irgendeinem Psychopaten anzulegen."

„Dann hilfst du mir nicht?" Ihre grünen Augen blicken bittend, fast flehend, aber ich schüttle nur langsam den Kopf. Sie versteht und ich kann erkennen, wie enttäuscht sie ist.

„Es tut mir leid", bringe ich noch hervor. Ich würde ihr wirklich gern helfen, aber das hier ist eine Nummer zu abgefahren. Mein Leben ist auch ohne körperliche Gewalt überladen mit Dingen, die mir nicht behagen.

„Aber du bist es mir schuldig", sagt sie schließlich heiser. Ein letzter Griff zum Rettungsring.

„Ich bin weder dir noch sonst wem irgendwas schuldig. Niemandem."

„Du sagtest, dass der Gewinner etwas von dem Verlierer verlangen kann, egal was, auch außerhalb der Auszeit. Ich habe dich beim Schwimmen besiegt, Finn, hast du das vergessen?"

Ich kann nicht fassen, dass sie damit um die Ecke kommt, und schnaube aufgebracht. „Und hast du vielleicht vergessen, dass du ohne mich abgesoffen wärst? Ich habe dir geholfen, wieder an Land zu kommen, sonst würdest du jetzt da draußen als toter Eisklumpen im See treiben. Du hast also keineswegs gewonnen. Und wage es ja nicht, mich mit irgendwas unter Druck setzen zu wollen, das ist unterste Schublade, klar?"

Sie steht auf und geht Richtung Badezimmer, kommt dann aber zurück, bevor sie dort überhaupt angekommen ist. Vor dem Bett bleibt sie stehen und sieht mich an. „Du hast recht, das ist tatsächlich niveaulos. Und armselig. Selbst für mich. Aber es ist die einzige Chance, die ich habe. Wenn ich nicht handle, dann wird er es tun."

„Herrgott!", fluche ich, wühle mich aus dem Bett und stelle mich direkt vor sie.

Sie weicht keinen Millimeter zurück, hebt den Blick und reckt das Kinn. So habe ich sie selten gesehen, vielleicht noch nie. Kurzentschlossen will ich wissen, wie tough sie wirklich ist. Wenn sie diesen Weg gehen will, dann muss sie nämlich verdammt viel einstecken können. Vielleicht habe ich mich ja geirrt und ihr ganz persönlicher Schmerzpunkt ist doch keine so offene Wunde, wie ich denke. Das wäre zumindest ein Anfang, ein kleiner Lichtblick, auch wenn sich meine Meinung deshalb bestimmt nicht ändern wird.

„Was bekomme ich dafür, wenn ich dir helfe? Was ist mein Lohn?" Ich klinge überheblich, selbstgefällig, aber genau so muss es sein, wenn mein kleiner Test hier ein ehrliches Ergebnis erzielen soll.

„Was willst du haben?"

„Was glaubst du denn, was ich haben will, hm?“, frage ich herausfordernd und trete so dicht an sie heran, dass sie einen Schritt zurückmachen muss, um nicht das Gleichgewicht zu verlieren. Ich gehe noch weiter vor und sie weicht zurück, bevor ich sie mit meinem Körper erneut fast umschubse. Beim dritten Mal hebt sie die Hände und stemmt sie gegen meine Brust.

„Los, sag schon, was bietest du mir?“, fordere ich, aber sie presst nur die Lippen aufeinander und schüttelt leicht den Kopf. Sie ist sichtlich von meinem Verhalten irritiert. „Was glaubst du, kann mir eine Frau wie du geben, das nicht auch andere können?“ Meine Stimme ist tief, rau und äußerst provozierend und sie erweckt genau die Reaktion, die ich erwartet habe. Ihre Augen, die eben noch vor Energie und Entschlossenheit gefunkelt haben, verengen sich ein Stück und versuchen, die Angst zu verstecken, die plötzlich in ihnen aufleuchtet.

„Los“, dränge ich weiter. „Sag es.“

„Nichts“, haucht sie. „Ich kann dir nichts geben.“

„Ganz genau. Absolut gar nichts“, sage ich mit dem verächtlichsten Tonfall, den ich draufhabe. O ja, wenn ich will, kann ich ein richtiges Arschloch sein. Ich lasse meinen Blick über ihren Körper gleiten und schnaube abwertend, um der ganzen Sache die Krone aufzusetzen. Einen Moment starrt sie mich nur an, dann senkt sich ihr Kopf und ihre Schultern beginnen zu beben. Unterwerfung.

Das war’s. Das Spiel ist aus. So schnell, o Mann. Ich trete zurück, lasse mich auf das Bett fallen und betrachte sie seufzend.

„Wenn du bei mir schon einknickst, was passiert dann erst, wenn du ihm gegenüberstehst?“, frage ich leise. „Du kannst ihn nicht mit seinen eigenen Waffen schlagen, weil dieser Kampf für dich schon jetzt verloren ist.“

Langsam hebt sie den Kopf, die Augen unter Tränen und die Lippen zitternd. Irgendwas in mir zerbricht und plumpst schmerzhaft in meinen Bauch hinab.

„Ich denke nicht, dass du schwach bist, Paula, aber du hast eine dünne Schale. Heute Nachmittag im Fitnessstudio war es dasselbe. Obwohl ich nicht weiß, was wirklich passiert ist, konnte ich doch sofort sehen, dass du zu ihrem Fußabtreter mutiert bist. Sobald dich jemand verbal oder körperlich angreift, ziehst du den Kürzeren, ganz einfach deshalb, weil du auf diesen Ebenen nicht konkurrieren kannst."

„Hast du mich eben getestet?", fragt sie und schlingt die Arme schützend um ihren schmalen Oberkörper.

„Die da draußen sind noch viel besser darin, andere klein zu machen und zu verletzten. Wenn du dich auf ihren Tanz einlässt, musst du mit einer Niederlage rechnen. Wenn du jedoch Köpfchen beweist und deine eigentlichen Stärken ausspielst, kriegst du sie. Ich verstehe, warum du mich um Hilfe gebeten hast. Du siehst ein paar Muskeln und hoffst, alles wird gut. Aber so läuft das nicht. Es wird gut, ich glaube fest daran, aber eben nicht mit mir. Und nicht auf diese Art und Weise."

„Okay", wispert sie und nickt. Sie wirkt verloren und ihr Blick gleitet unstet hin und her.

Ich glaube nicht, dass ihr Zittern von der Kälte herrührt - sie steht barfuß und ohne Hose auf dem kühlen Holzfußboden - sondern es ist wohl eher mein kleiner Angriff auf sie, der sie beben lässt. Glaubt sie wirklich, ich habe ihn ernst gemeint?

„Du brauchst vor mir keine Angst haben, denn das Letzte, was ich will, ist, dir wehzutun. Vergiss, was ich eben gesagt und getan habe, ich wollte dir lediglich verdeutlichen, was ich meine."

Nur zögernd hebt sie den Blick und sieht mir in die Augen. Ich lächle sie an, in der Hoffnung, sie versteht, dass ich ihr wirklich nie was antun würde, und rutsche schließlich wieder auf meine Seite des Bettes. Nach einer kleinen Ewigkeit kommt sie näher.

„Es tut mir leid", sagt sie reuevoll. „Ich habe eine Grenze überschritten."

„Das haben wir beide. Und mir tut es auch leid. Vergessen wir das und schlafen jetzt. Ich muss morgen arbeiten."

Nach einem weiteren zögerlichen Nicken lässt sie sich wieder neben mich sinken und verschwindet fast vollständig unter der Decke. Nur ihre Augen schauen noch hervor und beobachten mich genau.
Ich drehe mich zu ihr und schaue zurück. Zu mehr bin ich nicht in der Lage, obwohl irgendetwas unter meiner Haut brennt, das mich zum Handeln zwingen will. Ich spüre es deutlich, es kribbelt in meinem Innern, wühlt sich erbarmungslos durch meine Eingeweide und lässt meine Finger zucken. Jedoch widerstehe ich diesem Drängen. Unbedachte Gefühlsregungen haben uns schließlich genau da hingeführt, wo wir jetzt sind – weit entfernt voneinander.

„Willst du das Licht nicht ausmachen?“, fragt sie irgendwann flüsternd.

„Nein.“ Es würde bedeuten, die Sache abzuschließen. Das kann ich nicht, auch wenn ich eben das Gegenteil behauptet habe. Ich will keine Mauer zwischen uns, die in der Dunkelheit noch so viel höher werden könnte. Ich weiß nicht, wann wir einschlafen, aber das Letzte, was ich sehe, sind ihre aufgewühlten Augen, die mir all das erzählen wollen, was nach meiner Performance eben wohl nie mehr über ihre Lippen kommen wird.

Es ist vier Uhr morgens, als es mich aus dem Bett treibt und zum Stift greifen lässt. Die ganze Nacht schon kann ich nicht richtig schlafen, weil meine Gedanken nicht zur Ruhe kommen wollen.
Ich reagiere mich ab und zeichne sieben Bilder, bevor der Wecker neben dem Bett leise zu klingeln beginnt. Schlaftrunken macht Paula ihn aus, sucht mit den Blicken den Raum ab und entdeckt mich schließlich auf dem Boden sitzend.

„Was machst du da?“, fragt sie leise und reibt sich den Schlaf aus den Augen.

Ich könnte ihr sagen, dass mein Drang zu zeichnen übermächtig wird, wenn es irgendetwas gibt, was ich nicht mit mir vereinbaren kann. Dass ich das Problem dann zu Papier bringen muss, um zu sehen, wo es sich am besten anpacken lässt. Und um zu entscheiden, ob ich es überhaupt lösen kann und will. Es ist, als würde ich erst dann klarsehen, wenn ich alle Eventualitäten durchgespielt habe. Jeder Strich bringt mich dem Ziel näher und jede Linie bedeutet entweder einen Schritt weiter oder den Rückzug antreten. Manchmal zeichne ich tagelang, bevor überhaupt nur annähernd eine Richtung zu erkennen ist. Die Comics sind meine persönliche Straßenkarte, mein Weg aus dem Labyrinth des Lebens. Aber all das sage ich ihr nicht, weil es ganz allein mir gehört.

„Wieviel Angst macht er dir wirklich?", frage ich geradeheraus, denn von dieser Antwort hängt ab, ob ich fallen oder fliegen werde.

„Was?" Sie scheint verwirrt und nicht zu wissen, wovon ich spreche.

„Ist sie nur ein kleiner Funke irgendwo in deinem Hinterkopf oder ein Flächenbrand im ganzen Körper?"

„Warum fragst du das? Wir sollten das Thema lassen, es gehört nicht in die Auszeit."

„In die Auszeit gehört, was uns bewegt", antworte ich und reibe ungeduldig mein unrasiertes Kinn. „Wieviel Angst macht er dir?" Ich muss es wissen.

„Du meinst, abgesehen davon, dass ich auf der Straße lebe, um keine Adresse zu haben, unter der er mich finden kann?"

Punkt für sie. Das hätte ich mir sparen können. Dennoch brauche ich diese Aussage. Unbedingt. Ich stehe auf, gehe zum Bett und beuge mich langsam zu ihr herunter. Ihre Pupillen sind riesig, als ich näherkomme, aber sie bewegt sich nicht, auch nicht, als meine Hände links und rechts neben ihrem Körper landen.

„Wie ist es jetzt? Hast du Angst?" Auch das muss ich wissen, vielleicht noch sehr viel dringender als das eben. Ich schwebe mit dem Gesicht nur Zentimeter über ihrem und spüre meinen eigenen Herzschlag so deutlich wie noch nie. Er hämmert in meiner Brust, als hätte ich gerade einen harten Trainingspass hinter mir.

„Nein", flüstert sie und ihr warmer Atem streicht dabei über mein Gesicht. „Nicht vor dir."

Okay, das reicht. Das ist die Antwort. „Ich werde dir helfen, in Ordnung?"

Überrascht öffnet sie den Mund und ich starre sekundenlang darauf, als gäbe es nichts Schöneres. Vielleicht tut es das auch nicht. In meiner Brust rumort es gewaltig und ich möchte nichts lieber, als diese Lippen zu küssen, jetzt sofort, dennoch muss ich erst etwas klären.

„Gewalt ist niemals eine Lösung", raune ich. „Deshalb werden wir auch mit Bedacht vorgehen. Im Moment habe ich noch keinen Schlachtplan, aber ich bin sicher, dass wir einen schmieden können. Zusammen."

Als sich ihre Hände an meine Wangen legen, bin ich nicht mehr weit von ihrem Mund entfernt. Sie zieht mich das letzte Stück bis auf ihre Lippen und küsst mich sachte. Feucht und warm begrüßt mich ihre Zunge und lässt mich ganz vergessen, worüber wir gerade geredet haben. Ich sinke ein wenig herab, vertiefe unseren Kuss und spüre ihr leichtes Stöhnen mehr, als dass ich es höre. Es drängt direkt in meinem Mund. Ich lasse mit den Lippen von ihr ab und lehne meine Stirn an ihre.

„Vorsicht", warne ich leise. „Ich bin verheiratet."

„Und ich bin obdachlos."

Aus irgendeinem Grund bringt mich das zum Lachen. So sehr, dass ich nicht schaffe, sie ein weiteres Mal zu küssen. *Meine Herrn, kann man die Wahrheit noch präziser auf den Punkt bringen?*

Grinsend lässt sie sich von mir aus dem Bett ziehen, bis sie vor mir steht, ich sanft meine Hände an ihr Gesicht lege und ein Stück weit in ihr Haar schiebe. Ich muss nicht überlegen, ob und wie es weitergehen soll, denn die Entscheidung ist getroffen. Vor einigen Wochen war ich der Meinung, sie aus meinem Leben fernhalten zu wollen, eventuell sogar zu müssen, aber jetzt will ich ganz klar in ihres. Und das liegt nicht nur an der vertrackten Situation mit ihrem Stiefvater, sondern in erster Linie an ihr. Und auch an diesen irrsinnig heftigen Gefühlen in meinem Bauch.

„Ich arbeite heute bis sechs, vielleicht sieben. Hast du eine Nummer, unter der ich dich erreichen kann?"

Sie blinzelt erstaunt und schüttelt dann den Kopf. „Ich habe schon lange kein Telefon mehr."

„Okay. Du bekommst trotzdem meine, falls irgendwas ist. Ansonsten sehen wir uns heute Abend. Du weißt ja, wo ich wohne."

„Finn", haucht sie. „Ich weiß nicht, ob das eine gute Idee ist. Versteh mich nicht falsch, ich bin dir wirklich sehr dankbar, dass du mir helfen willst, aber ich möchte nicht, dass du das Gefühl hast, ich würde das ausnutzen, um in einem richtigen Bett schlafen zu können."

„Habe ich nicht."

„Aber ich habe das", erwidert sie bestimmt. „Ich will nicht, dass du so viel für mich tust, verstehst du? Dass du mir bei meinem Problem hilfst, ist eigentlich schon viel zu viel verlangt, denn wie du gestern Abend selbst sagtest, hast du nicht das Geringste damit zu schaffen. Wir kennen uns ja eigentlich überhaupt nicht. Das alles ist wahrlich nicht dein Problem und du weißt nicht, worauf du dich einlässt, du kennst diesen Mann nicht. Wenn ich jetzt auch noch deine Hilfsbereitschaft überstrapaziere, indem ich schon wieder bei dir dusche, esse und schlafe, fühle ich mich wirklich nicht gut."

Ich halte ihren Kopf noch immer zwischen meinen Händen und ziehe sie etwas dichter. „Ganz offensichtlich verstehst du den Unterschied zwischen Hilfsbereitschaft und Eigennutz nicht. Ich will dich nicht hier haben, weil ich so ein Netter bin, Paula." Eindringlich schaue ich ihr in die Augen, damit sie versteht, wovon ich rede. Ich will sie hier bei mir. Auszeit oder nicht, Hauptsache, sie ist hier. Ganz nah. Sie blinzelt bestätigend.

„Davon jedoch abgesehen, bin ich der Meinung, dass niemand das Recht hat, über das Leben eines anderen zu bestimmen. Das ist der eigentliche Grund, warum ich dir helfe. Im Übrigen kennen wir uns sehr wohl ein bisschen. Ich weiß, wie du nackt aussiehst und dass du schnarchst, wenn du auf die rechte Seite gedreht in meinem Bett schläfst."

Sie wird knallrot und ich komme nicht umhin, mich darüber zu freuen wie ein kleiner Junge unterm Weihnachtsbaum. Ihre Verlegenheit ist meine Eisenbahn plus vier Waggons. Vielleicht fünf. Ich ziehe sie noch ein bisschen näher an mich heran, schließe die Augen und berühre mit jedem Wort ganz leicht ihre Lippen. „Wenn du heute Abend kommst, gelten noch immer die gleichen Regeln. Keine Verpflichtungen und keine Erwartungen."

„Eine weitere Auszeit?"

„Nenn es, wie du willst", flüstere ich und spüre, wie unser beider Atem zu einem wird.

Ihre Lippen beben leicht gegen meine, aber dies als Kuss zu bezeichnen, wäre falsch. Und doch …

„Ich werde nicht mit dir schlafen, Finn", haucht sie.

„Okay", raune ich zurück. „Dann bleib eben wach. Du musst ja am nächsten Tag nicht arbeiten."

Ich spüre, wie sich ihr Mund zu einem Lächeln verzieht. „Darf ich mir Filme ansehen?"

„So viele du willst."

Als sich ihre Hände unter mein Shirt wagen und langsam meinen Bauch hinaufschieben, bleibt mir für einen Moment die Luft weg. Es fühlt sich nicht nur so fantastisch aufregend an, sondern auch noch verdammt richtig.

Sie lächelt erneut. „Ist was?", fragt sie keck.

„Was soll denn sein?" Den Ahnungslosen spielen, das kann ich.

Sie schiebt ihr Kinn vor und für einen kurzen Augenblick liegen unsere Lippen aufeinander. Mein Herz rennt Galopp, Galopp, Galopp. *Flieg bloß nicht lang, Mensch.*

„Wenn du kein Netter bist“, flüstert sie. „Warum willst du mich dann hier haben?“

„Macht.“ Ich drücke meinen Mund fester auf ihren, bevor ich sie loslasse und einen Schritt zurücktrete. „Du wirst mich nie beim Mühle besiegen“, füge ich erklärend hinzu und beobachte, wie ihre Hände kraftlos an ihren Seiten herabfallen, nachdem sie unter meinem Shirt hervorgerutscht sind.

Paulas Wangen sind gerötet und im ersten Moment ist sie etwas verwirrt, aber dann lacht sie auf. „Nein, wohl nicht. Dieser Traum ist nach letzter Nacht eindeutig ausgeträumt.“

Am Abend steht sie mit einer Tüte Nüsse vor der Tür und erklärt, dass das die Wegzehrung sei für eine lange Filmnacht. Tatsächlich jedoch schauen wir nur einen einzigen, bevor das Mühlebrett wieder auf den Tisch kommt. Sie gewinnt auch diesmal nicht und gibt schließlich kurz nach Mitternacht auf. Erschöpft fallen wir ins Bett, werden am Morgen vom Wecker geweckt und verabschieden uns an der Haltestelle, an der ich aussteigen muss. Mir fällt erst später auf, dass wir überhaupt nicht darüber gesprochen haben, wie wir es anstellen wollen, ihr Leben wieder in die richtigen Bahnen zu lenken.

Am Abend darauf kommt sie nicht. Ich schlucke meine Enttäuschung herunter und zeichne, jedoch fehlt mir die Konzentration, um etwas Gutes aufs Papier zu bringen. Der nächste Tag ist ein Samstag, was im Klartext heißt, dass ich sie nicht mal im Bus treffe, als ich zur Arbeit fahre.

Ich habe einige Termine und außerdem das Bedürfnis, bis an meine Grenzen zu gehen, also stemme ich mehr Gewichte als üblich und verlängere meinen Trainingspass um eine weitere Stunde. Bevor ich den Heimweg antrete, fragt mich Susi, eine Kollegin, ob wir was trinken gehen wollen. Ich sage ja, denn wir machen das öfter. Ein ganz beschissener Tag lässt sich mit einem guten Gespräch und noch besserem Schnaps meistens schnell vergessen. Vorausgesetzt, man hat die richtige Gesellschaft. Susi ist dafür wunderbar geeignet. Gegen dreiundzwanzig Uhr komme ich nach Hause, falle sturzbetrunken ins Bett und schlafe bis zum nächsten Mittag.

Erst am Montag sehe ich Paula wieder, als sie an der Bushaltestelle steht und wartet. Ich nehme bereits meine Tasche vom Sitz, obwohl der Bus noch gar nicht steht, aber als sie einsteigt, wirft sie mir lediglich einen kurzen Blick zu, nickt, und setzt sich dann drei Reihen vor mir neben eine ältere Frau.

Was soll das denn? Ich starre auf ihren Rucksack sowie auf die Wolle auf ihrem Kopf, aber eine Antwort finde ich nicht. Ist sie sauer auf mich? Habe ich irgendwas verpasst? Mehrere Male will ich aufstehen und sie fragen, aber irgendetwas hält mich davon ab. Meine Prinzipien wahrscheinlich. Während der ganzen Fahrt rührt sie sich nicht, auch nicht, als der Bus an meiner Haltestelle an den Bordstein fährt. Ich bleibe sitzen, denn ich will sehen, ob sie sich wenigstens kurz umschaut. Tut sie nicht. Mein Herz ist bereits Matsch, zertrümmert und gekocht von ihrer Ignoranz. Was soll der Scheiß?

Fünf Minuten später steht sie auf, denn offensichtlich will sie aussteigen. Als sie an meiner Sitzbank vorbeikommt, schlägt mein Herz noch sehr viel schneller, denn nun muss sie reagieren. Und tatsächlich starrt sie mich einen Moment lang überrascht an.

„Was machst du hier?“, fragt sie und deutet auf die Umgebung.

Ja, danke, ich weiß auch, dass ich hier falsch bin. Ist das alles?

„Und was machst du hier?“ Damit meine ich ganz und gar nicht den Ort, an dem wir uns befinden.

Sie kaut auf ihrer Unterlippe, hebt die Schultern und steigt aus. Einfach so. *Zum Teufel! Was hat sie für ein Problem?* Ich tue weder ihr noch mir den Gefallen, ihr hinterherzuschauen, sondern fahre bis zur nächsten Haltestelle und steige um in einen Bus, der mich wieder in die andere Richtung bringt. Keine Mini-Auszeit heute, auch gut. Wenn sic das so wünscht, dann akzeptiere ich das. Ich laufe schließlich niemandem hinterher, nicht einmal ihr. Auch wenn es mir mehr Kraft kostet als gedacht. Ich schlucke meine Frustration herunter und schiebe all die anderen ungebetenen Gefühle beiseite, die in mir aufblühen wie ein beschissenes Blumenfeld. Es ist Zeit, mich auf die Arbeit zu konzentrieren. Morgen wird sich Paula sicher wieder neben mich setzen. Jeder hat ja mal einen komischen Tag, nicht wahr?

Drei Tage später habe ich genug vom Akzeptieren und resigniere stattdessen. Offensichtlich hat sie kein Interesse mehr an meiner Hilfe. An mir. Soll sie doch bleiben, wo der Pfeffer wächst. Ich brauche sie nicht. Frauen gibt es überall.

Nur eben keine wie sie.

Mist, ihre Abweisung trifft mich stärker, als ich zugeben will. Übereifrig stürze ich mich in meine Aufgaben im Fitnessstudio, gebe extra Trainingsstunden und bleibe bis spät in die Nacht, um auch mich selbst an den Geräten herauszufordern. Je weniger Zeit ich habe, um über Paulas Verhalten und meine Reaktion darauf nachzudenken, umso besser. Am Freitag nehme ich sogar einen anderen Bus, damit ich sie nicht sehen muss.

Am Tag darauf klingelt mein Telefon.

„Finn?"

Das Blumenfeld beginnt sofort zu leuchten, während mein blödes Herz einen Purzelbaum schlägt und danach in meine Kehle hüpft. Ich weiß sofort wer dran ist, denn nur sie spricht meinen Namen so aus. So wunderbar unschuldig und ohne harten Unterton. Selbst, wenn der Wind sprechen könnte, würde er es nicht annähernd so schön machen wie sie.

„Ja?"

„Können wir damit aufhören?" Ihre Worte kommen leise und bescheren mir eine Gänsehaut.

„Ich glaube, das haben wir schon", antworte ich, lehne mich gegen die Wand und schließe die Augen. Hauptsächlich, um mich bei dem Studiolärm besser auf das Gespräch konzentrieren zu können, aber auch, weil ich so unerhört glücklich bin, dass sie anruft. Ich habe nach der vergangenen Woche nicht damit gerechnet und obwohl ich ihr ja genau dafür meine Nummer gegeben habe, dachte ich inzwischen, dass sie nie wirkliches Interesse an dieser hatte.

„Ich brauche eine Auszeit", meint sie schließlich leise. „Und, na ja, eine Dusche."

Ich lass das kurz wirken und genieße die Aufregung, die sich nach ihren Worten weiter in mir ausbreitet. Es ist also nicht vorbei. Sie will mindestens eine weitere Auszeit. Reicht mir das? Ganz sicher nicht. „Weißt du, was ich brauche?"

„Nein. Was?"

„Ich habe nächste Woche ein Treffen, zu dem ich gehen muss, obwohl ich keine Lust dazu habe. Das ist so ein Pflichtding, verstehst du? Zwei volle Tage lang. Ich bin jedes Jahr dort und finde es jedes Jahr zum Kotzen. Aber es muss eben sein."

„Okay." Vorsichtig zieht sie das Wort in die Länge. Sie zögert, weil sie natürlich nicht weiß, worauf ich hinauswill. Das kann ich ändern.

„Begleitest du mich?"

„Wie bitte?"

„Ich fragte, ob du zu dieser äußerst erquickenden Veranstaltung mitkommst", erkläre ich und öffne die Augen.

Im Studio ist nicht so viel los wie sonst, aber rechts von mir dröhnt das stetige Poltern zweier Füße auf einem Laufband und links lässt ein Typ die Gewichte aneinander knallen, als wäre allein das Geräusch seine

Motivation. Ich atme tief, denn am anderen Ende des Telefons ist es recht still.

„Tut mir leid, bei dem Krach hier habe ich deine Antwort eben nicht verstanden", versuche ich sie zum Reden zu bringen. *Sag was, Paula. Sag das Richtige.*

Sie räuspert sich. „Ähm, bist du sicher, dass du mich meinst?"

Ich lache beinahe auf. So eine Antwort kann nur sie bringen. „Ach, sorry, vielleicht hätte ich erstmal fragen sollen, wer überhaupt dran ist. Wer spricht denn da?"

„Wann bist du zu Hause?", fragt sie, ohne auf meinen Spruch einzugehen.

„In vierzig Minuten, ich mache jetzt Feierabend."

„In Ordnung. Bis gleich." Und dann legt sie einfach auf und lässt mich mit einem Lächeln auf den Lippen allein zurück. Mir ist egal, warum genau sie mich eine Woche lang ignoriert hat, sie wird ihre Gründe gehabt haben, ich bin sicher. Es ist nicht länger wichtig, denn die Vorfreude, sie gleich zu sehen und mit ihr zu reden, legt sich wie ein schimmernder Umhang auf meine Schultern und lässt mich nach Hause fliegen, als wäre ich Superman.

Sie sitzt an meine Wohnungstür gelehnt und beobachtet, wie ich die Treppe hinaufkomme. Ihr Rucksack steht neben ihr und ist in dieser Position tatsächlich größer als sie. Gott, wie kann sie nur tagtäglich mit diesem Ding herumrennen?

„Schläfst du heute mit mir?", frage ich und hoffe auf ein wenig Verlegenheit ihrerseits. Ich werde jedoch enttäuscht, denn sie wird weder rot, noch ist sie um eine schnelle Antwort verlegen.

„Nein."

„Na, dann darfst du reinkommen. Sonst hätten wir das nämlich gleich hier im Flur erledigt."

Sie verzieht zumindest einen Mundwinkel, als sie sich aufrappelt, was diesem heftigen Kribbeln in meinem Bauch noch einen extra Schub verpasst. Ich schließe auf, stoße die Tür auf und bedeute ihr, vor mir einzutreten. Nun lächelt sie richtig, während sie sich mit ihrem riesigen Rucksack an mir vorbei in die Wohnung quetscht.

„Hast du Hunger?" Ich schäle mich aus meinen Schuhen, hänge meine Jacke an den Haken neben der Tür und steuere sofort auf die Küche zu.

„Ehrlich gesagt, würde ich lieber erstmal duschen. Wenn das okay ist." Es klingt wie eine vorsichtige Frage.

„Nur zu."

Während ich also eine Kleinigkeit zu essen vorbereite, ist sie im Bad beschäftigt. Mir gefällt, dass sie hier ist, nicht nur, weil ich für zwei kochen kann, sondern weil ich sie vermisst habe. Kurz halte ich inne, als dieser Gedanke durch mein Hirn streift wie ein einsamer Reiter durch die Wüste. Wann habe ich das letzte Mal jemanden vermisst? Ab und an überkommt mich in meiner selbstauferlegten Einsamkeit das Bedürfnis nach Gesellschaft, weshalb ich dann auch vor die Tür gehe und nicht selten mit weiblicher Begleitung zurückkomme, aber das hier fühlt sich irgendwie anders an. Realer. Und lange nicht so krampfig. Ist es, weil Paulas Gegenwart angenehm ist, auch über den Sex hinaus, den wir am ersten Tag hatten? Wie kommt das? Und kann dieses Gefühl länger halten? Ich verschiebe die Antwortfindung auf ein anderes Mal, konzentriere mich auf die Essensvorbereitung und decke schließlich den Tisch.

„Perfektes Timing. Wir haben es echt drauf", grinse ich, als sie aus dem Bad kommt.

Ihr Haar ist noch feucht und ihre Wangen gerötet, als sie sich neben mich auf das Sofa setzt. „Verdammt, war das gut", seufzt sie und lächelt.

„Dann probiere erstmal mein Essen. Das ist nämlich noch sehr viel besser."

Sie beäugt ihren Teller und greift nach dem Besteck. „Daran habe ich keinen Zweifel.“

Ich lächle. „Ach, wirklich? Stehst du auf Thai?“

„Du hast letztens schon wunderbar gekocht. Wenn *ich* deine Ehefrau wäre, würde ich Tag und Nacht weinen, weil du nicht mehr bei mir bist.“

Das Poltern in meiner Brust ist kurz, dafür ziemlich heftig. Erstaunt sehe ich auf und lasse meine Gabel sinken. Paula kostet von dem Essen auf ihrem Teller, kaut bedächtig und stöhnt dann leise. Da ich sie beobachte, sieht sie mich schließlich ebenfalls an.

„Was ist?“, fragt sie. Anscheinend ist ihr nicht mal bewusst, was sie gerade gesagt hat. Und schon gar nicht, welch fiebrige Wirkung das auf mich hat.

„Das lässt dir keine Ruhe, oder? Dass ich verheiratet bin?“

Sie zuckt mit den Schultern. „Nun, es könnte so schön sein.“

„Zwischen uns?“

Sie blinzelt hektisch und schüttelt dann den Kopf. „Nein, ich meine, allgemein. Es könnte so schön sein, wenn nicht immer alles so kompliziert wäre.“

„Findest du es kompliziert zwischen uns?“

„Das wollte ich damit nicht sagen.“

„Weil ich es nämlich schön finde“, erkläre ich und esse weiter. Jetzt ist sie diejenige, die mich anstarrt. „Solche Gespräche wie mit dir führe ich sonst mit niemandem. Mir gefällt deine Sicht auf die Dinge, darum möchte ich auch, dass du mich nächste Woche begleitest. Es wird dort nicht viel geben, was mich zwei Tage lang durchhalten lässt. Es sei denn, du kommst mit und redest mit mir.“

Sie schluckt sichtbar, obwohl sie überhaupt kein Essen mehr im Mund hat. „Was genau ist das für eine Veranstaltung?“

„Ach, ein Treffen eingebildeter Säcke mit jeweils einem schicken Frauchen an ihrer Seite.“

Sie schüttelt den Kopf. „Ich glaube nicht, dass ich da reinpasse, Finn.“

„Denkst du denn, dass ich da reinpasse?“

Sie mustert mich nachdenklich und schüttelt erneut den Kopf. „Wenn du keine Lust hast, warum willst du dann hin?“

„Wie ich schon sagte, ist es eine Pflichtveranstaltung. Ich nehme teil, werde gesehen, und habe dafür den Rest des Jahres meine Ruhe. Wenn du es so siehst, ist es ein perfekter Deal. Es geht nur um zwei Tage, aber sie wären wesentlich angenehmer, wenn ich sie in guter Gesellschaft verbringen könnte.“

„Und, na ja, gibt es dort Regeln? Eine Kleiderordnung?“

„Du kannst tragen, was du willst, Paula. Und du brauchst dir auch keine Gedanken um die Kosten zu machen. Es ist alles inklusive. Und sollte doch was anfallen, übernehme ich das.“

„Warum?“

„Weil es eine Einladung ist.“ Je länger ich darüber nachdenke, umso besser finde ich die Vorstellung, Paula dort an meiner Seite zu wissen. Sie wird mich auf dem Boden halten, während Überheblichkeit und Protz um die Wette in den Himmel der Selbstgerechtigkeit aufsteigen.

Sie senkt den Blick und betrachtet das Essen auf ihrem Teller. „Ich weiß nicht recht. Ich fühle mich unter vielen Menschen nicht wohl. Und dazu kenne ich dort niemanden.“

„Du kennst mich.“

„Eigentlich nicht“, merkt sie leise an.

Das enttäuscht mich, darum antworte ich auch nicht, sondern schiebe mir stattdessen die Gabel in den Mund. Was soll das heißen, sie kennt mich nicht? Sie weiß verflucht nochmal mehr von mir als alle anderen Frauen, die mir in den letzten zehn Jahren über den Weg gelaufen sind. Ihr ist weder mein Alltag fremd, noch mein Körper, nicht mal meine Ansichten. Was will sie denn noch?

„Darf ich darüber nachdenken?“

Ich nicke. „Sicher. Nur nicht zu lange.“

„In Ordnung.“

Wir beenden das Essen schweigend, waschen zusammen ab und lassen uns danach in die Sofakissen zurückfallen. Sie lächelt glücklich und reibt sich den flachen Bauch unter ihrem Strickpullover. Dieser ist übrigens noch immer am Ärmel kaputt, abgesehen davon, dass er ihr auch drei Nummern zu groß ist. Ich beobachte das Spiel unter der Wolle so eingehend, dass sie darauf aufmerksam wird, und langsam ihre Hand hervorzieht. Schade. Meinetwegen hätte sie nun wirklich nicht aufhören müssen.

„Ich habe nachgedacht", beginne ich und schaue hoch in ihr Gesicht.

„Gratuliere." Sie sagt es so abgeklärt, dass ich anerkennend grinse, bevor ich weiterspreche.

„Man kann die Angst nicht besiegen, indem man vor ihr wegläuft. Ich finde, wenn du deinen Job hinschmeißt, deine Wohnung aufgibst und dein Leben der Furcht vor diesem Arschloch widmest, ist das eindeutig eine Flucht. Je länger sie dauert, desto schwieriger wird es, zurückzukehren."

„Genau deshalb möchte ich Harald ja zuvorkommen. Angriff ist noch immer die beste Verteidigung."

„Ich halte das für einen Fehler. Er will was von dir, also soll er auch kommen. In der Zwischenzeit kannst du dein Leben wieder aufnehmen, du hast schließlich nur dieses eine."

„Und was mache ich dann? Was soll ich tun, wenn er plötzlich in meiner Wohnung steht und Ultimaten stellt? Oder wenn er mir irgendwo auflauert, mir droht und mich verprügelt? Ich schaffe das nicht nochmal, Finn. Er macht mir Angst. Schon allein der Gedanke an ihn beschert mir eine Gänsehaut. Ich habe Albträume, zittere nur bei dem Gedanken an ihn völlig unkontrolliert und, wenn es ganz schlimm ist, habe ich sogar Panikattacken. Ich bin froh, dass ich im Moment etwas durchatmen kann. Solange ich keine feste Adresse habe, wird er mich nicht einfach finden. Das ist im Augenblick mein einziger Schutz."

Ihre Worte sind erschreckend ehrlich und lassen mich einen Moment darüber nachdenken. „Hast du Angst vor ihm, weil er dir körperlich überlegen ist, oder hast du Angst, weil er Macht über dich hat?"

„Weil er zu allem fähig ist."

„Ich wiederhole meine Frage."

Es dauert einen Moment, bis sie erneut antwortet. „Beides." Ihre Stimme ist nur ein Flüstern.

Ich atme tief, dann nicke ich entschlossen. Die Sache ist klar. „Du hast Glück."

„Glück?"

„Ja. Dass du mich getroffen hast. Und dass ich dich ganz gut leiden kann. Ich habe einen Plan."

Überrascht drückt sie den Rücken durch und setzt sich gerader hin. „Wirklich? Welchen denn?"

„Gegen beide Gegner kann man etwas unternehmen. Die körperliche Überlegenheit ist nur ein Alibi für Peiniger wie deinen Stiefvater. In Wahrheit jedoch gibt es an jedem Körper Schwachstellen, die diesen relativ schnell und einfach außer Gefecht setzen können. Da brauchst du keine Muskeln, du brauchst nur Köpfchen. Die psychologische Überlegenheit ist da schon schwieriger zu händeln, weil die Ängste meist so tief vergraben sind, dass sie bei dem Gepeinigten automatisch Handlungen hervorrufen, die nicht förderlich sind. Dagegen ist jedoch ebenfalls ein Kraut gewachsen. Es nennt sich Selbstvertrauen."

„Was bist du? Lebensberater?"

„Ich bin Personal Trainer, Paula." Da sie mich nur voller Unverständnis anstarrt, füge ich eine kleine offizielle Definition hinzu. „Ich biete persönliche und individuelle Betreuung bei der Erreichung allgemeiner oder ganz spezifischer Ziele. Im Klartext heißt das, dass ich für dich da bin und dir bei deinem Problem zur Seite stehe."

„Ich bin also deine Kundin?"

„Ganz und gar nicht. Wärst du eine solche, würde ich Geld von dir verlangen. Und nur, damit wir uns richtig verstehen: Ich will auch keine andere Gegenleistung."

Sie zögert und lässt sich die ganze Sache einen Moment lang durch den

Kopf gehen. „Und was genau schlägst du vor?"

„Ich will, dass du weißt, was du tun musst, wenn dieser Bastard erneut auftauchen sollte. Wie du ihm die Stirn bieten kannst, ohne an Glaubwürdigkeit zu verlieren. Und wie du dich im Notfall verteidigen kannst, wenn er handgreiflich werden sollte. Ihm muss klar werden, dass er das nicht länger mit dir machen kann, weil du sehr viel stärker bist als er. Wenn das geschieht, dann haben wir es geschafft. Dann bist du ihn los."

„Das klingt so einfach."

„Im Prinzip ist es das auch. Zumindest theoretisch. Vorbereitung ist die halbe Miete."

Sie verdreht die Augen. „Hast du irgendwo einen Sprüche-Sammelband, den du dir jeden Abend unters Kopfkissen packst?"

„Nein, das nicht, aber Motivation ist alles."

Wir sehen uns an, ihre Augen funkeln, dann prustet sie los und ich stimme ein. Ihr kommen sogar die Tränen, so sehr lacht sie. Mein Herz fliegt, als ich das sehe, darum bekomme ich das Grinsen nicht aus meinem Gesicht, erst recht nicht, als sie sich schwer atmend an die Sofalehne zurücklehnt und sagt: „Gott, ich mag dich, Finn. Ich mag dich wirklich."

Sechzehn
Was passiert, wenn das Licht angeht?

Paula

Am nächsten Tag sitzen wir auf dem Sofa und schauen einen Film, während unsere Füße einen kleinen Kampf miteinander austragen. Seine nackten Zehen versuchen ständig, mir die Wollsocken auszuziehen, aber ich wehre mich würdevoll. Als ich ihm einen Blick zuwerfe, sehe ich, dass er lächelt, während seine Konzentration scheinbar auf dem Fernseher liegt.

„Ich komme mit", verkünde ich kurzentschlossen. „Zu der Veranstaltung nächste Woche."

Seine Antwort beschränkt sich lediglich auf ein „Gut", bevor das Thema abgehakt ist und wir mit unserem kleinen Spielchen fortfahren. Ich bin nicht ganz sicher, was es ist, das das Herz in meiner Brust neuerdings zum Sport verleitet, aber jedes Mal, wenn ich Finn ansehe, oder auch nur an ihn denke, hüpft und rennt es, als wolle es sich für ihn fit machen. Ich mag dieses Kribbeln in meiner Bauchgegend und wie gut es sich anfühlt, in seiner Nähe zu sein. Nachdem ich den ganzen Sonntag bei ihm verbracht habe, sehen wir uns erst am Dienstagabend wieder, als er mich kurz vor dreiundzwanzig Uhr in das Studio einschleust, in dem er arbeitet.

„Dürfen wir das? Bekommst du keinen Ärger, wenn du hier lange nach Feierabend fremde Personen reinschmuggelst?"

„So lange nach Feierabend ist es gar nicht. Dienstags haben wir immer bis zehn auf", antwortet er und tippt im Dunkeln ein paar Ziffern in die Alarmanlage.

„Du weißt doch, was ich meine." Ich verdrehe die Augen.

„Wo kein Kläger, da kein Richter", antwortet er und zuckt die Schultern. „Uns wird schon niemand erwischen."

„Und wenn doch?"

„Dann lasse ich mir etwas einfallen, in Ordnung?"

„Ich will nicht, dass du deinen Job verlierst, Finn. Komm, lass uns wieder gehen."

„Wenn es dich beruhigt, dann kannst du ja einen Vertrag unterschreiben, den wir im Notfall vorzeigen können. Es ist nicht verboten, wenn ich das Studio außerhalb der Öffnungszeiten für persönliches Training nutze."

„Du musst das nicht absprechen?"

„Doch, natürlich, aber dann habe ich es eben mal vergessen. Mach dir keine Gedanken darum, sondern entspann dich. Ich möchte mit dir ein paar Übungen durchgehen. Ein paar Grundlagen zur Körperhaltung und einige Griffe zur Selbstverteidigung. Wenn alles glattläuft, dann sind wir hier in einer Stunde wieder raus."

Ich bin auch bei diesem Mal nicht minder beeindruckt, wie es im Studio aussieht. Wie ordentlich und sauber alles ist und wie perfekt sich jedes Detail in das andere fügt, nur kann ich es nun besser bewundern. Vielleicht könnte ich es sogar genießen, wenn ich mich nicht so fehlplatziert fühlen würde.

„Klamotten aus", befielt Finn, als wir in einem der Umkleideräume angekommen sind.
Unsicher mache ich es ihm nach, entledige mich meines Mantels und streife meine Schuhe ab.

„Die auch", sagt er und deutet auf meine Strümpfe. „Auf denen rutscht du bloß hin und her."

Also streife ich sie ab und packe sie ordentlich auf meine Schuhe, bevor ich Finn wieder ansehe. Er kommt dichter, legt die Hände an den Saum meines Pullovers und hebt ihn so weit in die Höhe, dass ich gezwungen bin, die Arme nach oben zu strecken, damit er ihn mir ganz ausziehen kann. Als das relativ enge Shirt darunter zum Vorschein kommt, nickt er zufrieden. Meinen Pullover schmeißt er auf die Sitzbank neben seinen und legt danach die Hände zurück auf meine Hüften. Ich vergesse beinahe zu atmen, als sein dunkler Blick meinem begegnet. Ganz sanft dreht er mich um, wandert mit einer Hand meine Wirbelsäule hinauf und richtet dann meine Schultern. Von hinten greift er um mich herum und legt schließlich eine Hand auf meinen Bauch, während die andere mein Kinn umfasst.

„Aufrecht“, raunt er dicht an meinem Ohr und beschert mir einen wohligen Wärmeschauer mit anschließender Gänsehaut. Sein Fuß drängt sich zwischen die meinen und schiebt sie ein Stück auseinander. „Du brauchst einen sicheren Stand. Wenn du falsch stehst oder dich verkrampfst, bist du leichter zu überrumpeln. Spann deinen Bauch an.“ Seine Hand brennt sich durch mein Shirt und setzt augenblicklich meinen gesamten Körper in Flammen. „Die Schultern zurück und den Blick geradeaus.“ Ganz leicht hebt er meinen Kopf. „Und atmen.“

Ich kann hören, wie er lächelt, aber noch viel deutlicher spüre ich seinen harten Körper dicht an meinem. Und seinen Daumen, der kurz über meine Lippen streift, bevor er die Hand sinken lässt und sie zusammen mit der anderen wieder auf meine Hüfte legt. Mein Puls rast in irrsinniger Geschwindigkeit, ganz so, als läge das Training schon hinter mir.

„Spürst du das?“, fragt er und ich nicke atemlos, obwohl ich gar nicht weiß, was genau er meint.

Lange Zeit bleiben wir so stehen und irgendwann beginne ich tatsächlich zu fühlen, wie sich mein Herzschlag beruhigt und seinem Takt anpasst. Wir atmen sogar in der gleichen Geschwindigkeit.

„So ist es richtig“, flüstert er und berührt dabei mit den Lippen meinen Hals. „Jetzt können wir anfangen.“

Entgegen seiner Worte bewegt er sich jedoch keinen Zentimeter von der Stelle.

„Ich liebe das Training jetzt schon“, wispere ich.

„Und dabei bin ich wirklich nicht sicher, ob ich mich ausreichend darauf konzentrieren kann. Dein Hintern in dieser Strumpfhose macht es wahrlich nicht leicht für mich.“

„Dann ist das gar kein Handy in deiner Hosentasche?“

Er lacht auf und lässt mich schließlich los, damit ich mich zu ihm umdrehen kann. Amüsiert schüttelt er den Kopf. „Sollte ich was anderes als ein Handy in meiner Hose haben, wirst du den Unterschied merken.“

„Das glaube ich auch“, murmle ich und trotte ihm in das eigentliche Studio hinterher.

Er zeigt mir einige Geräte und erklärt, wozu sie gut sind sowie welche Partien des Körpers durch sie angesprochen und trainiert werden. Ich höre aufmerksam zu, nicke und habe plötzlich den Wunsch, all diese Übungen auszuprobieren.

„Dann los“, sagt er und deutet auf den Crosstrainer. „Fünf Minuten aufwärmen und dann zeigst du mir, wo du kräftemäßig stehst.“

Eine Stunde später fühle ich mich so losgelöst wie selten. Meine Atemzüge sind tief, ich sauge den Sauerstoff förmlich in mich ein und spüre jeden einzelnen Muskel in meinem Körper. Aber sie schmerzen nicht, sondern sie schreien vor Glück, weil ihnen endlich mal jemand Hallo sagt.

„Deinem Grinsen entnehme ich, dass dir das hier Spaß macht“, merkt Finn an und lächelt.

„O ja, nun verstehe ich, was du in all dem hier siehst.“

„Ich denke nicht, dass du das verstehen kannst. Aber du hast einen kleinen Einblick erhalten und weißt nun, worauf du beim Training achten musst. Denk an deinen Rücken.“

„Jawohl.“ Ich salutiere spielerisch.

„Ich würde es für sinnvoll halten, wenn du öfters an den Geräten arbeitest, einfach, um deine Kondition und deine Kraft zu stärken, für das, was die eigentliche Lektion beinhaltet.“

„Das geht nicht“, sage ich und streiche mir ein paar feuchte Strähnen aus der Stirn. „Mir fehlt das Geld, um regelmäßig trainieren zu können. Und außerdem werde ich während der Öffnungszeiten ganz bestimmt nie wieder einen Fuß in dieses Studio setzen.“

„Warum nicht?“

„Nimm es mir bitte nicht übel, wenn ich das jetzt sage, aber alles hier drin macht auf mich einen versnobten Eindruck. Nicht zuletzt die Menschen, die hier verkehren.“

Er zieht eine Grimasse. „Ich bin also ein Snob für dich?“

Anstatt direkt zu antworten, mache ich ihn lieber nach. „Oh, Baby“, sage ich also mit verstellter Stimme. „Wenn ich mit dir fertig bin, wirst du die kleinen Muskeln in deinem hübschen Körper lieben. Du bist gesegnet mit diesem Hintern, nutz ihn und zeig mir, was du kannst. Ich bin der Beste, du weißt es. O ja, dein Beckenboden, Süße, dein Beckenboden …“ Ich bin selbst überrascht über die Worte, sie so leicht und sarkastisch über meine Lippen kommen, was sonst eigentlich selten der Fall ist, und kurzzeitig freue ich mich sogar über meine gelungene Aufführung, aber gleich darauf wird mir klar, dass ich zu weit gegangen bin.

Finn mustert mich aus kleinen Augenschlitzen. Seine Miene steht für Missfallen, Unverständnis, Enttäuschung. Vielleicht ist er sogar von mir angewidert, gut möglich. Ich beginne zu schwitzen und rudere zurück.

„Entschuldige, so war es nicht gemeint. Ich nehme das zurück. Es war blöd. Tut mir leid.“

„Was genau?“

„Dass ich mich lustig gemacht habe. Dazu habe ich kein Recht. Ich will wirklich nicht schlechtmachen, was du tust, ganz und gar nicht.“

„Aber?“

„Na ja“, murmle ich und winde mich gequält unter seinem dunklen Blick. „Es ist halt einfach … nun ja. Das alles hier wirkt so …“ Ich suche nach dem richtigen Wort. „Aufgesetzt.“ Ich schlucke. „Künstlich irgendwie.“

„Kannst du das präzisieren?“

Ich sehe mich um und deute dann hinter ihn. Er dreht sich um.

„Man wird schon am Eingang mit Perfektion erschlagen, verstehst du? Alles glänzt und glitzert. Und überall weiß. Alles ist weiß. Blitzeblank, sauber und aufgeräumt. Perfekte Menschen, perfekte Einrichtung, perfekte Perfektion. Sogar die Blume da in der Ecke ist perfekt.“

„Sie ist aus Plastik.“

„Siehst du. Genau, was ich versuche zu sagen. Ich meine, wo ist das Leben hier drin? Mir fehlt dieser wärmende Faktor. Irgendwas, das sagt: Willkommen, tritt ein und fühl dich wohl.“

„Okay.“

Wir starren uns an, dann knicke ich schon wieder ein. „Es war trotzdem falsch, was ich gerade gesagt habe. Ich wollte dich nachahmen, wie du mit den Frauen gesprochen hast, deinen Kundinnen, aber ich habe wirklich übertrieben. Es tut mir ehrlich leid.“

„Hör auf, dich zu entschuldigen, ich habe es auch schon beim ersten Mal verstanden.“

„Ja, aber … so ist es nicht. So bist du nicht.“

„Um ehrlich zu sein, hast du den Nagel auf den Kopf getroffen. Ich bin tatsächlich künstlich, wie du sagst, aber das ist meine Realität. Meine Normalität, verstehst du? Das ist mein Job.“

Ich schweige, weil ich einfach nicht weiß, was ich darauf erwidern soll, während Finn erst ein paar Gewichte aufstapelt und sich dann umdreht, um den Raum zu verlassen.

„Komm mit, wir sind hier fertig“, sagt er und schaltet das Licht aus, bevor ich bei ihm angekommen bin.

In der plötzlichen Dunkelheit versuche ich, mich zurechtzufinden, und taste mich langsam an der Wand entlang. Wo geht’s nochmal zum Umkleideraum? Verdammt!

„Finn?“

„Ich bin hier“, antwortet er leise neben mir und schiebt mich mit dem Rücken an die Wand.

Sofort beginnt mein Herz zu flattern, weil es nicht weiß, was es fühlen soll. Vorsicht oder Freude? Vorsicht oder Freude? Auf jeden Fall Aufregung. Mein Mund ist wie ausgedörrt, als seine Frage warm auf meine Haut trifft.

„Was siehst du jetzt?"

Ich bin nicht sicher, was das werden soll. Was will er? Da er zwar in völliger Finsternis dicht vor mir steht, ich mich jedoch keineswegs von ihm bedrängt fühle, antworte ich schließlich wahrheitsgemäß. „Ich sehe dasselbe." Zwei oder drei Herzschläge lang ist es totenstill, dann füge ich leise hinzu: „Einen Mann, dem sein Job so viel bedeutet, dass er dafür am anderen Ende zurücksteckt."

„Ich stecke nicht zurück."

„Ich denke schon, dass du das tust, Finn. Du verleugnest dich selbst."

„Nicht immer", antwortet er schließlich. „Nicht im Moment." Und dann kommt er noch dichter. „Nicht bei dir."

Mein Atem geht flach, als ich blind meine Hände losschicke, um zu ertasten, wo er sich wirklich befindet. Ich brauche nicht lange zu suchen, denn sie treffen sofort auf seine Brust. Ein Wunder, dass er mich nicht mit dem Körper berührt, wo sein Gesicht doch so nahe an meinem ist. Als ich meine Hände forschend Richtung Norden schicke, weiß ich auch warum, denn er hält mit den Armen an der Wand hinter mir den erforderlichen Abstand. Komischerweise fühle ich mich noch immer nicht bedrängt, obwohl er mich in dieser Stellung praktisch einschließt. Als ich tastend in seinem Gesicht angekommen bin, spüre ich seine Bartstoppeln rau unter meinen Fingern. Es ist so aufregend kratzig wie die Gefühle in meinem Inneren. Bebend atme ich ein, bevor ich meine Hände in seinen Nacken schiebe, seinen Kopf heranziehe und meinen Mund auf seinen presse. Er reagiert sofort und drückt seinen Körper bedeutungsvoll gegen meinen, genau in dem Moment, als seine Zunge auf die meine trifft.

O mein Gott. Mehr. Ich will mehr! Er dringt in meinen Mund, immer wieder, und in der Zwischenzeit mache ich das gleiche mit seinem. Wir verschlingen uns beinahe, so gierig ist der Kuss, so wild und ungestüm. Ich merke gar nicht, wie er die Hände von der Wand nimmt, aber ich spüre, wie er sie meinen Rücken hinabgleiten lässt und unter meinen Hintern schiebt, um mich hochzunehmen. Ganz automatisch schlinge ich die Beine um ihn, denn er kann mir gar nicht nah genug sein. Seine Lippen sind weich und doch fordernd, hart und doch bittend. Ich schwebe dahin, aber er holt mich zurück und hält mich fest. Ich lasse mich führen, sehe, was er mir zeigt, und spüre, was genau er meint. *Nicht bei dir.* Es sind nicht die Worte, die zwischen uns vibrieren, es ist die Bedeutung dessen. Das Wissen, dass irgendwas anders ist. Besser.

Als sich unsere Lippen trennen, atmen wir beide so heftig die Luft des anderen, dass wir eigentlich Angst haben müssten, nicht genügend Sauerstoff zu bekommen. Stattdessen scheint dies unser Wille zu sein, denn nach ein paar Atemzügen finden unsere Münder erneut zueinander, wenn auch diesmal nur kurz. Nur, um klarzumachen, dass der andere nicht weit weg ist. Ich spüre Finns kräftigen Herzschlag an meiner Brust und frage mich, ob er auch den meinen fühlt. Und was er denkt.

„Es hat sich verselbstständigt", erklärt er leise und küsst mich sanft ein weiteres Mal, bevor er weiterspricht. „Ich hatte nie vor, so zu leben."

„Ich auch nicht."

Sein Griff wird fester, presst mich noch dichter, hält mich. Dann küsst er mich wieder. „Was tun wir hier, Paula?", fragt er nach einem Augenblick.

„Ich bin nicht sicher. Sport vielleicht?"

Er lächelt an meinen Lippen, ich spüre es genau. „Schwer zu sagen in dieser Finsternis."

„Willst du das Licht anmachen?"

„Eigentlich nicht." Und dann neigt er seinen Kopf ein Stück, verschließt meinen Mund mit seinem und drängt kurz darauf erneut mit seiner Zunge der meinen entgegen. Ich stöhne leise auf, vor Wonne, vor

Erregung, und klammere mich an ihm fest, als würde ich sonst fallen.

Nur widerwillig lassen wir schließlich voneinander ab, wahrscheinlich, als die Nacht schon halb vorbei ist. Mir kommt es vor, als hätten wir uns tagelang geküsst und als wäre es trotzdem noch immer nicht ausreichend. Er hält mich weiterhin, auch wenn ich die Wand hinter mir nun deutlicher spüre als zuvor. Das holt mich wieder zurück, wo auch immer ich gerade gewesen bin, und plötzlich habe ich Angst davor, wie es weitergehen soll.

„Was passiert, wenn das Licht angeht?", frage ich wispernd.

„Ich schätze, dann wird es hell."

Und das war's. Mit dieser simplen Erklärung nimmt er jeglichen Druck von mir. So einfach. Vorsichtig stellt er mich auf den Boden zurück und entfernt sich. Als kurz darauf alle Lampen aufleuchten, blinzle ich ihm entgegen. Er steht ein paar Meter entfernt und sieht mich an.

„Und?", fragt er. „Enttäuscht?"

Ich schüttle den Kopf. „Und du?"

„Keineswegs."

Langsam gehe ich auf ihn zu. „Dann zeigst du mir jetzt, was ich tun kann, um mich bei einem Angriff selbst zu verteidigen?"

„Sicher." Er schaltet das Licht wieder aus, nimmt meine Hand und führt mich durch einen kurzen Flur in einen weiteren Raum.

Zwei Tage lang renne ich wie Falschgeld durch die Gegend. Was ist das mit ihm und mir? Warum fühlt es sich so gut an, in seiner Nähe zu sein? Warum denke ich immer weniger an die Dinge, die eigentlich zwischen uns stehen? Warum schaue ich ständig auf seine Lippen und will diesen heftigen Kuss wiederholen? Warum machen wir es nicht einfach? Die Stunde der Abfahrt rückt immer näher und ich habe keine Ahnung, was mich erwartet. Eigentlich weiß ich nicht einmal, wohin es geht. Und warum ich mich bereit erklärt habe, ihn zu einem Geschäftstermin zu begleiten. Ich habe keine entsprechenden Klamotten, geschweige denn, die Fähigkeit, einen passablen Eindruck zu hinterlassen. Oder fachkundige Gespräche zu führen.

O Gott, es ist ein Fehler. Das kann nur nach hinten losgehen, ich weiß es. Als ich früh am Freitagmorgen zu ihm gehe, kann ich meine Nervosität kaum verbergen. Es ist noch keine sechs Uhr und wahrscheinlich wäre es sinnvoller gewesen, schon am Abend vorher zu ihm zu gehen, jedoch wollte ich mir die Möglichkeit einer letzten Flucht lassen. Nun stehe ich hier und klopfe leise an seine Tür. Als er öffnet, pfeift er und lässt seinen Blick bewundernd über meinen Körper wandern.

„Ist das ein Kleid?“

Ich sehe an mir hinab. Ich trage eine schwarze Strumpfhose, wie eigentlich fast immer, aber heute wird diese mit einem dunkelroten Kleid aufgewertet, das bereits auf meinen Oberschenkeln endet. Ich war nicht ganz sicher, ob ich es wirklich anziehen soll, denn eigentlich ist es eher ein Sommerkleid, aber etwas anderes in ähnlicher Form besitze ich nicht. Selbst für das Langarmshirt, das ich darunter trage, damit ich keine Frostbeulen bekomme, musste ich drei Second-Hand-Läden ablaufen.

„Wenn du das fragen musst, ziehe ich es lieber aus“, antworte ich schließlich.

Er grinst. „Lass es an, es steht dir.“

Erst jetzt bemerke ich, was er trägt. „Und das da?“, frage ich und deute auf seine Beine. „Was ist das da?“

„Das, meine Liebe, ist eine ganz moderne Erfindung. Es nennt sich Jeans.“

Es ist das erste Mal, dass ich ihn in einer solchen sehe, und es verschlägt mir fast die Sprache. Der Stoff passt sich wunderbar seiner Statur an und schmiegt sich an seine Haut, ohne zu eng zu sitzen. Wahrscheinlich ist sie maßgeschneidert, überlege ich, genauso wie seine braune Cordjacke, die so perfekt zu ihm passt. Er trägt sie auch heute.

Unten auf der Straße nähern wir uns einem Auto.

„Ein Leihwagen", erklärt er und öffnet den Kofferraum, damit wir unsere Taschen hineinlegen können. „Ich nehme sonst lieber den Bus."

„Ist ja auch viel umweltfreundlicher."

„Und die Gesellschaft angenehmer." Er wirft mir einen bedeutungsvollen Blick zu und packt ein kleines Lächeln oben drauf.

Sofort schießt Hitze in meinen Kopf. Noch immer schafft er es, mich in Verlegenheit zu bringen. *Es ist nur ein simpler Spruch, Herrgott. Jetzt reiß dich mal zusammen.*

„Wohin fahren wir eigentlich genau?"

„Nach Frankreich."

„Nach Frankreich? Aber … aber, ich kann kein Französisch", jammere ich hilflos.

„Keine Angst, auf dieser Veranstaltung werden alle deutsch sprechen. Es ist nur irgendein Ort ohne Bedeutung und er ist auch gar nicht weit von der Grenze entfernt."

Das beruhigt mich nicht gerade, aber die lange Fahrt tut es schließlich. Als wir ankommen, sehe ich als erstes ein gigantisches herrschaftliches Haus, einen riesigen angrenzenden Park und mindestens zwanzig Autos in der Auffahrt, was meine Aufregung dann doch wieder zum Leben erweckt. O Gott, denke ich, das hier ist groß. Und wahrscheinlich viel zu bedeutend.

Das Schild vom Hotel lässt mich dann allerdings wieder etwas freier atmen, weil es nämlich sehr wahrscheinlich ist, dass nicht alle Gäste für die Veranstaltung hier sind, zu der wir wollen. Hat Finn gesagt, um was es genau geht bei diesem Treffen? Ist es vielleicht irgendein Infowochenende für Personal Trainer? Ein Update der neuesten Studien im Bereich Ernährung und Fitness? Ich drehe mich zu ihm, um genau das laut zu fragen, als er den Motor abstellt und mich ebenfalls ansieht. Er schafft es, zuerst den Mund aufzumachen.

„Was immer du dieses Wochenende hörst, siehst oder erfährst, hat nichts mit dir zu tun.“

Das verwirrt mich ungemein. „Wie meinst du das?“

„Ich habe dich eingeladen, weil ich gerne mit dir zusammen bin und du das hier erträglich für mich machen kannst. Aus keinem anderen Grund.“

„Ähm, in Ordnung.“

„Gut. Dann lass uns gehen. Wir sehen uns auf der anderen Seite.“

„Was? Wie meinst du das?“

Er grinst, öffnet die Fahrertür und steigt aus. Ohne unsere Sachen aus dem Kofferraum zu nehmen, marschieren wir auf das Gebäude zu und schwenken kurz vor dem Eingang nach rechts. Ich komme nicht dazu, ihn zu fragen, warum wir diesen Weg nehmen, denn gleich darauf wird es mir klar.

Wir betreten das Haus durch eine zweiflügelige Eingangstür und befinden uns sofort in einem gigantischen Saal voller Gäste. Die Wände bestehen fast ausschließlich aus Glas, welche den Blick in den weitläufigen Garten freigeben, in dem die letzten Schneereste des Winters liegen. Beeindruckt bestaune ich diesen außergewöhnlich hellen und offenen Raum, in dem sich mehr Menschen tummeln als in einem vollbesetzten U-Bahn-Waggon.

Um Himmels Willen! Wenn ich mich im Fitnessstudio schon unwohl gefühlt habe, dann möchte ich jetzt nur noch sterben. Ganz automatisch sind wir nach dem Eintreten stehengeblieben, vielleicht, um die Atmosphäre in uns aufzunehmen, um uns in die Umgebung einzufügen, um zu fühlen, dass wir absolut nicht hierhergehören. Vielleicht aber auch, um mit diesem Auftritt extra auf unser Erscheinen aufmerksam zu machen.

„Wir fallen auf wie bunte Hunde“, merke ich flüsternd an und spüre ein leichtes Zittern in meinen Knien.

„Ach, Blödsinn.“

„Doch. Sie starren uns alle an."

Und das tun sie wirklich. Wir sind so fehlplatziert, dass ich den Blick senke und auf den Boden starre. Ich habe durchaus bemerkt, dass alle Männer hier einen Schlips und Anzug tragen und die Frauen mit der Schönheit ihrer Nachbarin um die Wette funkeln. Scotty, beam mich rauf, denke ich. Schnell!

„Finn", höre ich eine Frauenstimme. „Wie schön."

Ich hebe den Blick und sehe, wie eine Dame um die Fünfzig auf Finn zutritt und ihn in die Arme schließt.

„Ich dachte nicht, dass du doch noch kommst. Du hast gar nicht Bescheid gegeben", rügt sie ihn sofort, lächelt dann aber, während sie ihn ein Stück von sich schiebt. „Wie gut du aussiehst."

„Ich komme jedes Jahr", gibt er zurück und lächelt doch tatsächlich, obwohl sie demonstrativ imaginäre Staubflusen von seinem Pullover zupft. Was soll das denn?

„Und jedes Jahr sagst du nicht Bescheid, dass du jemanden mitbringst. Wer ist es dieses Mal?"

Ganz plötzlich liegt die Aufmerksamkeit auf mir. Scheiße. „Guten Tag", grüße ich steif und strecke meine Hand aus. „Mein Name ist Paula."

Sie nickt und legt ihre Finger kurz an meine, bevor sie sie schnell wieder wegzieht und mich skeptisch betrachtet. Ihr Blick bleibt länger an meinen ausgetretenen Schuhen hängen, die Finn vor Wochen geklebt hat, bevor sie sich lautstark räuspert. „Und Sie sind eine Geschäftspartnerin von Finn?"

„Sie ist meine Freundin", sagt dieser und überrascht schlägt mein Herz einen Purzelbaum.

Seine Freundin?

„Margot", ertönt plötzlich eine tiefe Männerstimme. „Lass die beiden doch erstmal eintreten."

Als ich den Mann erblicke, muss ich schlucken, denn er ist nicht nur groß und stabil, sondern auch noch wahnsinnig attraktiv. Seine Gesichtszüge sind perfekt geschnitten, sein Lächeln echt und seine Augen geheimnisvoll. Ich mag ihn auf Anhieb, denn im Gegensatz zu der Frau, reicht er mir wohlwollend die Hand und schüttelt sie herzlich.

„Willkommen, meine Gute. Ich bin Oskar. Ich hoffe, ihr hattet eine angenehme Fahrt?"

„Ja", brabble ich. „Danke."

Er lächelt noch immer und reicht Finn die Hand. „Hallo, mein Sohn."

Überwältigt klappt mir der Unterkiefer weg. *Mein Sohn?* Ja, klar, es ist offensichtlich. Die Augen, der Mund, diese außergewöhnlich intensive Ausstrahlung. Echt jetzt?

„Kommt doch rein, setzt euch. Was möchtet ihr trinken?"

„Wasser", bestimmt Finn und ich nicke nur blöde, weil ich viel zu überwältigt für irgendetwas anderes bin. „Aber mach dir keine Umstände, ich bin ein großer Junge und kann es selbst holen."

„Es ist so schön, dass du da bist", schwärmt Margot und umarmt Finn erneut. „Ich habe dich so vermisst."

„Ich weiß, Ma."

„Und deine Schwester auch. Sie wird sich so freuen, dich zu sehen. Sie ist nur schnell den Kleinen abholen, müsste aber jeden Moment zurück sein."

„In Ordnung."

Vater, Mutter und eine Schwester? Ich starre ihn an, aber Finn legt nur die Hand in meinen Rücken und schiebt mich vorwärts.

„Was ist das hier?", frage ich leise durch die Zähne und lächle dabei mühsam in all die Gesichter, die uns noch immer anstarren. „Eine Art Familientreffen?"

„Genau das", gibt er zurück, geleitet mich zur Bar und deutet dort auf eine der Flaschen. „Einen Doppelten. Willst du auch?"

„Unbedingt."

Ich bekomme es nicht auf die Kette. Er schleppt mich mit zu seiner Familie? Warum? Wie steht er zu ihnen? Zu mir? Zu uns? Und wie soll das hier enden? Seit zwei Stunden stehe ich an seiner Seite und höre mir Geschichten an, die ich nie wissen wollte. Es geht um alte Bekannte und um neue Geschäfte. Diese Gespräche haben nicht viel mit Familie zu tun, aber ich verstehe, dass alle dazuzählen. Mindestens fünf Onkel mit den dazugehörigen Familien habe ich kennengelernt, zwei Tanten mütterlicherseits, Großeltern und deren Geschwister, entfernte Cousins und Cousinen, Nichten und Neffen in allen Altersgruppen und dann auch noch die Angeheirateten und Ausgestoßenen. Zu den letzteren zähle ich mich, denn ich passe hier nicht rein.

Jeder hält Distanz zu mir, als wäre es unnötig, sich mit mir zu unterhalten, oder als wäre ich unter ihrem Niveau. Und ihrer Würde. Offensichtlich gehöre ich zur untersten Schicht, während alle anderen die Erste Klasse besetzen. Mindestens dreimal höre ich, dass ich nun also die Neue bin, die Aktuelle, und wie spannend es ist zu sehen, wie sich Finns Frauengeschmack von Jahr zu Jahr verändert. Irgendwann entschuldige ich mich höflich und suche mir einen Weg aus diesem Gefängnis.

„Hallo“, grüßt mich Lissy, Finns Schwester, stellt sich neben mich an die Hauswand und zündet sich eine Zigarette an. „Entschuldige, ich habe bei dem Gewühle vorhin gar nicht mitbekommen, wie du heißt.“

„Paula.“

Sie nickt und bläst den Rauch in die Luft, bevor sie mich nachdenklich betrachtet. „Wie stehst du zu meinem Bruder?“

„Bitte?“

„Bist du eine von seinen Betthäschen?“

„Was?“

„Ich frage das nur, weil er jedes Jahr eine von denen mitbringt."

„Ja", sage ich. „Ich hörte davon."

„Nimm es den Leuten da drin nicht übel, dass sich niemand für dich interessiert. Es ist mit der Zeit zur Gewohnheit geworden, nicht zu viel Fokus auf seine Begleitungen zu legen. Wir sehen Finn bloß diese zwei Tage im Jahr, verstehst du? Warum wertvolle Zeit an jemanden verschwenden, den man niemals im Leben wiedersieht?"

„Danke, ich habe es verstanden", murmle ich und setze an zu fliehen.

Genau in dem Moment kommt jedoch Finn um die Ecke und gesellt sich zu uns. „Piranhas", grummelt er, nimmt seiner Schwester die Schachtel Zigaretten aus der Hand und steckt sich eine an. Danach sieht er mich an, sagt aber nichts. Ich fühle mich unwohl, schlinge mir die Arme um den Leib und friere. Hauptsächlich der Kälte dieser Menschen wegen.

„Kannst du nicht netter zu Papa sein?" Lissy betrachtet ihren Bruder vorwurfsvoll. „Er gibt sich Mühe."

„Netter geht nicht, tut mir leid."

„Mein Gott, Finn. Ist es nicht möglich, dass du euren blöden Streit mal vergisst? Es ist Jahre her, komm endlich drüber weg."

„Danke, das bin ich", grunzt er, drückt die Kippe aus und nimmt meine Hand, um mit mir zusammen wieder hineinzugehen. Bevor er mich kurz darauf loslässt, drückt er sie bedeutungsvoll. „Setze dich niemals allein meiner Familie aus. Wenn du eine Auszeit brauchst, sag Bescheid, dann verschwinden wir kurz."

„Und wenn ich nach Hause will?"

Er reibt sich seufzend das Gesicht und sieht mich an. „Dann fahren wir."

„Wirklich?"

„Gib dem Ganzen noch ein paar Stunden, in Ordnung? Gleich wird das Essen serviert, danach sind alle etwas zugänglicher. Im Moment versuchen sie nur, sich selbst zu übertrumpfen. Mein Haus ist größer, mein Auto schneller, meine Firma erfolgreicher. Jeder zeigt sein Statussymbol, zum Kotzen, ich weiß. Das hat mit menschlichem Miteinander nicht viel zu tun, aber wenn du noch etwas durchhältst, wäre ich dir sehr dankbar. Ich kann nicht gleich schon wieder fahren, das würde meiner Mutter das Herz brechen."

„Okay", antworte ich. „So schlimm ist es auch gar nicht. Ich wünschte nur, du hättest mich irgendwie vorgewarnt."

„Ich dachte, das hätte ich. Entschuldige."

Ich atme tief und nicke. „Na dann, wir sehen uns auf der anderen Seite."

Er lacht, nimmt wieder meine Hand und dann stürzen wir uns erneut in die Höhle der hungrigen Löwen.

Ich dachte eigentlich, dass es nicht sehr viel schlimmer kommen kann, aber nach dem Essen werde ich eines Besseren belehrt. Während der gesamten Mahlzeit muss ich mir anhören, wie überaus lukrativ das Geschäft mit Aktien und wie stabil die Börse zurzeit ist, dass ich beschließe, künftig einfach abzuschalten, um vor Langeweile nicht zu gähnen. Da sich sowieso niemand mit mir unterhält oder Wert auf meine Meinung legt, fällt es auch gar nicht weiter auf. Stumm sehe ich mich im Raum um, beobachte und versuche zu kombinieren, wer zu wem gehört, damit ich am Abend wenigstens etwas habe, das ich berichten kann, wenn Finn mich fragen sollte, als eine fremde Frau zur Tür hereinkommt. Sie ist unglaublich schön, groß, hat langes schwarzes Haar und einen Körper, den nicht mal die Püppis im Fitnessstudio aufweisen können, denen ich bei meinem missglückten Besuch dort über den Weg gelaufen war. Aber was noch viel unglaublicher ist, ist ihr Lächeln, das sofort den ganzen Raum bestrahlt.

Es ist, als würde mit ihrem Erscheinen plötzlich Wärme in diese mentale Eishöhle einziehen. Dieses Gefühl ist bald noch krasser als das, welches Finns Vater in mir ausgelöst hat, denn ich mag diese Frau nicht nur auf Anhieb, sondern ich möchte ihre Freundin sein. Natürlich ist es völlig verquer, denn wahrscheinlich ist sie wie alle anderen überhaupt nicht an mir interessiert. Gleich, nachdem ich sie entdeckt habe, wird sie auch schon von Finns Mama wahrgenommen.

„Oh, wie schön", ruft diese und wirft die Arme vor Überraschung in die Luft. „Ich dachte schon, du kommst nicht mehr."

„Es tut mir sehr leid für die Verspätung, Margot, ich hatte heute Vormittag einen wichtigen Termin, den ich nicht verschieben konnte." Ihre Stimme ist die eines Engels. Als würde sie singen zu der Harfe des Lebens.

Wer ist sie? Ich weiß nicht, warum ich nicht wegsehen kann, aber wahrscheinlich ist es einfach ihre Schönheit, die mich sie anstarren lässt wie ein seltenes Tier im Zoo. Sobald sie einige Personen begrüßt hat, lässt sie den Blick schweifen, als suche sie jemanden. Dann kommt sie auf uns zu, sieht kurz zu mir herüber, lächelt und streicht sich das lange Haar über ihre Schulter nach vorn, bevor sie den Blick wieder abwendet. Wow! Von Nahem betrachtet, ist sie noch beeindruckender. Ihre Wimpern sind lang und dunkel, ihre Gesichtszüge fein und ihre Lippen voll. Ihre Schönheit ist nicht aufgesetzt, sondern wirkt natürlich und deshalb umso anziehender. Selbst für mich. Ich schaue zu Finn, um zu sehen, wie er auf die Frau reagiert. Er scheint irgendwie desinteressiert, denn sein Blick streift sie nur kurz.

„Hallo", sagt die Schönheit in die Runde und alle grüßen zurück. Ich will gerade ansetzen und ebenfalls etwas sagen, als Finn mir zuvorkommt.

„Hallo Pat."

Mein Herz hat einen Aussetzer, ich schwöre. Das ist Pat? *Die* Pat?

„Niemand nennt mich so", erwidert sie und lächelt, als hätte er ihr eben ein Kompliment gemacht.

Vielleicht hat er das sogar, überlege ich, denn die anderen Gesichter um uns herum schauen zufrieden. Gerührt. Erfreut.

„Ich heiße Patricia. Oder Trish", erklärt sie schließlich und reicht mir die Hand.

Ich blinzle und ergreife sie zögernd. „Paula."

„Freut mich, dich kennenzulernen. Bist du Finns Freundin?"

Siebzehn
Armselige kleine Pechmarie

Finn

Ich sehe Paula an, wie geschockt sie ist. Vielleicht hätte ich ihr sagen sollen, dass die Chance, hier auf meine Ehefrau zu treffen, bei hundert Prozent liegt. Mist. Mir war es nicht wichtig erschienen, weil ich wahrlich genug damit zu tun habe, meinen Eltern zu begegnen. Meine frostige Mutter und mein scheinheiliger Vater – eine verhasste Kombination, der ich mich nicht entziehen kann, so sehr ich es auch versuche. Auf meine Ex zu treffen, ist da wirklich das geringste Problem. Paula sieht kurz verständnislos zu mir herüber, bevor sie schließlich auf Pats Frage antwortet. „Ich … na ja, ich bin seine diesjährige Begleitung."

Meine Eier ziehen sich qualvoll zusammen. Treffer, versenkt.

Amüsiert zwinkert Pat mir zu und wendet sich dann ab, um jemand anderen zu begrüßen. Paula lächelt, aber es erreicht nicht ihre Augen. Der Klumpen in meinem Bauch hätte nicht schmerzvoller sein können, wenn ihn jemand mit Gewalt dort hineingehämmert hätte. Nur ein Blick in ihr Gesicht und mir ist klar, wie sehr ich ihr mit meinem Schweigen wehgetan habe. Auch jetzt sage ich kein Wort, keine Entschuldigung, nichts. Ich kann nicht. Also blende ich es aus, bis Paula und ich eine Stunde später unser Zimmer beziehen. Ihre Standpauke kommt sofort, nachdem die Tür ins Schloss gefallen ist.

„Ist das dein Ernst?", wettert sie mit gesenkter Stimme und feuert ihren Rucksack auf den Boden. „Deine Frau? Du schleppst mich zu einem abgefuckten Familientreffen, an dem auch deine Frau teilnimmt?" Wütend stemmt sie die Hände in die Hüften und bedenkt mich mit einem missbilligenden Schnauben. „Ich kanns nicht glauben, Finn. Reicht es nicht, dass mich jeder hier ansieht wie das lästige Mitbringsel des verlorenen Sohnes, und mir jeder, wirklich jeder, erklärt, dass ich sowieso bald durch eine andere ersetzt werde? Deine versnobten Verwandten behandeln mich wie eine Aussätzige, als hätte ich Lepra oder irgendwas anderes Ekliges. Muss jetzt auch noch deine perfekte Frau auftauchen, damit auch der Letzte versteht, wie lächerlich ich bin? Willst du mich eigentlich fertigmachen?"

Sie ist so sexy, wenn sie sich aufregt. Mehr kann ich gerade nicht denken. Nur, wie sexy sie in diesem bordeauxfarbenen Kleid ist, mit dem offenem Haar, das ihr wie immer wild um den Kopf tanzt. So überaus sexy. Ihr glühender Blick unterstreicht ihre Worte, die nun auch eindringlich hämmernd bei mir ankommen. Dicht gefolgt von der Erkenntnis, dass Paula verdammt nochmal recht hat. Sie ohne Vorwarnung in diesen Raubtierkäfig zu werfen, war absolut daneben.

„Antworte gefälligst. Und sieh mich nicht so an, als wäre ich bescheuert. Oder paranoid. Auch wenn das wahrscheinlich der Großteil da unten denkt. *Was für eine armselige kleine Pechmarie.*"

Dieses Feuer, denke ich. Und die Leidenschaft. Wo lässt sie das, wenn sie da rausgeht? Warum schließt sie es ein? Warum macht sie sich selbst klein, wenn ihre Größe doch so offensichtlich ist?

„Finn!" Sie hält die Stimme noch immer gesenkt, damit auch ja niemand sie hören kann. Die Wände sind dünn, die Türen noch dünner. „Sag was, verdammt!"

Ich nicke, hebe ihren Rucksack hoch und hänge ihn mir über die Schulter. Ihre Augen weiten sich erstaunt, glühen aber weiterhin. Entschlossen deute ich auf die Tür in ihrem Rücken. „Lass uns fahren."

„Was?"

„Du hast recht, wir hätten nicht herkommen sollen. Dass sie dich so behandeln, ist ganz allein meine Schuld und hat nichts mit dir persönlich zu tun. Es ist meine Familie, mein Problem, und ich hätte dich da wirklich nicht mit hineinziehen sollen. Entschuldige. Ich wusste, dass Pat auch hier sein wird, aber ich wollte dich keineswegs mit meinem Schweigen oder gar mit ihrer Anwesenheit verletzen. Es sieht ihr so ähnlich, dass sie hier allein auftaucht und auf gehörnte Ehefrau macht, damit alle in dem bestätigt werden, was sie über mich denken. Ich bin hier der Arsch, verstehst du? Ich bin der, der alle mit seinem egoistischen Verhalten verletzt. Aber soll ich dir was sagen? Sie haben recht, denn ich komme nur her, um ihnen den Stinkefinger zu zeigen. Es ist mir scheißegal, wie sie über mich denken. Und Pat ist mir auch egal. Aber du bist es nicht. Wenn du also fahren willst, dann fahren wir. Hier, nimm den Schlüssel, ich nehme das Gepäck."

„Halt, warte", sagt sie und hält mich am Arm zurück. Ihre Augen schauen ruhelos in meine und suchen nach einer Antwort. „Ist das wahr?"

„O ja."

Sie blinzelt, lässt mich los und dreht eine Runde durch das Zimmer, während der fette Klumpen in meinem Bauch etwas leichter wird. „Wir können nicht fahren", meint sie schließlich leise. „Wenn wir jetzt abhauen, haben sie gewonnen."

Jesses, wie ich sie vergöttere für diesen Satz. Meine Heldin! Meine überaus hübsche und feurige Heldin. Ich lasse die Taschen fallen und gehe auf sie zu. Ich muss sie halten, nur einen Moment lang. Oder zwei.

„Wenn wir jetzt fahren, dann werden sie bestätigt in ihrer Meinung über mich. Dann denken sie, ich hätte dir eine Szene gemacht."

„Völlig ausgeschlossen", antworte ich, greife nach ihrer Hand und ziehe sie dichter. „So etwas würdest du nie tun."

„Sie glauben dann, dass dir dein kleines Anhängselfrauchen weggelaufen ist, weil sie es nicht verkraftet, was alle über sie denken. Und dich lachen sie aus."

„Sollen sie lachen", raune ich und schiebe meine andere Hand in ihren Nacken. „Wir lachen lauter."

„Ja", haucht sie, greift mit beiden Händen in meinen Pullover und kommt mit dem Gesicht ganz nah. „Diese Genugtuung geben wir ihnen nicht."

„Niemals." Das Wort geht beinahe unter, als sich unsere Lippen für einen Kuss zusammenfinden. Die Berührung lässt meine Bauchdecke beben und meinen Puls ansteigen. Ihr leises Stöhnen gibt mir den Rest. Ich küsse sie gierig und schiebe sie ein Stück Richtung Bett, auf dem wir dann einen Augenblick später mit einem kleinen „Uff" landen. Aber mit dem Küssen hören wir trotzdem nicht auf und ich rolle mich auf sie, damit ich es noch vertiefen kann. Herrjemine. Sie fühlt sich so fantastisch an. So richtig. Ich beende den Kuss, öffne die Lider und sehe schwer atmend auf sie hinunter. Auf ihre glänzenden Lippen und den leicht geöffneten Mund. Und in ihre grünen Augen, die mich stumm fragen, warum zum Geier ich aufhöre.

„Können wir das öfter machen?", frage ich leise.

„Was? Deine Familie besuchen? Auf keinen Fall."

Ich schüttle leicht den Kopf. „Nein, das hier. Und das, was im Fitnessstudio passiert ist, als das Licht ausging."

Sie lächelt bei der Erinnerung. „Unbedingt."

„Obwohl ich verheiratet bin?"

Sie schließt die Augen und seufzt. „Obwohl du mit der wahrscheinlich glücklichsten und schönsten Frau der Welt verheiratet bist."

Ich erkenne meine eigenen Worte und stelle sie gleich darauf an den Pranger. „Kann nicht sein", raune ich und küsse sachte ihre Lippen. „Die schönste Frau liegt unter mir."

Ihre Augen fliegen auf.

„Und was das Glücklichsein betrifft …" Ich küsse sie noch einmal. „Ich arbeite daran."

Eine Stunde später liegen wir noch immer auf dem Bett und reden. Paula fragt mich nach einigen Zusammenhängen, wer zu wem gehört, und wer welche Geschichte hat, also gebe ihr eine Zusammenfassung.

„Wahnsinn. Und ich dachte immer, eine große Familie zu haben, wäre toll, aber nun merke ich, dass es einfach nur anstrengend ist, sich alle Namen zu merken." Sie rollt mit den Augen und ich lache.

Ich liege auf dem Rücken und habe die Arme hinter dem Kopf verschränkt. „Nun ja, ehrlich gesagt, ist eine große Familie grundsätzlich okay." Ich drehe den Kopf, weil ich sie ansehen will. „Ich möchte jedoch seit längerem kein Teil mehr von dieser sein."

„Warum nicht? Hat es mit dem Streit zu tun, den Lissy erwähnt hat?"

„Das ist kein Streit", antworte ich. „Zwischen meinem Vater und mir ist alles gesagt." Ich atme tief. „Lissy hat nicht unrecht, das alles liegt Jahre zurück, dennoch hat die ganze Sache damals ein Loch in mein Leben gerissen."

„Noch eins?", fragt sie leise und ich hebe die Augenbrauen, weil ich nicht weiß, worauf sie anspielt. Sie windet sich etwas, dann flüstert sie: „Ich meine die Fehlgeburt."

Ich seufze und schließe die Augen. „Weißt du, das hängt irgendwie alles zusammen. Und dann auch wieder nicht. Es ist, wie es ist. Ich bin abgehauen und habe sowohl meine Ehefrau als auch meine Familie im Stich gelassen. Soviel zu ihrer Sichtweise."

„Und wie ist deine?"

„Die kennst du bereits. Ich habe mein Leben umgekrempelt und komme nun einmal im Jahr her, um ihnen unter die Nase zu reiben, dass ich bestens allein zurechtkomme."

„Aber du hast mit keinem Wort irgendjemandem etwas von dir erzählt", erinnert sie mich.

„Weil sie sich nicht trauen zu fragen. Aber das ändert sich noch, glaub mir."

„Wird es eskalieren? Denn das brauche ich wirklich nicht. So etwas hatte ich einfach schon genug."

„Nein, es ist noch nie eskaliert. Ist dir nicht aufgefallen, dass die wahren Worte ungesagt bleiben?" Da sie nicht antwortet, sondern mich lediglich unsicher anschaut, füge ich hinzu: „Mach dir keine Sorgen, niemand flippt hier aus oder wird handgreiflich, ich verspreche es."

Sie nickt.

„Ich finde es schön, dass du mitgekommen bist", schiebe ich leise hinterher.

Ihr Mundwinkel hebt sich, bevor sie tief durchatmet. „Deine Mutter sieht das offensichtlich anders. Sie lässt keine Gelegenheit verstreichen, um mir klarzumachen, wie unwillkommen ich bin."

„Hat sie das gesagt?"

„Die Luft spart sie sich, das hat sie wunderbar mit Blicken drauf."

Ich drehe mich ganz zu Paula herum. „So macht sie es immer. Pat ist die einzige Frau, die sie an meiner Seite akzeptiert."

„Bringst du deshalb jedes Jahr eine andere mit?"

Grinsend lehne ich mich ein Stück zu ihr und flüstere: „Ich bin ein Arsch, ich weiß. Aber es macht mir verdammt nochmal Spaß, wie sich alle darüber aufregen. Der Moment, wenn ich mit einer unbekannten Frau ganz selbstverständlich durch die Tür marschiere und alle mich allein für diese Ignoranz hassen, ist der schönste von allen."

Sie blinzelt ungläubig, schüttelt den Kopf und schnaubt schließlich. „Vielleicht passt du besser in diese Familie als du denkst."

„Mag sein." Ich rücke noch näher an sie heran. „In der normalen Welt ganz sicher." Sie liegt so dicht vor mir, dass ich mich nicht mal anstrengen müsste, um sie zu küssen, aber ich tue es nicht. Ich schaue ihr in die Augen und hoffe, dass sie versteht, was ich sagen will.

„Normal ist scheiße", flüstert sie und lächelt, bevor sie ihre Hand an meine Wange legt, um über meine Bartstoppeln zu streichen. „Aber du bist gar nicht so übel."

„Mit dieser Meinung stehst du hier höchstwahrscheinlich allein da“, gebe ich zurück und will, dass sie nie mehr damit aufhört, mich zu berühren. Alles mit ihr fühlt sich gut an, selbst so grauenvolle Dinge, wie meine Familie zu besuchen.

Schnell gibt sie mir einen Kuss und steht dann auf. „Und wenn schon, ich bin Schlimmeres gewohnt. Lass uns wieder nach unten gehen und die Aasgeier bei der Arbeit beobachten.“

Ich folge ihr grinsend.

„Ist das Zimmer in Ordnung?“, fragt meine Mutter, als wir die Treppe hinunterkommen.

„Ja, danke.“

„Und das Bett? Ist es nicht zu klein?“

„Wir haben es gerade ausprobiert, es ist fantastisch. Und es quietscht auch nicht bei höheren Belastungen.“ Das musste einfach sein.

Meine Mutter und ich haben oft diese Diskussion. Es ist ihre Art, mir mitzuteilen, dass sie nicht mit meiner Begleitung einverstanden ist, und meine Art, ihr zu sagen, dass es mir am Arsch vorbeigeht, was sie darüber denkt. In diesem Jahr jedoch meldet sich die Frau an meiner Seite zu Wort.

„Wie lieb, dass du fragst, Margot, aber zu Hause haben Finn und ich auch kein größeres Bett. Wir sind bescheiden, was das angeht, allerdings ist unsere Dusche um einiges geräumiger.“

Wow.

„Nun, Schätzchen, das freut mich. Wenn ich gewusst hätte, dass mein Sohn eine seiner vielen Freundinnen mitbringt, hätte ich euch natürlich die Suite mit Badewanne freigehalten.“ Meine Mutter beherrscht das Spiel, keine Frage.

„Das ist wirklich nicht nötig. Wichtig ist doch nur, dass ich nun endlich mal die ganze Familie kennenlerne.“ Paula betont es so, als wäre es nun auch ihre Familie und nicht nur meine. Ich kann praktisch hören, wie meine Mutter mit den Zähnen knirscht.

„Einschließlich seiner Ehefrau“, gibt diese zurück.

Auweia.

Paula jedoch lässt sich gar nicht aus der Ruhe bringen. „Ja, Pat macht einen wahnsinnig netten Eindruck. Ich hoffe, ich bekomme noch Gelegenheit, mich länger mit ihr zu unterhalten.“

Scheiße, wer ist denn diese Frau? Wo nimmt sie plötzlich den Mut her, meiner Mutter Kontra zu geben? Überhaupt jemandem Kontra zu geben? Und dann auch noch so grandios. Das hat wahrlich Weltklasse. Meine Mutter wirft mir einen Blick zu, aber ich lächle nur, nehme Paulas Hand und küsse demonstrativ das F auf ihrem Handrücken. Ma bekommt große Augen, als sie es sieht.

„Entschuldigt, meine Lieben, ich muss mal schauen, ob der Rest vom Kuchen schon geliefert wurde“, haspelt sie und ist plötzlich ganz darauf bedacht, möglichst schnell einen großen Abstand zu uns zu bekommen.

Als wir allein im Flur stehen, lasse ich Paulas Hand los. „Ich ärgere mich, dass ich mir vor unserer Reise kein P auf die Hand tätowieren lassen habe. Wenn sie das nämlich eben auch noch gesehen hätte, wäre sie in Ohnmacht gefallen, ich schwöre.“

Paula schüttelt den Kopf. „Du bist ein Sadist.“

„Und du?“, frage ich grinsend, während wir den Weg zum Gemeinschaftssaal einschlagen. „Was für ein böses Mädchen hat denn da eben die Welt entdeckt?“

Sie lächelt und wird vor Verlegenheit ein wenig rot, ich sehe es aus den Augenwinkeln, während wir nebeneinander hergehen. Mein Herz macht einen Bocksprung.

„Entschuldige, es ist mir so herausgerutscht.“

„Nein, alles gut“, raune ich, als wir der doppelten Schwingtür näherkommen. „Wehr dich ruhig, wenn dich jemand angreift.“

Achtzehn
Aus der Ferne

Paula

Trotz des Hochgefühls, das ich nach der Begegnung mit Finns Mutter kurzfristig habe, verläuft der Rest des Nachmittags zäh. Die Gespräche sind noch immer sterbenslangweilig und nicht ein bisschen aussagekräftig, also beschließe ich irgendwann, Finn mit irgendwelchen Onkeln allein zu lassen und mir an der Bar etwas zu trinken zu holen. Ich habe mein Glas gerade an die Lippen gesetzt, als plötzlich sein Vater neben mir steht.

„Hallo Paula", grüßt er, lächelt und prostet mir mit seinem Getränk zu.

Ich verschlucke mich, nicht nur, weil ich so extrem überrascht bin, dass mich überhaupt jemand anspricht, sondern weil er es ist, Finns Vater, mit den dunklen Augen, dem liebevollen Lächeln und der attraktiven Ausstrahlung. Ich spüre keine negative Spannung, als er mich neugierig betrachtet, wie erfrischend. Wie ist noch gleich sein Name? Ach ja …

„Oskar, hallo."

„Wie gefällt Ihnen die Party bis jetzt?", fragt er.

„Bitte sagen Sie doch du", erwidere ich und weiche somit einer Antwort aus, die mir niemals offiziell über die Lippen kommen würde. *Kacklangweilig und total versnobt* ist bestimmt nicht das, was er hören möchte.

„In Ordnung." Dieses Lächeln, oh, Mann!

Es hat nicht die gleiche Wirkung auf mich wie Finns, mein Herz schlägt keine Purzelbäume vor Aufregung, aber dass es irgendwas mit mir macht, ist offensichtlich. Ich habe sonst Probleme damit, fremden

Menschen lange in die Augen zu sehen, aber bei Oskar ist das anders. Selbst extreme Schweißausbrüche bleiben mir im Moment erspart. Kann es sein, dass er einfach nur nett sein will?

„Wie lange kennst du meinen Sohn schon?", fragt er, setzt sich auf den Barhocker neben mir und deutet an, dass ich mich auch setzen soll.

Ich bleibe vorerst stehen, bis ich weiß, wohin dieses Gespräch tatsächlich führt. „Noch nicht so lange."

Er nickt. „Ich habe auf eine andere Antwort gehofft."

„Wie meinen Sie das?"

„Oskar", sagt er und lächelt erneut. „Bitte auch für mich kein förmliches Sie." Er macht eine kurze Pause, bevor er fortfährt. „Wie dir bestimmt schon jeder hier versichert hat, bringt Finn jedes Jahr eine andere Frau mit, aber ich habe gleich das Gefühl gehabt, dass du keine von denen für ihn bist."

„Ach ja? Wieso sagst du das?"

„Versteh mich jetzt bitte nicht falsch, aber du bist ganz anders als die anderen."

„Weil ich Gesundheitsschuhe trage?"

Er lacht auf. „Du stehst an seiner Seite. Den ganzen Tag schon."

Das verwirrt mich. „Was sollte ich deiner Meinung nach denn sonst tun?"

„Das, was so ziemlich alle hier machen. Mit anderen reden und sich in den Vordergrund drängen."

Ich lächle, weil ihm anscheinend bewusst ist, was hier abgeht. Ist es ihm genauso zuwider wie Finn und mir? Würde er den Tag auch lieber woanders verbringen?

„Ich sehne dieses Treffen jedes Jahr herbei", sagt er und verneint damit meine unausgesprochene Frage. „Und das allein nur, weil ich meinen Sohn zu Gesicht bekomme. Alle anderen in diesem Raum kann ich besuchen, wann immer ich will, die meisten von denen kommen sogar öfters her, um hier im Hotel Urlaub zu machen, aber mit Finn ist das anders.“

Halt, Moment. Was erzählt er da? „Lebt ihr hier? In der Nähe?“

Überrascht legt er den Kopf ein wenig schief. „Ich dachte, du wüsstest, dass Finn hier aufgewachsen ist.“

Ich schüttle den Kopf. „Hier? In Frankreich?“

„Meiner Frau und mir gehört das Hotel, wir führen es seit vielen Jahren. Margot und ich kommen beide aus der Gastronomie und eines Tages haben wir uns unseren Traum von einem eigenen Hotel erfüllt. Finn war sieben und Lissy vier, als wir nach Frankreich ausgewandert sind. Es war nur ein Katzensprung über die Grenze, jedoch ein riesiger Schritt in die Selbstständigkeit. Inzwischen hat sich das anfängliche Abenteuer jedoch gelegt. Wir haben sehr viele Angestellte und einen überaus guten Ruf. Lissy wird nach und nach in die Geschäfte eingeführt, denn sie ist diejenige, die das Hotel übernimmt, wenn Margot und ich bereit sind, etwas kürzer zu treten. Aber das dauert wohl noch.“ Er lacht. „Wir lieben unseren Job. Unser Leben.“

Ich nicke höflich, aber in Wahrheit bin ich viel zu überwältigt von seiner Offenbarung. Ich kann nicht glauben, dass Finn hier aufgewachsen sein soll, es passt gar nicht zu ihm. Und doch macht es plötzlich Sinn. Wie gut er sich in den Gebäuden auskennt und dass er das Navi nicht eingeschaltet hat, als wir herfuhren. Soweit ich das mitbekommen habe, war ihm nicht mal die Aussicht aus diesen gigantischen Fensterfronten in den wirklich tollen Garten mit See einen längeren Blick wert. Kein Wunder, wenn er hier sein halbes Leben verbracht hat und praktisch jeden Stein auswendig kennt.

„Finn hat sich nie für das Hotelwesen interessiert. Wenn man es so nimmt, schlägt er also vollkommen aus der Art. Für ihn waren immer andere Dinge wichtig. Seit er zehn war, hatte er einen großen Traum, für den er alles getan hat, um ihn eines Tages zu erreichen.“ Oskar macht eine Pause und sieht mich an, ganz so, als wolle er prüfen, was ich weiß.

Ich lasse mich auf den Hocker neben ihn sinken. „Du meinst seine Comics.“ Es ist keine Frage, eher eine Feststellung, aber Oskar ist sichtlich überrascht.

„Er hat dir davon erzählt?“

„Ja. Und er hat sie mir gezeigt. Sie sind grandios.“

„Das sind sie wirklich“, erwidert er verträumt. „Wusstest du, dass er die Hefte selbst produziert und vermarktet hat? Er steht also nicht nur hinter den Geschichten und Zeichnungen, sondern auch hinter dem Label.“

„Wirklich? Das hat er nicht erwähnt.“

„Kein Wunder, er war schon immer sehr bescheiden.“

Ich brauche einen Augenblick, um das Erfahrene zu verdauen, als Oskar mich plötzlich mit einer Frage aus den Gedanken reißt.

„Zeichnet er noch?“

Ich blinzle verwirrt. „Comics?“

Er nickt. „Er hat damals so abrupt aufgehört, dass es mir das Herz gebrochen hat. Und in all den Jahren danach habe ich nie in Erfahrung bringen können, ob er seine Leidenschaft wieder aufgenommen hat. Er war so wahnsinnig talentiert. Ich möchte es einfach nur wissen.“

Ich starre ihn an, unfähig, sofort zu antworten, und wende dann den Blick ab, um Finn in der Menge zu suchen. Ist es ihm recht, wenn ich mit seinem Vater über ihn spreche? Und was hat es wirklich mit dem Streit auf sich, den Lissy erwähnt hat? Finn ist jedoch in ein Gespräch vertieft und kann mir keine Antworten liefern. Ich sehe seinen Vater wieder an und entscheide mich instinktiv.

„Seine gesamte Wohnung hängt voller Bilder“, verrate ich schließlich. „Er zeichnet in jeder freien Minute, selbst nachts.“

Oskars Grinsen wird breiter. „Und unter welchem Namen veröffentlicht er? Ich kaufe mir beinahe jedes Comicheft, in der Hoffnung, etwas von ihm zu entdecken, aber bisher hatte ich kein Glück.“

„Soweit ich weiß, veröffentlicht er nicht. Er zeichnet nur für sich.“

Sichtlich enttäuscht macht er einen tiefen Atemzug, bevor er von seinem Glas trinkt und mich dann wieder anschaut. „Ich hatte recht mit meiner Einschätzung", sagt er. „Denn nicht eine von den Frauen der letzten Jahre konnte mir die Frage nach seiner Leidenschaft richtig beantworten."

Sein Blick ist so durchdringend und bedeutungsvoll, dass ich kurz verlegen den Kopf senken muss, um mich zu sammeln. Dann trinke ich ebenfalls und stelle die Sache richtig: „Na ja, um ehrlich zu sein, liebt er das, was er jetzt tut, mindestens genauso sehr. Wenn nicht noch mehr. Ich denke, Finn macht niemals halbe Sachen."

„Nein", bestätigt er und schaut auf seine Finger, die ruhelos am Glas auf und abgleiten. „Sicher nicht." Und dann, nach einem Augenblick des Schweigens: „Glaubst du, er ist glücklich? Ich meine, so richtig?"

Oskar hat die Frage noch nicht mal zu Ende gestellt, da sehe ich, wie Finn hinter ihn tritt. Da ich nicht antworte, wendet sein Vater den Kopf, um zu sehen, was meine Aufmerksamkeit erregt hat.

„Was glaubst du denn?", nimmt Finn die Frage seines Vaters auf und stellt sich neben mich. Beide Männer starren sich an. „Bin ich glücklich?"

Es dauert einen Moment, aber dann antwortet Oskar doch noch. „Ich glaube, du kannst es werden, wenn du die richtige Entscheidung triffst."

„Spar dir das", schnaubt Finn. „Ich brauche keinen Rat von jemandem, der nie mit dem zufrieden ist, was er hat."

„Weil immer etwas fehlt", erwidert dieser. „Und das ist seit Jahren ein- und dieselbe Sache."

„Das interessiert mich nicht."

„Ja, leider."

„Hör auf, meine Freundin auszufragen", knurrt Finn schließlich. „Es wird nichts nützen." Und dann dreht er sich einfach um und geht wieder.

Oskar und ich bleiben stumm auf unseren Barhockern zurück. Mir gefällt nicht, welche Wendung das Gespräch plötzlich genommen hat.

Abgesehen von Finn scheint Oskar hier der einzig nette Mensch zu sein, aber nun macht es den Eindruck, als müsse ich mich entscheiden.

„Es tut mir leid“, murmle ich, rutsche vom Hocker und folge Finn bis an das andere Ende des Raumes. Ohne ein Wort zu sagen stelle ich mich wieder neben ihn und lausche den stinklangweiligen Gesprächen der besseren Gesellschaft.

Gleich, als wir einen winzigen Moment allein sind, entschuldige ich mich bei Finn. Er nickt lediglich, bevor er auf den Ruf irgendeiner Frau reagiert. Die nächste Stunde beobachte ich alles aus der Ferne, denn ich habe keine Lust mehr, neben ihm zu stehen und nett zu lächeln, wenn mich eh niemand anschaut, um es zu sehen. Mir ist klar, dass ich einen Fehler gemacht habe, aber sollte Finn mich darauf ansprechen, werde ich mich verteidigen. Woher hätte ich wissen sollen, dass es ihm ein Dorn im Auge ist, wenn ich mit seinem Vater rede? Seine Worte, an die ich mich erinnern kann, sind: *Es gibt keinen Streit. Zwischen meinem Vater und mir ist alles gesagt.* Nun, ganz offensichtlich ist das nicht der Fall, denn zwischen den beiden fliegen so heiße Funken, dass sich unweigerlich jemand verbrennen musste. Das bin dann wohl ich. Wunderbar.

Ich sitze an einem Tisch am Fenster, trinke Kaffee und wünschte, ich wäre so mutig, einfach aufzustehen, auf unser Zimmer zu gehen und mich für den Rest des Tages im Bett zu verkriechen. Vorher könnte ich noch heiß duschen, o ja, denn das Badezimmer ist entgegen meiner Behauptung sehr einladend und komfortabel. Vielleicht gibt es sogar eine Minibar, die ich leeren könnte, während ich mir irgendwelche Filme im Fernsehen anschaue. Ich seufze verträumt. Das Problem an der Sache ist nur, dass sich der Zimmerschlüssel in Finns Besitz befindet, dieser jedoch gerade angeregt in ein Gespräch mit seiner Ehefrau vertieft ist. Da will ich natürlich nicht stören. Der Blick von Oskar, der das Szenarium ebenfalls wahrgenommen hat und mich nun mitleidig betrachtet, macht es nicht besser. Und der von Margot auch nicht, der sagt: *Die beiden gehören zusammen, verpiss dich aus meinem Haus!* Vielleicht ist es Selbstgeißelung, dass ich trotzdem sitzenbleibe, vielleicht auch Trotz. Oder Schicksal. Ich füge mich, wie immer, das zumindest ist sicher.

Weil es viel schöner ist, in Selbstmitleid zu zerfließen, wenn ich die störenden Faktoren ausschließe, beobachte ich die Kinder, die im Garten spielen. Sie bewerfen sich gegenseitig mit Schneebällen und ich versuche zusammenzubekommen, wer jetzt zu wem gehört und wer welchen Namen trägt, bin jedoch leider nicht erfolgreich und zähle stattdessen die Treffer. Bald bin ich ein imaginärer Schiedsrichter und feuere schweigend die Schwächeren an, damit sie den Stärkeren die Fresse polieren. Lächelnd verfolge ich das Spiel, auch noch, als sie irgendwann keine Lust mehr haben und zum See hinuntergehen.

Der liegt still da, noch immer zugefroren von den eisigen Temperaturen der letzten Tage, und ist so einzigartig in seiner Schönheit, dass ich kurz ins Träumen gerate. Zumindest so lange, bis sich plötzlich ein Loch auftut und zwei der Kinder verschwinden. Ich schrecke hoch, blinzle hektisch, aber das Loch ist noch immer da, während alle anderen Kinder kreischend vom Eis laufen. Ohne nachzudenken springe ich auf und schnappe mir einen Stuhl.

„Finn!“, schreie ich aus voller Kehle. „Finn!“ Und dann knalle ich den Stuhl krachend gegen die Fensterscheibe, höre es splittern und hechte durch das Fenster, ohne mich ein einziges Mal umzudrehen.

Neunzehn
Keine zweite Chance auf ein Leben

Finn

Ihr Schrei lässt das Blut in meinen Adern gefrieren. Ich habe sofort eine Gänsehaut, noch bevor ich überhaupt sehe, was sie da tut. Völlig von Sinnen zertrümmert sie die Glasscheibe, fällt danach praktisch aus dem Fenster und stolpert los. Ich höre noch empörtes und missbilligendes Gemurmel, als ich mit Anlauf durch das Fenster springe und Paula hinterherrenne. Auf halben Weg zum See hinunter sehe ich den Grund für die Panik in ihrer Stimme. Mehrere Kinder stehen am Ufer, weinen und schreien, während in der dicken Eisschicht ein Loch mit etwa zwei Meter Durchmesser klafft. Oh, Scheiße!

„Eine Leiter!“, brülle ich und hoffe, dass mich irgendwer hört. „Schnell, eine Leiter!“

Und dann sehe ich, wie Paula mit Schwung bäuchlings auf das Eis rutscht. Bis an das Loch heran. Und dann hinein. Plötzlich ist sie weg und das Adrenalin in meinem Blutkreislauf so präsent, dass ich fühlen kann, wie mir das Herz aus der Brust springen will. Ich hechte ihr hinterher, auf die gleiche Weise, und weiß, dass es falsch ist, jetzt nicht nachzudenken, aber es ist ein Reflex. Ich kann nichts dagegen tun. Die Eisschicht unter mir bricht, noch bevor ich an meinem Ziel angekommen bin. Der Schock, dass das kalte Wasser früher über mir zusammenschlägt als erwartet, ist so groß, dass ich sekundenlang keine Luft bekomme. Prustend tauche ich auf und sehe, dass auch Paula an die Oberfläche gekommen ist.

„Hilfe“, keucht sie atemlos. „Hilf mir.“

Ich schnappe nach ihrem Arm, bevor sie wieder untergeht, und ziehe sie dichter zu mir heran. Das Kind, das sie fest umklammert hält, gibt keinen Laut von sich, aber selbst wenn, hätte ich es wahrscheinlich nicht gehört. Das Rauschen in meinen Ohren ist so laut, dass ich kaum verstehen kann, was ich denke. Zusammen befördern wir uns mit ein paar kräftigen Beinschlägen zum Ufer. Oder zumindest zu der Kante der Eisschicht, die diesem am nächsten ist.

„Noch eins", höre ich und sehe in Paulas weit aufgerissene und angsterfüllte Augen. „Noch ein Kind."

„Das zuerst", gebe ich zurück und helfe ihr, den schlaffen Körper auf das Eis zu hieven. Ein paar kräftige Hände nehmen ihn entgegen und kurz sehe ich das Gesicht meines Vaters, bevor ich mich wieder ganz in das eiskalte Wasser gleiten lasse, um auch das andere Kind zu finden.
Ich greife nach Paulas Hand. „Nicht loslassen!", befehle ich, bevor wir tief Luft holen und gleichzeitig unter die Eisschicht tauchen.

Hier unten ist es wie in einem Gefängnis, noch viel schlimmer eigentlich, denn das hier wird den Tod bedeuten, wenn wir nicht schnell genug finden, was wir suchen. Es ist dunkel, ich kann nichts sehen, aber ich fühle, wie Paula an meiner Hand zieht, und gebe dem Druck nach. Während wir uns vorwärtsbewegen, taste ich blind mit meinem anderen Arm durch das Wasser und stoße schließlich auf etwas. Irgendwas Festes. Und etwas, das ich greifen kann. Also tue ich das und ziehe es bis vor meine Brust. Paula reißt erneut an meiner Hand, aber dieses Mal folge ich ihrem Wunsch nicht. Ich habe keine Ahnung, wie weit ihre Luft noch reicht, denn selbst in meinen trainierten Lungen wird es langsam knapp, also gebe ich ihr ein Zeichen, aufzutauchen. Ich drücke ihre Hand, einmal, zweimal, aber ich bin nicht sicher, ob sie es versteht. Sie drückt zurück und ich mache es erneut. Dann lasse ich los, schlinge den nun freien Arm um den Körper des Kindes und schwimme rückwärts. Mit dem Kopf stoße ich gegen die Eisschicht, also tätige ich drei, vier weitere Züge, bis ich auftauche und röchelnd Sauerstoff in meine Lungen ziehe. Verdammt, das war knapp.

Ich mache zwei Schwimmzüge auf dem Rücken, dann noch einen, und schaue panisch auf die Wasseroberfläche. Wo ist sie? Scheiße, wo ist sie? Hat sie da unten die Orientierung verloren? Ist sie vielleicht in die falsche Richtung geschwommen und kann nun nicht auftauchen, weil das Eis ihr den Weg versperrt? Ist sie vielleicht schon ohnmächtig?

„Paula!", brülle ich und höre, wie meine eigene Stimme bricht. „Paula!" Vielleicht kann sie mich unter Wasser hören und findet dadurch den Weg.

„Finn! Schnell! Bring das Kind her!" Es ist die Stimme meines Vaters. Und er hat recht. Dieses Kind ist viel zu lange ohne Sauerstoff und braucht dringend Hilfe.

Ich schwimme zur Kante, hebe den Körper aus dem Wasser, schiebe ihn ein Stück übers Eis, ohne selbst zu viel Gewicht darauf zu legen, und plumpse schließlich zurück. In dem Moment taucht Paula auf und schlägt wie wild mit den Armen. Ich sehe, wie sie Wasser schluckt, höre, wie sie um ihr Leben kämpft, und spüre, wie mein Herz krampft. Als ich bei ihr bin, schlinge ich von hinten meinen Arm um ihren Oberkörper und halte ihren Kopf dadurch über der Wasseroberfläche.

„Ich bin da", krächze ich. „Atme. Ich bin da."

Dass sie weint, sehe ich erst, als ich sie über das Eis zu meinem Vater schiebe. Er nimmt sie entgegen und reicht dann mir die Hand. Ich greife sie, lasse mich aus dem Wasser ziehen und bin im nächsten Moment bei Paula. Irgendwer hat ihr bereits eine Decke gereicht und als meine Mutter mir ebenfalls eine umlegen will, sehe ich, dass auch sie weint. Sie tätschelt mein Gesicht.

„Ich bin okay, Ma", sage ich und ziehe Paula in meine Arme.

Ihr Körper zuckt gewaltig und erst einen Augenblick später kann ich erkennen, was für dieses bitterliche Schluchzen ringsum verantwortlich ist. Mein Onkel kniet auf dem Boden und versucht, den kleinen leblosen Körper wiederzubeleben, den wir als zweites aus dieser Eishölle herausgeholt haben. Paula vergräbt ihr Gesicht an meinem nassen Pullover und gibt ein eigenartiges Geräusch von sich, irgendwas zwischen schreien und weinen. Ich halte sie fester und wende ebenfalls das Gesicht ab. Mein Vater sieht mich an und ich halte seinen Blick länger als jemals zuvor in den letzten zehn Jahren. Als ein kindliches Husten und Würgen zu hören ist, schließe ich die Augen und atme wieder.

„Wenn ihr irgendwas braucht …“ Meine Mutter drückt sich verzweifelt eine Hand vor den Mund. Ihre Augen stehen unter Tränen.

„Dann sagen wir Bescheid“, antworte ich. „Mach dir keine Sorgen, Ma.“

Nachdem die Tür von unserem Zimmer ins Schloss gefallen ist, bricht Paula zusammen. „O Gott, die Kinder!“, schluchzt sie. „Die Kinder.“ Sie zittert so extrem, dass ich sie kaum verstehen kann.

Meine steifen Hände machen sich daran, ihr die nassen Klamotten ausziehen zu wollen, aber der Stoff rutscht mir immer wieder durch die Finger. Mein eigener Körper flattert so sehr, dass ich es bald aufgebe und Paula stattdessen auf die Beine ziehe. Sofort schlingt sie wieder ihre Arme um meinen Körper. Ich bugsiere uns beide ins Bad, direkt in die Dusche hinein und drehe das Wasser auf. Als die erste Wärme durch meine Sachen dringt, stöhne ich auf und schließe die Augen. Heilige Scheiße! Das hätte auch anders ausgehen können. Ich drücke Paula fest an mich, denn aus irgendeinem Grund habe ich Angst, dass sie verschwindet, wenn ich loslasse.

Sie schluchzt herzzerreißend dicht an meinem Ohr. „Er ist fast gestorben“, wimmert sie. „Der Junge ist fast gestorben.“

Der Junge heißt Manuel, ist sieben Jahre alt und der Sohn meines Cousins. Der andere, der erste, heißt Ronny und ist sechs. Beide waren kurz davor gewesen, ihr Leben zu verlieren. Wenn das passiert wäre, dann hätten sie nie ihre Träume verwirklichen können. Sie hätten sich nie verliebt, hätten nie eine Familie gegründet und wären niemals alt und glücklich geworden. Keine zweite Chance auf ein Leben. Ich vergrabe mein Gesicht an Paulas Schulter, weil das volle Ausmaß des Geschehens nun auch bei mir angekommen ist. Ich spüre einen schrecklichen Druck irgendwo in meinem Brustkorb, in meiner Kehle, in meinen Augen. Ich kann Paula nicht antworten, nicht mit Worten, nur mit dem anhaltenden Beben meines Körpers.

„Ich habe ihn nicht gefunden", weint sie weiter. „Er war nirgendwo zu finden. Und dann warst du auch weg. Ich dachte … dachte …"

„Ich bin da", krächze ich. „Ich hatte ihn."

„Ja, aber …" Ihre Stimme versagt. „Du warst weg und … und ich wusste nicht, wo." Sie schluchzt erneut auf. „Da war nur Eis und … keine Luft, Finn. Ich hatte keine Luft mehr."

„Paula."

„Ich dachte, wir sterben. Erst dieser Junge und dann du. Verstehst du? Und dann ich. Ich dachte, wir sterben."

„Paula", sage ich erneut und greife nach ihrem Kopf, damit ich ihr ins Gesicht sehen kann. „Es ist alles gut. Wir leben. Und die beiden Jungs auch. Sie sind auf dem Weg ins Krankenhaus, alles ist in Ordnung. Sie werden wieder gesund. Dank dir."

Energisch schüttelt sie den Kopf. „Ich habe sie gesehen, aber dann waren sie weg. Nur ein Loch war noch da." Ihre Stimme ist beinahe hysterisch. „Und unter Wasser habe ich gar nichts mehr gesehen. Nichts gefühlt. Nur Angst. Nur Angst."

„Ich weiß."

„Und ich konnte ihn nicht finden. Er war nirgendwo zu finden. Und du warst auch weg."

„Mach die Augen auf, Paula. Sieh mich an."

Nur mühsam öffnet sie die Lider, ganz so, als koste es sie ihre letzte Kraft. Der Ausdruck ihrer grünen Augen ist angstverzehrt und versetzt mir einen weiteren Stich ins Herz.

„Ich bin hier, okay? Wir beide. Und die Jungs sind in Sicherheit." Meine Hände umfassen ihr Gesicht, halten sie fest, geben ihr Stabilität.

„Warum hast du losgelassen?", haucht sie und ich verstehe sie kaum, weil das Wasser so laut prasselt. „Du sagtest: Nicht loslassen."

„Es tut mir leid." Ich lasse die Hände sinken, um ihr endlich das Kleid auszuziehen, jedoch unterbreche ich den Blickkontakt keine Sekunde. „Ich hatte ihn und brauchte meinen Arm zum Schwimmen. Ich musste ihn hochbringen, raus aus dem Wasser. Ich dachte, du hast es verstanden. Ich habe nur deshalb losgelassen. Ich musste ihm helfen. Aber ich hätte dich niemals allein zurückgelassen. Niemals."

Sie schaut mich an, während ich ihr auch das Langarmshirt abstreife und ihren BH öffne. Dann beuge ich mich hinab. Wir tragen noch unsere Schuhe, also schnüre ich ihre auf, ziehe sie aus und danach steigt sie aus ihrer Strumpfhose und ihrem Slip. Als ich wieder hochkomme, erwartet mich ihre verzweifelte Miene.

„Wie konnte das passieren?", fragt sie und schlingt die Arme schützend um ihren Oberkörper. Ihr dunkles Haar hängt schwer herab und an ihren Wimpern balancieren Wassertropfen. Neue jedoch, keine eiskalten aus dem See.

„Ich weiß es nicht. Aber du warst da und hast rechtzeitig gehandelt."

Sie nickt verkniffen und beobachtet, wie ich mir den Pullover ausziehe. Als ich meine Hose aufknöpfe, schnellt ihr Blick wieder nach oben in mein Gesicht.

„Wenn du nicht so schnell reagiert hättest, wäre es für Manuel zu spät gewesen. Du hast alles richtig gemacht, Paula."

„Ich habe nicht nachgedacht", gibt sie zu und schließt gequält die Augen.

Ich entledige mich dem Rest meiner Klamotten, bevor ich die Wassertemperatur etwas höher regle und Paula wieder an mich ziehe.

„Niemand, den ich kenne, hätte so selbstlos gehandelt“, erkläre ich leise an ihrem Ohr und spüre ihren zitternden Körper dicht an meinem. „Niemand hätte die Scheibe eingeschlagen, wäre aus dem Fenster gesprungen und dann kopfüber in das eiskalte Wasser getaucht.“

Die Gefahr, selbst zu ertrinken ist dabei immens hoch, aber sie hat es trotzdem getan. Sie hat, ohne zu überlegen, ihr Leben für das anderer Menschen aufs Spiel gesetzt.

„Ich wusste, dass du mir folgen würdest“, gesteht sie nach einem Augenblick und öffnet nun die Arme, um mich ebenfalls zu umfassen. „Es ging alles so schnell.“

„Gott sei Dank“, flüstere ich zurück. „Ich weiß nicht, wie lange wir noch durchgehalten hätten, wenn wir Manuel unter dem Eis nicht gefunden hätten.“

„Ich konnte mich kaum bewegen. Diese Kälte …“

„Ja.“

„Und die Luft.“ Sie schluchzt wieder. „Ich hatte keine Luft mehr.“

Und dann halte ich sie noch fester, so fest, dass kein einziger Wassertropfen mehr zwischen uns passt. Das Wasser prasselt unaufhaltsam auf uns nieder, aber ich merke es gar nicht richtig. Ich spüre nur ihren bebenden Körper, höre ihre verzweifelten Worte und fühle, wie das Herz in meiner Brust einfach nicht zur Ruhe kommen will.

„Wer hat den Tee gebracht?“, fragt Paula, als wir eine halbe Stunde später aus dem Bad kommen.

Ich antworte ihr nicht, aber ich kann es mir denken. Meine Mutter vergöttert Tee und hat uns damals zu jeder Gelegenheit welchen vorgesetzt. Egal, ob Freude, Stress, Trauer oder einfach, um zu entspannen,

Tee hilft immer. Das waren ihre Worte. Ich kann mir vorstellen, dass sich diese auch nach zehn Jahren nicht geändert haben. Zwei Minuten später liegen Paula und ich nebeneinander im Bett unter der Decke und versuchen, endgültig von diesem Albtraum herunterzukommen. Dicht an ihren Rücken gepresst, umschlinge ich ihren Körper mit den Armen und halte sie fest.

„Ich will nach Hause“, flüstert sie und ich frage mich, welchen Ort sie damit meint, denn im Grunde hat sie gar keinen. Sie greift nach meiner Hand und zieht sie bis unter ihr Kinn. „Können wir nach Hause fahren? Zu dir?“

Was bei dieser simplen Frage durch meinen Körper rauscht, habe ich noch nie zuvor gefühlt. Oder vielleicht ist es einfach schon zu lange her und ich kann es deshalb nicht genau definieren. Ist es Glück? Oder etwas ähnliches? In jedem Fall fühlt es sich unglaublich gut an.

„Ja“, antworte ich leise und küsse die Haut an ihrem Hals. „Lass uns nach Hause fahren.“

Vorerst fahren wir allerdings nirgendwo hin, denn einige Minuten später sind wir eingeschlafen. Erst durch das leise Klopfen an der Zimmertür werde ich wieder wach. Blind taste ich in der Dunkelheit nach meinem Handy, bis mir einfällt, dass es ja in meinen nassen Klamotten auf dem Badezimmerboden liegt. Ertrunken und vernichtet. Vorsichtig, um Paula nicht zu wecken, schäle ich mich aus dem Bett, schlüpfe in eine Sporthose aus meinem Rucksack und mache die Tür auf. Mein Vater steht davor.

„Entschuldige, ich wollte nicht stören“, sagt er. „Aber ich dachte, euch interessiert vielleicht, wie es den Jungs geht.“

Ich nicke, trete auf den Flur hinaus und ziehe die Tür hinter mir zu. „Und wie geht's ihnen?“

„Sie sind beide über den Berg, Torben rief gerade an.“

Ich stoße erleichtert die Luft aus und reibe mir das Gesicht. „Gott sei Dank.“

Er betrachtet mich schweigend und lässt seinen Blick prüfend über meinen nackten Oberkörper wandern. „Geht es dir gut, mein Junge?“, fragt er schließlich leise. „Das Wasser hatte höchstens drei oder vier Grad.“

„Ich bin okay.“

„Und Paula? Wie geht es ihr?“

„Sie ist ziemlich fertig und schläft jetzt, aber sobald sie aufwacht, fahren wir.“

„Oh.“ Er wirkt überrascht, dann schüttelt er den Kopf. „Keine Eile, ihr könnt bleiben, solange ihr wollt, das weißt du hoffentlich. Ich wollte auch nur kurz Bescheid geben.“

„Danke, das weiß ich zu schätzen.“

Einen Augenblick stehen wir uns lediglich stumm gegenüber und starren uns an, bis ich mich abwende, um wieder ins Zimmer zu gehen.

„Es war mutig von ihr, einfach in den See zu springen“, meint er und stoppt mich so in meinem Vorhaben. „Und von dir war es das ebenfalls. Ich bin stolz auf dich.“

„Das hätte jeder getan“, versuche ich, seine Worte wegzuschieben. Sie sollen bloß nicht so nah kommen.

„Nein. Das hätte nicht jeder getan. Und das weißt du auch. Ihr habt den beiden das Leben gerettet.“

Ich nicke, kann ihm dabei aber nicht ins Gesicht sehen.

„Bleibt noch ein Bisschen“, bittet er. „Wenigstens bis morgen. Deine Mutter ist außer sich vor Sorge um dich.“

„Es geht mir gut.“

„Lass es sie sehen, bevor du fährst. Ich möchte nicht, dass sie sich ein Jahr lang Sorgen macht. Es ist so schon schlimm genug für sie, dich so selten zu sehen.“

„Hör auf, mir ein schlechtes Gewissen zu machen. Du weißt genau, warum ich nicht öfter hier bin. Warum ich es nicht ertrage, in deiner Nähe zu sein.“

Das knockt ihn aus. Er tritt einen Schritt zurück und hebt abwehrend die Hände. „Ich weiß nicht, wie oft ich mich noch entschuldigen soll."

„Gar nicht mehr", gebe ich zurück. „Schweig einfach weiter und lass mich das offizielle Arschloch sein. Hat doch die letzten Jahre auch gut funktioniert."

„Finn", raunt er. „Es war ein Fehler."

„Das war es allerdings."

„Was möchtest du, dass ich tue? Willst du, dass ich die Familie zerstöre?"

Ich schüttle schnaubend den Kopf und öffne die Zimmertür. „Hast du das nicht längst getan?"

Zwanzig
Eine Nacht. Oder auch hundert

Paula

Als die Tür aufgeht, springe ich einen Schritt zurück, damit Finn sie mir nicht an den Kopf knallt. Er sieht mich an, drückt die Tür ins Schloss und taucht das Zimmer wieder in vollkommende Dunkelheit. Er weiß, dass ich gelauscht habe, ich spüre es, denn sehen kann ich nichts mehr.

„Erzählst du mir, was zwischen euch vorgefallen ist?“, frage ich leise.

„Ich glaube nicht. Nicht heute jedenfalls.“

„Wie spät ist es?“

„Ich schätze, gegen neun. Oder zehn.“

„Dann erzählst du es mir in drei Stunden? Dann ist ein neuer Tag“, gebe ich zu bedenken und halte gespannt die Luft an.

Eine Antwort lässt lange auf sich warten, zu lange, darum atme ich schließlich doch aus. Und wieder ein.

„Schläfst du mit mir?“ Die Frage kommt leise durch die Dunkelheit und beschert mir eine wohlige Gänsehaut.

„Ich glaube nicht“, erwidere ich und spüre, wie stark mein Herz klopft. „Nicht heute jedenfalls.“

Die Stille, die daraufhin entsteht, lässt meine Haut kribbeln. Niemand bewegt sich einen Millimeter, es ist nur mein Herz, das sich unmöglich verhält. Es rast, als wolle es ohne meinen Körper die kurze Distanz zu Finn überwinden.

„Bevor du heute Nachmittag das Fenster eingeschlagen hast, ist mir etwas klargeworden“, höre ich ihn schließlich leise durch die Dunkelheit sagen.

„Und was?“

„Dass ich es bin, der etwas ändern muss. Und klarstellen. Als ich sah, wie du mit meinem Vater sprichst, hatte ich das Gefühl, die einzige Person, die auf diesem verdammten Familientreffen zu mir hält, auch noch an ihn zu verlieren.“

„Ich wollte nur …“

„Warte, lass mich kurz ausreden.“ Seine Stimme ist bittend, also schließe ich den Mund und höre zu. „Zwischen meiner Familie und mir gibt es eine Menge unausgesprochener Dinge, die uns seit Jahren belasten. Je mehr Zeit verstreicht, umso schlimmer wird es irgendwie, weil sich die Fronten immer weiter verhärten. Bis jetzt konnte ich damit sehr gut leben, ich habe es fast schon genossen, einmal im Jahr ihre und meine Nerven zu strapazieren, aber nun stehen die Dinge anders. Ich wollte ihn in Stücke reißen, als ich euch reden sah. Und dich gleich mit.“ Er lacht leise. „Ich weiß nicht, wann ich das letzte Mal in meinem Leben eifersüchtig war. Dass ihr euch gut versteht, reißt ein Loch in die Stelle, wo mein verfluchtes Herz sitzt.“

„Finn“, flüstere ich. „Wir haben uns nur unterhalten.“

„Ich weiß, aber seit wann folgt Eifersucht irgendeiner Regel? Früher war mir scheißegal, wer mit meinen Begleitungen redet und wer nicht. Selbst mein Vater machte da keine Ausnahme. Ich dachte erst, dass der Hauptgrund meiner sonderbaren Gefühle Angst ist. Weil du dein Wissen gegen mich verwenden kannst, ob nun gewollt oder nicht. Es war mir stets egal, mit wem die anderen Frauen sprachen, weil sie nichts von mir erzählen konnten, verstehst du? Nichts Wichtiges zumindest. Aber bei dir liegt die Sache anders.“

Ich winde mich und habe plötzlich ein schlechtes Gewissen. „Ich habe ihm gesagt, dass du noch immer zeichnest“, gestehe ich leise, bevor er es von jemand anderem erfährt. „Dass deine Wohnung mit Bildern vollhängt und du jede freie Minute über einem Comic sitzt. Es tut mir leid. Wirklich. Ich wusste nicht, dass er es nicht erfahren darf.“

„Vergiss den Scheiß, das ist nicht länger wichtig. Was ich versuche, dir zu sagen, ist, dass ich jetzt weiß, wo diese irrationalen Wünsche in mir herkommen. Man muss schließlich eifersüchtig sein und komische Dinge tun, wenn man verliebt ist. Ich glaube, das ist sogar ein Gesetz in der normalen Welt. Ich bin ziemlich sicher."

Das verschlägt mir nicht nur die Sprache, sondern lässt mich beinahe zu Boden gehen. Gut, dass das Licht noch immer ausgeschaltet ist. Hat er das eben wirklich gesagt? Hat er gesagt, dass er verliebt ist? In mich? Meine Hand liegt auf meinem Herzen und hält es zurück, ansonsten würde es sicherlich vor Aufregung aus meiner Brust springen. Oder vor Furcht, denn, Himmel, was bedeutet das denn?

„Bevor du also aus dem Fenster gesprungen bist, um dein Leben für andere zu riskieren, habe ich beschlossen, etwas grundlegend zu ändern. Ansonsten wird nämlich nie funktionieren, was ich mir in meinem kranken Hirn zurechtspinne."

Nach seiner Rede breitet sich eine Stille aus, die mich beinahe erdrückt. Was erwartet er? Wie meint er das? Was fühle ich? Was will ich? Was zum Geier soll ich tun?

„Sag mir, dass es Blödsinn ist", meint er schließlich.

„Hm?"

„Sag, dass mein Hirn wirklich krank ist, wenn ich denke, das kann was werden. Sag mir, dass ich falsch liege."

„Finn."

„Sag, ich soll zur Hölle fahren und dich in Ruhe lassen."

Mein Magen hebt sich an. „Finn."

„Ja?"

„Kannst du das Licht anmachen, bitte?"

Einen Augenblick bleibt es ruhig, dann schaltet er die Deckenbeleuchtung ein. Er lächelt, als er mich sieht, und schaut an mir herab. Wir haben beide praktisch keine Klamotten am Leib. Außer einem Slip trage ich wenigstens noch ein dünnes Trägershirt, während er nur mit einem einzigen Kleidungsstück aufwarten kann.

„Enttäuscht?“, fragt er, genau wie an dem Abend im Fitnessstudio.

Mein Puls schlägt Purzelbäume.

„Verwirrt“, antworte ich dieses Mal. Er legt fragend den Kopf schief. „Ich bin nicht sicher, was das bedeuten soll.“

„Was genau?“

„Diese Gefühle.“ Ich lasse seufzend die Arme sinken und zeige auf meinen Bauch. „Es fühlt sich an, als würde eine Herde Wildpferde meinen Körper umpflügen.“

Er lächelt.

„Es ist gerade alles etwas viel.“

„Okay.“

„Ich hasse diesen Tag. Und deine Familie mag ich auch nicht besonders“, erkläre ich weiter und gehe zum Bett, um mich zu setzen. Stöhnend lasse ich den Kopf in meine Hände sinken. „Heute sind fast zwei Kinder ertrunken“, kriege ich schließlich über meine spröden Lippen. „Und wir waren auch nicht weit davon entfernt. Ich bekomme das nicht geordnet.“

Er tritt näher, hockt sich vor das Bett und legt seine warmen Hände auf meine Knie. Ich hebe den Kopf und sehe ihn an. Seine Augen sind so dunkel wie der See heute, vielleicht genauso tief. Er lächelt, hebt die Hand und streicht mir einige Haarsträhnen aus dem Gesicht, bevor er mich ein Stück näher zieht, um meine Stirn zu küssen. Dann meine Wange und meinen Mundwinkel.

„Du sollst nur wissen, dass ich froh bin, dass du hier bist. Bei mir. Und dass du keine Angst haben brauchst, wie das hier endet. Du hast recht, der Tag war mehr als beschissen, aber das bedeutet auch, dass er nun vorbei ist. Lass uns darüber schlafen, eine Nacht, oder auch hundert, wenn du willst, und dann sehen wir weiter.“

Ich schließe die Augen und spüre erneut seine Lippen an meiner Haut. „In Ordnung“, antworte ich heiser. „Das klingt nach einer guten Auszeit.“

Mitten in der Nacht schiebt Finn seine Hand über meine und erklärt flüsternd: „Ich schlafe zwar tief und fest, aber du kannst trotzdem mit mir reden.“

Ich liege seit Stunden wach. Seit Stunden. Der Tag will mich einfach nicht zur Ruhe kommen lassen. Ich seufze leise, ziehe meine Hand weg und drehe mich auf die Seite, mit dem Rücken zu ihm. Nein, ich werde ihn jetzt ganz bestimmt nicht mit meinen Gedanken behelligen, es reicht schon, dass er meinetwegen auch nicht schlafen kann.

„Das Gute an solch einseitigen Gesprächen ist ja, dass das schlafende Gegenüber keine Widerworte leisten kann“, gibt er nach einem Augenblick zu bedenken. „Das heißt, man kann weit übers Ziel hinausschießen, ohne, dass es jemand mitbekommt. Danach fühlt man sich definitiv leichter.“

Ich blinzle in die Dunkelheit und denke über seine Worte nach. Vielleicht hat er recht. Es dauert jedoch noch eine Weile, bevor ich den Mut dazu aufbringe.

„Ich kenne dich gar nicht, Finn“, sage ich leise. „Im Prinzip weiß ich nichts von dir. Du hast mich hierhin eingeladen, ohne eine klitzekleine Andeutung zu machen, worum es sich bei diesem ominösen Wochenende handelt, und ich bin mitgefahren, weil ich dir einen Gefallen tun wollte. Ich habe es als so eine Art Wiedergutmachung gesehen, weil du mir bei meinem Problem hilfst. Ich wollte dir etwas zurückgeben, nachdem du so selbstlos Zeit und Geduld in mich investierst. Aber dann kommen wir hier an und ich fühle mich seit der ersten Minute so fehlplatziert wie noch nie in meinem Leben. Ich gehöre nicht hierher, ich bin eine Fremde, ein Eindringling, und jeder lässt mich das spüren. Finns aktuelle Begleitung? Na dann brauchen wir ja nichts auf sie zu geben. Sie wird sowieso im nächsten Jahr durch eine andere ersetzt, keine Sorge." Ich mache eine Pause und atme tief. „Ich bin es gewohnt, die Außenseiterin zu sein, darum geht es nicht, aber ich hatte irgendwie nicht erwartet, von dir auf diese Art und Weise ausgenutzt und bloßgestellt zu werden. Mit keinem Wort hast du mich verteidigt, du hast dich ja nicht mal selbst verteidigt, du hast einfach dagestanden, hast nett gelächelt und unfassbar schwachsinnige Gespräche geführt. Und es war dir den ganzen Tag lang egal, wie irgendwer über uns denkt. Du willst allein mit deiner Anwesenheit provozieren, aber ich glaube, der einzige Grund, warum du hier bist, ist der, dass du ganz genau weißt, dass im Notfall alle in diesem Haus hinter dir stehen. Du gehörst dazu, ob du es willst oder nicht. Selbst Pat gehört dazu. Sie alle sind deine Familie und was auch immer zwischen euch vorgefallen ist, hält dich nicht davon ab, jedes Jahr wieder herzukommen." Ich halte die Luft an, aber von der anderen Betthälfte kommt keine Erwiderung, also atme ich wieder und erzähle weiter. „Ich passe nicht hierher. Nicht nur, weil mir alles zu oberflächlich ist, zu schick, zu unmenschlich, sondern weil ich nicht zu dir passe. Und du nicht zu mir. Wir zwei sind grundverschieden und auch wenn das zwischen uns in den Auszeiten gut funktioniert, so wird es doch niemals in der normalen Welt Bestand haben. Und das ist nun mal die, in der wir leben und in der wir uns jeden Tag behaupten müssen. Ich halte es für besser, wenn wir der Sache offen ins Gesicht sehen, bevor wir uns noch weiter im Irrgarten der Gefühle verlaufen. Ich weiß, dass da irgendwas zwischen uns ist, ich fühle es genauso, aber ich bin mir auch sicher, dass es nicht von Dauer sein wird. Wenn es stimmt, was du sagst, und zwischen dir und Pat ist es schon seit zehn Jahren vorbei, warum seid ihr dann noch immer verheiratet? Warum kommt sie zu einem Treffen, an dem nur Mitglieder deiner Familie teilnehmen? Warum sieht sie dich dauernd an, ganz so, als wüsste sie, dass da noch mehr ist? Und warum ist deine Ehe etwas, von dem du mir sofort nach unserer ersten Nacht erzählt hast?

Du wolltest mir klarmachen, dass du nicht frei bist, Finn. Und nun habe ich es mit eigenen Augen gesehen. Ich denke, dass eure Beziehung noch nicht vorbei ist. Versteh mich bitte nicht falsch, aber ich möchte einfach nicht diejenige sein, die aus der ganzen Geschichte mit einem gebrochenen Herzen herausgeht, weil du dich letztlich doch für deine Frau entscheidest. Das kann ich nicht ertragen."

Die Stille, die sich danach ausbreitet, ist gespenstisch, also drehe ich mich um und sehe Finn an. Ich kann nur seine Umrisse erkennen, aber ich weiß, dass er die Augen geöffnet hat und mich ebenfalls anschaut. Ich spüre es.

„Du sagtest vorhin, dass du etwas ändern musst, aber ich möchte nicht, dass du dich änderst", erkläre ich flüsternd. „Und genauso wenig möchte ich mich ändern. Ich will nicht, dass sich einer von uns für den anderen verbiegt. Das kann nicht gut enden."

Ich fühle mein Herz schlagen, ruhiger jetzt als eben noch, und spüre Finns gleichmäßige Atemzüge in meinem Gesicht. Es ist schön, wenn er nah ist, und ich will nichts lieber, als noch viel dichter zu ihm rücken, aber ich bewege mich nicht. Und er sich auch nicht. Nach mehreren Augenblicken Schweigen merke ich, wie viel leichter ich atmen kann, und schließe die Augen. Wieder einmal hat er recht behalten, denn meine Gedanken laut auszusprechen, hat geholfen. Widerworte sind mir bekannt, jedoch einfach mal etwas loszuwerden, ohne sofort die Meinung eines anderen zu bekommen und sich erneut rechtfertigen zu müssen, ist neu für mich. Befreiend. Ich war allein mit meinen Zweifeln, aber seit ich ihnen einen akustischen Klang verpasst habe, sind es keine mehr. Und allein bin ich auch nicht länger.

Geweckt werde ich erst durch eine Berührung an meinem Ohr. Als ich die Augen öffne, sehe ich, dass es Finn ist, der mir mit den Fingern zärtlich die Haare aus dem Gesicht streicht. Mein Herz fängt sofort an zu poltern, als mein Blick auf seine Augen trifft. Dunkel und unergründlich sind sie, mit langen Wimpern und klarem Ausdruck.

„Ich hatte heute Nacht einen seltsamen Traum“, raunt er. „Es fühlte sich beinahe so an, als wäre es wahr. Ging es dir auch so?“

Ich nicke unsicher.

„Okay, dann ist die Sache klar.“

Mein Magen dreht sich um. „Ist sie?“, frage ich vorsichtig. Ich will die Antwort nicht hören. Trotz allem, was ich gestern Nacht gesagt habe, will ich nicht, dass es zwischen uns vorbei ist.

„Ja“, erwidert er und streicht mit dem Daumen sanft über meine Wange. „Klarer geht nicht.“

„In Ordnung.“ Es ist nur ein Krächzen.

Sein Blick verlässt den meinen, um kurz auf meinen Lippen zu verweilen, dann sieht er wieder auf. „Wir verschwinden von hier.“

„Äh …“ Was?

„Aber vorher werden wir frühstücken, denn in meinem Magen klafft ein Loch so groß wie China.“

Er lächelt nicht, sondern wirkt entschlossen, zieht seine Hand zurück und steht auf. Ich beobachte verwirrt, wie er sich anzieht, und frage mich, was seine Worte bedeuten sollen. Will er hier verschwinden, weil er mir recht gibt? Oder weil er es anders sieht? Was geht in seinem Kopf vor?

Ich traue mich nicht zu fragen, darum stehe ich schließlich auch auf und ziehe mich an. Ein paar Minuten später verlassen wir das Zimmer und schon auf dem Weg nach unten fühle ich mich erneut unwohl. Ich laufe nur auf Strümpfen, Finn sogar barfuß, und auch sonst sind wir eher gekleidet wie an einem gammligen Sonntag, anstatt passend angezogen für solch eine Familienzusammenkunft. Sie werden sich das Maul über mich zerreißen, während Finn wahrscheinlich angehimmelt wird, weil er wie immer blendend aussieht. Und weil er eben dazu gehört, während ich nur das lästige Anhängsel bin.

Als wir der doppelten Schwingtür näherkommen und ich das Stimmengewirr dahinter wahrnehme, möchte ich am liebsten umkehren. Mein Schritt verlangsamt sich und als ich stehenbleibe, dreht sich Finn zu mir um.

„Nur ein Frühstück“, sagt er.

„Eigentlich habe ich gar keinen Hunger.“ Das stimmt nicht, denn mein Magen knurrt genau wie seiner schon die halbe Nacht lang.

Er kommt zu mir, nimmt meine Hand und zieht mich weiter. „Ab jetzt nur noch die Wahrheit, in Ordnung?“

Und dann treten wir durch die Tür und alle starren uns an wie etwa zweiundzwanzig Stunden zuvor. Ich blicke sofort nach unten, denn ich habe Angst, mit meinen Stricksocken auf dem glatten Parkett auszurutschen, und konzentriere mich deshalb extrem auf das Laufen. Finn führt mich zum Buffet, bevor er meine Hand loslässt, um mir einen Teller zu reichen. Danach nimmt er sich selbst einen und beginnt, diesen mit allerhand Zeug vollzuladen. Ich halte mich ran, damit mein Abstand zu ihm nicht zu groß wird, und tipple ihm schließlich hinterher, als er auf einen der Tische zusteuert. Erst, als wir angekommen sind, sehe ich, dass dort seine Eltern sitzen, samt der Familie seiner Schwester und natürlich auch Pat. Wunderbar.

Ich werfe einen vorsichtigen Blick in den Raum und möchte eigentlich viel lieber an einen anderen Tisch, denn an diesem hier ist nur noch ein einziger Platz frei, aber Finn holt einen zweiten Stuhl, bittet seine Schwester, ein Stück zu rücken, und setzt sich. Nur ganz langsam lasse auch ich mich auf den Stuhl neben ihn sinken.

„Guten Morgen“, murmle ich, weil bis jetzt noch niemand etwas gesagt hat.

Oskar grüßt sofort zurück, während Margot sich kurz räuspert und Lissy nur nickt. Pat lächelt mich zumindest an, aber auch sie sagt kein Wort.

„Kaffee?“, fragt Oskar und schiebt uns eine Kanne über den Tisch.

„Ich hole Milch“, erklärt Margot. „Du trinkst ihn doch noch so, oder

Finn?“

„Ja. Und Zucker für Paula. Danke.“

Nur langsam nehmen die Leute ihre Gespräche wieder auf. Je höher der Geräuschpegel steigt, umso entspannter werde ich. Während ich die ersten Bisse meines Croissants nur mit Mühe heruntergewürgt bekomme, verschlinge ich den Rest davon mit großem Appetit. Schon nach wenigen Minuten fühle ich mich deutlich besser. Nahrung hilft, welch wunderbare Überraschung. Nur schade, dass es kein Heilmittel gegen alles und jeden ist, denke ich einen Moment später, als das Thema auf das kaputte Fenster zu sprechen kommt, das ich gestern eingeschlagen habe. Margot lässt sich gerade darüber aus, dass es sie ein Vermögen kosten wird, dieses zu ersetzen, als Finn das Wort ergreift. Er spricht so laut, dass ich vor Schreck zusammenzucke, ebenso wie Margot, die er mitten im Satz unterbricht.

„Dreizehn Minuten. Ist das dein Ernst, Ma?“

„Bitte?“ Sie tupft sich mit einem Tuch den Mund.

„Dreizehn Minuten, bis du anfängst, dein Gift zu versprühen?“

Sie starrt ihn an, wie wir alle wahrscheinlich, aber er lässt sich nicht stören und spricht weiter.

„Dreizehn Minuten, in denen du Zeit gehabt hättest, dich für dein Verhalten gestern bei meiner Freundin zu entschuldigen. Das gilt übrigens auch für alle anderen hier. Dreizehn Minuten Zeit, um sich nach ihrem Befinden zu erkundigen und ihr dafür zu danken, was sie gestern getan hat. Dreizehn Minuten, die weder Manuel noch Ronny erlebt hätten, wenn Paula nicht so schnell reagiert hätte. Dreizehn Minuten, in denen ich die Hoffnung hatte, dass der gestrige Nachmittag etwas geändert hat. Irgendwas. Aber nun sitzt du hier und debattierst über dieses scheiß Fenster, als gäbe es nichts Wichtigeres auf der Welt. Und was noch schlimmer ist: Du machst damit die Leute klein, die wesentlich mehr Größe besitzen, als du je haben wirst. Ich habe genug von diesem Schwachsinn hier. Dieses zur Schau stellen von Reichtümern und das

Tuscheln hinter vorgehaltener Hand. Hauptsache, der Schein wird gewahrt."

„Finn." Oskar schiebt seinen Stuhl zurück und steht auf. „Das geht zu weit."

„Ich bin noch nicht fertig", erwidert dieser. „Du kannst dich ruhig wieder setzen."

„Vielleicht sollten wir das besser im kleinen Kreis besprechen."

„Warum? Lass uns ruhig etwas ans Tageslicht zerren, das ich schon vor Jahren hätte sagen sollen. In dieser Familie bedeutet im *kleinen Kreis besprechen* nämlich, etwas unter den Teppich zu kehren und nie wieder an das Tageslicht zu holen. Ehrlich gesagt, habe ich keine Lust mehr dazu, denn irgendwie bin am Ende immer ich der Arsch."

„Ich verbitte mir solche Ausdrücke" schiebt Margot ein, ist jedoch sichtlich angeschlagen von Finns kleinem Ausbruch.

„Ach, genau, entschuldige bitte, Ma. Es kommt nach heute nie wieder vor, ich verspreche es." Er lächelt fast und ich bekomme eine Gänsehaut. „Weißt du, gestern Abend hatte ich das Gefühl, dass du irgendetwas verstanden hast. Du hast deine Hilfe angeboten und sogar Tee aufs Zimmer gebracht. Fast wie in alten Zeiten." Er schüttelt bedauernd den Kopf. „Was ist in der Zwischenzeit passiert, hm? Von damals bis heute? Wann hast du aufgehört, immer hinter den deinen zu stehen und ihnen das Gefühl zu geben, willkommen zu sein? Das spüre ich nämlich schon ewig nicht mehr."

„Du bist derjenige, der damals einfach verschwunden ist, anstatt dich um die deinen zu kümmern", erwidert sie, jedoch so leise, dass ich es kaum verstehen kann.

„Es gab Gründe, warum ich gegangen bin."

„Du hast uns im Stich gelassen. Und vor allem Trish. Dazu hattest du kein Recht. Ihr seid verheiratet, da steht man sich bei. In jeder Situation und sollte sie auch noch so ausweglos erscheinen."

Er schnaubt missbilligend. „Und du bist meine Mutter, verdammt.

Standst du mir vielleicht bei? Du hast mich lediglich verurteilt, obwohl du keine Ahnung hattest, wie ich mich fühle. Oder warum ich wirklich weg bin. Und jetzt? Kannst du jetzt hinter dem stehen, was ich tue? Nein, denn egal, was ich seitdem alles geschafft habe, du registrierst es höchstens mit einem kalten Lächeln."

Margot reckt das Kinn. „Das ist nicht dasselbe. Du hast deine Träume aufgegeben und weißt noch nicht mal wofür."

„Ich weiß genau, wofür! Jeder hier weiß, wofür, nur du weißt es nicht. Weil es dich nicht interessiert."

„Das stimmt nicht." Unbeeindruckt glättet sie ihre Servierte, streicht mit den Händen darüber. Beben sie?

„Ach nein? Dann erzähl mir doch, was du davon hältst. Wie stehst du zu meinem Job? Meinem Leben?"

„Du verschwendest dein Talent mit diesem bedeutungslosen Fitnesskram", antwortet sie und mein Innerstes zieht sich zusammen. Warum sagt sie so was?

„Es ist nicht bedeutungslos, Margot", mischt sich Pat ein. „Er hat …"

„Lass stecken", unterbricht Finn sie und winkt ab, bevor er sich wieder an seine Mutter wendet. „Kannst du nicht trotzdem stolz auf mich sein? Nur einmal?"

„Ich war stolz auf dich", sagt sie. „Aber dann hast du mich enttäuscht. Uns alle. Ich habe dich nicht zu so einem herzlosen Mann erzogen, der du geworden bist. Du hast deine Frau verlassen, Finn. Du hast Trish einfach allein gelassen, nachdem sie euer Kind verloren hat. Wer tut so etwas?"

Das nimmt ihm den Wind aus den Segeln. Langsam lässt er sich an die Stuhllehne zurücksinken und wirft einen Blick in die Runde. „Denken alle hier so?", fragt er ruhig und sieht dabei seine Frau ganz besonders lange an. Und dann seinen Vater.

Ich würde am liebsten meine Hand nach ihm ausstrecken, um ihm

Kraft zu geben, denn dass niemand etwas sagt ist Antwort genug. Er lacht auf und schüttelt wieder den Kopf.

„Lustig, wirklich lustig.“ Er schnaubt und lehnt sich erneut vor, ganz so, als wolle er ein Geheimnis verraten. „Weißt du, was so witzig ist?“, fragt er seine Mutter und sieht ihr dabei unverwandt ins Gesicht. „Dass du in all den Jahren zu Pat gehalten hast, obwohl ich dein Sohn bin. Wer von uns beiden ist nun herzlos?“

„Ich finde, wir sollten das Thema jetzt beenden“, mischt sich Oskar erneut ein. „Das ist nicht der richtige Ort dafür.“

„Ich denke, das ist der richtige Ort und auch die richtige Zeit. Wenn jetzt keiner von euch Interesse an einer Aussprache hat, bin ich weg. Für immer.“

Margot keucht auf. „Merkst du nicht, wie egoistisch das ist? Genau wie damals. Und jetzt versuchst du, uns auch noch zu erpressen, unfassbar.“

„Mir ist scheißegal, wie ihr es nennt, aber ich habe genug davon, der Idiot für euch zu sein.“ Er schiebt seinen Stuhl ein Stück nach hinten, steht jedoch noch nicht auf. „Ach, und übrigens lassen Pat und ich uns scheiden. Nun hast du also einen weiteren Grund, mich zu hassen, Ma.“

Das lässt alle im Saal verstummen. Selbst die, die bis jetzt versucht haben wegzuhören. Mein Herz hämmert so stark in meiner Brust, dass mir ganz schlecht wird.

„Ihr lasst euch scheiden?“, fragt Margot tonlos und starrt erst ihren Sohn und dann Pat an.

Diese nickt. „Wir haben es gestern beschlossen. Finn kam damit zu mir und ich halte es in Anbetracht der Umstände für eine gute Idee“, erklärt sie schließlich.

Perplex schaue ich von ihr zu Finn und stelle fest, dass er mich beobachtet, um meine Reaktion abschätzen zu können. Meinte er das mit Veränderung? Du lässt dich wirklich scheiden, frage ich stumm. Seine Augen antworten. *Ja.*

„Aber warum denn, Schätzchen? Ich dachte, du versuchst es weiter. Du sagtest, du liebst ihn." Margot ist den Tränen nah.

„Das tue ich auch. Aber nicht auf diese Weise. Wir sind seit Jahren getrennt und ich denke genau wie Finn, dass es an der Zeit ist, endlich einen Schlussstrich unter unsere gemeinsame Vergangenheit zu ziehen." Pat klingt abgeklärt, vielleicht sogar erleichtert, als sie das sagt. Damit hat ganz eindeutig niemand gerechnet. „Ich bin seit zwei Jahren mit jemand anderem liiert."

„Aber …" Margot schnieft und sieht dann mit tränenunterlaufenden Augen zu Finn. „Nun hast du es geschafft. Bist du jetzt zufrieden?"

Er schnaubt. „Das war so klar", murmelt er. Und dann steht er auf, reicht mir seine Hand und zieht mich von meinem Stuhl an seine Seite. Danach sieht er seine Mutter wieder an. „Wenn du wissen willst, was damals wirklich passiert ist, frag mich jetzt. Letzte Chance."

Sie ist verwirrt, ähnlich wie ich, und starrt ihn fragend an.

„Finn", sagt Pat und warnt ihn mit Blicken.

Dann sehe ich, wie sein Vater ebenfalls den Kopf schüttelt, und alles nimmt in meinem Hirn plötzlich Formen an. Nun verstehe ich, was los ist. Warum Finn so feindselig auf seinen Vater reagiert, warum er damals geflohen ist und warum er sein Leben von Grund auf geändert hat. Im nächsten Moment hasse ich diese Familie noch mehr als zuvor, denn mir wird klar, warum Margot kein Wort über die Lippen bringt. Sie ahnt es. Verdammte Scheiße, sie weiß es vielleicht sogar. Und ist trotzdem nicht auf seiner Seite. Ich drücke Finns Hand und hole ihn damit aus seiner momentanen Starre heraus.

Er räuspert sich, jedoch ist seine Stimme hörbar angeschlagen. „Die Zeit ist abgelaufen."

Niemand hält uns auf, als wir zusammen den Raum verlassen. Auch auf der Treppe kommt uns keiner hinterher, und als die Zimmertür ins Schloss fällt, lässt Finn meine Hand los und hebt seine zusammen mit der anderen an seinen Kopf. Er schließt die Augen, streicht sich das

Haar zurück und atmet tief. Ich möchte ihm sagen, dass es mir leidtut, wie das hier gelaufen ist, möchte ihm Kraft geben, ihm Mut machen, ihm zureden, aber irgendwie stehe ich nur dumm da und starre auf seine Brust, die sich aufgeregt hebt und senkt.

„Entschuldige“, sagt er schließlich und kommt einen Schritt auf mich zu. „Ich hätte dich gestern verteidigen müssen, als alle dich allein mit ihren Blicken verurteilten. Ich habe nicht nachgedacht.“

„Das ist nicht wichtig.“

„Doch, das ist es. Und es tut mir leid. Wir hätten gar nicht herkommen sollen.“

Ich schaue ihn an, sehe in seine Augen und will eigentlich nur noch eins. „Lass uns nach Hause fahren.“

Er lächelt. „Das klingt so verdammt schön, wenn du das sagst.“

Ich ziehe einen Mundwinkel in die Höhe, bevor ich nach meinem Rucksack greife und alle Sachen hineinstopfe, die ich finden kann. Selbst Finns Klamotten finden dort Platz, weil er in seinem Rucksack nämlich die nassen und stinkigen Seewassersachen verstaut, bevor wir uns auf den Weg zum Auto begeben. Als Finn bereits den Motor gestartet hat, sehe ich eine Gestalt in der Eingangstür des Hotels stehen.

„Warte“, sage ich, lege meine Hand auf Finns Arm und spüre den Puls durch meine Adern rasen. „Deine Mutter.“

Wir sehen beide zu ihr hinüber und warten auf ein Zeichen. Ich stelle mir vor, wie sie zu ihm läuft, wie sie sich in die Arme schließen, wie sie sich für alles entschuldigt, wie auch er sagt, dass ihm leidtut, was gesagt wurde, aber stattdessen geht sie zurück ins Haus. Sie dreht sich einfach um und lässt ihren Sohn zurück. Mein Herz bricht, ich höre und spüre es gleichermaßen. Es ist, als würden die Hoffnung, die Zuversicht und all das Vertrauen in das Gute dieser Welt durch diese eine Geste verschwinden. Ich kann nicht glauben, dass sie es tatsächlich tut. Niemals hätte ich freiwillig mein Kind aufgegeben, niemals!

„Hey.“ Es sind Finns Hände, die mein Gesicht zu ihm drehen.

„Nicht weinen."

Ich schüttle den Kopf und schluchze auf. Und dann weine ich noch mehr. Die Tränen laufen einfach meine Wangen hinab, ich kann überhaupt nichts dagegen tun. Finn küsst sie weg, jede einzelne, schlingt seine Arme um mich und hält mich fest. Dabei müsste ich es doch sein, die ihn tröstet und ihm nach dieser heftigen Zurückweisung Kraft gibt.

„Willst du die ganze Wahrheit?", fragt Finn mich, als wir auf seinem Sofa sitzen und einen lautlosen Trickfilm anschauen.

Wir sind seit zwei Stunden wieder in seiner Wohnung, haben aber kaum ein Wort miteinander gewechselt. Ich sehe ihn an und nicke, also schaltet er den Fernseher ab und seufzt leise. Er sieht müde aus, als er mit dem Finger auf sein Bücherregal zeigt.

„Sie haben mich alle unterstützt", beginnt er und lächelt leicht. „Die Comics waren mein Lebenstraum und jeder, den ich damals kannte, hat mich darin bestärkt. Jeder. Aber nur mit der Hilfe meiner Eltern konnte ich die Hefte so auf die Beine stellen, wie ich mir das wünschte. Ich rede nicht allein von finanzieller Unterstützung, sondern auch von allem anderen. Ich war ihnen wirklich dankbar, aber, rückblickend betrachtet, habe ich es wohl damals als selbstverständlich angesehen. Ich sagte ja schon, dass ich in einem Haushalt großgeworden bin, in dem man für den anderen einsteht, egal, was passiert. Man sieht erst, was man hat, wenn es plötzlich weg ist." Er seufzt erneut. „Als ich Pat heiratete, steckte ich gerade in den Vorbereitungen für Heft drei und hatte außerdem eine Menge mit meinem Studium zu tun. Dass wir so wenig Zeit füreinander hatten, war jedoch nicht tragisch, denn sie war ebenfalls recht beschäftigt. Ihre Karriere nahm langsam an Fahrt auf, denn sie wurde öfters von den ganz Großen gebucht."

„Was macht sie?“, unterbreche ich ihn, denn irgendwie ist mir entgangen, welchen Beruf Pat hat.

„Du hast sie nicht erkannt? Ich dachte, darum warst du so fasziniert, als sie zur Tür hereinkam.“

„Was?“ Verwirrt wechsle ich meine Sitzposition, damit ich ihn besser ansehen kann.

„Sie ist Model“ erklärt er. „Ziemlich erfolgreich, wenn du mich fragst.“

Das wundert mich kein bisschen, sie sieht wirklich aus wie eine Göttin. „Ich kenne keine Models“, antworte ich und zucke die Schultern. „Klatschmagazine lese ich nicht und fernsehen mache ich erst, seit wir uns kennen.“

Er lacht. „Ja, okay, aber ich dachte, du hättest die Bilder an der Wand im Fitnessstudio wahrgenommen. Sie ist Mitglied bei uns und hat letztes Jahr groß für das Studio Werbung gemacht.“

„Echt?“ Nachdenklich trommle ich mit den Fingern gegen meine Lippen und versuche mich zu erinnern. Er beobachtet mich lächelnd, also nehme ich die Hand runter und sage: „Tut mir leid, da hatte ich wohl nur Augen für meinen Trainer.“

„Richtige Antwort. Und nun komm her.“ Er beugt sich zu mir, greift nach meinem Strickpullover und zupft auffordernd daran.

Ich folge seinem Wunsch, rutsche näher an ihn heran, lehne mich mit dem Rücken an seine Brust und bette meinen Kopf an seiner Schulter. Sein Arm hält mich leicht umschlungen, während seine Finger mit den meinen spielen. Ein wohliger Schauer erfasst meinen Körper, als er mir auch noch einen Kuss auf meine Haare drückt.

„Sie war mitten im Karriereaufschwung, als sie eines Tages weinend vor mir stand und berichtete, dass sie schwanger sei. Ich dachte, es sind Freudentränen, und stieg voll drauf ein. Du kannst dir nicht vorstellen, was diese Nachricht bei mir ausgelöst hat, denn eigentlich wollte ich nie etwas anderes, als eine Familie mit ihr zu gründen. Ich heulte also vor

Glück und rannte gleich zu meinen Eltern, um ihnen zu berichten, dass sie Großeltern werden. Es folgte eine Riesenparty, du kannst es dir vorstellen. Nicht nur Familie, auch Freunde waren eingeladen. Pat und ich redeten oft über dieses Baby, aber in meinem Glücksrausch habe ich wohl die Zeichen nicht gesehen. Oder ich wollte sie nicht sehen, denn, ehrlich gesagt, habe ich nie darüber nachgedacht, was ein Kind für ihre Karriere bedeutet. Ich richtete bereits unsere Wohnung ein, kaufte Babysachen und all diesen Kram, aber ich sah nicht, was wirklich vor sich ging. Erst, als ich eines Tages früher von der Uni kam und zu meinem Vater fuhr, weil ich mit ihm etwas für das vierte Comicheft besprechen wollte, legte ich meine rosarote Brille ab." Er verstummt und streichelt weiter gedankenverloren meine Hand.

„Hast du sie erwischt?", frage ich vorsichtig und halte den Atem an.

„Aber sowas von. Mein Vater vögelte sie quer durchs Zimmer und ich sah ihnen mindestens zwei Minuten dabei zu, bis sie bemerkten, dass die Tür offenstand."

„Mein Gott."

Seine Finger auf meiner Haut sind zur Ruhe gekommen, dafür ist es jetzt seine andere Hand, die kratzend über seinen Bart streicht. „Ich tickte völlig aus", gesteht er und ich spüre, wie er den Kopf schüttelt.

Vielleicht will er die Erinnerung loswerden, denke ich, die Bilder.

„Mein Brüllen schallte durchs ganze Hotel. Pat weinte und mein Vater hatte den Anstand, nichts zu sagen. Er zog seine Klamotten an und beobachtete schweigend unsere Auseinandersetzung. Ich hätte ihm am liebsten den Hals umgedreht, aber Pat hielt mich davon ab, ihm nahe genug dafür zu kommen."

„Wo war deine Mutter?"

„Irgendein Außentermin. Und viele Gäste waren es zu dem Zeitpunkt auch nicht. Es war lediglich das Personal, das angerannt kam, um zu fragen, was los war."

„Wie ging es weiter?", frage ich leise. „Was hat Pat gesagt?"

Er lacht schnaubend. „Das war das wirklich Kuriose an dieser Geschichte. Sie gab nämlich mir die Schuld. Sie schrie mich an und behauptete, dass ich mit meinem scheiß Kinderwunsch ihr Leben zerstören würde. Ihre Karriere wäre beendet, bevor sie überhaupt richtig angefangen hat. Ich war wie vor den Kopf gestoßen, denn mit so einer Argumentation habe ich überhaupt nicht gerechnet. Schließlich hat sie mich betrogen, mit meinem Vater, und ich erwartete, dass sie mich auf Knien anflehen würde, ihr zu verzeihen. Stattdessen kommt sie mit Vorwürfen um die Ecke. Im Frust habe ich angezweifelt, ob das Kind überhaupt von mir ist, und da offenbarte sie mir, es gäbe gar kein Baby mehr. Ich verstand nicht, was sie sagte, schimpfte weiter, doch als sie es wiederholte, kam es endlich bei mir an."

Irgendetwas in mir möchte heraus, also verschränke ich fröstelnd die Arme vor der Brust, um es einzuschließen. „Wann hat sie das Kind verloren?"

„Hat sie nicht. Sie hat es wegmachen lassen", antwortet er. „Ohne mein Wissen."

„Was?" Ich drehe den Kopf und rücke etwas hoch, damit ich ihm ins Gesicht sehen kann.

Finn schaut mich an und hebt eine Schulter, aber ich weiß, dass es ihm nicht gleichgültig ist. Ich erkenne es in seinen Augen.

„Drei Wochen, nachdem sie mir von ihrer Schwangerschaft erzählt hat, hat sie es wegmachen lassen, und mich zweieinhalb Monate darüber im Dunkeln gelassen. Ich habe in der ganzen Zeit ihren verfluchten Bauch gestreichelt und Pläne gemacht. Ich habe sogar schon Namen ausgesucht, während das Baby längst fort war. Als ich endlich begriff, sah ich zu meinem Vater, denn das würde selbst ihm den Boden unter den Füßen wegreißen, dachte ich. Aber wie sich herausstellte, war er eingeweiht. Sie hat sich also bei ihm ausgeweint und er hat ihr beigestanden. Und dann hat er sie gevögelt. Ich war so angewidert, dass ich mich einfach umdrehte und abhaute. Zwei Tage in absoluter Einsamkeit ließen mich klarer sehen, also kehrte ich zurück und fand eine wunderschöne Geschichte von einer Fehlgeburt vor. Meine Mutter wiegte meine liebe Frau in den Armen und machte mir Vorwürfe, wo ich gewesen sei. Ich sagte keinen Ton, sondern packte meine Sachen und ließ die ganze Scheiße hinter mir zurück. Ein paar Monate später spürte Pat mich auf, bat um Verzeihung und wollte einen Neuanfang. Sie liebt mich, sagte sie, und es tue ihr alles so verdammt leid. Ich wies sie ab und reichte die Scheidung ein. Sie unterschrieb nie, ganze dreimal habe ich es versucht, selbst als das offizielle Trennungsjahr vorbei war. Ich wollte ihr die Hörner aufsetzen, deshalb kam ich mit einer anderen Frau zum Familienfest, während sie noch immer die Geschichte von der Fehlgeburt und dem treulosen Ehemann durchzog. Sie hasste mich für meine Ignoranz, für meine Untreue, aber mir war es ein Vergnügen. Ich verletzte sie so, wie sie mich verletzt hatte. Immer wieder aufs Neue. Irgendwann hielt sie es nicht mehr aus und unterschrieb den Scheidungswisch, aber ich donnerte ihn in den Müll. Ich wollte nicht, dass sie frei war, weil ich es nämlich auch nicht war. Vor vier Jahren etwa hatte sie einen Freund, der sie heiraten wollte, und bat mich erneut um die Scheidung. Ich stimmte zu, aber es kamen nie irgendwelche Papiere bei mir an. Später erzählte sie mir, dass sie den Idioten niemals geheiratet hätte. Es blieb also bei unserer Ehe und niemand sah einen Grund, das zu ändern. Mir gefiel es sogar, wie mich meine Familie von Jahr zu Jahr mehr verabscheute, weil ich immer wieder mit irgendeiner Frau ankam und mich total danebenbenahm."

„Definiere *danebenbenehmen*."

„Nun, beispielsweise vögelte ich extra mit einer in der Küche, weil ich wusste, dass meine Mutter uns dort erwischen würde. Ein anderes Mal ließ ich mich volllaufen und stellte im Suff alle bloß, die mir mal ein Geheimnis anvertraut hatten. Solche Dinge eben. Ich bin nicht besonders stolz auf mein pubertäres Verhalten, aber seltsamerweise akzeptierten es alle und begrüßten mich im neuen Jahr erneut mit einem Lächeln. Wenn auch aufgesetzt."

„Puh“, mache ich und atme aus. „Dann wolltest du mit mir also auch nur die Küche besudeln?“

Finn lächelt und zieht meinen Kopf zu sich heran. „Ich weiß nicht, was mich geritten hat, dich einzuladen, aber ich bin froh, dass ich es getan habe. Und das sage ich nicht nur, weil ich nun endgültig mit allem abgeschlossen habe.“

„Hast du das denn wirklich?“

„Sei nicht so streng, ich arbeite daran.“ Seine Lippen sind nah, als er das sagt.

„Es tut mir leid“, flüstere ich. „Diese ganze Geschichte.“

„Ja, mir auch.“

„Danke, dass du es mir erzählt hast.“

„Schläfst du mit mir?“

Ich lache leise. „Nein. Ich muss das erstmal verdauen.“

„Denkst du wirklich, dass wir nicht zusammenpassen?“, fragt er weiter. „Letzte Nacht hörte es sich so an, als wolltest du es zwischen uns beenden.“

„Das war ein Traum“, wispere ich. „Lass uns abwarten, was die Wirklichkeit sagt.“

„In Ordnung“, sagt er und legt seine Lippen auf meine. „Einverstanden.“ Und dann zieht er mich noch dichter und lässt mit einem einzigen Kuss mein Herz fliegen.

Einundzwanzig
Es wird Zeit, den Joker einzulösen

Finn

Ich kann nicht fassen, dass dieser ständige Druck in meiner Brust verschwunden ist. Seit wir zurück sind, ist es so viel leichter für mich zu atmen. Jahrelang hat die Beziehung zu meinen Eltern wie ein Stock in meinem Inneren quergesessen, aber nun fühle ich mich auf einmal so frei wie noch nie. Zwischen ihnen und mir hat sich im Prinzip nichts verändert und doch ist plötzlich alles geklärt. Dieser Schlussstrich war längst überfällig und nun, da ich spüre, wie verdammt gut sich das anfühlt, frage ich mich, warum ich so lange gewartet habe.

Ein Blick auf Paula ist die Antwort. Sie allein schafft es, dass ich alles infrage stelle. Nicht nur das Verhältnis zu meiner Familie, sondern auch meine Art, durchs Leben zu gehen. Ich liebe meinen Job, zweifelsohne, aber die Entwicklung der vergangenen Jahre gefällt mir nicht. Das Bedürfnis nach Auszeiten sollte nicht vorhanden sein, denn was heißt das im Umkehrschluss? Mache ich wirklich gern, was ich tue? Oder mache ich es nur, weil ich es genau so von mir selbst erwarte? Eventuell sogar verlange? Wann genau habe ich mein Herz verloren? Ich weiß jedenfalls, wann ich es wiedergefunden habe. Und wo. Nun ist es frei, erlöst von all dem Druck, und atmet wieder. Es lächelt.

Der nächste Tag ist ein Sonntag und somit perfekt dafür, Paula näherzukommen. Ich kann gar nicht genug von ihr haben, nicht genug wissen, nicht genug berühren. Und will immer noch mehr. Wann bin ich so hemmungslos süchtig geworden? Das Leben, die Liebe, glücklich sein –

das alles zusammen macht plötzlich Sinn, obwohl doch ich es war, der dazu immer die größten Fragen in den Raum gestellt hat.

„Zeig mir dein Leben“, bitte ich beim Frühstück. Sie schaut aufgeschreckt auf, als hätte ich verlangt, dass sie nackt auf dem Tisch tanzt. „Ich meine“, präzisiere ich, „zeig mir, was du tagtäglich machst. Wie du deinen Alltag verbringst. Und außerdem …“ Ich mache eine bedeutungsvolle Pause und sehe ihr fest in die Augen. „… möchte ich gerne deine Tochter kennenlernen.“

Sie ist sichtlich überrascht. „Ich weiß nicht, Finn.“

„Was genau weißt du nicht?“

„Ob wir, na ja, ob wir schon so weit sind.“

Ich betrachte sie abschätzend, trinke von meinem Kaffee und lehne mich dann mit vor der Brust verschränkten Armen zurück. Ich bin so weit, definitiv, aber Paula windet sich wie ein Aal an der Angel.

„Ich denke nur, dass es vielleicht zu früh ist, dass Fanny dich kennenlernt, weil du und ich …“

„Ja?“

„Nun, du weißt schon. Ich will nicht, dass sie dich mag.“

„Was?“

„Ich meine, sie wird dich mögen, verstehst du? Ich bin mir sicher, dass sie das wird, denn du bist toll.“

„Vielen Dank“, erwidere ich lächelnd.

„Aber was ist, wenn du dann wieder weg bist? Wenn du und ich …“

„Ja?“ Sie ist unsicher, obwohl sie doch eigentlich ganz genau weiß, was sie will. Ich reize es aus, denn, Gott, ich liebe ihre Art. Das Feuer zurückhalten und dann losbrechen und alles einnehmen. Mich zu allererst.

Paula stöhnt genervt. „Es könnte nicht von Dauer sein und ich weiß nicht, ob es da gut wäre, wenn ihr euch kennenlernt.“

„Wie viele deiner Freunde hast du ihr schon vorgestellt?“

Sie blinzelt verwirrt. „Keinen.“

„Dann wird es Zeit, Paula“, bestimme ich und stehe auf. „Nichts in dieser Welt ist von Dauer, weil sich nämlich ständig irgendwas verändert. Wir doch am meisten. Deine Tochter ist zwölf Jahre alt, ich denke, sie wird es verkraften, mich zu treffen, ganz egal, was die Zukunft bringt.“

Als ich den Tisch abräume, kann ich es praktisch in ihrem Kopf rattern hören. Ich kann ihre Ängste gut verstehen, aber nachdem ich sie der vollen Breitseite meiner Familie ausgesetzt habe, möchte ich nun auch ihre kennenlernen.

„Ich muss telefonieren“, bestimmt sie nach einem Moment. „Wir können da nicht ohne Vorankündigung auftauchen. Daniel wird mir den Hals umdrehen.“

Mein Herz springt vor Freude im Kreis und reckt die Hände in die Höhe. „Das wird er nicht“, sage ich und lächle. „Oder hast du vergessen, was du tun musst, damit dir niemand zu nahe kommt?“

Sie lächelt ebenfalls. „Nein, ich weiß es noch.“

„Okay, vergiss es nicht. Und was das Telefonat angeht: Es muss leider warten, denn nach der Aktion gestern bin ich sozusagen verbindungslos.“

Da ich sowieso ein neues Smartphone brauche, weil mir die Arbeit sonst auf andere Weise um die Ohren knallt, wagen wir uns nach dem Frühstück auf die Straße. Nachdem sich Paula mit einigen Ausreden davor zu drücken versucht hat, ruft sie schließlich Daniel an.

„Ich komme nicht allein“, teilt sie ihm irgendwann mit, als feststeht, dass sie am Nachmittag zum Kaffee vorbeikommen soll. Sie sieht mich an. „Ein Freund. *Mein* Freund.“

Ich höre nicht, was er am anderen Ende der Leitung antwortet, aber ich spüre das Flattern irgendwo in meiner Magengegend. *Mein Freund.* Das klingt so kitschig, irgendwie. Und dann auch wieder nicht. Es klingt, als wäre es richtig. Als wäre es fest. Und ernst. Ich beobachte sie schweigend, während sie weiter mit ihm spricht, und mir wird klar, dass es stimmt. Das hier zwischen uns entwickelt sich eindeutig zu etwas, das vor drei Monaten noch undenkbar gewesen ist.

Den ganzen Tag zeigt sie mir Plätze, mit denen sie eine Verbindung hat. Ein Haus, in dem sie mal gewohnt hat, eine Kindertagesstätte, in der sie arbeitete, eine Eisdiele, in der sie im Sommer manchmal mit ihrer Tochter den Nachmittag verbringt, und schließlich auch die Schule, auf die Fanny geht.

„Und weiter?", frage ich. „Wann zeigst du mir dich?"

Sie ist überrascht, jedoch versteht sie genau, worauf ich hinauswill. „Möchtest du das wirklich sehen?"

„Alles, was ich nicht schon von dir kenne, will ich sehen. Und das, was ich kenne, kannst du mir gerne ein zweites oder drittes Mal zeigen, kein Problem."

Sie lächelt erst ein wenig, dann lacht sie richtig. „Worauf spielst du an?"

„Auf deine Vorliebe für schreckliche Liebesschnulzen, worauf denn sonst? Ich kann durchaus noch eine Portion davon vertragen, ich bin ein großer Junge."

„Ich werde dich daran erinnern. Gleich heute Abend."

„Unbedingt."

Trotz dieser unbeschwerten Worte merke ich ihr an, wie schwer es ihr fällt, mir zu zeigen, wo sie tagsüber manchmal sitzt, um sich einige Euro für Nahrung zu erbetteln. Welche Straßenküche für Obdachlose sie ab und an nutzt, oder welche Einrichtung zum Schlafen, wenn das Thermometer nachts unter minus fünf Grad fällt. Sie erzählt mir von ihren Ängsten, überfallen zu werden, wenn sie allein unterwegs ist, und ihre Bedenken, dass das Gleiche passiert, wenn sie in Gesellschaft ist.

Ich kann bis zu einem gewissen Grad nachvollziehen, warum sie die Dinge tut und wie ihr Tag abläuft, da ich selbst einige Monate lang in dieser Situation war, aber dass sie sich mehr oder weniger freiwillig jeden Tag diesen Qualen aussetzt, zudem als Frau mit ihrer Vorgeschichte, übersteigt mein Verständnis an der einen oder anderen Stelle dann doch.

Sie muss nicht auf der Straße leben, sie hat einen Schulabschluss, eine Ausbildung und sogar ein Ziel vor Augen, wenn sie sagt, sie möchte ihrer Tochter eines Tages etwas bieten können, aber sie tut nicht das Geringste dafür. Es dauert etwas, bis ich verstehe, wie stark die Angst vor ihrem Stiefvater tatsächlich sein muss, wenn sie alles aufgibt, was sie bisher geschafft hat. Wir reden nicht im Detail darüber, weil sie immer wieder ausweicht, aber ich spüre, dass es tief in ihr sitzt und arbeitet. Zum Ende unserer Tour durch ihren heftigen Alltag überrascht sie mich, als sie auf ein Haus zeigt, das in einer etwas besseren Wohngegend steht.

„Da wohnt Hilde“, erklärt sie und lächelt verlegen, als ich fragend den Kopf schieflege.

„Wer ist denn Hilde?“

„Eine gute Seele, wenn auch recht eigensinnig und stur. Vielleicht sogar gemein.“

„Klingt spannend, genau mein Typ.“

Sie schüttelt den Kopf. „Hilde ist siebenundachtzig und seit dreißig Jahren verwitwet.“

„Und wie stehst du zu ihr?“

„Ich mache ihr manchmal die Wäsche. Oder den Einkauf. Ab und an begleite ich sie auch zum Arzt, weil sie sich weigert, ein Taxi zu nehmen. Am Geld mangelt es ihr nicht, nur an der Einsicht, dass Busfahren für sie nicht mehr optimal ist. Außerdem sieht sie nicht mehr so gut, ich bin also Augen, Hände und Füße gleichzeitig. Denken brauche ich allerdings nicht, das übernimmt sie allein, sonst kann sie ziemlich fies werden.“

„Gehen wir rauf?“

„Du willst sie kennenlernen?“

„Sicher. Alte Frauen mögen mich, wirst sehen.“

Sie lacht erneut. „Das kann ich mir vorstellen. Ich stelle sie dir gern eines Tages vor, ich will mir wahrlich nicht entgehen lassen, wie sie dich fertigmacht, aber nicht heute, in Ordnung? Wir müssen los, wenn wir nicht zu spät zum Kaffeetrinken mit Fanny kommen wollen.“

Ich stimme zu, werfe einen letzten Blick auf das Haus, und nehme dann Paulas Hand in meine. Zusammen schlendern wir durch die Straßen, wie schon in den Stunden zuvor, jedoch spüre ich, dass sie mit jedem Schritt unruhiger wird. Ich beuge mich zu ihr und flüstere: „Mach dir keinen Kopf. Nicht nur alte Frauen mögen mich."

Sie zieht eine Grimasse, antwortet jedoch nicht. Ich bin recht beschwingt, als wir uns dem Einfamilienhaus nähern, hauptsächlich, weil ich mich freue, Paulas Tochter kennenzulernen. Sie ist immerhin das Wichtigste in ihrem Leben und damit für mich von größtem Interesse. Ich bin also zuversichtlich, dass alles gut läuft, als Daniel die Tür aufmacht, und trotz seines hässlichen Anzugs lächle ich breit. Jedoch nicht mehr, als ich einen Blick auf seine Frau werfe. Und sie auf mich. O Scheiße.

„Finn!", ruft sie überrascht und grinst beglückt, während mir ein kleiner unangenehmer Schauer den Rücken hinunterläuft. Wie heißt sie noch gleich?

„Ihr kennt euch?", fragt Daniel, der steife Anzugmann.

Schnell werfe ich einen Blick auf seine Hände. Japp, ein Ring, sie sind tatsächlich verheiratet.

„Natürlich, Schatz, ich habe dir doch von ihm erzählt", trällert sie und macht eine wegwerfende Handbewegung, als wäre es so typisch, dass er das vergessen hat. „Mein Personal Trainer."

„Ach", macht der und sieht abschätzend an mir herunter. Und wieder hoch. „Dann geht mein hartverdientes Geld also in Ihre Kasse?"

Ich lächle, in Wahrheit hätte ich jedoch gern gekotzt, ganz ehrlich. „Ich würde eher sagen, dass der Lohn für die Mühen Ihrer Frau wieder ganz in Ihrer Kasse landet." Und dann zwinkere ich ihm auch noch zu, so von Mann zu Mann. Er versteht es und lacht. Das Eis scheint gebrochen, aber als ich zu Paula schaue, wird mir klar, dass sie wie verrückt mit einem Meißel hämmert, um dieser Hölle zu entkommen. Ein Blick in ihre Augen reicht, damit ich weiß, was für Gedanken in ihr kreisen. Das

Schlimme ist, dass sie irgendwie alle wahr sind.

„Bitte sag mir, dass ich mich irre“, flüstert sie, als wir unsere Schuhe ausziehen und die anderen beiden schon ein Stück ins Haus vorgegangen sind.

„Auch, wenn es gelogen ist?“

Sie starrt mich an. „Du hattest was mit ihr?“ Sie formt es lautlos mit den Lippen, aber sie hätte es mir auch brüllend um die Ohren knallen können. In ihren Augen wütet ein Sturm der Extraklasse.

Ich nicke.

„Wann?“ Kein Ton dringt an mein Ohr, nur ihre fassungslose Miene.

Ich zucke die Schultern. Was spielt das für eine Rolle? Es ist lange her und überhaupt nicht relevant für das, was zwischen uns läuft.

Sie hebt einen Finger in die Luft. „Einmal?“ Ihr Kopf legt sich schief, als ich nicht reagiere. Ein zweiter Finger kommt dazu. Dann ein dritter. Ich zucke erneut die Schultern und sehe, wie es ein Loch in ihr Herz reißt. Und damit auch in meins. Sie sackt ein wenig in sich zusammen und weicht meinem Blick aus. Dann dreht sie sich weg, aber ich schnappe nach ihrer Hand und ziehe sie zu mir zurück.

„Hey“, sage ich und schiebe meine Finger zärtlich in ihr Haar, während mein Mund die Nähe ihres Ohres sucht. „Bedeutungslos.“ Ich küsse ihren Hals und sehe sie dann wieder an. „In Ordnung?“

Sie schüttelt den Kopf. „Nein, nicht in Ordnung“, antwortet sie, löst sich aus meinen Händen und dreht sich um.

Ich will sie zurückhalten, sie küssen, es erklären, ihr klarmachen, dass die Tatsache, dass ich Sex mit der Stiefmutter ihrer Tochter hatte, keinen Einfluss auf uns hat, aber ich trotte ihr lediglich ergeben hinterher. Weder Zeitpunkt noch Ort passen, machen wir uns nichts vor. Na, wunderbar, das fängt ja gut an.

„Setzt euch doch“, zwitschert Daniels Frau und zeigt auf den runden Glastisch im Esszimmer.

Mensch, wie heißt sie bloß? Ich komme einfach nicht drauf.

„Gerne. Wo ist denn Fanny?“

„Franziska ist noch bei einer Freundin, aber ich habe ihr gesagt, dass sie pünktlich sein soll, weil du deinen Freund mitbringst. Sie war ganz erstaunt, dass du überhaupt einen hast", antwortet Daniel und wirft erneut einen prüfenden Blick auf mich. „Ich übrigens auch."

„Und dann ist es auch noch Finn, welch Überraschung", sagt die Frau, dessen Namen ich nicht weiß.

Ihre Stimme trieft vor Hohn und ihre Augen sprühen verachtend in Paulas Richtung. Als wäre es ein Ding der Unmöglichkeit, dass so jemand wie Paula so jemanden wie mich abkriegen könnte. Überhaupt jemanden, der kein minderbemittelter Quasimodo ist. Am liebsten würde ich ihr die Arroganz aus dem Gesicht wischen.

Sie sieht mich an. „Und ich dachte, du seist verheiratet."

Autsch! Und dann trifft mich Paulas Blick. Doppel-Autsch. Und der von Daniel. Ich stöhne innerlich und lächle nett. „Das war ich", verkünde ich, denn wen interessieren schon die Details zum wahren Zeitpunkt? „Aber nur mit der richtigen Frau hält eine Ehe ewig."

Ich lasse das einfach mal so stehen und sehe, wie Paula die Augen verdreht. Schon wieder so eine Weisheit aus dem Sprüche-Band. Ich kann mir ein Grinsen nicht verkneifen, aber bevor ich erkennen kann, was sie noch denkt, dreht sie sich weg und setzt sich an den Tisch. Sie ist sauer, zu Recht. Ich lasse mich neben sie sinken, bin mir jedoch der intensiven Blicke der anderen Frau bewusst. Sie zieht mich aus, ich spüre es.

„Sie sind also ein geschiedener Personal-Trainer?", fragt Daniel und setzt sich neben seine Frau. Ich nicke. „Und wie haben Sie sich kennengelernt? Sie und Paula?"

„Im Bus", antworte ich wahrheitsgemäß. „Wir fahren morgens die gleiche Strecke."

„Im Bus?", fragt er ungläubig und lacht. Er fährt Bus, scheint sein Blick zu sagen. Wie lächerlich. Innerhalb einer Sekunde bin ich nun also uninteressant für ihn geworden. Und keine Gefahr mehr für sein kleines

Frauchen, dessen Blicke auf meinen Körper er durchaus bemerkt hat. Natürlich würde er nie etwas sagen, dafür ist er viel zu zugeknöpft und von sich eingenommen.

Paula räuspert sich. „Können wir kurz über Fannys Klassenfahrt reden, bevor sie kommt?"

„Ja, sicher. Zweihundertfünfzig für dich und zweihundertfünfzig für uns."

„Okay. Wann muss das bezahlt sein?"

„Ende nächster Woche. Willst du überweisen?", fragt er und lehnt sich selbstgefällig ein Stück nach hinten, um seine Beine übereinander zu schlagen. Es fehlt nur noch die Zigarre. Was für ein Arsch. Weiß er, dass Paula kein Geld hat?

„Du hast es pünktlich, keine Sorge", erwidert sie.

„Dann hast du inzwischen Arbeit gefunden?"

„Ja, natürlich", lügt sie und lächelt.

„Das ist gut. Ehrlich gesagt, ist es mir ein bisschen peinlich, vor Franziska zugeben zu müssen, dass ihre Mutter arbeitslos ist. Ich meine, es hat ja schließlich einen Grund, dass sie hier bei uns lebt und nicht bei dir, aber es ist mir trotzdem sehr unangenehm."

Elender Wichser. Seine Frau will mich nackt sehen und er kompensiert es, indem er Paula niedermacht. Klar, ist ja auch viel einfacher, als sich mit seiner eigenen Unzulänglichkeit auseinanderzusetzen.

„Schatz, mach mal halblang", zwitschert die Frau ohne Namen. „Wenn sie und Finn jetzt tatsächlich liiert sind, dann brauchst du dir wirklich keine Sorgen zu machen. Ich denke, Geld spielt nun keine Rolle mehr, es sei denn, er hat sich bei der Scheidung abzocken lassen." Sie lächelt süffisant in meine Richtung. „Hast du?"

Ich hebe die Schultern und grinse ihr zu. *Mäuschen, glaubst du wirklich, du kannst mich mit so einer Frage aus der Reserve locken?* Ganz sicher nicht.

„Verdient man denn gut als Personal Trainer?", fragt Daniel, nun doch wieder ganz interessiert an meiner Wenigkeit.

„Ich kann nicht klagen."

„Er ist der Beste", dröhnt seine Frau. „Soweit ich weiß, nimmt er nicht jeden unter Vertrag. Das muss er auch nicht, es ist schließlich sein Ruf, der auf dem Spiel steht. Sein Studio befindet sich laut meiner Workout-Zeitung an der Spitze der Trainingswelt und ich denke, es ist ein äußerst kluger Schachzug von Finn, es durch die präzise Auswahl seines Klientel genau dabei zu belassen."

Ich spüre, wie Paula mich von der Seite ansieht, fragend, verwirrt, erstaunt, jedoch konzentriere ich mich ganz auf die zwei Gestalten vor mir, die mich neugierig beäugen und auf eine Antwort warten. Da jedoch keine richtige Frage gestellt wurde, verzichte ich schließlich auf Worte und zucke nur gleichgültig mit den Schultern. Im Prinzip hat diese Erklärung es auf den Punkt gebracht.

„Ihnen gehört ein Fitnessstudio?", fragt Daniel zur Sicherheit nochmal nach.

Gott, ich sehe, wie er sich plötzlich wünscht, mein Freund zu sein. Wahrscheinlich möchte er jetzt liebend gern einen Whiskey mit mir trinken und übers Geschäft plaudern. Ich beschließe, einen Schlussstrich unter das Thema zu ziehen.

„Es stimmt, mir gehört tatsächlich das beste Fitnessstudio der Stadt, vielleicht sogar darüber hinaus, aber ich bin heute nicht hier, um über meine Erfolge zu sprechen. Eigentlich möchte ich nur Paulas Tochter kennenlernen."

„Richtig", stimmt Daniel zu und nickt. „Das Business muss auch mal Pause machen, nicht wahr? Kann ich Ihnen etwas zu trinken anbieten? Scotch? Bourbon?"

„Gerne einen Kaffee, wenn Fanny da ist. Der Kuchen sieht köstlich aus. Hast du den gebacken?", frage ich die Frau von gegenüber.

Sie lächelt, klimpert mit den falschen Wimpern und streicht sich das lange Haar zurück. „Man tut, was man kann."

„Dann habt ihr also keine Haushaltshilfe mehr?", kommt es vom Platz neben mir. „Ich dachte, ich hätte Kerstins Wagen draußen gesehen.“

Oh, wie ich Paula gratuliere für diesen Treffer. Ich drücke mein Bein zur Anerkennung kurz gegen ihres. *Mach sie fertig, Baby.*

„Natalie hat andere Talente“, erklärt Daniel und zwinkert mir schon wieder kumpelhaft zu.

Ob er auch noch Whiskey mit mir trinken will, wenn ich ihm anvertraue, dass Natalie drei Orgasmen unter mir hatte? Und einen an die Wand gepresst? Ich warte damit lieber bis nach dem Kaffee.

Kurz darauf klappt die Haustür. Als ein schlankes Mädchen den Raum betritt, erhellt sie diesen mit ihrem Lächeln. Sofort strömt Wärme in diese kalten vier Wände. „Hallo in die Runde. Entschuldigt die Verspätung.“

„Kein Problem“, sagt Paula, steht auf und umarmt sie herzlich.

Ich erhebe mich ebenfalls und strecke meine Hand aus. „Hey, ich bin Finn. Schön, dich kennenzulernen.“

Zögernd gibt sie mir die Hand und lächelt. „Franziska. Und gleichfalls.“

Als wir sitzen, müssen wir uns einen kleinen Vortrag darüber anhören, warum es unschicklich ist, zu einer Verabredung zu spät zu kommen, aber Fanny interessiert es nicht und Paula registriert es gar nicht, denn sie schaut die ganze Zeit nur zu ihrer Tochter. Ich kann es verstehen und mache es ihr nach. Fanny hat Paulas grüne Augen und ihre fantastisch vollen Lippen, das Haar jedoch ist so hell wie das von Daniel. Ihre Wangenknochen sitzen hoch und ich schaue von einem zum anderen, um festzustellen, wo genau diese Form herkommt, werde jedoch abgelenkt, als Daniel seinen Vortrag beendet hat und Fanny das Wort ergreift.

„Wie ist dein neuer Job, Mama? Sind die Kollegen in Ordnung?“ Sie lächelt Paula an und schiebt sich dann ein Stück Kuchen in den Mund. Ganz offensichtlich haben die beiden eine enge Verbindung zueinander. Dass Fanny die kleine Lüge von Paula kennt und unterstützt, lässt mich aufatmen. Gott sei Dank, denn einen versnobten Teenager, der dazu noch das eigen Fleisch und Blut meiner Freundin ist, wäre jetzt echt zu viel gewesen.

„Oh, danke, ganz wunderbar. Und wie läufts bei dir? In der Schule?"

„Ach, immer dasselbe." Sie winkt ab, bevor ihr dann doch noch etwas einfällt. „Du weißt doch noch meine Geschichtsklausur von letzter Woche? Ich habe volle Punktzahl."

„Fantastisch. Ich wusste, dass du das hinkriegst nach diesem Lernmarathon."

„Ja, danke dafür."

„Immer gern." Paula strahlt regelrecht und wird sogar ein wenig rot vor Verlegenheit. Ich lächle bei diesem Anblick. Sie sitzt bereits tief in meinem Herzen und ist sich dieser Tatsache nicht mal bewusst. Ich muss es ihr sagen. Bald.

„Und, ähm, Finn, richtig? Wo kommst du mit einem Mal her? Mama hat dich noch nie erwähnt."

„Ich bin auch noch nicht so lange da", antworte ich und sehe auf mein Handgelenk, als würde dort eine Uhr sitzen. „Zwanzig Minuten vielleicht?"

Sie lacht und schaut Paula an. „Der ist witzig."

„Und schlau ist er auch noch", vervollständige ich ihre Analyse. „Darum mag man mich im Allgemeinen."

„Und im Speziellen?" Ihre Augen blitzen schelmisch.

„Frag deine Mutter, ich habe keine Ahnung, was sie in mir sieht."

Beide schauen wir Paula an und warten gespannt auf eine Antwort. „Nun", sagt diese zögernd. „Er sieht doch ganz hübsch aus, oder nicht?"

„Definitiv." Fanny grinst und isst kopfschüttelnd ihren Kuchen.

Paula senkt den Blick, als wäre es ihr unendlich peinlich, das laut gesagt zu haben. Herrje, ich liebe ihre Verlegenheit, ganz ehrlich. Den plötzlichen Drang, ihren Kopf anzuheben und einen dicken Kuss auf ihren Lippen zu platzieren, verkneife ich mir jedoch, das wäre für die feinen Pinkel auf der anderen Tischseite bestimmt ein Grund, mich rauszuschmeißen. Und ganz sicher will ich noch nicht gehen. Fanny gefällt mir, sie ist offen und frech, unbeschwert irgendwie, und das entschädigt für alles, was vor ihrem Auftauchen passiert ist. Nach dieser kleinen Spielerei plänkelt das Gespräch allerdings nur so vor sich hin, denn Daniel und Natalie wollen erzählen, ohne etwas zu sagen. Die Eigenart Nummer eins bei Wichtigtuern. Wir ertragen es alle tapfer, aber eine halbe Stunde später läutet der Hausherr bereits das Ende dieser Veranstaltung ein.

„Es tut mir leid, meine Lieben, aber die Pflicht ruft."

Alle scheinen zu wissen, welche Pflicht gemeint ist, denn sofort stehen sie vom Tisch auf und beginnen, sich zu verabschieden. Ich bin etwas verwirrt über diesen abrupten Aufbruch, halte mich jedoch mit einem Kommentar zurück, als ich Paulas warnenden Blick auffange.

„Vielleicht ergibt sich bei anderer Gelegenheit mal ein Gespräch unter Geschäftsmännern", meint Daniel, als er mir die Hand schüttelt. „Ich suche immer nach geeigneten Investitionsmöglichkeiten, Sie verstehen?"

„Ich habe ja Ohren", gebe ich lächelnd zurück und entziehe ihm meine Hand, um sie seiner Frau zu reichen. „Natalie. Es war erfrischend."

Sie kichert. „Bis bald." Ihr Blick gleitet noch einmal unanständig meinen Körper hinab, während ihre Finger die meinen drücken.

Als ich Fanny verabschiede, ziehe ich sie ein bisschen dichter und senke die Stimme. „Wirst du gefangen gehalten? Sag's schnell, wir können dich retten."

Sie lächelt. „Ich treffe Mama am Dienstag nach der Schule. Kommst du auch?"

„Ich werde es einrichten."

„Mach's gut."

Paula sieht uns komisch an, aber ich bin nicht sicher, ob sie verstanden hat, was wir gesagt haben. Gemeinsam lassen wir uns aus dem Haus bis auf die Straße schieben, gehen schweigend um die nächste Ecke und bleiben dann gleichzeitig stehen. Sie schaut mich an, vorwurfsvoll, sagt aber keinen Ton. Ich schiebe meine Hände in die Jackentaschen und seufze.

„Lass mich raten. Du bist sauer."

„Du hast mit seiner Frau geschlafen", giftet sie.

„Nicht heute, nein."

Verständnislos sieht sie mich an, bevor sie sich schnaubend abwendet und die Straße hinuntermarschiert. Ich gehe ihr hinterher.

„Was genau regt dich auf? Dass ich mit einer anderen Frau gevögelt habe, einer Kundin, oder speziell mit ihr?"

Sie dreht sich um. „Wann?"

„Was wann?"

„Wann war das? Wann habt ihr …?"

„Rumgemacht? Keine Ahnung. Ist schon eine Weile her. Inzwischen trainiere ich sie nicht mehr."

Sie schüttelt den Kopf. „Und wie oft?"

„Dreimal. Höchstens vier."

„Pah!" Sie dreht sich wieder weg und geht los, schneller diesmal. Schweigend laufe ich hinterher und überlege, was ich sagen kann, um die Situation zu entspannen. Gibt es da etwas? An den Fakten kann ich leider nicht drehen.

„Es war ein Fehler, dich mitzunehmen", meint sie, bleibt jedoch nicht stehen. „Du hast kein Recht, meine Tochter kennenzulernen."

Von ihren Worten verletzt, schlage ich zurück, bevor ich es aufhalten kann. „Warum? Weil ich ihre Stiefmutter gefickt habe? Ich habe eine Menge Frauen gefickt, aber das ist nichts, was du nicht schon wusstest."

„Fahr zur Hölle!"

„Was willst du von mir, Paula? Ich werde mich nicht für mein Leben entschuldigen, klar?"

„Keine Angst, das musst du auch nicht", zischt sie.

Mein Schritt wird langsamer. „Bleib stehen“, bitte ich. „Lass uns reden.“ In Ruhe. Ich kann es erklären. Ich kann …

„Nein.“

„Wo willst du hin?“

Sie antwortet nicht und ich bleibe schließlich zurück. Sie sieht sich nicht mal um, als sie in die nächste Querstraße abbiegt, sie verschwindet einfach lautlos, während in meinem Innern alles furchtbar kreischt. Was ist passiert? Was zum Teufel passiert hier gerade?

Ich höre sie bereits im Hausflur, aber ich warte, bis sie klopft, bevor ich die Tür öffne. Sie braucht sechseinhalb Minuten, ich nur zwei Sekunden. Danach blickt sie mir direkt in die Augen.

„Ich bin eifersüchtig“, sagt sie, aber ich höre genau, was sie eigentlich sagt. *Ich bin verliebt.*

Das reicht mir als Erklärung, also trete ich einen Schritt beiseite und lasse sie rein. Als die Tür zu ist, greife ich nach Paula und drücke sie dagegen. Ich will, dass sie hört, was ich zu sagen habe, und mich dabei ansieht. Ich bringe ein bisschen Abstand zwischen unsere Körper, denn ich möchte ihr keinesfalls Angst machen.

„Hör zu“, beginne ich. „Ich sage das nur einmal, das muss reichen, in Ordnung? Du hast keinen Grund, eifersüchtig zu sein. Nicht auf Natalie und auch auf keine andere. Sie sind ohne Bedeutung für mich. Das sind sie alle. Ich kann dir keine Zahl nennen, wenn du mich fragst, wie viele Frauen ich in den letzten Jahren gefickt habe, aber ich kann dir sagen, wie viel es waren, mit denen ich geschlafen habe. Nur eine. Und ich sag dir noch was. Nämlich die Zahl der Frauen, die ich seit diesem einen Mal gefickt habe. Null. Und die Anzahl, die ich seitdem ficken wollte. Null.

Willst du wissen, wie viele es waren, an die ich gedacht habe, seit ich mit der einen Frau geschlafen habe? Eine einzige. Es war dieselbe übrigens. Und zu guter Letzt verrate ich dir noch ein Geheimnis, pass auf. Ich sag dir jetzt nämlich die Zahl der Frauen, in die ich mich verliebt habe und die ich daher niemals mit so einem Scheiß wie bedeutungslosen Sex verletzten würde. Hörst du zu? Es ist nur eine, verdammt. Nur eine."

„Finn." Sie hat plötzlich Tränen in den Augen.

„Nie mehr warte ich auf irgendeine Frau. Das habe ich mir nach der Geschichte mit Pat damals geschworen. Keine ist es wert, dass ich mehr Zeit für sie opfere als notwendig. Entweder sie nehmen, was ich ihnen gebe, oder sie sollen sich verpissen. Es ist ganz einfach. Aber auf dich habe ich gewartet. Dreieinhalb Stunden allein heute Abend. Die Wochen davor mal nicht mitgerechnet. Ich warte noch sehr viel länger auf dich, aber nur, wenn du mir ein bisschen Vertrauen entgegenbringst."

Ihre Augen ertrinken, bevor sie den Blick senkt und den Kopf nach vorn fallen lässt. Sie schnieft und wischt sich mit dem Jackenärmel die Wangen trocken. Mein Herz ist Brei. Ich gehe etwas dichter, schiebe meinen Körper gegen ihren und lege meine Hände an ihr Gesicht, um es anzuheben.

„Sieh mich an, Paula."

Sie öffnet die Augen und ich kann beinahe mein Spiegelbild erkennen, so klar sind sie, so glänzend. Und wunderschön.

„Ohne Vertrauen sind wir wie alle anderen da draußen. Ich will nicht, dass wir so sind wie sie."

„Ich doch auch nicht. Niemals."

Das ist genau das, was ich hören wollte. Was ich fühle. Was ich will. Ich will sie. Mit wildem Herzschlag sehe auf ihren Mund, dann in ihre Augen. „Bist du noch eifersüchtig?"

Sie blinzelt, dann nickt sie vorsichtig. „Ja."

Es ist nur ein Flüstern und ich höre, was es bedeutet. *Ja, ich bin verliebt. In dich. Ich will dich ganz für mich allein.* Es schmeckt wie ein Versprechen, als ich es mir direkt von ihren Lippen hole.

„Das ist gut“, raune ich und schiebe mich noch viel dichter an sie heran, damit wir uns auf ganzer Linie berühren. Meine Hände stecken in ihrem Haar, während ihre unter mein Shirt schlüpfen, um sich an mir festzuhalten. „Ich bin auch eifersüchtig. Eine Weile schon.“

„Und nun?“ Sie haucht die Frage an meine Lippen und es ist, als wäre nur dieser eine Atemzug zwischen uns. „Was machen wir jetzt damit?“

Ich kann kaum denken, weil ihre Nähe mich so ablenkt, darum brauche ich auch einen Moment, bis ich antworte. „Mit den schrägen Gefühlen und den abwegigen Wünschen?“

„Was machen wir?“, fragt sie erneut. Sie bebt unter meinen Händen, sie reckt sich, will eigentlich mehr, genau wie ich, aber unser Kuss bleibt ein heiseres Abtasten an den Lippen des anderen. Die Luft brennt, ich kann es spüren, denn die Hitze krabbelt in jede Pore meines Körpers und hinterlässt einen weiteren Brandherd.

„Mühle?“, frage ich und löse meine Lippen dabei keinen einzigen Millimeter von ihren.

„Sex?“, fragt sie zurück.

„Okay.“

„Oder …“

„Ja?“

„Doch Mühle?“

Ich lächle, löse mich von ihrem Mund und sehe sie an. „Wie wäre es, wenn wir beides ein bisschen nach hinten verschieben?“

Sie lässt die Zunge vorsichtig über ihre vollen Lippen gleiten, bevor sie diese aufeinanderpresst und gleich darauf wieder freigibt. Bei dem Anblick zieht sich mein Bauch zusammen und meine Kehle zu, sogar mein Hirn schaltet kurz ab.

„Warum verschieben?“, fragt sie wispernd.

„Lass uns ausgehen. Eine normale Verabredung in der normalen Welt. Es wird Zeit, dass wir den Joker einlösen, um zu sehen, wieviel Macht er hat.“

Sie lächelt. „Man kann die Wahrheit nicht besiegen“, gibt sie zu bedenken.

„Nein, aber vielleicht müssen wir das auch gar nicht. Vielleicht ist sie dieses Mal auf unserer Seite.“

Eine halbe Stunde und ein kurzes Telefonat später sind wir wieder im Freien und laufen durch die Straßen. Sie tippelt mir wie am ersten Tag hinterher, als wäre sie meine Bedienstete, anstatt meine Freundin.

„Es ist nur ein Restaurant“, sage ich deshalb, bleibe stehen und warte erneut auf sie. Ich weiß, dass ihr der Gedanke, zwischen fremden Menschen in einem Raum zu sein, Unbehagen bereitet. Zumal sie nicht genau weiß, was sie erwartet.

Sie bleibt ebenfalls stehen und hält so den Abstand. „Ich weiß nicht, Finn. Ich bin nicht passend angezogen für ein feines Restaurant.“

„Erstens ist es kein feines Restaurant, sondern einfach ein Restaurant, und zweitens ist es vollkommen egal, was du anhast. Wir wollen dort essen und keinen Preis gewinnen. Sieh mich an, habe ich etwa was anderes an als sonst?“

Sie wirft einen Blick auf meine Sporthose und dann auf meine Turnschuhe, zum Schluss auf meine Cordjacke. Zweifelnd sieht sie mir in die Augen. „Sie werden uns vor die Tür setzen.“

Ich kann mir ein leises Lachen nicht verkneifen, bevor ich mit den Schultern zucke. „Wahrscheinlich rufen sie die Polizei, eventuell sogar die Feuerwehr, weil unser Erscheinen eine Massenpanik auslösen wird.“

Sie streckt mir die Zunge heraus und mein Herz macht einen Sprung. Genau in ihre Richtung.

„Also gut“, meint sie schließlich murrend. „Aber nur, wenn ich nachher sagen darf: Ich hab’s dir ja gesagt.“

Grinsend strecke ich den Arm aus, bis sie zögernd näherkommt und meine Hand nimmt. „Ich freue mich schon darauf", erwidere ich lächelnd und drücke ihre Finger. „Und nun bleib dicht an meiner Seite, denn in der normalen Welt sind Einzelgänger angreifbar, klar? Sie werden von den Feinden als erstes herausselektiert. Du aber bist nicht länger allein."

Zusammen gehen wir weiter, Hand in Hand.

„Finn?"

„Ja?"

„Dass du das eben gesagt hast …"

„Ja?"

„Das bedeutet was."

Ich sehe sie an und lächle. „Ja, das tut es."

Sie erwidert meinen Blick und lächelt ebenfalls. „Schläfst du heute mit mir?", fragt sie einen Moment später und ihr Mundwinkel zuckt dabei, als wolle sie sich für diese Frage selbst feiern, allein schon deswegen, weil ich es bin, der sie sonst immer stellt.

Ich feiere sie in jedem Fall, denn es ist nicht nur die Tatsache, dass sie mich immer wieder überrascht, weil sie Dinge sagt oder tut, die irgendwie nicht ins Bild passen wollen, sondern auch die Erkenntnis, dass wir uns viel ähnlicher sind, als ich jemals erwartet habe. Das lässt mich an das Gute glauben. Wir scheinen auf all den Irrwegen des Lebens einen Pfad gefunden zu haben, auf dem nur wir wandern. Ihn mit ihr zu gehen, macht mich beinahe glücklich, darum sage ich auch etwas, dass ich noch zu keiner Frau gesagt habe.

„Ich weiß nicht, wann es passiert, Paula, aber wenn es so weit ist, dann werde ich nicht mit dir schlafen. Dann werde ich dich lieben."

Sie blinzelt hektisch, als die Worte bei ihr ankommen. Schnell sieht sie auf den Boden vor uns, und ich lächle, weil ich es mag, wenn sie verlegen wird und nichts mehr zu sagen weiß. Ich liebe es.

„Musst du eigentlich immer das letzte Wort haben?", fragt sie leise.

Ich lache auf, drücke ihre Hand und schenke ihr ausnahmsweise den Sieg, indem ich den Rest des Weges schweige. Als wir beim Restaurant ankommen, begleitet uns der Kellner freundlich zu dem von mir reservierten Tisch und zündet die Kerze darauf an. Einen Augenblick später sitzen wir uns gegenüber.

„Alles klar?“, frage ich, weil sie sich etwas unsicher umsieht.

„Ja. Es ist nur, na ja, sehr schön hier.“

Ich verrate ihr nicht, dass das mein Lieblingsrestaurant ist. Im Gegensatz zu vielen anderen ist es hier nämlich tatsächlich intim und äußerst gemütlich, weil beinahe jeder Tisch in einer kleinen Nische steht und somit vom Nachbar getrennt ist. Fast hat man das Gefühl, allein zu sein.

„O mein Gott“, haucht sie kurz darauf und blickt von der Speisekarte hoch. „Weißt du, wie teuer das Essen hier ist?“

Ich lächle über ihre großen, verschreckten Augen. „Dachtest du, wir gehen Currywurst essen, wenn ich dich einlade? Entspann dich. Qualität hat nun mal ihren Preis.“

Sie zieht eine Grimasse und schüttelt den Kopf. „Gehört das Fitnessstudio wirklich dir?“

Überrascht, weil ich die Frage zu diesem Zeitpunkt ganz und gar nicht erwartet habe, nicke ich lediglich und greife nach der Karte. Konzentriert beginne ich zu lesen, denn alles ist besser, als jetzt über Geld zu reden. Sie überspringt meine Ignoranz und fragt weiter.

„Dann warst du gar nicht wagemutig und hast deinen Job riskiert, als wir dort eingestiegen sind?“

Ich verneine, ohne aufzusehen, auch wenn ich ihren intensiven Blick spüren kann. Er lastet schwer auf mir.

„Diese ganze unpersönliche Einrichtung dort geht also auf dein Konto?“

Nun sehe ich sie doch an. „Ich fürchte, du hast dir einen echten Snob geangelt“, antworte ich und hoffe, das Thema somit zu beenden.

Sie schüttelt erneut den Kopf. „Nein, du bist alles andere als ein Snob. Aber ich verstehe nicht so richtig, wie das zusammenpasst. Was bedeutet das Studio für dich?“

Wahrscheinlich ist es das Bitten in ihrer Stimme, das mich schließlich einknicken lässt. Ich atme tief und lege die Karte beiseite. Ich weiß, dass sie verstanden hat, dass ich keine Lust habe, jetzt über meinen Job zu reden, aber das scheint kein Hindernis für sie zu sein, trotzdem zu fragen. Und ich muss ihr zugestehen, dass sie eine Erklärung verdient, nachdem ich sie so lange im Unklaren gelassen habe.

„Es bedeutet für mich gleichzeitig Freiheit und Gefangenschaft“, erkläre ich, lehne mich zurück und sehe sie an. „Jemandem helfen und im selben Atemzug nichts tun. Wie vorwärtsgehen und im gleichen Schritt zurücktreten, verstehst du?“ Sie antwortet nicht, darum spreche ich schließlich weiter. „Ich bin einen steinigen Weg gegangen, um dahin zu kommen, wo ich heute bin, und ich bin wirklich stolz auf alles, was ich mir aus eigener Kraft aufgebaut habe, aber wenn ich kurz innehalte und darüber nachdenke, was das ist, was ich erschaffen habe, und wie viel es noch mit dem zu tun hat, was mein eigentliches Ziel war, dann muss ich Fehler eingestehen. Ich stehe still, während um mich herum die Automatisierung die Kontrolle übernimmt. Versteh mich nicht falsch, ich weiß genau, was ich tue, aber seit einiger Zeit bin ich nicht mehr sicher, ob meine eigenen Handlungen noch zu mir gehören, oder ob sie eher zu dem Kerl passen, der für dieses Studio wirbt. Bin das noch ich? Ja, sicher, aber definitiv verändert. Nicht mehr so, wie ich war. Und möglicherweise auch nicht so, wie ich in Zukunft sein will.“

Sie mustert mich nachdenklich und kaut auf ihrer Unterlippe herum. „Wie willst du denn sein?“

„Ich will jemand sein, der etwas verändern kann. Ich will nicht nur davon reden und von den falschen Leuten dafür gehypt werden, sondern ich möchte, dass meine Kinder mit Stolz berichten können, was ihr Papa macht. Und vielleicht will ich auch, dass meine Mutter mit anerkennen dem Blick sagt: *Gut gemacht, Junge. Du hast damals die richtige Entscheidung getroffen.* Eigentlich will ich nur selbst sagen können: Japp, das ist es. Jetzt stimmt es. Im Moment jedoch sehe ich nur diese Wand vor mir, die so wahnsinnig erfolgreich ist, mich jedoch nicht überzeugen kann. Ich will weder darüber klettern, noch davor stehenbleiben, macht das Sinn? Ich habe auf all das hingearbeitet, ich wollte es so, aber zwischendurch sind mir einige ganz wichtige Werte verlorengegangen und ich frage mich, ob ich zurückgehen und sie wiederfinden kann. Und ob ich das überhaupt will."

„Du fragst dich, ob du die Kraft besitzt, nochmal von vorn anzufangen?"

Ich nicke lächelnd. „Genau. Kann ich das aufgeben, wofür ich die letzten zehn Jahre gearbeitet habe, nur, weil mir ein Quäntchen zum *Perfekt* fehlt? Oder ist nur irgendwas in meinem Kopf falsch verankert, dass ich glaube, nicht weiterzukommen? Wo will ich überhaupt hin? Und ist es dort wirklich besser?"

„Haben Sie schon gewählt?", fragt der Kellner, der plötzlich neben uns steht. Wahrscheinlich dachte er, wir wären längst fertig, den Anschein macht es durchaus, das muss ich zugeben.

„Nein, entschuldigen Sie. Wir brauchen noch fünf Minuten", erwidere ich. Er zieht von dannen und ich deute auf die Karte in Paulas Händen. „Die vierunddreißig ist zu empfehlen."

„Ich denke, wir wissen beide, dass jeder das schaffen kann, was immer er will, solange der Wille dazu groß genug ist", erwidert sie. „Vielleicht siehst du einfach nicht, wo du hinwillst, weil es keine Notwendigkeit gibt, etwas zu ändern. Du bist erfolgreich und zwar genau in dem Job, den du liebst. Du brauchst mir nichts anderes zu erzählen, denn ich habe gesehen, dass es so ist. Deine Eltern denken, dass du deinen Traum und damit dich selbst aufgegeben hast, aber sie haben dich noch nie bei der Arbeit erlebt. Sie sehen nicht, welche Leidenschaft du entwickeln kannst und mit welcher Freude du auf die speziellen Bedürfnisse deiner

Kunden eingehst. Ich meine damit nicht den Sex, Finn, du kannst aufhören zu grinsen. Ich rede allein vom Personal Training. Ohne zu merken, hast du mir Vorträge gehalten über Dinge, die ich niemals wissen wollte, und dennoch habe ich interessiert zugehört und gelernt, weil du nämlich die Macht hast, die Leute so zu infizieren, dass sie gar nichts anderes mehr wollen. Nur noch dich. Dein Studio steht nur darum an der Spitze, weil du es bist, der es führt. Du hast ein Händchen für den richtigen Umgang mit Menschen und du hast das Wissen, all das zu schaffen, was notwendig ist. Du veränderst die Welt doch schon, was willst du denn noch?“

Ja, was will ich noch? Glücklich sein vielleicht. Zufrieden, und zwar bei allem, was ich tue. Und immer diese krasse Wärme spüren, die mich durchflutet, wenn Paula solche Sachen sagt. Wenn sie bei mir ist und ich bei ihr. Für mehr als nur ein paar Auszeiten lang. Ich will richtig leben, ohne Schein und ohne Zwänge. Lachen, jeden Tag, von Herzen lachen. Und lieben.

„Du misst mit zweierlei Maß, Paula“, antworte ich schließlich. „Ich verändere die Welt nicht, ich existiere in ihr und passe mich an. Aber zeitweise hasse ich sie dermaßen, dass ich flüchten muss. Ich bin damals abgehauen, weil meine Frau mein Baby umgebracht und danach, vielleicht sogar schon davor, mit meinem Vater gevögelt hat, und jetzt fliehe ich, weil ich merke, dass ich nicht viel besser bin als sie. Ich helfe jeden Tag dabei mit, das zu zerstören, was richtig ist, nur um immer weiter mein Ego zu polstern und auf der Karriereleiter nach oben zu klettern. Aber was bringt das? Es macht überhaupt keinen Sinn, denn ich habe diese Scheinwelt so satt. Dieses Geld, von dem die Menschen denken, sich damit alles leisten zu können. Sieh dir doch nur mal deinen Ex an, er ist das beste Beispiel. Seine Familie nimmt dir dein Kind weg, sie bezahlen sogar dafür, als wäre es ein Stück Vieh auf dem Jahrmarkt, und er hat tatsächlich den Nerv, dich wie den letzten Dreck zu behandeln. Nur, weil er Geld hat. Und Überlegenheit, die er meint, durch Geld zu bekommen.

Er schaut auf dich herab, macht dich klein, schubst dich herum, aber in Wahrheit ist er das Arschloch, klar? Eigentlich müsstest du über ihm stehen und auf ihn herablachen, aber aus irgendeinem gottverlassenen Grund sind Menschen wie er immer an der Spitze. Und werden es bleiben, solange es mehr Individuen der gleichen Sorte gibt."

Einen Moment starren wir uns lediglich an. Wahrscheinlich ist sie genauso erstaunt wie ich, welche Richtung das Gespräch plötzlich genommen hat. Manchmal rede ich mich so in Rage, dass ich vergesse, worum es eigentlich geht. Seltsamerweise jedoch möchte ich kein Wort davon zurücknehmen. Das ist wahrlich nicht immer der Fall.

„Er ist nicht mein Ex", erwidert sie schließlich bestimmt. „Wir waren nie zusammen."

„Na, man gut auch", tröte ich. „Mit diesem Pimpel wärst du niemals glücklich geworden."

Unsere Blicke haken noch immer ineinander. All das Unausgesprochene fliegt aufgeregt zwischen uns hin und her, ich kann es praktisch spüren, bis ein kleines Lächeln um ihre Mundwinkel es ins Jenseits vertreibt. Ich fühle mich gut, darum rede ich einfach weiter.

„Und mal ehrlich, was hat er für einen Grund, sich so aufzuführen? Keinen einzigen. Seine Frau betrügt ihn nach Strich und Faden und er bezahlt eine Menge Kohle dafür. Wahrscheinlich kann er sie nur mit seinem dicken Geldbeutel bei sich halten, weil alles andere einfach nicht dem Standard entspricht. Und dann ist da noch seine Firma, von der er nicht mal richtiger Teilhaber ist, weil nämlich immer noch seine Eltern die Hand über allem haben. Wusstest du das? Ich habe es recherchiert, als ich auf dich gewartet habe. Papi sieht noch nicht die Notwenigkeit, dem Sohnemann offiziell die Geschäfte zu überlassen, was für ein Jammer. Aber das alles ist egal, denn jetzt kommt das eigentliche Argument: Fanny. Sie ist der Knaller, Paula, ich mein's ernst. Sie hat diesen Clown voll im Griff und er merkt es nicht mal. Er denkt, dass er die Oberhand hat, aber dem ist ganz und gar nicht so. Ist dir aufgefallen, wie sehr ihn geärgert hat, dass ihr euch selbst ohne viele Worte versteht? Sie ist auf deiner Seite, voll und ganz, und was immer dein Plan ist, sie endlich ganz zu dir zu holen, ich werde dich unterstützen. Schon allein, um diesem Schnösel sein selbstgefälliges Grinsen aus dem Gesicht zu waschen. Und weil ich es nicht ausstehen kann, wenn Ungerechtigkeit siegt. Hauptsächlich aber will ich dich glücklich sehen. So richtig. Denn ich glaube, dann kann ich es auch sein."

Ihr Atem geht schnell, ähnlich wie meiner, als ich geendet habe. Die Worte haben irgendwas mit uns gemacht, denn am liebsten würde ich über den Tisch greifen, sie an mich ziehen und sie küssen. Aber ich warte ab, ungeduldig zwar, aber ihre Reaktion ist wichtiger als meine momentanen Bedürfnisse.

„Schlaf heute mit mir", sagt sie heiser und blickt mir dabei so tief in die Augen, dass mir heiß und kalt wird. Sofort springe ich auf, denn das lasse ich mir kein zweites Mal sagen. Gleich darauf ziehe ich sie ebenfalls von ihrem Stuhl.

„Okay. Dann los."

Erst lacht sie, aber je weiter wir das Restaurant Richtung Toiletten durchqueren, umso bewusster wird ihr, wie ernst ich es meine. Auf halben Weg begegnen wir dem Kellner, der uns komisch ansieht, und ich sage ihm, dass wir in fünf Minuten bestellen. Danach stolpern wir in die Damentoilette und sobald die Tür ins Schloss fällt, hebe ich Paula hoch und setze sie auf die Ablage neben den Waschbecken. Hinter ihr ist der Spiegel, aber ich werfe keinen Blick hinein, sondern zwänge mich zwischen ihre Beine und schiebe meine Hände in ihr Haar. Mein Herz schlägt dermaßen schnell, dass ich kurzzeitig Angst habe, es könnte aus meiner Brust springen. Als ich einen Blick in ihr Gesicht werfe, ist es tatsächlich kurz davor. Ihre Wangen sind gerötet, ihr Mund steht leicht offen und ihre Augen sagen genau das, was mein Bauch will. Sie. Und ich. Zusammen.

„Fünf Minuten?", fragt sie flüsternd und zieht mich näher an ihren Mund heran. „Darf ich Einspruch einlegen?"

„Nicht jetzt." Dann küsse ich sie und sie küsst mich.

Gierig kämpfen unsere Zungen um die Oberhand und fügen sich doch im gleichen Moment genau dem, was der andere möchte. Sie schmeckt so fantastisch nach dem, was ich lange schon gesucht habe. Sie ist genau, was ich will, und in diesem Moment bin ich wohl auch auf ihrer Wunschliste ganz oben, denn ich spüre, wie ihre Finger unruhig an meinem Körper herumwerkeln.

Ich presse mich dichter an sie und sie stöhnt direkt in meinen Mund. Ohne den Kuss zu unterbrechen, nehme ich die Hände aus ihrem Haar, gleite mit ihnen an ihr herab und wühle unter ihrem Pullover nach dem Bund ihrer Strumpfhose. Als ich ihn gefunden habe, weiß sie genau, was zu tun ist, denn sie klammert sich an meine Schultern und hebt ihren Hintern an, damit ich ihr die Hose ausziehen kann. Einen winzigen Moment verlassen meine Lippen die ihren, als ich einen Schritt zurücktrete, um die Leggins samt Slip zumindest an einem ihrer Beine nach unten zu ziehen. Dabei verliert sie einen Schuh, aber das ist egal, denn schon im nächsten Augenblick hänge ich wieder an ihren Lippen und tröste sie über den Verlust hinweg.

Ihre Lippen sind heiß, ihr Atem heißer, aber ihre Zunge ist der absolute Wahnsinn. Ich verliere mich kurz in diesem Strudel der Gefühle und werde erst wieder an die eigentliche Mission erinnert, als sich Paulas Hintern erneut anhebt. Sie presst sich an mich, hängt praktisch mit ihrem ganzen Gewicht an mir und reibt provozierend mit ihrem Unterleib gegen meinen. Energisch packe ich ihre Hüften, bringe etwas Abstand zwischen den unteren Teil unserer Körper und suche hektisch in meinen Taschen nach einem Kondom. Irgendwo habe ich eins, ich weiß es, irgendwo habe ich immer eins. Als ich es gefunden habe, atme ich auf, ohne von ihren Lippen zu lassen. Ihre Hände sind es, die meine Hose nach unten schieben und mich so von dem störenden Stoff zwischen uns befreien. Durch meinen Körper geht ein Zittern, als ich mir das Kondom überstreife, vielleicht vor Aufregung, vielleicht auch vor Wonne, denn ihre Lippen wollen einfach nicht von meinen lassen. Als ich fertig bin, konzentriere ich mich wieder ganz auf sie, frage mit dem nächsten Zungenschlag, ob sie bereit ist, und sie antwortet erneut mit einem unterdrückten Stöhnen.

Ich weiß nicht genau, wer die treibende Kraft ist, aber ich weiß, wie schön das Gefühl ist, in sie hineinzugleiten. In diese warme Enge, die mich umarmt und willkommen heißt, als hätte sie ganz allein auf mich gewartet. Ein weiteres Zittern erfasst meinen Körper, aber vielleicht geht es dieses Mal von ihr aus, schwer zu sagen. Trotz unseres wilden Kusses ist unsere Vereinigung ruhig, ganz so, als ob genau dieser Rhythmus den Unterschied machen könnte. Langsam dringe ich in sie ein, immer wieder, während unsere Lippen und Zungen im schnelleren Takt arbeiten und nicht genug bekommen können. O ja, denke ich, das macht tatsächlich den Unterschied.

Paula lässt sich nach und nach ablenken, denn ich merke, wie die Intensität ihrer Lust von ihrem Mund zu ihrem Unterleib wandert. Ich erhöhe die Geschwindigkeit etwas und entlocke ihr so einen abgehackten Atemzug, den sie mir direkt an die Lippen legt. Und noch einen, als ich etwas härter zustoße. Ihre Arme hat sie um meinen Nacken gelegt und hält sich fest, während ich unsere Bewegungen steuere. Ihre Atemzüge sind flatternd und ihre Küsse haben nun ganz aufgehört, weil sie sich auf das konzentriert, was weiter unten geschieht. Mit geschlossenen Augen schaukelt sie auf mir dahin.

„Paula“, raune ich und küsse ihre Lippen, die ebenfalls beben, genau wie ihr Körper.

„Hm?“

„Das hier bedeutet was“, erkläre ich und dringe noch tiefer, noch viel tiefer.

„Ja.“ Ein leises Stöhnen entschlüpft ihrer Kehle. „Ich weiß.“

„Gut.“

Sie öffnet die Augen, sieht mich an und unsere Lippen finden zueinander, während ich beinahe vergesse, mich wieder ein Stück zurückzuziehen. Aber dann mache ich es doch und es ist noch viel schöner als zuvor, als ich wieder in sie hineingleite. Auch der nächste Tauchgang übertrifft das erneut.

Und so machen wir weiter, immer weiter und weiter, und ich kann mich nicht erinnern, wann Sex im Stehen jemals so befriedigend für mich gewesen ist. Im Prinzip ist es lediglich diese eine Reibung, die uns aufheizt, weil uns zu viel mehr die Hände fehlen, oder auch die Energie, aber es ist das Schönste, was ich bisher erlebt habe. Vielleicht deshalb, weil unsere Vereinigung so viel mehr bedeutet als nur Lust und Laune. Es ist, als wären wir nicht nur körperlich miteinander verbunden, sondern wüssten auch genau, was der andere denkt. Und Fühlt. Und will. Möglicherweise weil es genau das ist, was auch wir selbst wollen. Vielleicht ist das der Grund, dass wir nun hier gelandet sind, anstatt die Bestellung aufzugeben. Dieses kurze Gespräch da draußen hat den Funken zu etwas gegeben, was schon seit Tagen vor sich hin qualmt, und selbst unsere nun äußerst heftigen Bewegungen vermögen das Feuer nicht zu löschen, das zwischen uns brennt.

„Finn“, keucht sie an meinem Ohr und klammert sich an mich.

„Ja?“

„Kannst du …?“

„Ja.“

Und dann ficke ich sie.

Und schlafe mit ihr.

Und liebe sie.

Und dann kommt sie.

Und ich gleich hinterher.

Bis wir wieder atmen und feststellen, dass das hier eben alles zwischen uns verändert hat. Und auch wieder nicht. Sie lächelt und streicht mit den Fingern mein Gesicht entlang, während ich sie noch immer festhalte und stumm nach ihrem Befinden frage. Ganz langsam legt sie ihre

Lippen auf meine und küsst mich sachte. Herrgott, sie macht mich glücklich, denke ich, weiß ich, fühle ich, und küsse sie zurück. Als ich sie vorsichtig auf dem Boden abstelle, damit wir uns wieder anziehen können, lächelt sie noch immer schüchtern. Sie sagt kein Wort, auch nicht, als ich meine Hose hochziehe und sie schließlich das Wäscheknäul um ihr rechtes Bein zu entknoten versucht. Ich reiche ihr schweigend ihren Schuh und als wir aus der Toilette kommen, wartet der Kellner schon auf uns.

„Einige Gäste haben sich über sie beschwert“, erklärt er sachlich. „Ich möchte Sie bitten zu gehen.“

Er ist freundlich, das muss ich ihm lassen. Paula ist hochrot, als wir das Restaurant verlassen, aus dem wir soeben hinausgeschmissen wurden, aber als wir Hand in Hand die Straße hinuntergehen, ist das erste, was aus ihrem Mund kommt: „Siehst du, ich hab’s dir ja gesagt.“

Mit meinem Lachen kommt auch die Erkenntnis, dass ich nicht mehr ohne sie sein will. Am liebsten würde ich die Worte sofort laut durch die Nacht schicken, um zu sehen, welche Wirkung sie auf die Welt haben, aber ich bleibe stumm und warte, bis der richtige Zeitpunkt gekommen ist, damit nur Paula sie hören kann.

Wie das Popcorn in ihrem Mund verschwindet, ist Poesie. Sie nimmt es in ihre schlanken Finger, dreht es, drückt es an ihre Lippen und wenn sie so weit ist, öffnet sich ihr Mund ein winziges Bisschen, um das Stück zu nehmen, es kurz zwischen ihren Lippen festzuhalten, es vielleicht sogar mit der Zunge abzutasten, und lässt es dann elegant aus meinem Sichtfeld verschwinden. Es ist wie ein Kuss für etwas, das sonst keine Aufmerksamkeit bekommt. Eine Liebkosung für das Ausgestoßene, ein Streicheln für die Einzigartigkeit. Es macht mich fertig. Hauptsächlich deshalb, weil sie es ist, die diese Revolution bestreitet.

„Was schaust du mich so an?“, fragt sie und lächelt schief, während ein weiteres Stück Popcorn in ihrem Mund verschwindet.

„Ich möchte gern, dass du mir was abgibst, traue mich aber nicht zu fragen.“

„Gut so“, erwidert sie und grinst. „Ich glaube nicht, dass die Antwort positiv für dich ausfallen würde.“ Sie isst einfach weiter und schaut wieder auf die Kinoleinwand, weil der Film jeden Moment anfangen müsste.

Nachdem der Restaurantbesuch außerplanmäßig abrupt geendet hat, habe ich beschlossen, sie auf die Sonntagabend Spätvorstellung irgendeines Liebesdramas ins Kino einzuladen. Und hier sitzen wir nun.

„Hör auf, mich so anzustarren“, sagt sie, ohne das Gesicht zu mir zu drehen.

„Gib mir was ab.“

„Nein.“

„Ich will aber, dass du mir was abgibst.“

„Und ich will, dass du den Mund hältst. Der Film geht gleich los.“ Sie deutet kopfnickend nach vorn.

„Ich schwöre, ich werde so lange nerven, bis du mir was abgibst. Ich kann sehr ausdauernd sein.“

Sie lächelt, während sie sich weiter Popcorn in den Mund schiebt. Immer ein Stück nach dem anderen, ganz langsam. „Mmh, wirklich lecker. Und es ist sogar noch warm“, stichelt sie.

„Letzte Chance, sich mit mir im Guten zu einigen“, warne ich.

„Sonst was? Hast du vergessen, dass ich diejenige bin, die die Tüte in der Hand hält?“ Sie schaut mich kurz an. „Meins, verstehst du? Du kannst mit deinen Nüssen glücklich werden.“ Und damit wendet sie den Blick wieder ab.

„Meine Nüsse werden auch dich glücklich machen, ich verspreche es. Wenn du mich von deinen poppigen Dingern da kosten lässt.“

Sie prustet los und schüttelt den Kopf. „Nur in deinen Träumen, Finn.“

Ich warte, bis das nächste Stück Popcorn zwischen ihren Lippen balanciert, bevor ich mich zu ihr beuge, mit einer Hand ihren Kopf festhalte und meinen Mund fest auf ihren presse. Sie keucht überrascht auf, sodass das Stück schließlich in meinem Mund landet. Grinsend lasse ich von ihr ab und kaue genüsslich.

„Vielen Dank. Es ist tatsächlich noch warm und ziemlich lecker."

„Das sind unlautere Methoden", argumentiert sie. „So geht das nicht. Jetzt will ich eine Nuss. Sofort."

„Vielleicht, wenn wir zu Hause sind, Baby. Und wenn ich nicht zu müde dafür bin."

Sie schnaubt und verdreht die Augen. „Das ist ja wieder typisch. Groß ankündigen und dann klein beigeben. Ich sage nur: fünf Minuten."

„Um kleine Dinge ganz groß zu machen, brauche ich keine fünf Minuten."

Ihre Augen blitzen amüsiert, bevor plötzlich das Licht ausgeht und die Leinwand aufleuchtet. „Das Thema ist noch nicht beendet", murrt sie.

Ich beuge mich erneut zu ihr. „Ganz bestimmt nicht." Und dann küsse ich sie richtig und spüre ihre weiche Zunge an meiner. Irgendwo in meinem Bauch ist plötzlich die Hölle los, weil es sich so fantastisch anfühlt, ihr nah zu sein. Nur widerwillig lasse ich von ihren Lippen ab.

„Fortsetzung folgt", raune ich, setze mich wieder gerade hin und reiße meine Tüte mit dem Nussmix auf. Etwa zehn Minuten lang sehen wir uns zwei Filmvorschauen und massig Werbung an, dann gibt es erneut eine Pause.

Die Lichter gehen an und Paula beugt sich zu mir. „Weißt du, was ich mich frage?"

„Warum selbst im Winter eine Eiswerbung nach der anderen läuft?"

Sie schüttelt den Kopf und deutet auf meinen Snack. „Warum du immer diese Mischtüten kaufst, wenn du doch nur die Pistazien herauspuhlst."

„Wie sehr willst du das wissen?", frage ich lächelnd zurück.

„Ach, gar nicht." Sie zuckt resigniert mit einer Schulter. „Ich wollte nur ein bisschen Zeit überbrücken, bis der Film losgeht."

Ganz langsam wandert ein Stück Popcorn in ihren Mund, während sie einfach wieder nach vorn schaut und so tut, als hätte sie nie eine Frage gestellt. Anscheinend hat sie mich in den letzten Minuten intensiv aus den Augenwinkeln beobachtet, überlege ich, oder ich war einfach zu laut und nervig beim Hervorschütteln der Pistazien.

„Wusstest du, dass das gar keine Nüsse sind?", frage ich und halte ihr eine Pistazie vor die Nase.

„Ich weiß."

„Und trotzdem sind sie hier zwischen all den anderen. So, als würden sie dazugehören", erkläre ich weiter. „Sie tarnen sich, vielleicht nur, um nicht ausgestoßen zu werden. Ist das nicht vollkommen blöde? Ich meine, sie haben durchaus die Macht, sich zu sich selbst zu bekennen und die Weltherrschaft an sich zu reißen, aber sie machen es nicht. Sie verstecken sich hier zwischen all den Nüssen, nur, um nicht aufzufallen. Sie sind bescheiden, verstehst du? Sie sind die Königinnen, aber sie bestehen nicht auf ihren Status. Und das macht sie besonders."

Paula legt den Kopf schief und grinst. „Und darum verspeist du sie als erstes?"

Ich zucke die Schultern. „Ich will, dass es so bleibt. Sobald sie mitbekommen, dass sie anders sind als die anderen, wollen sie eine Alleinstellung und berufen sich selbst zu Höherem. Das geht nicht. Nachher bekommen sie noch ihre eigenen Tüten." Ich schnaube verächtlich. „So weit kommt's noch. Nein. Sie sind nur besonders und einzigartig, solange sie unter all den anderen weilen. Das liebe und respektiere ich an ihnen. Und genau deshalb müssen sie als erstes sterben."

„Mein Gott", meint sie lachend. „Keine Ahnung, warum, aber was du sagst, klingt tatsächlich logisch."

„Natürlich", erwidere ich grinsend. „Hast du etwa daran gezweifelt?"

„Wie ist deine Theorie zu Erdnüssen?"

„Erdnüsse sind Hülsenfrüchte“, erkläre ich. „Jedoch sind sie arrogant genug, um sich als Nuss zu bezeichnen. Sie täuschen alle mit ihrer Überheblichkeit und locken mit falschen Voraussetzungen. Eine Erdnuss zu sein, bedeutet, jemand zu sein, der sich als König sieht, jedoch keiner ist. Würde eine Mandel das von sich behaupten, würde ich zustimmen, denn Mandeln sind, ernährungstechnisch betrachtet, hier in meiner Tüte das Staatsoberhaupt. Sie haben Macht und zusammen mit den Cashews können sie eine gesunde Welt regieren, aber die Erdnuss drängt sich immer in den Vordergrund. Sie will die Mehrheit und unglücklicherweise will die Mehrheit auch sie. Ich kann damit leben, solange die Pistazie ihren Stellenwert nicht aufgibt. Wenn diese nämlich entdeckt, was tatsächlich in ihr steckt, dann sind wir alle verloren und werden das Sonnenlicht niemals wiedersehen.“

Sie grinst verschmitzt und schüttelt langsam den Kopf. „Okay, ich frage lieber nicht weiter.“

„Warum nicht? Willst du nicht wissen, was ich davon halte, Mais zu poppen? Das ist nämlich purer Sex.“

Sie hebt überrascht die Augenbrauen und lacht. „Nein, bitte nicht. Es ist bereits nach zweiundzwanzig Uhr.“

„Ich kann es kinderfreundlich ausdrücken.“

„Ich habe Angst.“

„Brauchst du nicht, denn, was du bekommst, ist durchaus positiv. Du isst nämlich sozusagen den Orgasmus.“

„Bitte?“

„Okay, pass auf. Wir reden hier von Puffmais, klar? Der Name hat Bedeutung“, erkläre ich ernst, als sie mich anschaut, als hätte ich nicht mehr alle Latten am Zaun. „Alles, was du für einen befriedigenden Abend mit einem leckeren Snack brauchst, sind zwei Komponenten: ein Maiskorn und Hitze. Mann und Frau. Der im Maiskorn enthaltene Endosperm, der übrigens außen hart ist und innen weich, enthält Wasser, das sich ausdehnt, sobald es seinen Aggregatszustand ändert. Wenn du dem Maiskorn also ordentlich einheizt, entsteht ein Druck in seinem Inneren, der sich irgendwann entladen muss. Auf dem Höhepunkt der Vereinigung von Wärme und Korn platzt die Hülle und die Stärke dehnt sich in der schaumigen Struktur des Endospermgewebes rapide aus. Danach kühlt sofort alles wieder ab und erstarrt. Das war's, nun haben wir den Salat. Oder in diesem Fall: das Popcorn."

Sie betrachtet mich einen Augenblick nachdenklich. Mir gefällt, dass sie tatsächlich über meine Worte zu sinnieren scheint, anstatt mich einfach für verrückt zu erklären. Ich weiß nicht, wann ich solche Dinge wie heute Abend schon mal laut gesagt habe. Vielleicht das letzte Mal mit zwanzig, als meine Welt noch so einfach funktionierte, dass es egal war, was offiziell aus meinem Mund kommt.

„Das heißt, ich habe zwei Jahre überhaupt keinen Sex, nur um dann an einem Abend gleich mit dreihundert Orgasmen konfrontiert zu werden?", fragt sie schließlich und betrachtet prüfend das Stück Popcorn in ihrer Hand.

„Nun, genau genommen … Halt!" Ich sehe sie überrascht an, als ihre Frage vollständig bei mir ankommt. „Du hattest zwei Jahre lang keinen Sex?"

„Nein, hatte ich nicht." Und dann wird sie verlegen und sieht schnell in eine andere Richtung. Und dann zu Boden. Danach auf die Popcorntüte in ihren Händen. Als ich weiter schweige, blickt sie vorsichtig zu mir herüber. „Erst wieder mit dir. An unserem ersten Tag", sagt sie leise.

Mein Herz bollert plötzlich äußerst heftig in meiner Brust. „Ich erinnere mich."

„Und heute."

„Daran erinnere ich mich auch."

Sie lächelt. „Ich will keine Nuss", gesteht sie. „Denn selbst dein Staatsoberhaupt Mandel und der Vizepräsident Cashew sind Blender. Genau genommen ist so ein Nussmix also gar kein Nussmix, sondern nur ein Mix aus botanischen Individuen, die versuchen, den engsten

Gefährten zu übertreffen. Ich verstehe nicht, warum sie sich nicht mit dem zufriedengeben, was sie haben und was sie sind. Immer muss es besser sein, immer anders, immer mehr. Da lobe ich mir doch mein Maiskorn, denn das weiß wenigstens, zu wem es gehört. Und es poppt auch nur mit der Hitze, weil sie die einzige ist, die ihn dazu bringen kann."

„Du hungerst also zwei Jahre, weil irgendeine Nuss deinen Vorstellungen niemals genügen würde?"

Sie nickt.

„Woher willst du das wissen, wenn du sie nicht probierst?"

„Ich weiß, was ich will. Und ich hungere lieber, bevor mir schlecht wird, weil ich alles durcheinanderesse."

Da ist was dran. Eindeutig. „Und wie erkennst du dein Maiskorn? Du sagst schließlich selbst, dass du noch nie eins getroffen hast."

„Wie soll ich das Maiskorn sehen, wenn es sich zwischen Nüssen versteckt?"

„Stimmt", bestätige ich. „Als Hitze hat man es wahrlich nicht leicht in dieser kalten Welt."

Lächelnd sehen wir uns an, bevor das Licht wieder ausgeht und die Leinwand erneut zum Leben erwacht. Der Geräuschpegel um uns ist plötzlich extrem laut, aber ich nehme trotzdem nur Paula wahr, die mich noch immer ansieht und meinen Puls zum Rasen bringt. Beinahe gleichzeitig lehnen wir uns zu dem jeweils anderen herüber. Mein Mund schafft es zuerst zu ihrem Ohr.

„Ich mag, wie du denkst", gestehe ich.

„Und ich mag, wie du redest", sagt sie.

Und dann finden unsere Lippen zueinander und trennen sich erst wieder, als der Film schon läuft.

Nach dem Kino gehen wir direkt nach Hause. Ich bin beschwingt und könnte wahrscheinlich die ganze Nacht durchmachen, wenn ich morgen früh kein Studio zu leiten hätte. Und ein paar persönliche Trainingseinheiten absolvieren müsste, die meine komplette Konzentration verdient haben.

„Vielen Dank für den schönen Abend", sagt sie, als wir die Wohnung betreten. „Für den ganzen Tag. Es war wirklich schön."

„Danke, dass du mir Fanny vorgestellt hast", erwidere ich.

Sie lächelt mich an. „Hast du am Dienstagnachmittag schon etwas vor? Ich treffe mich mit ihr, ohne, dass Daniel dabei ist, und dachte, dass … na ja. Vielleicht hast du ja Zeit oder so. Wenn du keine Termine hast, meine ich." Es ist so süß, wenn sie um den heißen Brei herumredet, anstatt direkt zu sagen, dass sie mich dabeihaben will. Gut, dass ich inzwischen weiß, wie sie tickt.

„Ich komme sehr gerne mit." Nachdem wir unsere Jacken aufgehängt haben, füge ich an: „Fanny hat mich bereits für Dienstag eingeladen."

„Wirklich?"

„Sie mag mich", sage ich grinsend und deute einen kleinen Freudentanz an.

Paula lacht. „Das wundert mich nicht. Du hast ihrem Vater ja auch ordentlich Zunder gegeben. Ich hätte mich beinahe bepinkelt, als du ihm bei der Verabschiedung einen Korb gegeben hast. *Ich habe ja Ohren.*" Sie lacht erneut auf. „Er hat wohl nicht damit gerechnet, dass jemand noch überheblicher sein kann als er selbst."

„Du hältst mich für überheblich?"

„Du warst megamäßig arrogant, Finn. Aber das ist genau der richtige Ton bei Daniel."

„Nun, ich schätze, ich habe ein bisschen Übung im Umgang mit Wichtigtuern."

„Zumindest hast du die Coolness dafür. Ich weiß nie, was ich sagen soll."

„Bei mir weißt du es doch auch", merke ich an und durchquere die Wohnung, um ein Glas Wasser zu trinken.

„Ja, aber du siehst auch nicht auf mich herab. Bei ihm habe ich ständig das Gefühl, mich entschuldigen zu müssen, dabei weiß ich noch nicht mal wofür. Er verunsichert mich und das Schlimme ist, dass er mit vielen Dingen, die er sagt, recht hat. Er weiß nicht, dass ich zurzeit keine Wohnung habe, und das mit dem neuen Job war auch gelogen. Wenn er jemals die Wahrheit erfährt, darf ich Fanny nicht mehr sehen. Er hält mich jetzt schon für den Abschaum der Gesellschaft."

Ich nehme das Glas von meinen Lippen und beobachte, wie sie neben mich tritt, um sich ebenfalls etwas einzugießen. Als sie mit trinken fertig ist, sieht sie mich an und lächelt. Ich ziehe sie dichter. „Wie ist dein Plan?"

„Für die Zukunft? Oder für heute Nacht?", fragt sie leise.

„Für dich. Was willst du?"

Sie atmet tief und schließt dann die Augen, bevor sie ihren Kopf langsam auf meine Schulter sinken lässt. Ich lege meine Arme um sie und sie hält mich mit ihren fest. Zwei, drei Minuten sprechen wir kein einziges Wort und es ist, als würden unser Atem und unser Herzschlag in der Stille ausreichen, um einander hören zu können. Vielleicht ist es wirklich so.

„Ich möchte Fanny bei mir haben", beginnt sie schließlich leise. „Ich möchte morgens für sie Frühstück machen und abends mit ihr über den Tag sprechen. Jeden einzelnen Tag. Es soll ihr bei mir gutgehen, damit sie später sagen kann, dass sie eine schöne Kindheit hatte. Ich habe schon viel zu viel davon verpasst und habe keine Ahnung, wie es ihr wirklich in all den Jahren ging und was genau sie schon erlebt hat, aber ich möchte zumindest für den Rest ihres Lebens da sein. Als ich so alt war wie sie jetzt, änderte sich mein Leben zum Negativen, daher weiß ich, wie wichtig es ist, ihr auch in Zukunft Halt zu geben. Und einen

Zufluchtsort, an dem sie niemals Angst haben oder sich vor sich selbst verstecken muss. Ich möchte, dass sie glücklich ist und glaube, dass sie es unter bestimmten Umständen bei mir sein kann."

Sie hält mich noch ein kleines bisschen fester, während sie weiterspricht. „Ich habe durchaus konkrete Pläne für die Zukunft, auch wenn ich im Moment nicht in der Lage bin, diese auszuführen. Wie gesagt, möchte ich einen Ort haben, an dem ich zu Hause sein kann. Mit meiner Tochter zusammen. Und ich möchte auch wieder arbeiten. Es muss nicht mit Kindern sein, so wie in der Vergangenheit, denn seit ich Hildes rechte Hand bin und auch ab und an für einen ihrer Freunde etwas erledige, habe ich die Älteren zu schätzen gelernt. Ich liebe es, wenn sie mir Geschichten von früher erzählen. Wenn sie berichten, wie ihr Leben verlaufen ist und was sie alles hätten anders machen wollen. Oder was sie genau so noch einmal tun würden. Ich höre gerne den Menschen zu, die wirklich etwas zu sagen haben, verstehst du? Ich finde das so wichtig. Auch für die eigenen Entscheidungen, vor denen ich immer wieder stehe. Soll ich auf mein Herz hören? Oder das tun, was richtig ist? Ist das vielleicht sogar dasselbe? Und warum lasse ich mich von anderen steuern, wenn ich mein Leben doch am besten selbst lenken kann? Ich weiß, wo ich hinwill, aber manchmal ist es schwer, den Weg zu halten. Ich glaube, du weißt genau, wovon ich rede."

„Das tue ich. Aber ich weiß auch, dass es Dinge gibt, die unser Ziel verändern können. Möglicherweise ist das, was wir jahrelang für gut befunden haben, durch eine einzige Sache plötzlich nicht mehr ausreichend. Eventuell will man plötzlich mehr, vielleicht auch weniger. Wir können keinem festen Schema folgen, weil genau das uns für die wahre Schönheit des Lebens abstumpfen lässt. Die unerwarteten Begegnungen sind oft die wertvollsten."

„Redest du von uns beiden?"

„Und wie ich das tue."

Ich kann spüren, wie sie lächelt, auch wenn sie mich nicht ansieht. Sie braucht einen Moment, bis sie antwortet, und in dieser Zeit halte ich sie einfach weiter an mich gedrückt und fühle, wie gut sie mir tut.

„Willst du mehr oder weniger?", fragt sie leise.

„Definitiv mehr. Und du?"

„Mehr."

Mein Magen macht einen kleinen freudigen Hüpfer, bevor er wieder an seinen Platz zurückkehrt. „In Ordnung. Dann sag ich dir jetzt was. Und ich hoffe, du verstehst mich nicht falsch." Ich lasse meine Arme locker, ohne sie loszulassen, und suche stattdessen ihren Blick. Sie hebt sofort den Kopf, als hätte sie genau das gespürt.

„Ich will nicht, dass du weiter auf der Straße lebst", erkläre ich und schaue direkt in ihre grünen Augen. „Das ist keine Vorschreibung, nur eine Feststellung. Ein Wunsch. Es ist scheiße kalt da draußen, und damit meine ich übrigens nicht nur die Temperaturen. Solange deine Pläne also in der Luft hängen und du dich neu sortierst, will ich dich im Warmen wissen."

Sie nickt zaghaft. „Okay. Ehrlich gesagt, denke ich schon länger darüber nach. Vielleicht suche ich mir für den Anfang einfach ein WG-Zimmer."

„Vielleicht bleibst du für den Anfang einfach hier", erwidere ich und zucke mit den Schultern, als wäre das die logischste aller Alternativen. Wahrscheinlich ist sie das auch. Ich kann trotzdem sehen, wie leichte Panik in ihren Augen aufsteigt.

„Ich weiß nicht", antwortet sie schließlich und löst sich von mir. „Geht das nicht zu schnell?"

Ich lasse sie stehen und durchquere den Raum bis zu meinem Schrank, um in einer der Schubladen nach dem Zweitschlüssel für meine Wohnung zu suchen. Ich lausche auf eventuelle Warnungen in meinem Schädel, aber da ich nichts höre, gehe ich zurück, nehme ihre Hand und lege den Schlüssel direkt hinein. Ihre Pupillen werden riesig, als sie versteht, was das ist.

„Also, das geht definitiv zu schnell, Finn."

„Du bist sowieso jede Nacht hier“, argumentiere ich. „Ein Schlüssel bedeutet nur, dass du auch tagsüber herkommen kannst. Ich muss in fünf Stunden aufstehen und arbeiten, aber deshalb brauchst du nicht ebenfalls da rausgehen. Bleib einfach hier und dann sehen wir weiter.“

„Ich weiß nicht, was ich sagen soll“, krächzt sie und ich erkenne genau, dass Tränen in ihren Augen bereitstehen, die sie tapfer niederzukämpfen versucht.

„Sag nichts. Das ist nicht nötig. Aber du darfst mich gerne küssen, bevor ich nachher das Licht ausmache. Und morgen ist ein neuer Tag, ich verspreche es. Dann können wir nochmal über alles reden und werden sehen, was die Zeit zu sagen hat.“

Zweiundzwanzig
Als würde ich Achterbahn fahren

Paula

Mit Finn den Haushalt zu teilen, ist das Angenehmste und gleichzeitig Aufregendste, was ich bisher erlebt habe. Ein Grund dafür ist sicherlich der gegenseitige Respekt, den wir füreinander empfinden, obwohl ich noch immer nicht weiß, womit ich seinen verdient habe. Ständig fragt er mich nach meiner Meinung und wir diskutieren dann über die natürlichsten und auch abgefahrensten Dinge des Lebens. So viel wie mit ihm habe ich noch nie gelacht, so wohl habe ich mich noch mit keinem anderen Menschen gefühlt und so frei, darum fliegen auch meine Bedenken, die räumliche Enge könnte uns schaden, jeden Tag ein Stück weiter weg.

Wenn er zur Tür hereinkommt und mich anlächelt, schlägt mein Herz einen doppelten Salto und ich bin beinahe unfähig, seinen Gruß zu erwidern, weil ich manchmal noch immer nicht glauben kann, dass er wirklich mich meint. Das Gefühl, wenn er zu mir nach Hause kommt, oder wenn ich diejenige bin, die länger unterwegs ist, und er in der Wohnung auf mich wartet, ist überwältigend und ich möchte oft einfach das Fenster öffnen und herausschreien, wie gut es mir gerade geht. Als ich Finn das erste Mal zu einem Treffen mit Fanny mitnehme, quillt mein Herz beinahe über, weil ich sehe, wie gut die beiden sich verstehen. Bei der Verabschiedung flüstert meine Tochter mir ins Ohr, dass ich *den bloß nicht verjagen* soll, und Finn erklärt mir später, dass ich zu recht stolz auf meine außergewöhnlich kluge und auch ein wenig freche Tochter sein kann.

„Sie ist wie du", sagt er. „Sie versteckt ihre wahre Schönheit hinter einer Fassade. Nur dass ihre aus bedeutend weniger hässlicher Wolle besteht."

Ich schleudere ihm in gespielter Entrüstung ein Kissen an den Kopf, aber in Wahrheit suchen sich seine Worte einen Weg direkt unter meine Haut. Bis in mein Herz hinein. Nur eine Woche später nehme ich ihn auf sein Bitten hin mit zu Hilde. Sie öffnet die Tür, mustert ihn skeptisch und fragt dann: „Mädchen, wo hast du den denn aufgegabelt?" Ihre perfekt gestylten grauen Haare betonen das Blau in ihren wachen Augen, während sich ihre Hand abwartend in ihre Hüfte stemmt.

„Der ist mir zugelaufen."

Sie schüttelt den Kopf. „Mein Gott, für diese Streuner heutzutage braucht man ja einen Waffenschein."

„Wollen Sie etwa Jagd auf mich machen?", fragt Finn und lächelt, wie nur er es kann. Ich glaube, Hilde und ich schmelzen gleichzeitig dahin.

„Jungchen, du kannst froh sein, dass ich die Achtzig schon länger überschritten habe, sonst hätte ich dich sofort aus dem Verkehr gezogen." Ihre Direktheit macht auch vor Fremden nicht halt und das ist wahrlich erstaunlich. Ich bin also nicht die einzige, die ständig von ihr zurechtgewiesen wird. Eigenartigerweise macht sie das in meinen Augen noch viel liebenswerter, als ich je erwartet habe.

„Nun, ich schätze, das hat Paula bereits erledigt", erwidert Finn gelassen.

„Sehr clever von ihr." Hilde zwinkert mir zu, als sie uns schließlich eintreten lässt.

Ich habe noch nie erlebt, dass sich jemand in wirklich jeder Situation behaupten kann, aber Finn schafft das. Er hat recht mit dem, was er einmal sagte, denn er passt sich tatsächlich der Welt an, aber ich glaube, dass er dennoch die Gabe hat, trotz allem er selbst zu sein. Nach außen hin ist er freundlich und sagt nette Dinge, aber je mehr Zeit ich mit ihm verbringe, umso besser kann ich erkennen, was er manchmal wirklich denkt. Ich bewundere ihn für dieses Können und wünschte, ich könnte, gerade Daniel gegenüber, auch einfach mal etwas loswerden, was hintergründig eine ganz andere Bedeutung hat.

Etwa zweimal in der Woche gehen Finn und ich abends ins Fitnessstudio und trainieren zusammen. Er konzentriert sich dann ganz auf mich, als wäre ich eine zahlende Kundin, gibt mir Tipps, zeigt mir Tricks und klärt mich genauestens über die Bedeutung bestimmter Übungen auf.

An den anderen Abenden kochen wir zusammen, spielen Mühle oder schauen fern. Wenn ich ein Buch lese oder etwas im Fernsehen läuft, was er nicht sehen will, dann zieht er sich zurück und zeichnet. Eines Nachts werde ich wach und sehe, wie er zwischen zahllosen Blättern auf dem Boden sitzt und konzentriert einen Stift über das Papier gleiten lässt. Ich beobachte ihn eine Weile dabei, aber da er es nicht bemerkt und ich ihn keinesfalls stören will, schlafe ich bald wieder ein. Am nächsten Morgen ist alles wie immer, keine Spur von seinem nächtlichen Einsatz und auch kein einziges Wort darüber. Ich widerstehe dem Drang, in seinen Schränken nach den Zeichnungen zu wühlen, obwohl ich zu gern wissen will, was er zu Papier bringt. Arbeitet er an einem neuen Comic? Oder sind es nur aus dem Zusammenhang gerissene Zeichnungen wie all jene, die an seinen Wänden hängen?

Manchmal ist er mies drauf, wenn er von der Arbeit kommt, und feuert seinen Rucksack wütend in eine Ecke.

„Ich hasse sie!", sagt er dann und sucht nach der Schachtel Zigaretten, die er immer irgendwo liegen hat.

Wenn ich dann frage, wen genau er meint, knurrt er mich nur an und antwortet: „Alle".

Nach dem Rauchen geht es ihm meistens besser und er konkretisiert seine Aussage. Oft ist es ein Geschäftskollege oder ein Konkurrent, über den er sich ärgert, aber manchmal sind es auch die Frauen, die meinen, einen Besitzanspruch auf ihn zu haben. Dann sagt er, dass er das Personal Training an den Haken hängen und sich nur noch der Geschäftsführung widmen will, aber wir wissen beide, dass das Blödsinn ist. Nur deshalb macht er schließlich diesen Job. Nicht selten klingelt nach Feierabend sein Telefon Sturm, aber meistens wirft er nur einen kurzen Blick darauf und schaltet es dann aus. Einmal habe ich ihn gefragt, wer ihn andauernd anruft. Er hat mich nur angesehen und gefragt: „Vertraust du mir?"

„Ja, natürlich."

„Das kannst du auch", war seine Antwort und ich gebe mich seitdem damit zufrieden. Ich habe keinen Grund, es nicht zu tun.

Ich verbringe die Tage oft bei Hilde. Sie ist mir sehr ans Herz gewachsen und auch wenn sie manchmal wirklich schonungslos direkt sein kann und mich zusammenfaltet, weil ich etwas gemacht habe, was sie selbst hätte schaffen können, bin ich gern mit ihr zusammen. Einmal sehen wir uns zusammen ein Altersheim an, weil sie die Männer dort „abchecken" will, wie sie sagt, aber ich glaube, der wahre Grund liegt tiefer vergraben. Vielleicht sieht sie langsam ein, dass die Stufen hoch zu ihrer großen Wohnung zu viel werden. Außerdem kann sie sich oft schlecht konzentrieren und wirkt abwesend, aber wenn ich sie darauf anspreche, wird sie fies und weist mich in meine Schranken.

Dieser Besuch in der Einrichtung für betreutes Wohnen ist jedoch ein absoluter Glückfall für mich, denn zufälligerweise wird dort Personal gesucht. Erst später wird mir bewusst, dass Hilde nur deshalb mit mir dort hinwollte. Zwei Tage danach habe ich bereits ein Vorstellungsgespräch und am Tag darauf die Zusage. Ich bin so verdammt aufgeregt, dass ich ins Fitnessstudio fahre, um es Finn direkt zu erzählen. Bisher habe ich geschwiegen, weil ich erst meine realen Chancen ausloten wollte, bevor ich mit meiner Aufregung noch mehr Leute anstecke, aber nun kann ich es nicht länger für mich behalten. Am Eingang werde ich von Antonio zurückgehalten.

„Nur für Mitglieder", sagt er und schaut mich missbilligend an. Er kennt mich nicht, woher auch? Ich war seit dem Vorfall damals nicht mehr tagsüber hier.

„Ich möchte zu Finn, es ist wichtig."

„Ganz bestimmt ist es wichtig, Schätzchen, aber ich sagte bereits, dass der Zutritt nur Mitgliedern gestattet ist."

„Ich bin seine Freundin."

Er prustet los. „Ja, genau."

„Wo ist er? Im Büro?" Ich gehe einfach an ihm vorbei.

„Halt!", brüllt er und schiebt seinen massigen Körper vor mich. Seine Muskeln werfen mich beinahe um, so sehr drängen sie sich aus dem Shirt und mir in den Weg. „Hast du was an den Ohren? Verschwinde!"

„Ich muss erst mit Finn sprechen", beharre ich und werfe einen Blick durch den Raum. Das Studio ist voll und ich errege hier mehr Aufmerksamkeit, als mir lieb ist.

„Er ist nicht zu sprechen. Nicht für dich."

„Es dauert auch nicht lange." Mein Gott, bettle ich etwa gerade, um meinen Freund sehen zu dürfen?

„Er hat einen Termin."

„Okay, dann warte ich solange."

„Wenn du dich nicht selbst unglücklich machen willst, dann geh nach Hause. Der Mann spielt außerhalb deiner Liga."

„Was?"

„Er ist beschäftigt, kapiert?"

„Womit?" Ich weiß nicht, warum meine Stimme plötzlich unsicher klingt. Vielleicht, weil ich ahne, dass hier irgendwas anderes läuft. Auf einmal ist mir wahnsinnig kalt, also schlinge ich mir die Arme um den Oberkörper.

„Das geht dich einen feuchten Furz an", antwortet Antonio und zeigt auf die Tür. „Und jetzt verschwinde."

Ich blinzle ihn an und schaue mich dann unsicher um. Mindestens drei Barbiepüppchen zeigen mit dem Finger auf mich und tuscheln. Dazu schaut noch ein weiterer Muskelberg von einem Mann in meine Richtung und eine von Finns Mitarbeiterinnen. Wie heißt sie noch gleich? Susi? Ich atme tief und schiebe mich erneut einfach an Antonio vorbei. Auf halbem Weg zu Finns Büro reißt er mich am Arm zurück.

„Stehenbleiben!"

„Nimm deine Griffel weg", zische ich. „Sofort!" Ich weiß nicht, woher plötzlich dieser Mut kommt, so mit einem fremden Mann zu reden. Noch dazu mit einem, der so viel größer und stärker ist als ich.

Eigenartigerweise lässt er mich jedoch gleich los und hebt die Hände in die Luft. Aber sein Blick faltet mich zusammen, schmeißt mich auf den Boden und trampelt auf mir herum, bis nichts mehr übrigbleibt. Nur noch ein Zittern, das durch meinen Körper schießt, als hätte mich gerade ein Zug überrollt. Ich keuche heftig.

„Sag nicht, ich hätte dich nicht gewarnt", grummelt er schließlich und lässt mich mit einem letzten abfälligen Blick auf meinen Körper stehen.

Mein Herz springt mir beinahe aus der Brust, als ich mich mit unsicheren Schritten der Bürotür nähere. Was geht hier vor? Was soll ich nicht sehen? Nicht wissen? Meine Hände flattern gefährlich und meine Beine geben fast unter mir nach, als ich, ohne anzuklopfen, die Tür aufstoße. Als ich Finn sehe, wird mir klar, was ich erwartet habe, und sinke in die Knie. In meinem Kopf vögelt er in aller Seelenruhe irgendeine Tussi auf seinem Schreibtisch und lacht mich aus, als er mich sieht.

„Ach komm, das hättest du dir doch wirklich denken können", dröhnt seine Stimme und ich möchte nur noch heulen. Stattdessen springt er von seinem Stuhl auf, umrundet den Schreibtisch, an dem außer ihm noch zwei andere Männer sitzen, und kommt auf mich zu.

„Hey", sagt er, geht in die Hocke und zieht mich schließlich auf die Füße und dann fest an seine Brust. „Alles in Ordnung?"

Ich schüttle den Kopf, weil ich die Sorge in seiner Frage hören kann und mich plötzlich fühle wie der letzte Dreck. Ich sollte ihm doch vertrauen. Ich *wollte* ihm vertrauen. Immer. Und dann fließen die Tränen, denn ich bin so schäbig. Und total gestört.

„Was ist denn passiert?", fragt er flüsternd und hält mich weiter an sich gedrückt, während er sachte mein Haar streichelt. „Was ist los?"

Ich löse mich von ihm, wische energisch meine Tränen beiseite und schniefe so laut, dass es von den Wänden widerhallt. Dann sehe ich ihn an. „Ich habe einen Job."

„Was?" Sein Gesichtsausdruck wechselt von Verständnislosigkeit zu Erstaunen. „Du hast einen Job?"

Ich nicke. „Ja."

Er legt den Kopf schief, dann lacht er auf und streicht sich mit beiden Händen das Haar aus der Stirn. Aufmerksam betrachtet er mich und meint dann trocken: „Das trifft sich gut, denn ich bin demnächst arbeitslos." Nach einem kurzen Kopfnicken in die Richtung der beiden Herren am Tisch fügt er hinzu: „Ich habe gerade mein Studio verkauft."

Ungläubig starre ich ihn an und merke, wie mir sogar die Kinnlade herunterklappt. Finn lächelt lediglich und zuckt mit den Schultern.

„Aber es ist dein Studio", stammle ich und kann es noch immer nicht fassen.

„Schon lange nicht mehr. Und seit heute auch offiziell nicht mehr." Und dann zieht er meinen Kopf zu sich heran und drückt kurz seine Lippen auf meine. „Ich bin hier gleich fertig. Hol dir solange einen Kaffee, okay? Und danach lade ich dich zum Essen ein."

Wie betäubt schwanke ich auf den Flur hinaus bis hin zu der Bank neben dem protzigen Kaffeeautomaten. Meine Gedanken schwirren wirr durcheinander und erst, als sich jemand neben mich setzt und mich anspricht, kriege ich sie halbwegs geordnet.

„Hat er wirklich verkauft?" Für ihre recht kräftige Statur ist Susis Stimme viel zu fein.

Ich sehe sie an und nicke. „Sieht ganz so aus."

Seufzend schlägt sie die Beine übereinander. „Verdammt, ich werde ihn vermissen. Ohne Finn wird es hier nicht mehr dasselbe sein. Er ist der Beste in der Branche."

„Das höre ich nicht zum ersten Mal", erwidere ich und Susi lacht auf.

„Du bist Paula, habe ich recht?"

„Ähm, ja." Woher kennt sie meinen Namen? Was weiß sie? Wie stehen sie und Finn zueinander?

Sie lächelt und ist dabei wirklich hübsch, weil sich ihre Nase leicht kräuselt. „Er sagte, du bist seine Pistazie."

„Bitte?"

Sie beugt sich zu mir und flüstert: „Pistazien sind seine Lieblingsnüsse."

„Genaugenommen sind es keine Nüsse", brabble ich und ernte ein verschmitztes Lächeln von ihrer Seite.

„Vielleicht ja genau deswegen", gibt sie zu bedenken und steht auf. „Was auch immer ihn dazu gebracht hat, all das hier aufzugeben, muss ihm eine Menge bedeuten. Es war schön, dich mal kennenzulernen."

Und dann ist sie so schnell weg wie sie gekommen ist, und die Gedanken in meinem Kopf haben nun noch mehr, worum sie kreisen können. Zehn Minuten später verabschiedet Finn die Männer aus seinem Büro und begleitet sie zur Tür. Als sie weg sind, dreht er sich grinsend um, winkt mich heran und wendet sich an Antonio.

„Morgen früh um acht", sagt er. „Sei so gut und sag allen Bescheid. Sollten Termine anstehen, verschieb sie bis frühestens elf. Ich möchte noch ein paar Dinge mit euch besprechen, bevor ich keine Gelegenheit mehr dazu habe. Am Montag kommt der Neue."

Antonio sagt keinen Ton, sondern nickt nur und schlägt den Terminkalender auf, um konzentriert die Seiten durchzugehen.

„Ich mache jetzt Feierabend", verkündet Finn und legt einen Arm um meine Schulter. „Denn wie ich hörte, gibt es einen weiteren Grund zum Feiern." Dabei grinst er mich an.

„Ähm, ja", sage ich und kann ihn nur anstarren. Er ist total aufgedreht, so habe ich ihn noch nie erlebt.

„In Ordnung. Dann los. Mach's gut, Toni, bis morgen früh."

„Bis dann."

Im nächsten Moment stehen wir auf der Straße und Finn wirbelt mich herum, als würden wir tanzen. Sein Lachen ist ansteckend und ich bekomme kaum noch Luft, als er mich schließlich an sich presst und meinen Kopf zwischen seine Hände nimmt.

„Erzähl mir von deinem Job", bittet er und sein Lächeln blendet mich. „Und dann sag mir, warum ich davon erst jetzt erfahre."

„Warum um alles in der Welt hast du dein Studio verkauft?"

„Wann hast du dich beworben? Und wo?"

„Was hast du denn jetzt vor?"

„Wieder ich sein", antwortet er. „Glücklich sein."

„Das klingt perfekt", gebe ich zu.

„Das ist es." Er zieht meinen Mund auf seinen und küsst mich zärtlich. Seine Zunge ist dabei so weich und bittend, dass ich spüre, wie irgendwo in meinem Bauch Millionen Schmetterlinge zu fliegen beginnen. Wir verlieren uns in dem Kuss, bevor er irgendwann meine Hand nimmt und mich hinter sich herzieht.

Auf dem Weg erzähle ich ihm von meiner neuen Anstellung.

„Hilde hat das zu verantworten. Sie sagte, sie müsse sich ihre *Dosis Mann* abholen, aber als sie mich einige Male durch das Gebäude schleppte, ahnte ich bereits, dass irgendwas im Busch ist. Einer ihrer Freunde hat ihr nämlich erzählt, dass im Altenheim Pflegepersonal gesucht wird. Also sprach ich mit den Leuten vor Ort, schickte noch am gleichen Tag meine Bewerbung weg und dann ging alles ganz schnell." Ich grinse, als er meine Hand drückt. „Hauptsächlich werde ich dafür sorgen müssen, dass dort alles seinen Gang geht. Also für die Herrschaften den Tag gestalten, darauf achten, dass sie ihre Medizin nehmen und die Begleitung sein, wenn sie irgendwo hinmüssen. Soweit ich das mitbekommen habe, sind dort noch alle ziemlich fit, was ich wunderbar finde, denn so kann ich mit ihnen reden, um sie wirklich kennenzulernen. Ich freue mich sehr auf die Arbeit, Finn, das habe ich so nicht erwartet. Da mir eine bescheinigte Erfahrung fehlt, weil die Zeit mit Hilde natürlich nicht offiziell angerechnet werden kann, habe ich ein paar Einbußen im Verdienst, aber das ist völlig okay. Ich bin so aufgeregt, weil ich endlich wieder eine richtige Aufgabe habe, der ich mich widmen kann."

„Ich freue mich für dich", sagt er lächelnd. „Ich glaube, das wird super."

„Ja, das denke ich auch. Ich muss nachher gleich mal Fanny anrufen und ihr alles erzählen. Sie meinte letztens, dass alte Menschen meine Zukunft sind." Ich lache. „Und das aus ihrem Mund."

Während ich ihm jede Kleinigkeit berichte, achte ich gar nicht darauf, wohin wir gehen, bis wir irgendwann in dem Restaurant landen, aus dem wir vor einigen Wochen hinausgeschmissen wurden. Wir haben sogar den gleichen Kellner, der uns natürlich sofort erkennt. Ein leichtes Augenrollen verrät ihn.

„Wir bestellen lieber gleich", sagt Finn und deutet auf ein Gericht auf der Speisekarte. Ich schiele auf das Geschriebene und nicke zustimmend. „Zweimal die vierunddreißig, bitte. Und eine Flasche vom besten Wein auf Ihrer Karte."

Ich schaue auf die Uhr. „Es ist gerade erst vier", merke ich an.

„Ist mir scheißegal", erwidert er.

Der Kellner lächelt. „Die Toiletten sind heute aber gesperrt."

Während ich am liebsten im Erdboden versinken möchte, lacht Finn laut auf und greift nach meiner Hand. „Meinst du, wir können uns benehmen?"

„Ich bin nicht sicher", antworte ich wahrheitsgemäß.

Finn grinst und wendet dann dem Kellner das Gesicht zu. „Ich werde versuchen, meine Freundin zurückzuhalten, ich schwöre." Unter dem

Tisch bekommt er meinen Fuß zu spüren und hüpft reflexartig auf seinem Sitz in die Höhe. Das wird garantiert ein blauer Fleck am Schienbein. „Aber sie hat Feuer, Mann, was soll ich machen?“

„Festhalten“, antwortet der Kellner zu unserer beider Überraschung und dreht sich weg, um seinem Job nachzugehen.

Finn schaut mich an. „Das werde ich“, sagt er, obwohl der Mann ihn gar nicht mehr hören kann.

In meinem Herzen gibt es nur noch Brei, seit Finn es bewohnt, und wenn er dann solche Sachen sagt und mich mit diesem Blick anschaut, stehe ich wieder am Anfang. Dann bin ich wieder die unsichere und überaus schüchterne Kuh, die vor lauter Angst, das Falsche zu sagen, lieber gar nichts tut. Außer vielleicht nach unten zu schauen, was ich auch dieses Mal tue. Gott, ich bin so feige. Warum sage ich nicht einfach, dass er mich nicht festhalten braucht, weil ich nicht vorhabe, je wieder weg zu gehen? Dass ich mich bei ihm zum ersten Mal in meinem Leben zu Hause fühle? Und dass er all das ist, was ich mir immer an einem Mann gewünscht habe? Aber das alles bleibt ungesagt, denn der Moment verfliegt, ebenso wie meine Verlegenheit. Er lächelt.

„Willst du jetzt nur noch zeichnen?“, frage ich und denke an die unzähligen Comics in seinen Schränken.

„Nein.“

„Dann hast du nicht vor, das Geld aus dem Verkauf in ein neues Heft von dir zu stecken?“

„Ganz und gar nicht. Ich mache das nur noch für mich, das weißt du doch.“

„Ja, aber manchmal sitzt du die halbe Nacht und zeichnest dir die Seele aus dem Leib“, argumentiere ich. „Ich denke einfach, dass du deinen Traum leben solltest, wenn du schon die Möglichkeit dazu hast.“

„Genau das werde ich auch tun“, sagt er und lehnt sich ein Stück über den Tisch, damit die Worte zwischendurch nicht verloren gehen. „Ich plane nachts keine Comics, sondern ein neues Studio.“

Das überrascht mich wirklich. Und im selben Moment frage ich mich, warum eigentlich? Es ist doch klar, dass er weiter seinen Job ausführen möchte, in den er sich tagtäglich mit all seiner Kraft reinhängt.

„Ich starte neu“, erklärt er. „Und dieses Mal mache ich nicht den Fehler, mich verleiten zu lassen. Weder vom Geld noch vom Erfolg, auch nicht von irgendwelchen Menschen, die bestimmte Erfahrungen haben oder nur glauben, es besser zu wissen. Weil ich wieder weiß, wo ich wirklich hinwill.“

„Und wohin willst du?“

„An die Spitze. Aber nicht die, an der ich schon war, sondern eine, die eine wahre Bedeutung hat.“

„Du willst also denen helfen, die wirkliche Unterstützung brauchen, anstatt den Lifestyle irgendwelcher Snobs aufzubessern?“

Er lächelt und lehnt sich zurück. „Besser hätte ich es auch nicht ausdrücken können.“

„Ich finde das großartig“, merke ich an.

„Ich werde niemanden mehr vor die Tür setzen, nur weil er den falschen Anforderungen nicht entspricht. Ich hasse diese Oberflächlichkeit und das Getue um Geld und Ansehen. Diese Scheinwelt, die in Wirklichkeit nur Schrott ist, weil die Menschen darin sich selbst belügen. Ich will das alles hinter mir lassen und darum habe ich mich auch von meinem Studio getrennt. Und von dem Großteil meiner Mitarbeiter. Es ist noch nicht offiziell, aber sobald ich mit meinen Plänen starte, hole ich Susi ins Boot. Ich schätze ihr Können und vertraue auf ihre Loyalität. Vorausgesetzt, sie hat Interesse, weiter für mich zu arbeiten.“

„Was ist mit den anderen?“

„Ich denke nicht, dass meine Vorstellungen zu hundert Prozent mit ihren zusammenpassen. Genaugenommen gibt es eigentlich nur eine Person, die eine Ahnung von dem hat, was ich will.“

„Susi?“

„Ich rede von dir, Paula.“

„Von mir? Aber …“

„Ich weiß“, unterbricht er mich, beugt sich wieder vor und greift nach meiner Hand. „Du hast gerade erst einen neuen Job gefunden und ich will auch, dass du den annimmst, weil ich sehe, wie glücklich dich das macht, aber wenn es nicht zu viel verlangt ist, hätte ich dich gerne bei der Planung meines Unternehmens dabei. Ich denke, dein Blick auf die Dinge könnte letztlich genau das sein, was den Unterschied macht.“

„Wow.“ Ich blinzle hektisch und entziehe ihm meine Hand, weil ich sie brauche, um mein heißes Gesicht zu kühlen. Was redet er da?

„Du musst das nicht sofort entscheiden“, sagt er und lächelt. „Der Verkauf meines Studios kam relativ spontan, weil das Angebot so extrem gut war. Ich benötige noch ein bisschen Zeit, um das neue Unternehmen an den Start zu bringen, denn genaugenommen habe ich noch nicht mal eine Location. Aber das ist genau das, wofür ich dich brauche, verstehst du? Ich möchte, dass du mir hilfst, dieses Mal den richtigen Weg zu gehen. Es soll möglichst perfekt sein, von Anfang an.“

„Perfekt existiert nicht. Du selbst warst es, der das gesagt hat.“

„Perfekt ist das, was wir für perfekt halten“, widerspricht er. „Und was interessiert mich das Gestern, wenn doch das Morgen vor uns liegt?“

Er hat so recht. Und was er noch hat, ist der Glaube an eine bessere Zukunft und das Vertrauen in uns. Mehr brauche ich eigentlich nicht, nicht wahr? „Ja“, antworte ich also und spüre, wie die Zuversicht auch in mir Oberhand gewinnt. Alles wird gut. Alles *ist* gut.

Er legt den Kopf schief. „Was ja?“

„Ich bin dabei.“

„Du siehst dir meine Pläne an und gibst deinen Senf dazu?“

„Ja.“

„Und du holst mich zurück, wenn ich abdrifte?“

„Kopfüber ins kalte Wasser“, antworte ich und strecke ihm meine Hand hin. „Darin haben wir ja inzwischen Erfahrung.“

Er umschließt meine Finger mit seinen, bevor er aufsteht, um sich weiter über den Tisch zu beugen. Ich mache es ihm nach, bis sich unsere Lippen finden und das Gesagte mit einem Kuss besiegeln.

„Gott“, seufzt er, als wir wieder richtig sitzen. „Ich wünschte, das Klo wäre heute nicht gesperrt.“

Ich lache leise und fühle, wie sein Lächeln mein Innerstes erwärmt und mir gleichzeitig eine angenehme Gänsehaut beschert. „Ich glaube, zu Hause haben wir auch eins.“

Ich bin betrunken. Oder zumindest beschwipst. Der Wein hatte wirklich Klasse, aber als wir aus dem Restaurant kommen, ist mein Hirn plötzlich benebelt. Finn fängt mich auf und lächelt über meinen Ausfallschritt.

„Ich habe dich noch nie betrunken erlebt“, sagt er.

„Weil ich nicht trinke. Niemals.“

„Dann war heute die Ausnahme von der Ausnahme?“

„Hä?“

Er lacht und schüttelt den Kopf, bevor er meine Hand nimmt und wir gemeinsam nach Hause schlendern. Den ganzen Weg über versuche ich, mich auf meine Schritte zu konzentrieren und nicht hinzufallen, und erst, als wir in der Wohnung ankommen, atme ich erleichtert auf. Endlich da. Und das, ohne mir die Nase am Boden aufgeschlagen zu haben. Allerdings bin ich nun wach und keinesfalls bereit für eine Ruhepause. Während Finn im Bad ist, stelle ich die Musik an und beginne zu tanzen.

„Was machst du?“, fragt er, als er aus dem Badezimmer kommt. Sein Grinsen ist schief.

„Sieht man das nicht?“

„Nicht so richtig, nein.“ Er läuft in T-Shirt und Unterhose an mir vorbei und kurz bin ich abgelenkt, weil er so wahnsinnig sexy ist, egal, was er tut. Er wühlt in seinem Schrank nach einigen Zetteln und bemerkt dann, dass ich ihn anstarre. „Lass dich von mir nicht stören“, sagt er und greift nach einem Stift. Danach fläzt er sich auf das Bett und beginnt, irgendwas grob zu skizzieren. Dabei sieht er immer wieder kurz auf.

„Zeichnest du mich?“, frage ich, während der Takt der Musik durch meine Adern fließt und meinen Körper in Bewegung hält.

Er antwortet lediglich mit einem Lächeln, also lasse ich ihn in Ruhe und widme mich ganz der Musik. Es ist Ewigkeiten her, dass die Lust zu tanzen Besitz von mir ergriffen hat, also schließe ich die Augen und lasse mich davontragen. Die Töne kreisen durch meinen Körper, lassen ihn vibrieren, und selbst meine Stimmbänder beginnen plötzlich zu schwingen. Erst summe ich nur leise vor mich hin, aber als mir das nicht mehr reicht, singe ich richtig mit. Es ist so befreiend, einfach mal loszulassen, ohne sich um irgendetwas Gedanken machen zu müssen. Die vergangenen Wochen waren wie ein schöner Traum, aus dem ich nun erwache und erkenne, dass er Wirklichkeit ist. Womit habe ich dieses Glück verdient? Wie kommt es, dass sich plötzlich alles fügt und überhaupt nicht mehr belastend ist? Wo sind meine Ängste vor der Zukunft geblieben? Oder vor der Gegenwart? Kann es sein, dass man von einen auf den anderen Tag glücklich werden kann? Dass Sicherheit und Wärme alle Sorgen vertreiben, ohne einen bitteren Nachgeschmack zu hinterlassen? Himmel, es ist so wunderbar, hier zu sein! In dieser Welt, in dieser Zeit, bei diesem Mann.

Wie von selbst öffnen sich meine Augen, weil ich ihn ansehen will. Finn. Mit den wunderschönen dunklen Augen, die jede meine Bewegungen beobachten, und mit einem Lächeln, das mir selbst nach all dieser Zeit die Knie weich werden lässt. Stift und Papier ruhen inzwischen neben ihm, während er ausgestreckt auf der Seite liegt und sich auf einen Ellenbogen abstützt. Er wirkt entspannt, während seine Aufmerksamkeit allein mir gilt. Unsere Blicke haken sich ineinander, vereinigen sich und lassen den anderen nicht mehr los. Ich tanze noch immer zur Musik, die nun ruhiger ist, geschmeidiger, und mein Körper fühlt sich schwerelos an, genauso wie mein Herz, das irgendwo im siebten Himmel schwebt. Ich spüre keinen Druck, keinen Zwang, nur die Freiheit, ich selbst sein zu können. Und dann lese ich es von seinen Lippen, denn an meine Ohren dringen nur die Töne der Musik.

Ich liebe dich.

Fast verliere ich den Takt, weil mein Herzschlag aussetzt. Irgendwas in meinem Inneren spielt plötzlich so verrückt, dass der Druck in meiner Kehle beinahe unerträglich wird. Er liebt mich. Mich. Kann es sein, dass ich da eben etwas falsch verstanden habe? Hat er das wirklich gesagt? Ich habe nichts gehört, und doch … Ich habe es gesehen. Ich spüre es mit jeder weiteren Sekunde, die verstreicht und in der er mich weiter betrachtet, als wäre ich das Einzige im Raum, das es wert ist, angesehen zu werden. Ich versuche, mir nichts anmerken zu lassen, und tanze weiter, aber das Gefühl von Losgelöstheit wandelt sich in ein anderes. Er sagt, er liebt mich, aber er kennt mich gar nicht. Er weiß nicht, wie ich sein kann. Wie ich bin. Er weiß nicht, worauf er sich einlässt.

„Ich habe heute einen Fehler gemacht", beginne ich leise und hoffe, dass er mich über die Musik hinweg verstehen kann.

Nur ein kleines fragendes Zusammenziehen seiner Augenbrauen verrät mir, dass er es gehört hat, also spreche ich weiter, während sich mein Körper ganz automatisch weiterbewegt.

„Ich habe dir misstraut. Ich dachte, du hast eine Frau in deinem Büro. Und schläfst mit ihr." Ich warte auf eine Reaktion von ihm, ich sehne sie regelrecht herbei, damit das miese Gefühl offiziell werden kann, aber es kommt keine. Sein dunkler Blick fixiert mich, dringt in mich ein und lässt mich erschaudern.

„Es gibt keine Entschuldigung für mein Verhalten, denn jede Rechtfertigung wäre gelogen. Es war ein Fehler und er tut mir leid. Ich habe manchmal ein Problem damit, anderen zu glauben, wenn sie mir sagen, dass ich ihnen vertrauen soll." Das Lied wechselt, aber ich ändere weder meinen Rhythmus, noch unterbreche ich meine Erklärung. „Erinnerst du dich noch an Thomas, den Arzt, der mich angefahren hat? Er war der einzige Mann, mit dem ich so etwas wie eine Beziehung geführt habe. Wir haben zusammengelebt wie Mann und Frau und seine zwei Kinder waren in dieser Zeit auch meine, verstehst du? Ich habe alles für sie getan und dachte, dass sich so das Glück anfühlt. So muss es sein, wenn man eine Familie hat, genau so. Aber inzwischen weiß ich, dass ich nicht die geringste Ahnung davon hatte, wie das ist. Wenn ich jemandem vertraute, bedeutete das gleichzeitig, mich selbst aufzugeben. Die Enttäuschung stand sofort bereit, zusammen mit der Realität. Der Grund, warum ich damals wirklich gegangen bin, war nicht allein die Sehnsucht nach Fanny, sondern die Erkenntnis, nur irgendjemand zu sein. Thomas und ich teilten den Alltag miteinander, auch das Bett, aber seine Gefühle galten jemand anderem. Er liebte seine verstorbene Frau noch immer und suchte weiter nach ihr, obwohl ich es war, die inzwischen auf ihrem Stuhl saß. Ich erwischte ihn nicht, sondern er erzählte es mir, so, wie man jemandem von seinem Tag berichtet. Anfangs war ich verletzt, aber eigenartigerweise änderte sich das. Ich verstand ihn und tröstete ihn sogar, weil er ein schlechtes Gewissen hatte, mich betrogen zu haben. Kurz darauf packte ich meine Sachen und ging.“

Nun mache ich doch eine Pause beim Sprechen, hauptsächlich, um meine Gedanken zu ordnen. Als ich weiterrede, lastet Finns Blick unverändert schwer auf mir. Er hat sich kein Stück bewegt, während ich noch immer langsam im Takt hin- und herschwinge, weil ich Angst habe, umzufallen, wenn ich ganz aufhöre.

„Was Thomas und ich anfangs hatten, war solide und schön, aber es war nicht annähernd so wie mit dir. Niemals habe ich dieses starke Herzklopfen gehabt, bei dem ich denke, ich muss sterben, und bei dem ich mich gleichzeitig so extrem lebendig fühle. Nie war allein seine Nähe so überaus aufregend, seine Stimme so beruhigend und seine Berührungen so warm. Ich habe nicht daran gezweifelt, dass er und ich uns gut verstehen, aber ich habe nicht gewusst, wie es ist, wenn es darüber hinausgeht. Wenn man plötzlich merkt, dass es da jemanden gibt, der genauso denkt, genauso fühlt, der gleich ist und im selben Moment doch das komplette Gegenteil repräsentiert. Ich hatte keine Ahnung, wie es ist, herausgefordert zu werden und über seine Grenzen zu gehen, sich dabei aber niemals selbst zu verlieren. Vielleicht hatte ich deshalb heute diesen Aussetzer, als Antonio mich nicht zu dir lassen wollte.“ Ich mache einen Schritt auf ihn zu. „Finn, ich möchte nicht erneut irgendjemand sein, schon gar nicht für dich. Ich will dir wirklich vertrauen, aber es ist manchmal nicht so einfach für mich, fünfzehn beschissene Jahre zu vergessen. Das soll keine Entschuldigung sein, nur eine Erklärung für mein absolut gestörtes Verhalten. Ich weiß doch, dass du ehrlich zu mir bist, daran liegt es nicht, wirklich nicht. Es ist allein ein Problem in meinem Kopf, aber ich bekomme es in den Griff. Versprochen.“

Als ich geendet habe, rast mein Puls in einem irrsinnigen Tempo durch meine Blutbahn. Ich schwitze und friere gleichzeitig, während mein Atem nur flach über meine Lippen kommt. Finn sieht mich noch immer mit diesem durchdringenden Blick an, bevor er langsam aufsteht, zur Musikanlage hinübergeht und diese ausschaltet. Dann dreht er sich zu mir um.

„Ich liebe dich“, sagt er und mein Magen hebt sich an, als würde ich Achterbahn fahren.

„Ich …“

„Nein“, unterbricht er mich und hebt eine Hand, um mich zu stoppen. „Ich will keine Antwort von dir hören, in Ordnung? Ich will es dir nur sagen. Damit du es weißt. Damit du dir sicher sein kannst. Ich liebe dich.“

Die Luft wird plötzlich eng und der Druck in meinen Augen groß, aber ich stehe es tapfer durch und zittere nur minimal, als er schließlich näherkommt, um mich zu küssen. Die Anspannung fällt so schnell von mir ab, als hätte sie sich in der Hausnummer geirrt. Ich schlinge meine Arme um Finns Hals und antworte ihm mit meinen Lippen, meiner

Zunge und mit meinem Herzen. Er hebt mich hoch und trägt mich zum Bett. Sanft drückt mich sein Gewicht in die Kissen, während sein warmer Atem mein Gesicht streift und seine Augen mich dunkel fixieren.

„Das hier will ich nur mit dir“, sagt er leise und deutet mit einigen Bewegungen an, was genau er meint. Eine Hand wandert zu meiner Brust, die andere ist in meinem Haar vergraben, während er mit seinem Körper zwischen meinen Beinen Platz sucht, um sich dann fest an mich zu pressen. „Und alles andere …“ Er küsst mich flüchtig, bevor seine Lippen meinen Hals hinab und dann in die Richtung meines Ohres wandern.

Ich kann kaum atmen, so sehr hat die Erregung plötzlich von mir Besitz ergriffen. Fiebrig warte ich auf seine nächsten Worte, aber er scheint vergessen zu haben, was er sagen wollte. Und auch mir ist nicht mehr wichtig, worüber wir gesprochen haben, denn ich will ihn nur noch spüren.

Mein Körper biegt sich ihm bittend entgegen. Ich kralle mich an ihm fest und umschlinge ihn mit meinen Beinen, als hätte ich Angst, er könnte verschwinden. Gott, er fühlt sich so gut an, so außerordentlich gut! Sein Körper ist hart und unnachgiebig, während seine Küsse so unendlich weich und zärtlich sind. Das alles hier geht nur mit ihm, denke ich. Nur mit ihm.

„Auch“, raunt er schließlich. „Alles andere auch. Mit dir. Ich will ein Leben mit dir.“

Am Morgen bleibe ich im Bett, während sich Finn für die Arbeit fertigmacht. Noch immer spüre ich den Wein vom Vortag in meinen Knochen und frage mich, ob alles, was gestern Abend passiert ist, wirklich geschehen ist. Hat Finn gesagt, dass er mich liebt? Und habe ich ihm dann erzählt, dass ich dachte, er vögelt fremd? Oje. Gequält drücke ich mir ein Kissen aufs Gesicht. Die Stimmung war so aufgeladen, als ich tanzte und sah, wie er die Worte mit seinen Lippen formte, dass es einfach aus mir herausgeplatzt war. Ich schäme mich, weil ich anscheinend unfähig bin, ihm restlos zu vertrauen. Oder einfach mal gute Dinge anzunehmen, wenn sie mir über den Weg laufen.

So wie vor einigen Wochen, als ich merkte, wie er anfing, langsam in mein Herz zu kriechen, und ich vor lauter Angst, verletzt zu werden, einen Rückzieher machte und ihn eine Woche lang komplett ignorierte. Das Schlimme war, dass er mir zwar am ersten Tag bis zu meiner Haltestelle gefolgt war, mir ansonsten aber die Freiheit gelassen hatte, zu entscheiden, wie es weitergehen soll. Jeden Tag habe ich mich im Bus nach einem Gespräch mit ihm gesehnt und jeden Tag war ich am Boden zerstört, weil er nicht den ersten Schritt machte. Bis ich ihn anrief. Es war äußerst revolutionär von mir, überhaupt eine Initiative in Sachen Männer zu ergreifen, aber genau dieser Mut veränderte wirklich alles. Und nun liege ich seit jenem Ereignis fast jede Nacht neben ihm und fühle mich einfach nur frei und sicher, dass ich gar nicht weiß, wie ich damit umgehen soll. Ich meine, verdammt, er möchte, dass ich ihm helfe, seinen Traum zu verwirklichen, wie krass ist das bitte? Womit habe ich das nur verdient? Womit habe ich ihn verdient?

„Willst du auch einen Kaffee?“ Die Frage kommt nur gedämpft bei mir an, deshalb nehme ich schließlich das Kissen vom Kopf und schaue zur Küche hinüber. Finn hält fragend die Kanne in die Höhe.

„Ja, bitte“, krächze ich und starre mich an seinem nackten Oberkörper fest.

Er wendet sich um und befüllt die Kaffeemaschine, bevor er einige Dinge aus dem Kühlschrank holt. Mühsam schäle ich mich aus dem Bett und tipple barfuß zu ihm. Er steht mit dem Rücken zu mir am Herd und schlägt einige Eier in die Pfanne. Langsam schiebe ich meine Arme an seinen Seiten vorbei, platziere die Hände auf seiner Brust und mein Gesicht zwischen seinen Schulterblättern. Er riecht fantastisch - sauber und männlich - und er fühlt sich an wie ein wahrgewordener Traum. Ich kann noch immer nicht glauben, dass ich ihn anfassen darf, wann immer ich will.

„Du hast also Hunger?", fragt er leise und ich höre das Lächeln in seiner Stimme dabei.

Zur Antwort wandern meine Hände vorn an seinem festen Bauch herab bis unter den Bund seiner Boxershorts. Ich halte die Luft an, umfasse ihn sanft und wünsche heiser einen guten Morgen. Er stöhnt leise, als meine Finger anfangen, intensiver zu streicheln.

„Wie lange bist du heute weg?" Meine Stimme ist nicht mehr als ein Flüstern direkt gegen seine nackte Haut.

„Ich bin gleich da, wenn du so weitermachst", raunt er zurück.

„Wie lange?", frage ich erneut und lege einen leichten Kuss auf seine Schulter.

„Fünf Minuten."

Ich lache leise. „Nein, im Ernst."

„Fünf Minuten." Und dann zieht er die Pfanne von der Platte, stellt den Herd aus und dreht sich zu mir um. „Wir haben nicht mehr als fünf Minuten."

„Okay", schaffe ich noch zu sagen, bevor er seine Lippen auf meine presst und meinen Körper dicht an seinen zieht.

Ich weiß nicht, woran es liegt, aber jedes Mal, wenn wir uns lieben, scheint es das vorhergehende Mal zu übertreffen. Ich fühle mich dann noch sehr viel sicherer, noch besser verstanden, noch tausendmal freier als in jedem anderen Moment in seiner Nähe. Es ist, als würde mein Blick mit unserer Vereinigung klarer werden, als könnte ich sehen, wie schön das Leben sein kann. Wie perfekt. Wie schattenfrei. Das ist wahrhaft unglaublich.

Aus fünf normalen werden acht höchst intensive Minuten, aber wir kommentieren das beide nicht, als wir schließlich am Frühstückstisch sitzen. Sein Lächeln ist breit, mindestens so breit wie meins, und seine

Augen fixieren mich durchdringend. Wir genießen es schweigend, mit kribbelnder Haut und klopfendem Herzen.

„Ich versuche, gegen vier wieder hier zu sein“, sagt er schließlich und gibt mir einen Abschiedskuss, nachdem er sich bereits Schuhe und Jacke angezogen hat.

„Keine Eile, ich bin heute Nachmittag sowieso schon an meine Tochter verplant. Außerdem muss ich zu Hilde, sie weiß nämlich noch gar nicht, dass ich den Job bekommen habe. Ich will mich bei ihr bedanken.“

„In Ordnung. Grüß sie von mir. Bis heute Abend dann.“ Mit diesen Worten schließt er die Tür hinter sich und lässt mich allein zurück.

Glücklich flattere ich durch die Wohnung, beseitige die Reste des Frühstücks und überlege, wie ich diesen wunderbaren Tag am besten gestalten kann. Bald werde ich wieder einem richtigen Job nachgehen, vielleicht wäre es gut, die Zeit vorher für etwas zu nutzen, das ich schon länger vor mir herschiebe. Ein Besuch im Schwimmbad zum Beispiel. Wie gern würde ich durch klares Wasser gleiten, Wellen schlagen und spüren, wie diese dann zu mir zurückkommen und mich umschließen, als wären wir eins. Als gehören wir zusammen, so wie früher. Nur das Wasser und ich. Ich könnte schwimmen, bis mir die Gliedmaßen abfallen, und es wäre mir ein Vergnügen, sie danach allesamt wieder einzusammeln.

Es klopft an der Tür und da ich sicher bin, dass es Finn ist, der seinen Schlüssel vergessen hat, öffne ich beschwingt. Als ich erkenne, wer wirklich im Flur steht, fällt nicht nur mein Lächeln in sich zusammen, sondern auch meine Zuversicht, meine Hoffnung und mein Leben.

„Hallo Paula“, sagt er. „Wie schön, dass ich dich gefunden habe.“

Nach dem ersten Schock übernimmt mein Reflex das Handeln und schmeißt die Tür ins Schloss, aber zu meinem Erschrecken, schließt sie sich nicht, sondern springt wieder auf. Ich werfe mich erneut dagegen und merke erst da, warum sie sich nicht schließt: Haralds Fuß klemmt in dem Spalt, als wäre er festgewachsen. Ein Wimmern entringt sich meiner Kehle, als ich mich mit aller Kraft gegen die Tür stemme, aber er ist stärker, das war er schon immer, darum drückt er sie einfach auf und steht schließlich vor mir. Panisch weiche ich einige Schritte zurück. Das Herz springt mir beinahe aus der Brust, so sehr möchte es fliehen, aber irgendwoher hole ich dennoch den Mut, ihm zu sagen, dass er sich verpissen soll. Vielleicht kommt es nur bröckchenweise über meine Lippen, gut möglich, denn ich bin einfach zu geschockt. Ich zittere.

Er lacht lediglich über meinen Versuch, selbstsicher zu sein, schließt die Tür endgültig und dreht den Schlüssel. O Gott! Ich will losschreien, heulen, weinen, kreischen. Was zum Teufel macht er hier? Wie hat er mich gefunden? Und warum jetzt? Es war doch alles so perfekt.

„Verschwinde“, krächze ich und bekomme dabei kaum Luft. „Ich rufe die Polizei.“

„Ach, du.“ Er grinst. „Das lass mal schön bleiben. Ich bin nicht hier, um die Bullen zu sehen, sondern dich. Wie geht’s dir so?“ Prüfend lässt er seinen Blick durch die Wohnung wandern, bevor er wieder auf mir zum Liegen kommt. „Du hast dich verändert seit dem letzten Mal.“ Damit schaut er demonstrativ auf meine nackten Beine.

Blitzschnell schlinge ich mir die Arme um den Oberkörper und versuche zumindest du verdecken, dass ich unter dem T-Shirt keinen BH trage, aber vielleicht bin ich zu spät.

Sein wissender und abfälliger Blick spricht Bände. „Wie ich sehe, hast du jemanden gefunden, der dich aushält. Es enttäuscht mich nur etwas, dass er dich trotz seines Geldes hier in diesem Loch leben lässt.“

„Ich weiß nicht, von wem du sprichst“, sage ich zitternd und gehe noch einen weiteren Schritt auf Abstand. „Ich wohne allein hier.“

Er betrachtet mich abschätzend. „Weißt du nicht mehr, was ich dir beigebracht habe? Du kannst jeden belügen, meine liebe Paula, aber niemals mich. Kapiert?“ Das letzte Wort ist beinahe geschrien, so heftig kommt es aus seinem Mund.

Ich zucke zusammen, vor Schreck und Angst. „Was willst du?“.

„Muss ich das wirklich noch mal sagen? Weißt du das nicht inzwischen?“

„Ich habe kein Geld. Verschwinde!“

„Du willst mir also sagen, dass du in einem Jahr nichts zusammengespart hast? Für wie blöd hältst du mich eigentlich?“

„Ich habe keinen Job.“ Ich weiß nicht, warum ich überhaupt mit ihm rede, aber viele andere Möglichkeiten bleiben mir nicht. Ich habe kein Telefon, mit dem ich die Polizei rufen könnte, und die Wohnungstür, mein einziger Fluchtweg, ist unerreichbar. Ich habe mich bereits viel zu weit zurückdrängen lassen.

„Verarsch mich nicht“, blafft er. „Ich weiß, dass du für diese reiche Omi arbeitest.“

Hilde? Woher weiß er von ihr? O Gott! „Ich bekomme kein Geld dafür. Ich helfe ihr nur, weil …“

„Halt die Fresse! Jetzt rede ich! Ich will meine Kohle, klar? Und zwar alles, was mir deine verfickte Mutter geklaut hat. Jeden einzelnen Cent. Es steht mir verdammt nochmal zu. Und da sie über alle Berge verschwunden ist, zahlst du es mir, ob du willst oder nicht. Das ist nur logisch. Du kennst die Spielregeln. Also her damit! Danach bin ich weg und du kannst weiter die Gespielin deines Supertrainers sein.“

Er weiß auch von Finn? O nein, was weiß er denn noch? Wie lange beobachtet er mich schon? Hat er auf genau diesen Moment gewartet? Wusste er, dass ich allein in der Wohnung bin?

„Wo hast du es versteckt? Unter dem Bett?“, witzelt er und zeigt auf die zerwühlten Laken. „Oder legt er das Geld nach eurem Techtelmechtel direkt auf den Nachttisch?“

Bereits seit meinem vierzehnten Lebensjahr bezeichnet er mich als Nutte und es prallt inzwischen einfach an mir ab, aber der Ton, in dem er das sagt, tut das nicht. Er löst in mir eine ganz furchtbare Gänsehaut aus und ich beginne am ganzen Körper zu beben. Ein unerträglicher Druck auf meinen Magen lässt mich würgen. Nein, Paula, kotz hier jetzt bloß nicht hin, mahne ich mich selbst. Bleib ganz ruhig.

Er kann dir nichts tun. Er ist ein gebrochener Mann, der nur dann Macht über dich hat, wenn du sie ihm gibst.

Finns Worte klingen in meinen Ohren, aber sie verschallen, bevor ich sie ansatzweise fassen oder auch nur umsetzen kann.

„Du hast doch Geld beiseite gepackt, nicht wahr? Ansonsten wäre das nämlich ziemlich dumm von dir."

„Ich habe kein Geld."

Drohend kommt Harald auf mich zu, und ich weiche weiter zurück, immer weiter, bis ich mit dem Rücken an den Küchenschrank stoße. „Dann beschaff mir welches!", brüllt er und kommt noch näher. „Ich will mein Geld!"

Flatternd taste ich in meinem Rücken nach etwas Brauchbarem, einem Messer vielleicht, oder der Bratpfanne. Unglücklicherweise habe ich bereits alles weggeräumt, sodass ich die leeren Hände ausstrecke, um ihn auf Abstand zu halten.

Lass deinen Gegner nie zu nah an dich herankommen. Öffne deine Finger, spann die Hand an und ramme ihm den Arm entgegen. Einer von den Fingern trifft bestimmt ein Auge. Die Augen sind einer von vielen Schwachpunkten, bei jedem Menschen, egal ob Mann oder Frau. Du musst nur genug Kraft in die Bewegung legen.

In der Wirklichkeit verschwand meine Kraft bereits in dem Moment, als ich Harald erblickte. Darum landen meine Finger zwar in seinem Gesicht, rutschen jedoch von seinem Kinn ab und segeln danach zu seinem Ohr. Er packt meinen Arm, dreht ihn um und zwingt mich in die Knie. Ich schreie auf. Der Schmerz zieht durch meinen gesamten Körper. Ebenso der Unglaube. Wie hat er mich so schnell überwältigen können? Ich bin so schwach.

„Was sollte das denn?", keucht er über mir und drückt mich mit seinem Gewicht nieder.

„Lass mich in Ruhe", heule ich. „Ich habe kein Geld für dich. Niemals wieder. Ich bin pleite. Und arbeitslos. Und …" Ich hole zitternd

Luft. „… wohnungslos. Lass mich in Ruhe. Du hast schon alles bekommen. Ich habe nichts mehr.“ Meine Tränen laufen hemmungslos. Bitte, lieber Gott, mach, dass das aufhört. Mach, dass er verschwindet.

„Du hast sehr wohl was, du Heulsuse. Glaubst du, ich bin bescheuert? Deinem Freund gehört ein Fitnessstudio, zu dem nur die Reichen und Schönen gehen, und der Vater deiner süßen Tochter führt ein erfolgreiches Investmentunternehmen. Sieh zu, dass du mir meine Kohle beschaffst, sonst wirst du mich richtig kennenlernen.“ Beim letzten Satz fasst er mir demonstrativ an die Brust.

Es ist nicht so, dass er wirklich sexuelle Absichten mit mir hätte, er will mich nur demütigen, das ist mir klar. Doch obwohl ich ihn durchschaue und weiß, worauf er wirklich aus ist, kann ich nichts gegen meine Angst tun, die nun droht, mich komplett zu überwältigen. Mein Atem geht stockend, während sich ein weißer Schleier vor meine Augen schiebt. Nein, o Hilfe, nicht ohnmächtig werden. Was hat Finn gesagt? Was muss ich tun?

„Ich besorge es dir“, weine ich und verstehe mich selbst kaum. „Ich besorge dir dein Geld.“

„Na, also.“ Sein Gesicht ist so nah, dass mich ein Ekelschauer überläuft, als ich seinen Atem spüren kann. „Dann steh endlich vom Boden auf, du dreckige kleine Fotze.“

Jedoch hält er mich weiter unten und knetet ein zweites Mal meine Brust. Ich beiße mir auf die Lippen, um nicht laut aufzuwimmern. Sein Griff ist äußerst schmerzhaft, aber seine widerliche Stimme und sein fauliger Atem sind tausendmal schlimmer als alles andere. Dann zieht er mich plötzlich mit einem Ruck nach oben und bricht mir beinahe den Arm, weil er diesen noch immer verdreht hält.

Vergiss niemals die größte Schwachstelle eines Mannes. Sie kann Leben schenken, aber vor allem kann sie dein Leben retten. Wenn dein Gegner es tatsächlich geschafft hat, dir nahezukommen, dann setze alles auf eine Karte. Zögere nicht, nicht eine Sekunde lang.

Ich trete aus, kaum dass ich wieder auf den Beinen stehe, und zwar so richtig. Als ich nur seinen Oberschenkel treffe, weil die Sicht bereits vor meinen Augen verschwimmt, mache ich es nochmal. Er brüllt auf, gibt mich frei und ich stolpere los. Es ist meine einzige Chance. Alles, was mir an Hoffnung bleibt, ist, zur Tür zu kommen und wegzulaufen. Aber als ich dort angekommen bin, reißt mich irgendwas an den Haaren zurück und ich knalle voller Wucht mit dem Rücken auf den harten Holzfußboden. Einen Augenblick lang bekomme ich keine Luft. Sämtlicher Sauerstoff scheint aufgebraucht worden zu sein und ich bin unfähig, einen weiteren Atemzug zu machen. Bis er plötzlich über mir auftaucht und mit einer wutverzerrten Grimasse auf mich niederschaut. Mich anspuckt, als wäre ich hier der Abschaum und nicht er. Der Druck löst sich und ich beginne zu schreien.

Schrei dir die Seele aus dem Leib. Irgendwer wird es hören und dir zur Hilfe kommen.

Selbst in meinen Ohren ist mein Schrei das Schrillste, was ich je gehört habe. Harald findet das wohl auch, denn das Letzte, was ich sehe, ist seine Faust, die auf mich niedergeht. Ich spüre diesen unendlich starken Schmerz in meinem Kopf, dieses Hämmern und Ziehen. Und dann wird es dunkel und ich bin wirklich froh, dass nun endlich alles vorbei ist.

Dreiundzwanzig
Retten, was du liebst

Finn

Als ich nach zwei Probe-Trainingseinheiten mit eventuellen Neukundinnen auf mein Handy sehe, erwarten mich drei verpasste Anrufe von Fanny. Wahrscheinlich war es Paula, die mich von ihrem Telefon aus angerufen hat. Sie braucht dringend mal ein eigenes. Ich seufze kopfschüttelnd und wähle Fannys Nummer, als ich im Büro angekommen bin.

„Hallo?"

„Hey, hier ist Finn."

„Oh, ja, hallo. Ist was passiert?", fragt sie.

Kurz bin ich etwas irritiert, aber wahrscheinlich weiß sie gar nicht mehr, dass Paula versucht hat, mich anzurufen. „Nein, alles klar. Und bei euch so? Was macht ihr?" In der Schublade meines Schreibtischs suche ich nach einigen Papieren, die ich dringend noch durchgehen muss. Bei der Übergabe des Studios will ich alles perfekt haben.

„Ihr? Ich bin allein."

„Wie … allein?"

„Allein wie allein", stöhnt sie. „Ohne Gesellschaft."

„Aber wolltest du dich nicht mit Paula treffen?" Ich sehe kurz auf die Uhr, bevor ich einen Ordner aus der Schublade ziehe und aufschlage.

„Ja, eigentlich schon. Aber sie ist nicht gekommen und jetzt sitze ich hier über dieser Kacke, von der sie mir eigentlich erklären wollte, wie sie funktioniert."

Verwundert halte ich inne. „Sie ist nicht gekommen?"

„Nein. Ich dachte, du wüsstest vielleicht was, darum habe ich ja auch angerufen. Wahrscheinlich hat sie es einfach vergessen. Oder genauso wenig Lust wie ich auf diesen Blödsinn. Was mache ich denn jetzt? Papa killt mich, wenn ich wieder mit einer vier nach Hause komme."

„Hat Paula nicht mal abgesagt?"

„Wie denn? Via Buschfunk?"

Ich lächle unwillkürlich. „Sie wollte vorher zu Hilde", überlege ich laut. „Vielleicht hat sie die Zeit vergessen." Obwohl ihr das wirklich nicht ähnlichsieht, wie ich gestehen muss.

„Mama vergisst niemals die Zeit", sagt Fanny und bestätigt meine Gedanken. „Meinst du, es ist etwas passiert?"

Passiert? „Mit Hilde?"

„Ja. Sie ist schließlich nicht mehr die Jüngste. Vielleicht hatte sie einen Herzinfarkt und Mama hat sie ins Krankenhaus gebracht? Oder sie ist die Treppe heruntergefallen und hat sich was gebrochen oder so."

Ich schüttle den Kopf, obwohl Fanny das natürlich nicht sehen kann. „Paula hätte sich gemeldet, wenn irgendwas passiert wäre. Mach dir keine Sorgen. Ich rufe die alte Dame mal an."

„Ja. Und wenn du mit Mama sprichst, dann sag ihr bitte, ich brauche ganz dringend ihre Hilfe, verstanden? Sie soll sich melden, ich schleiche mich auch nachts aus dem Fenster, wenn es sein muss."

„Alles klar", erwidere ich schmunzelnd, verabschiede mich und lege auf. Hilde, Hilde, wie ist nur ihre Nummer? Paula hat sie von meinem Telefon angerufen, aber wann war das? Ich durchforste gerade akribisch meine Telefonliste, als Antonio plötzlich neben mir steht. Er ist eingetreten, ohne anzuklopfen, was okay ist, da die Tür immer für meine Mitarbeiter offensteht. Das habe ich jahrelang so gehandhabt.

„Das lief wirklich gut heute", meint er und lehnt sich mit verschränkten Armen an die Wand neben meinem Schreibtisch. „Zwei neue Verträge, die ohne dich nie zustande gekommen wären. Ich kapiere nicht, warum du aufhörst, Mann. Du lässt uns alle im Stich."

„Ich habe es doch heute Morgen bereits erklärt", antworte ich abwesend und durchforste weiter mein Telefon. „Ich brauche eine neue Aufgabe. Hier reizt mich nichts mehr."

„Ich glaube, dich reizt eine Menge, allem voran die Frauen und das Geld. Aber jetzt, wo deine neue Freundin dich an der kurzen Leine hält, tust du so, als wäre es dir egal."

„Was, bitte?" Nun schaue ich doch auf.

„Ach, komm, Finn. Glaubst du, ich hätte nicht gemerkt, wie du dich in den letzten Wochen verändert hast? Wir alle haben das. Aber warum musst du gleich an den erstbesten Anbieter verkaufen? Du hättest dich auch einfach ein wenig aus dem aktiven Dienst zurückziehen können, wenn deine Freundin nicht will, dass du andere Mösen leckst. Stattdessen schmeißt du alles hin und trittst uns mit Füßen. Ich weiß jetzt schon, dass der Neue uns entlassen wird, weil es nämlich immer so ist. Das ist eine Fitnesskette, Mann, die haben ihre eigenen Leute. Wir interessieren sie doch einen Scheiß."

Ich schüttle schnaubend den Kopf. „Wenn dich jemand entlässt, dann, weil du ein Arschloch bist. Und hättest du mir heute Morgen zugehört, dann wüsstest du, dass ich vertraglich festgehalten habe, dass ihr alle für mindestens sechs Monate eure Jobs behaltet. Aber danke mir nicht, ist schon gut, ich sehe darüber hinweg. Wenn du jedoch noch einmal mein Privatleben mit deinen Kommentaren durch den Dreck zerrst, werde ich meine Professionalität für einen Augenblick vergessen, hast du das verstanden?" Ich blicke ihm unverwandt in seine Augen und mache klar, wie ernst es mir ist. Der hat doch wohl den Arsch offen, oder was?

„Sorry, Mann, so meinte ich das gar nicht. Es ist nur, na ja, warum tust du das? Ich dachte, wir wären ein super Team."

„Bis hierhin waren wir das auch. Und ihr seid es weiterhin. Nur eben ohne mich. Das Leben geht weiter. Ich bin sicher, dass ihr euch mit der neuen Leitung arrangieren könnt."

„Und wenn nicht? Was, wenn hier alles den Bach runtergeht? Dein Lebenswerk? Unser Baby?"

„Mein Leben ist noch nicht vorbei, Toni. Es als Lebenswerk zu bezeichnen, ist vermessen. Ich bin einunddreißig und will einfach noch mehr erreichen, als das Selbstwertgefühl von hübschen Frauen zu polieren. Da draußen gibt es wahre Probleme, die es zu lösen gilt. Krankheiten, Unfälle, Menschen, die meine Hilfe brauchen, weil andere sie oder sie sich sogar selbst aufgegeben haben. Ich hoffe jedoch für euch, dass hier alles beim Alten bleibt. Und, ehrlich gesagt, warum sollten sie was ändern wollen? Die Zahlen sprechen für sich. Wenn sie schlau sind, erkennen sie das und versuchen, sich anzupassen. Du hast sechs Monate Zeit, dir darüber klar zu werden, ob du mit den neuen Konditionen einverstanden bist. Sieh es positiv, jede Veränderung bringt auch einen Gewinn mit sich." Wenn ich das nicht weiß, wer dann?

„Nicht, wenn ich letztlich meinen Job verliere", beharrt er und stößt sich genervt von der Wand ab.

Ich kann ihn verstehen, seine Zukunft ist ungewiss, die Zukunft aller meiner Mitarbeiter, aber ich habe getan, was ich konnte, um ihnen wenigstens ein wenig Sicherheit zu geben.

„Dann kämpfe dafür, dass du ihn behältst", rate ich schließlich. „Mach dich unersetzbar. Werde wertvoll für jeden, mit dem du arbeitest. Und jetzt muss ich telefonieren, sorry. Oder war noch was anderes?"

„Nein", knurrt er und wendet sich zur Tür, um zu gehen.

Gleich darauf betritt Susi den Raum. „Finn, können wir kurz was Geschäftliches besprechen? Es ist wichtig."

„Natürlich", seufze ich und deute auf einen der Stühle mir gegenüber.

Erst eine Stunde später wähle ich endlich die Nummer, von der ich denke, dass sie zu Hilde gehört. Als nach endlosem Klingeln jedoch niemand den Hörer abnimmt, lege ich auf und stecke mein Telefon wieder weg. Warum ist Paula nicht zu dem Treffen mit Fanny erschienen? Sie lässt sonst nie ihre Verabredungen sausen, schon allein aus dem Grund nicht, weil sie jede einzelne Minute mit ihrer Tochter wertschätzt. Hat Fanny recht und Hilde ist tatsächlich etwas zugestoßen, dass es für Paula unmöglich machte, wenigstens abzusagen? Ist die alte Dame gestorben?

Verdammt. Wenn es so ist, dann wäre es ein Riesenschlag für Paula. Sie liebt diese Frau wie ihre Großmutter, vielleicht deshalb, weil sie nie eine eigene hatte. Kurzentschlossen stehe ich auf und greife nach meiner Jacke, als es an der Tür klopft. Ich öffne, weil ich sowieso schon davorstehe, und sehe mich Toni und zwei Polizisten gegenüber. Sie starren mich alle erstaunt an, wahrscheinlich, weil die Tür so unvermittelt aufging.

„Ähm, dein Typ wird verlangt", erklärt Toni und deutet mit einer Kopfbewegung hinter sich.

Mein Herz poltert sofort in meinen Bauch hinab. Es ist tatsächlich etwas passiert. Irgendwas Schlimmes. Ich schlucke, gehe beiseite und lasse die Polizisten eintreten. Tonis fragenden Blick ignoriere ich und schließe die Tür wieder.

„Wie kann ich Ihnen helfen?"

Kurz stellen wir uns alle gegenseitig vor, dann fragen sie mich, ob ich Hilde kenne.

„Ja, natürlich. Sie ist eine enge Bekannte meiner Freundin. Ist ihr etwas zugestoßen?"

„Nein, es geht ihr gut. Aber sie ist sehr besorgt um eine gewisse Paula Reuther. Sagt Ihnen der Name etwas?"

„Das ist meine Freundin. Was meinen Sie mit besorgt?"

„Nun, Frau Knief rief uns an und erzählte ganz aufgeregt, dass Frau Reuther zusammen mit einer weiteren Person in ihre Wohnung eingedrungen sei und sie um einige Tausend Euro erleichtert hat."

Bitte? Was zum …? Für einen Moment kriege ich keine Luft. Eine weitere Person?

„Sie sagte außerdem, dass Frau Reuther angeblich unter Zwang gehandelt hat."

Oh, nein. Nein, nein, nein. Nicht er! Das kann nicht stimmen, sie müssen sich irren. Im nächsten Moment springt die Tür auf und Hilde stürmt herein.

„Ich lasse mich nicht behandeln wie ein räudiger Hund, ist das klar? Ich kann gehen, wohin auch immer ich will", giftet sie und bedenkt erst Toni mit einem scharfen Blick und dann die Polizisten. Als sie mich sieht, ändert sich ihre Miene. „Mensch, Junge, wo warst du denn?"

Höchst alarmiert und auch überfordert mit all den halben Informationen gehe ich auf sie zu. „Hier. Warum, was ist denn los, verdammt? Wo ist Paula?"

„Er ist wieder da", jammert sie und klammert sich an meine Arme, als hätte die Kraft sie plötzlich verlassen. „Und er hat ihr wehgetan."

Der Moment, in dem dein Leben plötzlich eine Wendung nimmt, und du alles, wonach du bisher gelebt hast, blind über den Haufen wirfst, weil nur noch eine Sache wichtig ist, nämlich zu retten, was du liebst, ist so schnell da, als hätte er die ganze Zeit direkt unter der Oberfläche auf seinen Einsatz gewartet. Ich möchte töten. In diesem Augenblick will ich nichts anderes, als den Mann umzubringen, der meinem Mädchen Leid zufügt, und es ist mir scheißegal, wie die Konsequenzen aussehen. Ich habe noch nie jemanden geschlagen, selbst als Teenager nicht, nicht mal eine harmlose Rauferei unter Freunden, aber nun bin ich bereit für so viel mehr. Drei Sekunden, zwei Sätze, eine Information – und alles ändert sich.

„Wo ist sie?" Ist das wirklich meine Stimme, die da spricht? Krächzend und wütend, fest und zitternd?

„Ich weiß es nicht“, gesteht Hilde gequält und greift nach meinen Händen. Erst jetzt merke ich, dass ich sie zu Fäusten geballt habe. „Sie kamen in meine Wohnung, einfach so, und Paula sah so schrecklich aus, verstehst du? Sie hatte Blut im Gesicht und irgendwas stimmte nicht mit ihrer Hand. Und dann gab sie ihm einfach das Geld, obwohl es doch für Fanny ist und sie es niemals anrühren wollte. Ich versuchte, sie davon abzuhalten, aber sie schüttelte nur den Kopf und schob mich weg. Und sie weinte bitterlich, aber ich glaube, sie bemerkte es nicht mal selbst. Es war, als würde eine andere Paula vor mir stehen. Und dieser … dieser Bastard hat sie geschlagen, vor meinen Augen. Und sie gab ihm einfach das ganze Geld. Danach sind sie verschwunden und ich habe sofort die Polizei gerufen.“

Der Hass und die Mordlust schwinden, der Moment verfliegt, aber noch viel schlimmer ist das, was danach kommt. Was übrig bleibt. Nackte Angst kriecht mir den Rücken hinauf und lässt mich erschaudern. Sie ist stechend, fast schmerzhaft, und sie treibt mich an. Blitzschnell und ohne nachzudenken, greife ich nach meiner Jacke, werde jedoch von einem Polizisten am Arm zurückgehalten.

„Wo wollen Sie hin? Wir haben einige Fragen.“

„Paulas Tochter“, erwidere ich abwesend und sehe Hilde an. „Gib ihnen Fannys Adresse. Ihr müsst zu ihr.“ Es ist nur ein Geistesblitz, ein spontaner Gedanke, aber Hilde versteht sofort. Sie nickt.

„Wo wollen Sie hin?“, fragt der Polizist erneut, diesmal wesentlich ungeduldiger.

„Paula ist in Gefahr, verstehen Sie nicht? Er ist ein Psychopath. Unberechenbar.“

„Von wem genau sprechen Sie?“

„Das habe ich Ihnen doch bereits erklärt“, stöhnt Hilde. „Paulas Stiefvater. Schauen Sie doch in ihren Akten nach, wozu haben Sie die Dinger denn, Herrgott? Es liefen einige Verfahren gegen ihn. Er darf sich dem Mädchen nicht nähern.“

„Marten, sagten sie?", mischt sich nun auch der andere Polizist ein und zückt einen Schreibblock. „Harald Marten?"

Ich reagiere wie in Trance, kann kaum klar denken. „Ich muss zu ihr." Es ist nur ein Murmeln, kaum verständlich für mich selbst, jedoch von extremer Wichtigkeit.

„Sei vorsichtig, mein Junge", sagt Hilde eindringlich, deutet zur Tür und nickt.

Ich verstehe, dass sie sich um Fanny kümmern wird, verstehe, dass sie mir den Rücken freihält, was die Polizisten angeht, verstehe, dass ich gehen muss. Jetzt. Ich kann nicht anders. Im nächsten Moment mache ich mich unter Protesten von dem Polizisten los, der noch immer meinen Arm hält, und stürme aus dem Büro. Zwischen dem Gebrüll der Beamten, höre ich noch, wie Hilde zu erklären versucht, wie wichtig es ist, jetzt zu Fanny zu fahren. Und mich gehen zu lassen.

„Was ist denn los, Mann? Alles in Ordnung?", fragt Antonio, als ich an ihm vorbeihetze.

„Ganz und gar nicht."

Hinter mir fällt die Studiotür ins Schloss und ich schlage den direkten Weg nach Hause ein. Es ist am wahrscheinlichsten, dort auf Paula zu treffen, vorausgesetzt, er hat sie in Ruhe gelassen, nachdem sie ihm das Geld gegeben hat. Aber was soll ich tun, wenn sie nicht da ist? Wo soll ich als nächstes suchen? War es eine gute Idee, allein loszustürmen? Hat die Polizei nicht viel bessere Möglichkeit, sie aufzuspüren? Aber die Zeit, sage ich mir, wir haben verflucht nochmal keine Zeit. Ich muss sie finden.

Meine Gedanken wirbeln wild durcheinander, zusammen mit der Sorge, die unaufhaltsam durch meinen Körper peitscht und diesen von innen heraus beben lässt. Ich bin noch nicht weit vom Studio entfernt, als meine Suche plötzlich beendet ist.

Paula steht zurückgezogen in einem Hauseingang und sieht mir entgegen, wie ich den Gehsteig entlanghaste. Ich fliege beinahe auf die

Fresse, so schnell überschlagen sich meine Gefühle. Ich bin verwirrt, hier auf sie zu treffen. Mitten auf der Straße, so dicht an meinem Studio. Diese schnelle Wendung der Ereignisse habe ich nicht erwartet. Schon wieder nicht. Aber, scheiße, ich bin glücklich. Erlöst von diesen beklemmenden Ängsten, die schneller und heftiger von mir Besitz ergriffen haben als jemals zuvor. Sie ist hier, dem Himmel sein Dank! Aber dann komme ich näher und sehe sie richtig.

„Mein Gott!" Es ist nur geflüstert, weil der Schock mir die Stimme geraubt hat.

Sie trägt ihren olivfarbenen Strickmantel, aber sonst weder Schuhe, noch eine Hose oder Mütze. Ihr Gesicht gleicht dem eines Preisboxers nach einem Kampf. Das linke Auge ist beinahe komplett zugeschwollen und in ihrem Haar klebt getrocknetes Blut. Mit dem linken Arm hält sie sich schmerzverzerrt den rechten, während sie einen Schritt aus dem Hauseingang auf mich zu humpelt. Ihre Füße sind so zerkratzt, als wäre sie damit durch Massen von Dornenbüschen gelaufen.

Als ich bei ihr ankomme, beginnt sie zu weinen und lässt sich sofort in meine Arme sinken. Ich halte sie fest, drücke sie an mich und fühle wie trotz ihres verstörenden Anblicks Erleichterung durch meine Adern fließt. Sie ist hier, bei mir. Und sie lebt. Es dauert eine halbe Ewigkeit, bis wir beide uns wieder halbwegs beruhigt haben.

„Haben sie ihn gefunden?", fragt sie, gedämpft von meiner Jacke, an die sie sich festkrallt.

Ich kann ihr Gesicht nicht sehen, sie vergräbt es weiterhin an meiner Schulter. Ihr Schluchzen ist herzzerreißend.

„Was hat er dir angetan?"

Sie schüttelt den Kopf. „Warum steht die Polizei vor dem Studio?"

„Wegen dir."

„Dann haben sie ihn gefunden?"

Ich löse mich ein Stück von ihr und sehe ihr ins Gesicht. „Nein, aber ich glaube auch nicht, dass sie schon gesucht haben. Soweit ich das mitbekommen habe, wissen sie noch gar nichts. Nur, dass du mit einem Mann bei Hilde warst, um Geld zu holen."

Sie schließt die Augen. „Ich wusste nicht, was ich sonst tun soll. Alles, was du mir gezeigt hast, war plötzlich weg. Ich konnte nicht …" Sie schnieft. „Ich konnte mich nicht wehren. Es war wie im Traum. Ein Albtraum. Ich war völlig machtlos und er hat sich einfach genommen, was er wollte. Er hat …"

„Ist schon gut", sage ich und ziehe sie wieder an meine Brust. „Alles ist gut. Es ist vorbei. Er kann dir nichts mehr tun."

„Aber er hat es wieder geschafft", erklärt sie zitternd. „Er hat wieder Geld bekommen und ich … ich habe …"

„Es ist nur Geld", versuche ich, sie zu beruhigen. „Nur Papier. Ich bin so froh, dass du hier bist. Lass uns nach Hause gehen."

Sie schüttelt den Kopf. „Nein, ich kann nicht."

„Willst du zum Arzt? Dein Kopf sieht ziemlich schlimm aus."

„Ich kann nicht, Finn. Sie werden mich finden."

„Er wird nicht nochmal kommen, hab keine Angst. Ich bin bei dir."

„Nein. Nicht er. *Sie*. Die Polizei."

Scheiße, die Polizei! Die habe ich ganz vergessen. Ich wende den Kopf und sehe, wie die Beamten genau in diesem Augenblick aus dem Studio kommen und auf ihren Wagen zusteuern. Hilde im Schlepptau. Ich muss ihnen sagen, dass sie nicht mehr nach Paula suchen müssen, dass sie hier ist, die Gefahr vorerst gebannt, muss auf mich aufmerksam machen, auf uns, aber irgendetwas hält mich ab. Vielleicht Paulas panischer Blick, als ich ihr wieder ins Gesicht sehe. Sie hat ebenfalls bemerkt, was gerade vor dem Studio passiert.

„Wir müssen mit ihnen reden, eine Anzeige machen", gebe ich lahm zu bedenken.

„Nein, du verstehst nicht", sagt sie, lässt mich los und stolpert in den Schutz des Hauseingangs zurück. „Du verstehst es nicht." Sie sieht schrecklich fertig aus und kann sich kaum aufrecht halten. Sie knickt sogar weg, aber ich fange sie rechtzeitig auf, damit sie nicht auf dem Boden aufschlägt. Sie hängt in meinen Armen und weint.

„Was ist mit dir?“, frage ich verwirrt. „Bist du schwer verletzt?“

Sie schüttelt den Kopf und krümmt sich.

„Verdammt, Paula.“ Meine Stimme zittert gefährlich, aber ich zwinge mich zu einem ruhigen Ton, auch wenn die Sorge plötzlich überhandnimmt. „Was hast du?“

„Es tut mir so leid“, schnieft sie und wird immer schwerer in meinen Armen.

„Was? Was tut dir leid?“

„Ich wollte das mit uns so sehr.“

Mein Herz hat einen Aussetzer. Dann noch einen. „Ich verstehe nicht“, brabble ich.

„Ich liebe dich“, weint sie. „Und ich wollte es nicht kaputtmachen.“

„Das hast du nicht.“

„Ich habe …“ Sie atmet flatternd. „Dich nicht verdient.“

„Hör auf.“ Weil mein Herz krampft und mein Hirn Alarm schlägt, da alles, was sie sagt, nach Abschied klingt, schiebe ich sie an die Hauswand und öffne ihren Mantel. Sprachlos schaue ich von ihrem blutdurchtränkten Shirt in ihr Gesicht und versuche zu verstehen, was hier gerade passiert. Aber entweder der Schock ist zu groß, oder die Erkenntnis zu brutal.

„Es tut mir leid“, flüstert sie erneut und weint. Sie weint und weint. Und ich schüttle ungläubig den Kopf und starre sie an. „Ich konnte das nicht mehr zulassen.“ Sie zieht einige Geldscheine aus ihrer Manteltasche. „Das gehört Fanny, verstehst du? Ich habe es nur für sie gespart. Er hat kein Recht, es ihr wegzunehmen.“

Mein Verstand beginnt wieder zu arbeiten. Wir brauchen Hilfe. Da die Polizisten inzwischen verschwunden sind, ziehe ich mein Telefon aus der Jacke und wähle den Notruf.

„Einen Rettungswagen, schnell. Meine Freundin blutet stark.“ Ich gebe die Adresse durch und lege auf, bevor ich ihr Shirt vorsichtig nach oben hebe und nach der Wunde suche.

„Es wäre immer so weitergegangen, Finn. Er hätte niemals aufgehört. Er wusste von Hilde und auch von dir. Es war nur eine Frage der Zeit, bis er auch euch erpresst hätte. Oder er hätte Fanny etwas angetan, so wie er immer gesagt hat. Was wäre ich für eine Mutter, wenn ich sie nicht beschützen würde? Was wäre ich für eine Freundin, wenn ich dir sowas antun würde? Du hättest mich irgendwann gehasst, weil ich ihm auch dein Geld gegeben hätte. Verstehst du? Ich hätte auch dein Geld genommen, um Fanny zu beschützen."

„Paula", sage ich und sehe auf, direkt in ihre Augen. „Ich hätte es dir gegeben. Es ist nur Geld. Nur scheiß Geld. Nicht wichtig. Und schon gar kein Grund, um dich zu hassen."

„Aber irgendwann hättest du mich gehasst, weil ich nämlich immer wieder eingeknickt wäre. Ich bin einfach zu schwach, verstehst du? Und du verdienst so viel Besseres. Und Fanny auch."

„Blödsinn", antworte ich.

Ich finde nur eine Wunde, einen langen Schnitt an ihrem Bauch. Langsam sickert immer weiter Blut heraus, aber ich glaube nicht, dass sie allein für das durchtränkte T-Shirt verantwortlich ist. Ich reiße mir die Jacke vom Körper und ziehe mein Shirt aus, um es ihr fest um den Bauch zu einer Art Druckverband zu knoten, bevor ich ihren Mantel zumache und mir selbst die Jacke wieder anziehe.

„Er hat dich mit einem Messer verletzt?" Meine Stimme versagt beinahe, weil mein Herz irgendwo in meiner Kehle schlägt. Sie ist verletzt, ernsthaft verletzt. Ich kann nicht atmen, kriege keine Luft. O Scheiße.

„Hier, nimm das Geld und gib es Fanny. Es ist ihres und alles, was ich habe. Alles, was ich ihr geben kann", bittet sie und holt mich zurück aus meiner Schockstarre.

„Du kannst ihr dich geben, Paula. Jeden Tag. Wir werden sie zu uns holen, in Ordnung? Wir suchen eine größere Wohnung und dann holen wir sie ganz zu uns. Wir einigen uns mit Daniel. Ich habe da schon einige Ideen, wie wir ihn überzeugen können. Du weißt, dass ich mit überheblichen Wichtigtuern sprechen kann. Ich war lange genug selbst einer."

„Das klingt so schön", sagt sie lächelnd und schaut in den Himmel. „Fanny, du und ich." Es ist nur ein Flüstern.

„Das wird super." Ich nicke eifrig und greife nach ihrem Gesicht, damit sie mich ansieht. „Alles wird gut."

„Nein." Sie schließt die Augen und schüttelt den Kopf. „Ich habe es zerstört. Ich habe … habe …"

Und dann schluchzt sie erneut und sinkt ein wenig tiefer, sodass ich meine Arme um sie schlinge, um sie aufrecht zu halten. Oder soll ich sie lieber hinlegen? Ist es besser für ihre Wunde? Fließt dann weniger Blut heraus? Aber auf dem Boden ist es schweinekalt und sie trägt bis auf den Mantel nur ein blutgetränktes T-Shirt und einen Slip. Erst jetzt fällt mir auf, dass es genau das ist, was sie auch heute Morgen getragen hat. Ist das Arschloch etwa bei uns zu Hause aufgetaucht? Ist Paula schon den ganzen Tag in seinen Fängen? Was ist passiert? Was ist nur los?

„Sie werden ihn finden", krächzt sie in den Stoff meiner Jacke.

„Ja, das werden sie. Und dann sperren sie ihn weg, für alle Ewigkeit."

Und wieder schüttelt sie den Kopf. „Mich. Sie sperren mich weg. Ich habe … habe …"

„Was hast du?"

„Ich habe ihn getötet. Ich habe …" Sie weint so heftig, dass ich sie kaum verstehen kann. „Getötet, Finn. Ich habe ihn umgebracht."

Ich keuche auf, krächze: „Was?" Ich kann nicht atmen. Warum kann ich nicht atmen? Schon wieder nicht? Ich muss nur Luft holen, ganz einfach, nur einmal Luft holen.

„Ich wollte ihn nicht wieder gewinnen lassen. Ich bin ihm gefolgt. Und dann habe ich Fannys Geld zurückgeholt. Ich habe ihn … mit dem Messer, verstehst du? Ich habe einfach zugestochen. Aber er hat gekämpft und … und dann ist er zusammengebrochen. Und ich habe ihn liegengelassen. Ich habe ihn sterben lassen, weil ich will, dass er tot ist. Ich will, dass er in der Hölle schmort."

„Oh, Paula."

„Es tut mir so leid, Finn. Ich wollte nicht kaputtmachen, was wir haben, aber … aber ich habe keinen anderen Weg gesehen. Ich will nur, dass du das weißt. Dass es mir leidtut. Das alles. Und dass ich dich liebe. Darum bin ich hier. Bevor sie mich finden. Oder ihn."

„Wo ist er jetzt?"

„Tot", schluchzt sie. „Für immer."

Als ich die Sirenen des Rettungswagens höre, überrennt mich die Panik. Sie hat einen Menschen getötet. Mit Absicht. Vorsatz. Keine Notwehr. Sie ist ihm gefolgt und dann hat sie ihn umgebracht. Und wenn die Leiche gefunden wird, und vielleicht auch noch das Messer mit ihren Fingerabdrücken, dann muss sie sich verantworten. Dann muss sie vielleicht sogar ins Gefängnis. Vorausgesetzt, sie überlebt die ganze Scheiße hier. Das Blut läuft inzwischen schon an ihren Beinen herab und tropft auf den Gehsteig. Ist es ihres? Oder seins?

„Wo ist er?", frage ich wieder und sehe sie eindringlich an. „Sag mir, wo er ist."

„Finn, ich …"

„Hör zu. Ich regle das, in Ordnung? Ich regle das. Sag mir, wo ich ihn finden kann."

Zitternd gibt sie mir eine Adresse. Ein Hotel. Zimmer dreihundertneun. Ich stöhne innerlich und hoffe, dass niemand sie gesehen hat. Und keiner vom Personal inzwischen im Zimmer war. Noch gibt es Hoffnung. Niemals die Hoffnung aufgeben. Der Krankwagen biegt im selben Moment um die Ecke, als ich ihr einen Kuss auf die kalten Lippen drücke.

„Versprich mir, durchzuhalten", sage ich und suche ihren Blick. Ihre Augen flehen mich an, grün und ertrinkend in ihrem eigenen Schmerz. „Und erzähl niemandem etwas. Sag, du kannst dich an nichts erinnern.

Das ist normal bei einer Kopfverletzung. Du hast einen Schock, sie werden dir glauben."

„Finn, nein. Ich möchte nicht, dass du für mich lügst. Wirklich nicht." Sie weint und zerrt kraftlos mit beiden Händen an meiner Jacke, um ihren Worten mehr Gewicht zu verleihen. Ich höre sie, aber ich stimme nicht zu.

„Ich liebe dich", antworte ich stattdessen und gebe ihr noch einen Kuss.

Die Sanitäter sind inzwischen ausgestiegen und kommen auf uns zu, aber ich sehe sie nur aus den Augenwinkeln, denn meine Konzentration liegt auf der Frau vor mir. Ich bin noch nicht fertig, denn eins muss ich ihr noch sagen. Eins muss sie noch wissen.

„Du bist mein Joker, Paula. Das warst du von Anfang an. Verlass dich auf mich, in Ordnung? Ich werde das klären. Du bist mein Joker und ich bin deiner."

Vierundzwanzig
Tausend Fragen, Millionen Ängste

Paula

Das Licht ist so grell, dass ich die Augen sofort wieder schließe, weil der Schmerz beinahe meinen Kopf entzweireißt. Die Erinnerungen an das Geschehene sind sofort wieder da und tun ihr Übriges dazu.

„Weißt du, Mädchen, das läuft hier irgendwie falsch", höre ich Hildes Stimme und drehe das Gesicht in die Richtung, aus der sie gekommen ist. „Ich dachte immer, dass ich im Bett liegen würde, vollgepumpt mit Schmerzmitteln, und du meine Hand hältst, damit ich nicht allein die große Hürde nehmen muss. Aber nun macht es den Eindruck, als wäre es umgekehrt."

Ich sehe sie nur verschwommen, aber es wärmt mein Herz sofort, dass sie hier ist.

„Jedoch sind weder du noch ich bereit, der Welt heute Lebewohl zu sagen, also was soll das hier, hm? Warum sind wir hier?"

Nur minimal schüttle ich den Kopf, weil ich es niemals schaffen würde, mit Worten zu antworten. Irgendetwas klemmt in meinem Hals fest, vielleicht die Schuld oder der Selbsthass, und genau das lässt den Druck bis in meine Augen aufsteigen. Ich spüre, wie die Feuchtigkeit langsam meine Wangen herabrollt.

„Mädchen, es gibt gar keinen Grund zu weinen, hast du das immer noch nicht verstanden? Du hast deinen Kampf gewonnen und liegst nur deshalb hier, weil jeder sich gern mal feiern lässt. Aber nun habe ich genug davon und gehe jetzt. Es gibt nämlich noch mehr Gratulanten, und, ehrlich gesagt, ist mir meine Zeit auch viel zu schade, um sie in einem Krankenhaus zu verbringen." Sie steht von ihrem Stuhl auf, beugt sich vor und gibt mir einen Kuss auf die tränennasse Wange. Danach gleitet ihre Hand aus meiner und ich merke schon jetzt, wie sehr sie mir fehlt.

„Danke“, sage ich tonlos und sehe ihr hinterher. Sie dreht sich noch einmal um.

„Und nur, damit wir uns richtig verstehen: Diese ganze Aufregung brauche ich in meinem Alter nicht mehr, also lass das in Zukunft besser bleiben.“ Ihre Worte sind hart, aber ihr Lächeln ist genauso versöhnlich wie das kleine Zwinkern ihrer Augen. „Wenn du wieder zu Hause bist, hätte ich gerne einen Apfelkuchen zur Entschädigung.“

„Versprochen.“

Sie verlässt den Raum und nimmt diesen kleinen Moment der Wärme mit. Ich zittere unter meiner Decke und versuche an etwas Schönes zu denken, und als Fanny schließlich das Zimmer betritt, ist das auch überhaupt nicht mehr schwer. Sie nimmt all den Schmerz von mir, egal welchen, sie zerknüllt ihn einfach und schmeißt ihn in die nächste Mülltonne. Es ist schön, sie in meiner Nähe zu wissen, mit ihr zu reden und zu lachen, aber ich traue mich nicht, sie zu fragen, was sie weiß. Selbst ein simples Erkundigen nach Finn kommt nicht über meine Lippen, denn wenn ich erst anfangen würde, könnte ich nie wieder aufhören. Ich habe tausend Fragen in meinem Kopf, Millionen Ängste, aber ich halte den Mund und lächle tapfer.

Ich bin verarztet worden und soweit ich das mitbekommen habe, ist es nicht so ernst, wie es anfangs ausgesehen hat. Im Prinzip nur ein winziger Bruch in meiner Hand, eine Gehirnerschütterung und ein langer Schnitt am Bauch, der etwas zu tief ins Fleisch gerutscht ist und daher eine Menge Blut hervorgebracht hat. Gesäubert, genäht und verbunden könnte er bald vergessen sein, wenn nicht so viel mehr daran hängen würde. Zum Beispiel die Tatsache, dass ich einen Menschen auf dem Gewissen habe. Ich habe ein Leben ausgelöscht und im gleichen Atemzug mein eigenes zerstört. Und das meiner Tochter. Und auch das von

Finn.

„Warum weinst du denn, Mama? Hast du Schmerzen?“

Ich schüttle den Kopf. „Nein. Es ist nur alles etwas viel gerade.“

„Mach dir keine Sorgen. Hilde sagt, dass Finn alles regelt, und ich denke, in dem Fall können wir der miesepetrigen alten Dame Glauben schenken.“

Aus irgendeinem Grund bringt mich das noch viel mehr zum Weinen. Ich will nicht, dass Finn meine Probleme regeln muss. Ich bin so schäbig, weil ich ihn da hineinziehe, so unendlich armselig. Mein ganzes Leben lang bekomme ich schon nichts auf die Reihe und nun hätte endlich alles gut sein können und ich versaue es dermaßen, dass ich nie wieder in den Spiegel sehen kann.

„Ich mag ihn“, sagt Fanny, als sie mich in ihren Armen wiegt und tröstet, als wäre sie hier die Erwachsene.

„Ich auch“, schluchze ich. „Ich mag ihn auch.“

Ich löse mich von ihr und wische energisch alle Tränen beiseite, bis ich ihr aufmunterndes Lächeln nicht mehr so verschwommen sehe.

Ich muss etwas tun.

Diese Erkenntnis trifft mich unvorbereitet und ich brauche einen Moment, um zu verstehen, was sie bedeutet. Habe ich nicht schon genug getan? Nicht schon genug zerstört? Nein, jetzt muss ich retten, was noch zu retten ist. Ich kann Finn nicht in sein Unglück laufen lassen, ich kann es einfach nicht verantworten, wenn er für mich lügt. Oder irgendetwas Schreckliches tut. Er sagte, ich wäre sein Joker und er wäre meiner, aber steht der Joker nicht immer für die Wahrheit? Auch wenn sie einmal unangenehm ist? Steht er nicht für das, was uns bewegt, uns antreibt, uns ausmacht? Für das, was in unseren Träumen Bestand hat und vielleicht niemals das Tageslicht erblicken wird? Für die Liebe?

„Ich muss dringend mit der Polizei reden, Fanny.“ Die Worte sind schneller aus meinem Mund, als ich sie denken kann, aber sie fühlen sich gut an. Ich mache das Richtige.

„Das trifft sich gut", antwortet sie. „Zwei Beamte stehen nämlich schon seit einer ganzen Weile draußen vor deiner Tür."

Fünfundzwanzig
Es ist da draußen und wartet auf mich

Finn

Ich durchquere die Stadt und sehe mich gehetzt um, als hätte ich schon getan, was noch vor mir liegt. Als hätte ich bereits sämtliche Regeln gebrochen, nur, um zu retten, was mir alles bedeutet.
Die vergangenen Wochen waren der Wahnsinn. Paula war bei mir, jeden Tag, und es gibt nichts in den zehn Jahren davor, was auch nur annähernd an das Gefühl herankommt, das ich habe, wenn ich sie stumm im Schlaf betrachte. Oder wenn wir Gespräche führen, die jeder Logik abgehen. Oder wenn wir uns lieben. Nicht mal mein beruflicher Erfolg hat dieses Glück in mir hervorgerufen, diese Zufriedenheit. Vollkommenheit.

Ich sehe ihr Lachen vor mir und weiß, dass es richtig ist, was ich tun werde. Ich will niemals wieder verlieren, was mich daran erinnert, wer ich bin. Und vor allem will ich Paula nicht verlieren. Sie bedeutet mir alles. Es ist schon schlimm genug, dass ich nicht da war, als sie mich brauchte. Warum habe ich sie heute Morgen nur allein gelassen? Warum musste ich unbedingt zur Arbeit gehen? Er muss uns beiden aufgelauert und gewartet haben, bis ich weg war. War er in der Wohnung? Warum sonst trug sie noch immer die Sachen vom Morgen? Mein T-Shirt? Und den Slip, den ich ihr vor dem Frühstück heruntergerissen habe, um zu spüren, wovon ich nicht genug kriegen kann. Von ihr.

Ich kann einfach nicht genug von ihr bekommen. Und wenn es nur ihre Finger sind, die mich zufällig berühren. Oder ihr Blick, der mich streift und mich so unendlich glücklich sein lässt. Niemand darf das zerstören. Niemand darf wegnehmen, was wir beide gerade erst gefunden haben. Niemand darf sich zwischen uns drängen. Nicht ihr Stiefvater und erst recht nicht der Tod.

Also gehe ich zu diesem Hotel und stehe schließlich vor Zimmer dreihundertneun. Bis hierher war es leicht, kein Problem, aber nun ändert sich das vielleicht. Denn ich werde kämpfen und für sie einstehen. Für uns. Kraftvoll stoße ich die Tür auf und trete, ohne zu zögern, dem Schicksal entgegen.

Angespannt bis in die Zehenspitzen mache ich einen Schritt über die Türschwelle, während das ganze Ausmaß der Verwüstung auf mich einstürzt. Einschließlich eines verdammt harten Gegenstands, der mich an der Schulter trifft. Für die Winzigkeit des Augenblicks glaube ich wirklich, jemand habe auf mich geschossen, aber als dieses Etwas mit einem wahnsinnigen Scheppern auf den Boden zu meinen Füßen knallt, wird mir klar, dass das nicht sein kann. Keine Kugel der Welt macht so einen Lärm, nachdem sie ihr Ziel erreicht hat.

Verzögert, weil ich nicht greifen kann, was hier eigentlich passiert, springe ich zur Seite und schaue atemlos auf die vielen Scherben, bevor ich den Blick wieder hochreiße, um zu sehen, woher der Angriff kam. Denn dass es ein Angriff war, ist so klar wie die Tatsache, dass ich mich hier mitten in einem Schlachtfeld befinde. Überall Blut, Chaos, Zerstörung. Mit einem Hotelzimmer hat das nicht mehr sehr viel gemein. Heilige Scheiße!

„Ich brauche keinen verfickten Zimmerservice", brüllt es von irgendwoher. „Verpiss dich!"

Aus den Augenwinkeln sehe ich erneut etwas auf mich zufliegen. Schnell ducke ich mich weg und höre, wie es hinter mir an die Wand klatscht, dicht gefolgt von einer Fernbedienung, die mich mitten vor die Brust trifft. Der Schmerz ist praktisch nicht vorhanden, das Adrenalin in meinen Adern jedoch so stark, dass ich sofort bereit bin, jeden einzelnen

Finger der Hand zu brechen, die mir diese Dinge entgegenfeuert. Der Drang zur Gewalt lässt allerdings abrupt nach, als ich den Werfer hinter dem umgekippten Tisch entdecke.

Er sitzt an die Wand gelehnt, hält sich seinen blutenden Bauch und blickt mich aus rotgeäderten Augen an. Offenbar hat er nichts mehr, was er noch schmeißen kann. Nicht mal Kraft, denn die läuft ihm gut sichtbar in Form von Blut und Schweiß aus dem Körper. Erleichterung ergreift sofort von mir Besitz, entspannt meine Muskeln und lindert den dröhnenden Herzschlag in meinen Ohren. Mein Gott! Sie hat ihn nicht getötet! Paula hat diesen Bastard nicht umgebracht. Ein freudiges Halblachen löst sich in meiner Kehle und dringt in die abwartende Stille. Harald verengt die Augen zu Schlitzen, während ihn anscheinend heftige Schmerzen quälen. Er krümmt sich, stöhnt leise und findet doch noch die Energie, mir einen blutigen Klumpen Rotze entgegen zu spucken. Die Hälfte davon landet auf seinem angewinkelten Knie, während die andere gut sichtbar an seinem Kinn hinabläuft.

Ich empfinde nur noch Mitleid. Weg ist der Wunsch, diesem Mann all die Schmerzen zurückzugeben, die er meinem Mädchen zugefügt hat. Fort das Verlangen nach Rache und Wiedergutmachung. Verschwunden das Bedürfnis, meiner Wut Luft zu machen. Stattdessen bedaure ich diesen miesen Wicht und es tut mir beinahe leid, wie fertig mit sich selbst er dort auf dem Boden kauert.

„Was ist jetzt, Supertrainer? Kommt da noch was, oder hast du vor, weiter nutzlos herumzustehen?“

Er hat recht. Zeit, die Sache zu beenden, denn ich habe weder die Lust noch die Zeit, weitere Energien an dieses Scheusal zu verschwenden. Für mich ist die Sache durch.

Ich ziehe mein Telefon aus der Tasche und rufe die Polizei, ohne ihn aus den Augen zu lassen. Nachdem ich dem Mann am anderen Ende der Leitung erklärt habe, was passiert ist und wo sie uns finden können, verweise ich auf einen Krankenwagen. Auf keinen Fall soll das Schwein verrecken, bevor er viele Jahre in unangenehmer Gesellschaft und mit nicht enden wollender Zeit hinter fetten Gitterstäben verbracht hat.

„Ich habe dich für einen echten Mann gehalten“, spottet das Elend auf dem Boden, nachdem ich das Gespräch beendet habe. „Aber das war wohl ein Fehler. Die kleine Hure hat mehr Mumm als du. Vielleicht hätte ich sie ficken sollen. Ich habe oft daran gedacht, weißt du? Aber dann war sie mir einfach zu billig. Kein Wunder, dass sie sich so einen Schlappschwanz wie dich gesucht hat. Ein richtiger Kerl würde nicht mal den kleinen Finger in sie reinschieben …“

Ich lächle nur über seinen Versuch, mich zu provozieren, schließe die Tür und lehne mich dagegen. Er redet weiter und steigert sich immer mehr in die Vorstellung, mich mit dreckigen Worten zu ködern. Es ist die Angst, die aus ihm spricht, und die Erkenntnis, verloren zu haben. Doch egal, was er sagt, er kann mich nicht treffen. Seine Worte kommen aus einem abgrundtief kranken Hirn und sind somit hinfällig. Nicht wahr und erst recht nicht von Bedeutung für mich und mein Leben. Es ist ein Rettungsring, um den er feilscht - die Hoffnung, ich würde die Fassung verlieren. Hat er tatsächlich noch so viel Grips, um zu wissen, dass es sich strafmildernd auf ihn auswirken könnte, wenn ich auf ihn losgehe? Oder ist es nur sein primitiver Wunsch, nicht allein unterzugehen?

Wie auch immer, ich gebe meine Stellung an der Tür nicht auf und lasse ihn strampeln. Soll er meinetwegen untergehen, ich habe was Besseres vor. Leben zum Beispiel. Alles, was ich dafür brauche, ist da draußen und wartet auf mich. Nur einen Moment noch, dann bin ich da.

Sechsundzwanzig
Doch. Weil du es bist

Paula

Mit geschienter Hand und dem breiten Verband um meine Hüfte ist es ziemlich schwierig, sich anzuziehen, aber da ich aus dem Krankenhaus entlassen werden soll, gehe ich mit so viel Elan an die Sache, dass es beinahe so gut flutscht wie vorher. Es ist elf Uhr und damit längst überfällig, dass ich hier verschwinde. Eine ganze Nacht ist wirklich mehr als genug, vor allem, wenn man eigentlich viel lieber die Zeit zurückdrehen möchte.

Irgendwer hat meinen Mantel ausgewaschen und ich tippe stark auf Hilde, obwohl sie bei meiner Nachfrage nur schnaubend antwortete: „Das wäre ja noch schöner, wenn ich hier neuerdings die Haushaltshilfe bin."

Ich liebe die Frau, wahrscheinlich genau wegen solcher Äußerungen. Sie passen überhaupt nicht zu ihrem doch so warmen Wesen, von dem sie mich im letzten Jahr immer wieder überzeugt hat. Das Geld, was sie für mich zurückgelegt hat, weil ich nicht gewusst habe, wo ich es sonst verstecken kann, hat sich in der Zeit, in der ich bei ihr arbeitete, verdoppelt. Immer wieder hat sie einen kleinen Bonus dazu gepackt, ohne dass ich etwas davon gewusst habe. Erst, als ich dazu gezwungen worden war, es anzurühren, habe ich mit Erstaunen festgestellt, dass es viel, viel mehr war, als erwartet.

Vielleicht war genau das der Grund gewesen, warum ich Harald letztlich gefolgt war. Ich musste ihm das Geld wieder abnehmen. Wenn sich andere Menschen schon für meine Tochter einsetzen, dann ist es meine verfluchte Pflicht als Mutter, das ebenfalls zu tun. Also habe ich es zurückgeholt. Das Geld und auch einen winzigen Teil meiner Selbst. Den anderen suche ich noch. Natürlich sprach ich Hilde auf das vermehrte Geld an, aber sie blaffte mich nur voll und machte mir klar, dass kein einziger Cent dafür für mich wäre. Ich dankte ihr mit einer Umarmung, die sie sehr herzlich erwiderte.

Jetzt habe ich also einen sauberen Mantel, wenn auch noch immer keine saubere Seele. Aber vielleicht ist es gar nicht wichtig, dass immer alles perfekt ist, denn wie sagte Finn einmal? *Perfekt ist das, was wir für perfekt halten.* Perfektion liegt also im Auge des Betrachters. Vielleicht muss sie das sogar, damit wir wirklich glücklich sein können. Und zwar jeder von uns.

Mühsam schultere ich den Rucksack mit den Sachen, die Hilde mir gestern für die Nacht im Krankenhaus vorbeigebracht hat, und werfe einen letzten Blick in mein Zimmer, bevor ich mich auf den Weg in die Freiheit begebe. Die kalte Luft, die mich empfängt, als ich das Krankenhaus verlasse, erinnert mich wieder an mein früheres Leben und an den Ort, den ich lange Zeit als mein Zuhause bezeichnet habe. Diese kalte und endlos lange Straße, auf der so viele von uns wandern und die uns doch blind macht für alle anderen um uns herum. Es gibt mehr von uns, mehr für uns. Wir sind nicht allein, egal, wie schrecklich gerade alles ist oder wie einsam, irgendwo da draußen gibt es jemanden, der gerade ganz genau das Gleiche fühlt. Und diesen Jemand zu finden und zuzulassen, dass auch er dich finden kann, bedeutet Glück, das habe ich jetzt verstanden.

Finn steht nicht weit vom Eingang entfernt an eine Häuserwand gelehnt und schaut zu mir herüber. Ich habe ihn seit gestern nicht gesehen, nicht mehr, seit er mich küsste und sagte, er wäre mein Joker, darum springt mein Herz auch im Dreieck, als ich ihn erblicke. Ich wusste, dass er mich abholen kommt, er hat es mir am Telefon gesagt, als er mich gestern vom Polizeirevier aus im Krankenhaus anrief, um zu fragen, wie es mir geht. Ihn wirklich zu sehen, jetzt und hier, und zu wissen, dass ich mich immer auf ihn verlassen kann, ist das schönste Gefühl, das jemals durch meine Adern geflossen ist.

Ich regle das.

Sollte ich gestern noch Zweifel an seinen Worten gehabt haben, so sind sie heute für alle Ewigkeit ausgelöscht. Seit meinen Gesprächen mit den Polizisten sehe ich ihn und alles, wofür er steht, noch so viel klarer. Jetzt lächelt er und wartet auf mich. Er würde auch bis in die Unendlichkeit auf mich warten, nur, um sicher zu sein, dass es mir gut geht. Das hat er mir ins Ohr geflüstert, als ich einmal erst mitten in der Nacht von Hilde zurückkam, und ihn fragte, warum er nicht schon schlafen gegangen ist.

„Du würdest mich also nicht suchen kommen?“, hatte ich mit gespielter Entrüstung gefragt.

„Ich würde verdammt nochmal alles für dich tun, Paula. Sogar meinen Zeichenstift zerbrechen.“

Wir hatten gelacht, aber wenn ich jetzt so darüber nachdenke, läuft mein Herz beinahe über. Ohne jeden Zweifel steckte mehr Wahrheit in seiner Aussage, als ich jemals zu hoffen gewagt hatte.

Er sieht so unglaublich gut aus, wie immer eigentlich. Seine dunklen Augen mustern mich aufmerksam, als ich langsam näherkomme und schließlich direkt vor ihm stehenbleibe. In einer einzigen Bewegung stößt er sich von der Hauswand ab, zieht mich sanft an sich und legt seine Lippen auf meine. Sein Kuss ist so tief wie meine Gefühle für ihn, und genauso ehrlich wie all die Worte, die seit dem ersten Tag zwischen uns gefallen sind.

„Hey“, flüstert er und streicht mit beiden Händen meine Haare nach hinten, während seine Stirn an meiner liegt. „Wie geht’s dir?“

„Jetzt geht’s mir gut. Bestens.“

„Entschuldige, dass ich nicht eher hier war.“

„Das ist nicht wichtig.“

„Doch. Weil du es bist“, flüstert er und küsst mich wieder mit diesen äußerst sanften Bewegungen, die mir jedes Mal Flügel verleihen. Ein Kribbeln durchläuft meinen Körper und lässt mich leise aufseufzen.

„Es tut mir so leid, Finn.“

„Ach, was, alles ist gut. Es war nicht deine Schuld.“

„Doch, ich war …“

„Nein, hör zu“, unterbricht er mich und sieht mir ins Gesicht. „Er hat das zu verantworten, in Ordnung? Mach dir keine Vorwürfe. Ich hatte echt Angst um dich gestern. Mach das nie wieder. Nicht mal ein kleiner Schnitt in den Daumen, verstanden?“

Ich lache leise, bevor mich seine Arme wieder umfangen, um mich festzuhalten. „Hättest du es wirklich getan?“, frage ich einen Moment später. „Hättest du wirklich eine Leiche verschwinden lassen?“

Ohne mich loszulassen, rückt er ein Stück von mir ab, um mich besser ansehen zu können. „Die Frage stellt sich gar nicht.“

„Doch“, erwidere ich. „Ich stelle die Frage gerade. Hättest du es getan?“ Ich weiß nicht, warum ich das unbedingt wissen muss, aber es kreist seit Stunden ununterbrochen durch mein Hirn. Wäre er wirklich bis zum Äußersten gegangen? Für was? Für mich?

„Ich weiß nicht“, gibt er zu und lässt seine Arme sinken. „Ich war dort. Und ich war bereit.“

„Und dann?“

„Er war angeschlagen, aber eindeutig am Leben.“

Ich nicke. Ja, ich habe Harald nicht getötet. Lediglich zwei Stichwunden in den Bauch, aber er wird es überleben. So wie ich. „Woher hattest du einen Schlüssel?“

„Die Frau an der Rezeption war sehr nett.“

Ich ziehe die Augenbrauen in die Höhe, während er nur verschmitzt lächelt und leise seinen Bart reibt.

„Hast du ihre Nummer bekommen?“, frage ich.

„Natürlich.“

„Und wie ging es weiter?"

„Ich rief die Polizei und erzählte ihnen die Wahrheit."

Nach diesem Satz verstummt unser Gespräch. Wir sehen uns lediglich an und spüren die Bedeutung dessen, was gesagt worden ist. Und was geschehen ist in den vergangenen Wochen und ganz besonders in den letzten Tagen und Stunden. Er hat die Wahrheit gesagt, genau wie ich, obwohl wir beide genauso gut hätten anders entscheiden können. Vielleicht wäre Manches dadurch einfacher gewesen, vielleicht Vieles schwieriger. Aber wir haben das Gleiche getan, ganz unabhängig voneinander. Es war eine Entscheidung für uns. Nun können wir gemeinsam in die Zukunft blicken, ganz ohne Altlasten, denn Harald wird sich für all das verantworten müssen. Und dieses Mal wird er nicht einfach so davonkommen, dafür werde ich sorgen. Ich bin sicher, dass Finn dabei an meiner Seite stehen wird. Und Hilde. Und Fanny natürlich.

Stöhnend schiebe ich den Rucksack von meinen Schultern. „Kannst du den tragen, bitte?"

„So weit und wohin auch immer du willst," antwortet er lächelnd und nimmt erst den Rucksack und dann meine unverletzte Hand.

Ich liebe das Gefühl, wie seine Finger so selbstverständlich meine umfassen. Wie sie passen, als würden sie immer schon zusammengehören.

„Ich möchte gerne nach Hause", sage ich und schließe einen Moment meine Augen.

„Und wo genau ist das?"

„Wo immer auch du bist."

Siebenundzwanzig
Für die Dinge, die im Kommen sind

Einige Monate später

Finn

„Omein Gott, ich bin so aufgeregt!“ Paula schwingt auf ihren Fußballen vor und zurück. Mit den Zähnen bearbeitet sie ruhelos ihren Daumennagel, während sie mich mit großen Augen anschaut.

Ich lache auf, nicht nur, weil ihre Aufregung süß ist, und sie so hübsch, sondern weil ich glücklich bin. In den vergangenen Monaten hat sich einiges verändert, allem voran unsere Wohnsituation. Wäre es nur um Paula und mich gegangen, wären wir wohl nicht so schnell aus meinem Apartment ausgezogen, aber da Fanny jetzt bei uns ist, so oft es eben geht, brauchten wir mehr Platz. Unsere neue Bleibe hat viermal so viele Zimmer, eine Dachterrasse und - was schließlich der ausschlaggebende Punkt war - eine extrem gute Lage. Sie befindet sich zwei Querstraßen von meinem neuen Studio entfernt.

Zwei Monate leben wir jetzt bereits hier und es fühlt sich an, als wäre es immer so gewesen. Von Anfang an habe ich mich hier wohlgefühlt und weiß, Paula geht es ebenso. Ehrlich gesagt, hätten wir auch keine Zeit gehabt, es anders zu sehen, schließlich sind wir stark beschäftigt mit unserem gemeinsamen Leben. Nicht nur die neue Wohnung, die vielen Besuche von Fanny oder Paulas Arbeit mit den Senioren, in der sie voll und ganz aufgeht, sondern auch die Vorbereitungen für mein neues Studio halten uns komplett in Atem. Mein Traum hat sich erfüllt, in jederlei

Hinsicht. Und heute ist der Tag der Tage. Bis hierhin war es ein Wegweiser, aber heute entscheidet sich alles, ich habe es im Gefühl.

„Es werden eine Menge Leute da sein“, gebe ich laut meine Gedanken preis und sehe, wie Paulas Unsicherheit wächst.

„Haben wir auch nichts vergessen? Ist alles arrangiert? Hast du noch mal mit dem Catering gesprochen?“

„Ganz ruhig, das ist nicht meine erste offizielle Veranstaltung, ich weiß, was ich tue.“

„Aber ich nicht“, gesteht sie. „Was ist, wenn es irgendetwas gibt, das wir nicht bedacht haben? Was, wenn keiner kommt?“

„Das ist eine Eröffnung, Paula. Die Leute kommen schon allein deswegen, weil es etwas umsonst gibt.“

Sie betrachtet mich zweifelnd, bis ihre Hand plötzlich herabfällt und ihre Füße zur Ruhe kommen. „Haben wir auch genug bestellt? Was machen wir denn, wenn so viele Leute kommen, dass das Essen nicht reicht? Was, wenn die Getränke ausgehen?“

„Kannst du aufhören, Panik zu schieben, und durchatmen?“, frage ich lächelnd und schließe den Gürtel an meiner Jeans. Ich habe zur Eröffnung meines neuen Unternehmens sogar ein Hemd an, auch wenn es eigentlich viel zu warm für ein solches ist. Der September ist in diesem Jahr mörderisch heiß.

„Du siehst so gut aus“, schwärmt sie. Sie hat sich inzwischen auf die Sofalehne gesetzt, vermutlich, um vor lauter Aufregung nicht umzufallen. „Neben dir sehe ich aus wie ein weiblicher Quasimodo.“

„Solange deine Glocken im richtigen Moment anfangen zu bimmeln.“

„Du bist so ein Arsch!“, quiekt sie und wirft mir ein Kissen an den Kopf. „Ich bring deine Glocken gleich zum Bimmeln!“

Ich grinse. „Ist das ein Versprechen?“

Sie streckt mir die Zunge heraus und tut beleidigt, aber ich kann ganz genau das unterdrückte Lachen sehen. Ihr Mundwinkel zuckt verräterisch.

„Du siehst bezaubernd aus, Paula. Die schönste Frau weit und breit." Und das stimmt wirklich. Nicht nur, weil sie heute ein sommerliches Kleid trägt, das ihren Körper sanft umspielt und ihre weiblichen Kurven zur Geltung bringt, nein, für mich ist sie selbst in einem Berg aus kratziger Wolle wunderschön.

„Ja, vielleicht hier, hinter verschlossenen Türen und zentimeterdicken Wänden, aber da draußen scheint die Sonne und unter der bleibt nichts geheim. Ich werde mich auf keinen Fall neben deine Exfrau stellen", sagt sie und schiebt entschlossen die Lippen vor.

Ich habe eine Menge Leute zur Eröffnung eingeladen, unter anderem auch Pat. Außerdem einige Geschäftspartner von früher sowie meine alte Crew. Susis Vertrag ist längst unterschrieben, denn als ich sie fragte, ob sie wieder für mich arbeiten wolle, war sie sofort mit an Bord. Außerdem habe ich bereits einen zweiten Mitarbeiter, nämlich einen Personal Trainer, der schon länger meine Aufmerksamkeit hat. Nachdem ich ihn eingeladen, von meinem Konzept berichtet und durch die Räumlichkeiten geführt habe, war er Feuer und Flamme und hatte gleich ein paar gute Anmerkungen parat. Mir gefällt sein Engagement und ich bin schon jetzt begeistert von seinem Wissen und seiner Art, mit Menschen umzugehen. Paula ist da die schärfste Kritikerin überhaupt und selbst sie war gleich nach dem ersten Gespräch der Meinung, dass ich ihn einstellen soll. Was ich dann auch tat.

Die Voraussetzungen für einen guten Geschäftsstart sind also durchaus gegeben, mal sehen, ob auch auf lange Sicht funktioniert, was ich mir zurechtgesponnen habe.

Der Ort ist perfekt dafür, gemütlich und intim, lange nicht so groß wie mein vorheriges Studio, aber dafür mit Charakter, wie Paula sagt. Selbst Hilde war so begeistert, dass sie bereits vor zwei Wochen einen Trainingsvertrag unterschrieben hat, um dem Alterungsprozess den Finger zu zeigen, wie sie sagt. Sie ist also meine erste Kundin und ich bin gespannt, wer sich noch so alles einreiht, wenn es sich erst herumspricht.

„Komm her, Quasimodo“, raune ich und ziehe Paula an ihren Händen von der Sofalehne. „Ich wollte dir noch was sagen, bevor wir gehen.“

„Was denn?“

Ich sehe sie ernst an. „Deine Tochter geht fremd und ich weiß nicht, ob ich das gutheißen kann. Ich bin kurz davor, sie rauszuschmeißen.“

Paula lacht auf und fummelt an meinem Hemdkragen herum. „Komm darüber hinweg. Sie hat lediglich gesagt, dass gezeichnete Comics voll out sind, kein Grund, loszuheulen.“

„Sie schaut computeranimierten Schrott, Paula. Ich bin da echt empfindlich. Ich heule wirklich gleich. Siehst du? Guck.“ Ich zeige auf mein rechtes Auge und sie nimmt meinen Kopf zwischen ihre Hände, um es sich ganz genau anzuschauen.

„Finn?“

„Ja?“

„Ich glaube, du bist einer von den Guten.“

„Meinst du? Aber Bösewichte erreichen meist viel mehr Popularität.“

„Nur die Guten können es mit echter Fassung tragen, dass sie neuerdings beim Mühle besiegt werden“, sagt sie und grinst dabei frech.

„Vielleicht ja nur deshalb, weil sie ihre Gegner mit Absicht gewinnen lassen“, gebe ich gelassen zurück und zucke mit den Schultern.

Ihre Augen weiten sich. „Du lügst!“, haucht sie empört.

„Möglicherweise.“ Ich grinse. „Oder auch nicht.“

„Ich hasse dich“, flüstert sie.

„Und ich liebe dich.“

„Dann küss mich endlich.“

„Küss du mich doch.“

„Boah, du bist so stur“, jammert sie und verdreht die Augen. „Und immer muss du das letzte Wort haben.“

„Nein“, erwidere ich und nähere mich ihren Lippen. „Dieses Mal überlasse ich es dir.“

„Diese Güte“, murmelt sie und haucht mir die Worte auf die Lippen, „hätte ich von so einem pappigen Stück Popcorn gar nicht erwartet.“

Wir lächeln beide, als sich unsere Lippen für einen Kuss finden, der uns einen Augenblick vergessen lässt, wo wir sind. Erst die Türklingel reißt uns aus dem Strudel der Gefühle zurück ins Hier und Jetzt. Ach ja, richtig, wir wollten ja los. Mit geröteten Wangen sortiert Paula ihre Haare, die ich gerade mit meinen Händen durcheinandergebracht habe, dann streicht sie ihr Kleid glatt und lächelt schief. Ihre Augen leuchten.

„Ich wünschte, alle anderen würden nicht immer so nerven mit ihrer Pünktlichkeit“, flüstert sie, damit nur ich es hören kann. „Fünf Minuten sind doch nun wirklich nicht zu viel verlangt.“

„Du bekommst zehn“, flüstere ich zurück. „Heute Abend.“

„Nur zehn?“ Sie stemmt empört die Hände in die Hüften. „Nach dem Tag heute will ich zwanzig. Mindestens.“

„Sei nicht so gierig“, mahne ich lächelnd und gehe Richtung Tür. „Wenn du mehr willst, musst du es dir verdienen.“

„Und wie?“

„Überrasch mich.“ Ich zwinkere ihr grinsend zu und öffne die Tür. Und dann falle ich beinahe in Ohnmacht, als ich sehe, wer davorsteht. Ich bin so perplex, dass ich nichts zu sagen weiß, mich nicht mal rühren kann. Erst, als Paula neben mich tritt, um zu sehen, was los ist, schaffe ich es, mein Erstaunen herunterzuschlucken.

„Überraschung“, wispert sie leise und ich wende den Kopf, um sie anzusehen. Nein, sie hat es nicht gewusst, ich erkenne den Unglauben, den ich in meinem Herzen fühle, auch in ihren Augen.

Mein Vater räuspert sich. „Hallo, mein Sohn“, sagt er. „Hallo Paula.“

„Ähm. Hey“, antwortet Paula.

Ich nicke lediglich, weil ich gar nicht so recht fassen kann, dass sie hier sind. Vor unserer Wohnung. Alle beide. Obwohl meine Mutter bisher weder etwas gesagt, noch mir in die Augen gesehen hat. Ihr Blick ruht auf Paulas Kleid.

„Wir haben gehört, dass du heute deinen neuen Traum startest, und wollten dich unterstützen“, erklärt mein Vater. „Ich hoffe, es ist okay, dass wir vorher hier vorbeigekommen sind. Wir dachten, dass wir erst fragen, ob es dir recht ist, wenn wir bei der Eröffnung dabei sind. Ich meine, nach allem, was vorgefallen ist.“ Er knetet unruhig seine Hände und lächelt schuldbewusst. „Die letzten Jahre waren nicht immer einfach zwischen uns, aber wenn es möglich ist, würden wir diese ganzen Differenzen gerne hinter uns lassen und nach vorne blicken. Du hast uns gefehlt, Finn, und uns tut schrecklich leid, was bei unserem letzten Zusammentreffen geschehen ist. Du bist unser Sohn und wir lieben dich. Immer. Egal, was noch passiert und wie deine Antwort ausfallen wird.“

Seine Worte dringen in mich, ich kann gar nichts dagegen tun, obwohl mein erster Impuls gewesen ist, alles abzublocken. Ich wollte einreißen und niederbrennen, egal, welche Wortgebilde da nun aus seinem Mund kommen, aber stattdessen lasse ich sie schweben. Und wirken. Nach einigen Atemzügen ist mir klar, dass es genau so kommen musste. Mein Vater war schon immer ein friedliebender Mensch, dem die Familie über alles geht, und auch sein unverzeihlicher Aussetzer von vor zehn Jahren hat daran nichts geändert. Jedes Jahr versuchte er aufs Neue, mich zu ihnen zurückzuholen, aber die Wege waren mir immer zu lang gewesen, die Wunden zu tief. Als ich ihn jetzt betrachte, bin ich weder wütend noch verletzt. Ich bin einfach nur überrascht. Niemals wieder wäre ich zu ihnen gegangen und hätte den ersten Schritt getan. Im Leben nicht. Nicht nach dem letzten Mal. Aber nun sind sie hier. Alle beide. Und der Anfang ist gemacht.

„Ma, kannst du aufhören, sie anzustarren?“, frage ich und nehme Paulas Hand, die sie schützend vor ihren Bauch hält. Dankbar drückt sie meine Finger und wartet genauso wie ich auf irgendeine Reaktion. Aber meine Mutter starrt weiter und mein Vater räuspert sich schließlich.

„Margot.“

Dann beginnt sie zu weinen. Einfach so. Und richtig heftig. Meine

Zehennägel krempeln sich nach oben und eine Gänsehaut überzieht meinen gesamten Körper.

„Ich wusste es nicht“, schnieft sie und hebt den Blick in mein Gesicht. „Ich wusste nicht, dass sie dein Baby weggemacht hat.“

„Ma.“

Sie schüttelt den Kopf. „Ich dachte, du hast sie im Stich gelassen, dabei … dabei …“

„Es ist zehn Jahre her.“ Das ist das Einzige, was mir zu sagen einfällt. Das Logischste. Ich habe damit abgeschlossen und will es nicht wieder an die Oberfläche holen. Nicht heute, nicht an diesem besonderen Tag.

„Es tut mir so leid“, weint sie weiter. „Ich habe dir nie wehtun wollen.“

„Ich weiß.“

„Ich habe so viele schreckliche Dinge gesagt, Finn, und ich weiß nicht, wie ich das wiedergutmachen kann. Ich habe nicht hinter dir gestanden, oft habe ich dich sogar verleugnet. Und nun sehe ich, dass es ein Fehler war. Dass das alles ein Fehler war. Ich habe deinem Vater schon vor Jahren verziehen, weil ich ihn liebe. Und dich liebe ich auch, aber ich konnte nicht verstehen, warum du Trish verlassen hast. Ihr wart füreinander bestimmt. Und du bist einfach gegangen und hast sie allein gelassen. Mit all ihrem Schmerz. Aber nun verstehe ich es. Nun sehe ich es. Es warst gar nicht du, der die Familie im Stich gelassen hat. Der sie entzweit hat.“ Sie schnieft herzzerreißend. „Das war ich.“

„Nein, Ma.“

„Ich bin so eine schlechte Mutter. Ich hätte für dich da sein sollen, ganz egal, was deine Gründe waren. Ich hätte fragen sollen, anstatt einfach zu urteilen. Ich hätte an dich glauben sollen. Du bist mein Kind und ich habe …“ Sie weint inzwischen so stark, dass sie die Worte verschluckt. „Ich habe nichts getan. Ich habe einfach nichts getan. Oder das Falsche.“

In dem Moment lässt Paula meine Hand los, geht einen Schritt nach vorn und umarmt meine Mutter. Sie fängt sie auf und hält sie fest, während diese so heftig weint, dass es mir das Herz bricht. Ich werfe einen Blick auf meinen Vater, aber er bemerkt es nicht, denn auch ihm stehen ein paar Tränen in den Augen. Der Anblick, wie sich meine Mutter an Paula klammert, als wäre sie der einzige Halt in ihrem Leben, lässt auch meine Kehle staubig werden.

„Ich war so blind, Finn. Ich habe versagt und ich will … möchte … kannst du mir das je verzeihen? Kannst du mir verzeihen?“, fragt sie unter Tränen und sieht zu mir, noch immer von Paulas Armen gehalten.

„Es gibt nichts zu verzeihen“, krächze ich schließlich. „Wir hätten alle von Anfang an ehrlich sein müssen.“

„Ja, aber … aber …“

„Nein.“ Ich schüttle den Kopf. „Lasst uns bitte ein anderes Mal darüber reden, in Ordnung? In einer guten Stunde ist die Eröffnung und ich brauche dafür einen klaren Kopf. Wenn ihr heute etwas für mich tun wollt, dann kommt hin und seht euch an, was Paula und ich in den letzten Monaten auf die Beine gestellt haben. Mehr nicht. Heute ist unser Tag und den möchte ich nicht in der Vergangenheit verbringen. Ich will in die Zukunft sehen. Morgen können wir reden, okay? Oder übermorgen. Aber nicht heute.“

Meine Mutter löst sich von Paula und wischt energisch ihre Tränen beiseite. „Ja, natürlich. Ich wollte auch nicht, na ja, wir wollten nicht stören und …“

„Ihr stört nicht. Es ist nur gerade ein ganz ungünstiger Zeitpunkt.“

„Ja, gut. Ich verstehe“, sagt sie. „Du hast vollkommen recht. Wir lassen euch jetzt in Ruhe und sehen uns später. Bei der Eröffnung.“

„Komm, Margot.“ Mein Vater legt meiner Mutter den Arm um die Schultern und lächelt mich an, bevor sie sich umdrehen, um zu gehen. „Bis nachher.“

„Ma?“

„Ja?“ Sie schaut mich an, noch immer tränennass und so offen und ehrlich wie seit zehn Jahren nicht mehr.

„Danke."

Sie nickt, bevor sie Paula von oben bis unten mustert. Als ich mich schon dazwischenwerfen will, weil ich das Gefühl habe, meine Freundin vor ihren abschätzenden Blicken verteidigen zu müssen, sagt sie einfach: „Willkommen in der Familie."

Ich weiß nicht, was ich sagen soll, und als meine Eltern schon längst gegangen sind und ich endlich aus meiner Schockstarre erwache, sehe ich, dass auch Paula es nicht weiß. Erst nachdem die Tür hinter uns ins Schloss fällt und sie sich dagegen lehnt, als hätte sämtliche Kraft sie verlassen, fallen die ersten Worte.

„Deine Mutter", flüstert sie.

„Ja. Das war ziemlich heftig." Ich reibe mir ungläubig das Gesicht. „So habe ich sie noch nie gesehen."

„Wie sie mich angeschaut hat …"

„Ja."

„Als wüsste sie es."

Ich blinzle verwirrt. „Als wüsste sie was?"

Paula schüttelt abwesend den Kopf. „Das war echt gruselig."

„Was genau?"

Sie sieht mich an. „Ach, nichts. Ich meine nur, na ja, es ist schon krass, wie das passt. Diese Dinge hätte sie auch an jedem anderen Tag sagen können. Aber sie kommt nach ewig langer Funkstille her, starrt mich an und dann bricht sie beinahe zusammen. Als hätte sie einen Radar dafür."

„Für den schlechtesten Zeitpunkt?"

„Nein, für …" Sie wedelt mit einer Hand in der Luft herum. „Für das hier. Für uns."

„Ich habe keine Ahnung, wovon du redest", gebe ich zu.

Sie schüttelt erneut den Kopf. „Na, ist auch egal", sagt sie schließlich, als müsse sie sich selbst überzeugen. „Ich glaube, wir müssen jetzt wirklich los."

Eben noch tief in ihren Gedanken versunken, hat sie es plötzlich furchtbar eilig und sucht ihre Sachen zusammen. Dann zwängt sie sich in ihre Schuhe und flucht leise, weil die Riemen nicht so wollen wie sie. Sie ist total fahrig und ihre Bewegungen sind unkoordiniert, alles wirkt irgendwie aufgesetzt. Nicht normal.

„Können wir?“ Sie sieht mich nicht mal an, während sie das fragt, sondern hat bereits die Türklinke in der Hand.

„Stopp“, rufe ich und sie erstarrt. Ganz so, als würde ein Erschießungskommando hinter ihr stehen. Da stimmt doch was nicht. „Umdrehen.“

Sie tut es, aber sie hat die Augen geschlossen. Als ich nichts sage, öffnet sie langsam das rechte. Dann das linke. Und dann zwingt sie sich ein Lächeln hervor, aber es verrutscht irgendwie.

„Was geht denn hier gerade ab?“, frage ich, fuchtle mit einer Hand in der Luft herum und gehe dann langsam auf sie zu.

„Nichts“, krächzt sie. „Wir müssen zur Eröffnung.“

Ich trete so nah, dass sie schließlich zu mir aufsehen muss.

„Wir sind spät dran.“ Es ist nur noch ein Hauchen.

„Raus mit der Sprache“, sage ich. „Was verschweigst du mir?“

„Gar nichts!“ Ihre Stimme ist schrill, nur ein kleines bisschen, aber wir hören es beide ganz deutlich. Sie läuft knallrot an und weicht dann meinem Blick aus.

Mein Herz beginnt zu galoppieren. „Joker. Jetzt sofort.“

Ihr Kopf schnellt nach oben. „Nein.“

„Nein? Das ist nicht verhandelbar“, behaupte ich.

„Finn.“

„Ich gehe nicht eher hier raus, bis du mir sagst, was du eben meintest. Wofür hat meine Mutter ein Radar?“

„Für die Dinge, die im Kommen sind. Für Veränderungen.“

„Weil heute die Eröffnung ist und somit ein neuer Abschnitt beginnt?“

Sie schüttelt den Kopf. „Nein. Weil sie mich angesehen hat.“

Fragend lege ich den Kopf schief, denn ich verstehe kein Wort. Wovon redet sie?

„Sie hat mich angesehen", sagt sie nochmal. „Als wüsste sie es."

Ich starre sie verständnislos an. „Wüsste was?"

Sie nimmt meine Hand und legt sie flach auf ihren Bauch. Bedeutungsvoll sieht sie mich an und lächelt, aber es dauert trotzdem einen Moment, bis ich verstehe. Wenn ich verstehe. Verstehe ich?

„Was?", frage ich tonlos. „Ein Baby?"

Sie nickt und reißt damit sämtliche Mauern bei mir ein. In dem Moment, als mein Herz einen Schlag aussetzt, bin ich noch ungläubig, aber gleich im nächsten Augenblick, als es losrast, sich überschlägt und wieder aufsteht, um noch viel, viel schneller zu schlagen, bin ich der glücklichste Mann auf der ganzen Welt. Im Universum. In jedem verfluchten Sonnensystem, das es gibt. Ich werde Vater. Ich kann's nicht glauben. Aber ich will es glauben. Ich glaube es. O mein Gott!

„Dein Schweigen ist etwas zweideutig", flüstert Paula. „Aber dem Grinsen in deinem Gesicht entnehme ich, dass du dich freust. Oder? Freust du dich?"

„Heiratest du mich?"

„Was?" Nun ist sie diejenige, deren Gesichtszüge entgleisen.

„Heirate mich." Es macht Sinn. Nur das macht noch Sinn. Das und alles andere. Sie und ich. Ein Baby. Jesus!

„Finn, geht's dir nicht gut?"

„Ich liebe dich."

„Ich liebe dich auch."

Ich atme tief, um nach diesem genialen Höhenflug irgendwie wieder auf den Boden zu kommen, und greife nach ihren Händen. „Paula, willst du das Kind? Unser Kind?"

„Ja, natürlich", antwortet sie empört. Wie kannst du etwas anderes annehmen?, scheinen ihre Augen zu fragen. Keine Ahnung, ich will nur sicher sein, antworten meine. Ich verkrafte das kein zweites Mal. „Ich will es unbedingt. Nichts könnte schöner sein, rein gar nichts. Ja, ich weiß, es war nicht geplant, aber jetzt, wo es passiert ist, will ich nichts rückgängig machen. Ich will es haben. Zusammen mit dir. Ich will eine Familie."

Weiß sie, wie glücklich sie mich macht? Weiß sie es?

„Heirate mich."

Sie starrt mich an und seufzt schließlich. „Können wir kurz mal einen Gang zurückschalten?", fragt sie, befreit ihre Hände aus meinen und legt sie flach auf meine Brust. „Und nachdenken? Heute ist die Eröffnung deines neuen Studios und außerdem waren deine Eltern gerade hier und wollen sich mit dir versöhnen. Das allein ist schon heftig genug. Seit zwei Stunden renne ich wie Falschgeld durch die Gegend, weil nämlich auch der dritte Schwangerschaftstest positiv angezeigt hat, und ich überlege hin und her, wie ich es dir sagen kann. Und wann. Es sollte nicht mit so vielen anderen Dingen zusammenfallen, weil die Nachricht nämlich zu groß ist, um sie zu teilen. Verstehst du? Und nun weißt du es doch schon, weil ich es nicht mal fünf Minuten schaffe, irgendwas vor dir geheim zu halten. Und dann fragst du so was. Das geht nicht, Finn. Wir müssen hier mal eine Pause einlegen. Wenn wir in diesem Tempo weitermachen, kommen wir eventuell vom Weg ab. Lass uns über alles nachdenken, in Ordnung? Frag mich ein anderes Mal. Später. Wann immer du willst. Aber nicht jetzt. Jetzt müssen wir los."

„Paula." Ich ziehe sie an mich und schiebe meine Hände links und rechts in ihr Haar. Sie ist so wunderschön. Zierlich und verdammt stark. Unsicher und doch so unglaublich gefestigt. Ängstlich, aber voller Hoffnung. Ich kann es sehen. Und ich kann es auch spüren, als sich unsere Lippen finden und dem jeweils anderen sagen, dass er nie mehr allein sein wird. Niemals wieder. Als wir den Kuss beenden, sehen wir uns an, lächelnd und so überaus glücklich.

„Wir kriegen ein Baby", flüstere ich. „Ich kann's nicht glauben."

„Ja", haucht sie und küsst mich. „Ich auch nicht so recht."

„Aber es ist wahr."

„Das ist es“, bestätigt sie.

„Dann geht’s jetzt los? Gehen wir jetzt zur Eröffnung?“

„Auf jeden Fall.“

„Und danach versöhne ich mich mit meinen Eltern.“

Sie nickt. „Ja, ich finde, das ist ein guter Plan.“

„Und dann erzählen wir es Fanny, ja? Dass du schwanger bist?“

„Unbedingt.“

Wir küssen uns erneut, suchen dann unsere Sachen zusammen und gehen zur Wohnungstür. Bevor Paula diese öffnet, dreht sie sich jedoch noch einmal zu mir um und zieht eine Grimasse. Ein Auge hat sie zugekniffen, die Nase gerümpft und die Lippen gespitzt.

„Und dann heiraten wir? Wirklich?“ Ihre Stimme klingt dabei, als wäre sie kurz davor, von der Tonleiter zu fallen.

Ich lache auf. „Ich bin nicht ganz sicher, was wir hier eigentlich tun, Paula, aber eins weiß ich: Die zwanzig Minuten heute Abend sind gebongt. Und zwar für jeden von uns.“

Danksagung

Mein Dank

Als ich anfing, dieses Buch zu schreiben, hatte ich keinen Plan. Ich wusste weder, woher es kam noch wohin es wollte, aber es war willkommen. Die Worte flossen aus meinen Fingern, als hätten sie nur darauf gewartet, endlich frei sein zu dürfen. Wie Paula und Finn suchte jedoch auch das Manuskript lange Zeit nach jemanden, der es so liebt, wie es ist. Im wunderbaren Doderer Verlag fand es schließlich sein Zuhause.

Ich danke dir von Herzen, Norman. Nicht nur dafür, dass du an die Geschichte glaubst, sondern auch, weil du dein Herzblut hineinsteckst, um sie in die Welt zu bringen. Danke für dein Vertrauen, für dein Verständnis, dein Engagement und für die wirklich tolle Zusammenarbeit. Das ist nicht selbstverständlich.

Danke auch an dich, Sandra, für das hochwertige Lektorat und deine kleinen Bemerkungen am Rande, die mir oft ein Lächeln ins Gesicht zauberten. Danke, Kristina, für das traumhafte Cover und deine Geduld mit mir. Und danke auch an dich, Lina, für diesen wunderschönen Satz und den Trailer zum Buch. Ihr alle seid dafür verantwortlich, dass ich zum ersten Mal überhaupt rundum zufrieden mit dem Ergebnis bin.

Neben dem Verlag gibt es einen besonderen Menschen, den ich ohne die Welt der Bücher niemals kennengelernt hätte. Elja Janus. Danke. Du bist nicht nur als Autorin wundervoll, sondern ganz besonders als Freundin. Immer bist du da, wenn ich dich brauche, und immer sind deine Worte das erste Pflaster auf der Wunde. Du inspirierst mich, treibst mich voran und bringst mich zum Lachen.

Außerdem danke ich meiner Familie, meinem Mann und meiner Tochter. Ohne euch könnte ich nicht ein einziges Wort über die Liebe schreiben. Ihr seid mein Anker in der wilden See des Lebens.

Ein Dank an dich, Anne, weil du trotz großer Entfernung immer nah bist.

Danke an all die lieben Bloggerinnen da draußen. Ihr seid ganz wundervoll. Eure Meinung, euer Einsatz und eure unbändige Freude an Büchern machen mich wahnsinnig glücklich. Wenn ich könnte, würde ich jeder einzelnen von euch dankend die Hand schütteln. Schön, dass es euch gibt.

Und mein allergrößter Dank - der, der am hellsten leuchtet und mit all den blinkenden Pfeilen drumherum - dieser Dank gehört dir. Weil du zwischen den Büchern dieser Welt dieses hier herausgesucht und dich auf die Geschichte eingelassen hast. Mit Worten kann gar nicht ausgedrückt werden, wieviel mir das bedeutet. Vielen lieben Dank.

Printed by Amazon Italia Logistica S.r.l.
Torrazza Piemonte (TO), Italy

33696915R00219